玉楼春

YU LOU CHUN

于正 著

北京联合出版公司
Beijing United Publishing Co.,Ltd.

一未文化　　非同凡响

北京一未文化传媒有限公司
www.bjyiwei.com
出品

金陵玉树莺声晓，秦淮水榭花开早，谁知道容易冰消！
眼看他起朱楼，眼看他宴宾客，眼看他楼塌了……

——孔尚任《桃花扇》

演尽悲欢离合，才见人间底色

我是在飞机落地北京打开手机的瞬间，收到于老师的写序邀请的。

说实话当时我刚睡醒，迷迷糊糊回了句“好的好的”，等我反应过来的时候，我变得很忐忑。

跟平时爱写的小作文不一样，这次突然有了使命感。

因为这篇序将要放在小说《玉楼春》的开头，我担心我的文笔不够好，做不到给这部优秀的作品锦上添花。所以下面的文字，就当是一个即将出演电视剧《玉楼春》的演员，最真实的感受吧。

如果你要我给《玉楼春》一个定义，我觉得是生活，是集齐了柴米油盐酱醋茶，烟火味儿十足的生活。

林少春是一个自幼失去双亲的少女，带着为父亲沉冤昭雪的目标，在戏班子里摸爬滚打地长大。

从一开始，她就走了和别家小姐不一样的路。

她把人生轨迹全都规划好了：成为一个才女，然后女扮男装进京赶考，考取功名之后借机向皇上请愿，替父亲翻案，洗清罪名，还林家一个公道。

而孙玉楼的出现对她来说，是个不折不扣的意外。

孙玉楼就像一颗玻璃球，把这一根根排列好的木签子全都打乱了。

更让她生气的是，她居然喜欢上了这个男人。

林少春有一万个不能嫁给孙玉楼的理由，同时又有一万个想要嫁给他的理由。

结果显而易见，她败给了爱情，最终还是做了孙府的四少奶奶。

然后就到了我最爱看的部分，大宅院里的是是非非。

单纯可爱的大奶奶是我最喜欢的人物之一，也是笑点所在。冷若冰霜的二奶奶让人心生怜惜，谁不喜欢仙女呢，哈哈。彪悍强势的三奶奶浑身上下透着一股子狠劲儿，却也不招人烦。

身在福中不知福的大少爷，绕了一大圈才明白谁是真爱。有勇有谋的二少爷，事业心一百，情商大概是零，追妻之路也没少吃苦头。妻管严的三少爷表面是个㞞包，却有着不同于别人的抱负。

最重要的是八面玲珑、任何事都可以化险为夷的少春，以及为人正直、一片痴情、人格魅力超标的玉楼，他们俩真的很般配。

归根结底，这一大家子，揭开防护面具，都是善良的人。

中间的过程，有多曲折，有多精彩，结局到底是怎样的，我相信大家都熟知于老师的创作能力，我也没有必要多透露了。

总之，这是一个关于“大爱”的故事。

在爱里学会成长，学会包容，学会体谅和释怀，去向前看。

学会如何真正去爱。

人活在世上，有很多放得下放不下的人和事，最后都会随着风，随着云，渐渐远去。留下的都是弥足珍贵的回忆。

《玉楼春》是于老师非常看重的作品，感谢他愿意相信我，把少春交到我的手上。

希望它播出的时候，我没让看过书的你们失望。

会朝着这个目标努力的。

你看，那戏台上，少春和玉楼正在唱着他们的往事。

你准备好，随我去一探究竟了吗?

白鹿

《玉楼春》电视剧主演

目录

楔子

春风十里扬州路，卷上珠帘总不如。

扬州是水做的城，水树相映，市井繁盛。街道中无数老字号的商铺倒映在波光粼粼的水影中，“广陵十八格”灯谜独树一帜，“维扬棋派”称雄于世，百戏与说唱更是盛行。

夜色靡丽，闪闪烁烁的灯笼挂满了长街，游动的光亮在白色幕布前定格了。

泛着黄的旧白布上面，稀稀拉拉的几个皮影人物翻转轮回，白布前的旧长凳上也稀稀拉拉地坐着几个观众。

“不图权贵不图荣，击掌别亲风露行，九曲回肠千叠恨，一帘幽梦几时情。今儿咱们继续说王宝钏苦守寒窑十八年……”白布后一个平静而深沉的声音缓缓响起，听在林少春的耳中竟是跌宕起伏，缠绵婉转，她手中的灯仿佛随着她都静止在这里。

“去！你这拿线的！又是老一套，来来回回就这么一首曲子，吃了吐吐了吃，糊弄鬼呢！走，不看了，不看了！”

“就是！冷饭都炒煳了，能不能换换？换不了赶紧退钱，你就没有点新故事吗？”

几个观众大声喝道，有人愤然站起扔下手中的瓜子，也有人抢走了白布戏幕下镲子里的钱币……

熙熙攘攘中，白布戏幕后走出了一青衣男子，长身玉立，清波般的眉眼却无一丝波澜。他缓缓走到幕布前，俯下身子，将镲子中仅剩的两枚铜板捡起，装进口袋里。

灯光昏黄，他鬓角的白发刺目惊心，曾经如玉做一般的人儿竟折腰如此，林少春忍不住模糊了视线。终究，眼泪流了下来，落在了手中的宫灯上，她嘶哑着声音大声喊道:“谁说他没有故事，他是有故事的！”

或许她的声音太过悲伤，或许她的神情太过专注，竟让过往的人都停下了脚步。林少春在人们的注视下走到那磨得发白的长凳前，坐了下来。

男子站起身，抬眼的一瞬间，却似乎隔了几生几世。他一如很多年前那样望着她，眼中弥漫了水汽。他轻轻走到白布后面，拿起皮影，低沉的声音千回百转:

“我叫孙玉楼，故事发生的那年，我正满十八，那是我们孙家烜赫至极的一年……”

第一章

玉楼逢春少年事

『你知道人世间最美好的是什么吗？』

孙玉楼笑着看向身旁的林少春。

林少春停下了脚步，这个词语令她心生向往，

她怔怔地望着孙玉楼。

『是念念不忘，终有回响。』

YU LOU CHUN

永嘉十八年。

前朝的皇帝南征北战，立纲陈纪；当朝的皇帝依据遗诏继位，继位时刚及弱冠，因年号永嘉，史称永嘉皇帝。永嘉皇帝自幼学习典礼文章，对儒家经典颇有造诣，年幼时跟随在前朝皇帝身边历习政事，省决章奏；继位后，身边更有内阁重臣辅佐，倒使这些年的天下颇为平顺。

当今天下，若说皇帝身边第一重臣，莫过于内阁首辅孙逊。孙逊江南人，前朝进士出身，永嘉元年三月入阁，次年就升为“户部尚书兼文渊阁大学士”，其大女儿孙有贞自入宫便常伴皇帝身边，受到皇帝专宠，晋封贵妃；永嘉四年，孙逊受封内阁首辅，孙家在京城地位显赫，尊崇无比。

孙府宅邸乃皇上赐第，规制壮丽，重堂邃宇，内设高墙，庭立三门，远香堂之后是一片巧结台榭的后花苑。后花苑的一面是湖，一面古木亭台，堂面涂金染彩，画栋雕梁，当季的繁花影影绰绰，交相呼应，华艳非常。

早春时节，孙逊的寿宴正设在远香堂之后的花苑中。

人群掩映，花苑之中欢声笑语。戏台之上已经开场，锣鼓齐鸣，八仙的戏子们唱了一套“寿域鸳里高”，王母娘娘彩衣飘飘，精彩的时候捧着寿桃上寿引来人们的阵阵叫好声。

戏台之下，男女宾客被黑漆贴金的围屏隔开。

孙逊今日里着了一身便服，腰束玉带，衣袍上绣仙鹤，头束忠靖冠，一张国字脸看起来庄严而温和，下颌微突，映衬得双眼格外深沉，细看起来令人难以亲近。孙逊坐于高位，大公子孙世杰、三公子孙金阁以及亲朋宾客围坐左右，下人们鱼贯而入，一席之间，水陆珍馐，多至百余种；每桌五十碟，各样瓜果甜食、细酥点心；五割三汤，奉觞送酒；戏文三折下来，花苑之间流光溢彩，欢娱显赫。

忽然之间，从远香堂中风风火火奔出二人，先前的是一位妙龄少女，桃红绫罗，窄袖褙子，金钗珠头巾，一张水做的小脸眉眼弯弯，玉唇上挑，笑意融融，时不时望一眼身后的男子：“四哥哥，我这就告诉老爷……”

“你这个泼皮……”少女身后是一位青年公子，身材挺拔，头戴罗缎锦织的六合一统帽，帽前镶嵌了一块珍稀的和田美玉，糯白似雪;玉色襕衫，外用上好银锦镶边，将青年那张如水墨画般的脸映衬得如梦如幻；青年鬓如刀裁，双眸含情，微扬的唇角似笑非笑，艳丽地清淡了时光。

少女还未还嘴，便被梅姨娘蛮力地拉到了身边。

少女和青年同时向母亲行礼，孙逊的大夫人沈氏淡淡颔首，珠翠庆云冠微丝未动，云霞翟纹的霞帔端庄地穿戴在身上，与她身旁的二夫人梅姨娘形成了鲜明的对比，梅姨娘一双丹凤眼眉目含情，身材苗条，彩绣团簇花纹的宋锦长裙格外风骚。

“四爷还不赶快去见过老爷……”梅姨娘未语先笑，又狠狠剜了一眼自己的女儿孙小仙，“四姑娘，没规矩，你……”

沈氏乜了眼梅姨娘，梅姨娘慌忙坐端了身子，到嘴的话生生地咽了回去。

孙小仙坐在梅姨娘身边，俏皮地吐了吐舌头。

四少爷孙玉楼向母亲行了礼，退了围屏，来到了父亲孙逊的面前，行礼道:“见过父亲……”

“怎么这时候才来？赶紧坐下。”孙逊微皱了一下眉。

“是。”孙玉楼恭敬地坐在了三哥孙金阁身旁。

“恭祝孙阁老福如东海，寿比南山！”孙逊下首的礼部侍郎敬酒道。

“多谢多谢！”孙逊举酒还礼。

“阁老如今仕途通达，且膝下儿女个个出类拔萃，真是叫人艳羡！下官祝您福禄寿喜，似锦如织！”

“溜须拍马，官场本色。”孙玉楼不屑地私语道，被孙逊狠狠瞪了一眼，立即偏过脸去。

“好好好！今日诸位莅临寒舍为逊庆寿，逊感激不尽，特备薄酒以兹款待，招呼不周之处，还请见谅。来，诸位举杯，这杯酒聊表逊之心意，请诸位满饮！”宾客们纷纷站起了身，端起一杯酒与孙逊同饮而尽。

正在此刻，戏台上传来了一阵清泠的声响。乐曲明亮轻快，犹似大珠小珠落玉盘，清晰流畅，突然而来的活泼轻快令人不由神往，仿佛眼前万物复苏，春意盎然。这一曲《阳春白雪》的琵琶曲妙极了。

“虞娘子来了……”户部侍郎痴痴地望着戏台，迷离的眼盯着戏台上清丽的身影。这虞娘子在京城颇有名气，一把琵琶名冠一时，甚至太后寿宴的时候也被请进宫，京城中有头有脸的达官贵族堂会时总是以请到虞娘子为荣，久而久之，这“京城第一琵琶女”的名号就传扬开了。

心不在焉的孙玉楼无意间抬眼，却被高台之上袅袅婷婷的身影吸引，蓝绢长裙，鸦青色的蔷薇淡淡地开满双袖，婀娜的束腰用青绿线结“云花寰牌”，清丽得像是画里走出的仕女。《阳春白雪》曲毕，随着最后的尾音，微风吹动了虞娘子头上的幔纱，露出了半张白皙如皎月的脸，绛唇映日，柳眉微凝，澄澈的眸子中像是盛满了岁月，长开了红梅，在那傲然的岁月中不屈而坚毅。

孙玉楼第一次突然感觉到心绽开了，那是一种奇怪的感觉，似乎台上这个姑娘的眼睛里长出了藤蔓，绕进了他的心底，万事万物恍然地只剩下一个她。突然之间，他明白了那些戏文中讲到的一见钟情，原来真的会发生。

“快看，原来虞娘子是个年轻姑娘！”三少爷孙金阁吃惊地说道，一双眼却直直地锁在台上姑娘的腰上，几乎都要石化了。

孙逊闻言向戏台上的虞娘子投去疑惑的目光:“我曾与虞娘子有过一面之缘，如今算来虞娘子应当年近四十了，你是何人？为何冒充虞娘子？”

孙逊话一出口，便引来了屏风一旁女眷们的窃窃私语。

“胆子真不小……”大奶奶吴月红一身红衣，柳眉竖起，声音中带着武将后人的英武，“敢冒充虞娘子戏弄老爷，看我不拧下她的胳膊来……”

“大嫂，小声点，小心惊扰了老爷……”二奶奶苏映雪着淡粉色锦缎罗衫，乌丝被一支浮华流月簪绾成一个桃花髻，讲起话来轻声细语，温婉沐人。

“你看台上哪是什么虞娘子，整个一个小狐狸精……”吴月红啐了一口，捅了捅身旁的三太太许凤翘，“你家三爷的眼珠子都快长在她身上了……”

许凤翘微眯了双眼，冷眸中凝着寒光，牡丹翠绿烟纱碧霞罗裙都带了一丝冷意，玲珑有致的身子稳如泰山，倒是那鲜红刺眼的丹蔻在案桌上轻轻叩了两下，未语先笑:“大嫂多虑了，只不过一个戏子，能翻起什么风浪呢？看戏吧，莫扰了老爷的寿辰！”说罢，安心看起戏来，倒是众人讨了个无趣，也便不再多言。

台上少女手抱琵琶给孙逊行了个礼:“回大人，虞娘子是我师父，她老人家近日身体不适，怕勉强登台扫了大人们的雅兴，因此派我来，代师父为大人祝寿。”

“阁老今日请的是虞娘子，就算虞娘子身体不适不能应邀，也该事先知会，怎么叫个徒弟来充数？”“你自称是虞娘子的徒弟，可究竟是与不是，谁知道呢？”台下宾客议论纷纷，不满的情绪充盈着整个花苑，面对台上的尴尬，谁也不知道少女接下来的命运会如何。

“方才诸位听琴，都觉琴声悠扬，婉转连绵，一曲奏罢满堂喝彩，有谁看出这不是虞娘子了？如今一见真人却咄咄相逼，恕玉楼愚钝，敢问文人雅士听曲儿，究竟听的是琴音，还是弹琴之人？”孙玉楼站起身朝人群反问道。台上的少女微微挑了挑眉，旋即又低下头，将情绪很好地掩在帷帽下。

“我们自然是听琴音了。”孙金阁也站起身大声附和道，一双眼还是痴痴地盯着台上姑娘的腰。

“三弟，你收敛些……”大少爷孙世杰一把拉过孙金阁，警告道，“你一直盯着人家姑娘的腰，成何体统？”

“你不知道……”孙金阁凑近大哥耳旁笑道，“那姑娘的腰间挂了一个特殊的象牙配饰，是罕见的百游日月晷，可以计时的……”

“我看你真是着了魔……”孙世杰摇了摇头，无奈地叹了口气。

孙金阁刚想开口，一个小厮走过来小声耳语道:“三少爷，刚刚三奶奶传话给您，说您今晚不必睡觉了，在东厢房跪一晚上！”

孙金阁吃了瘪，立刻乖乖闭上了嘴巴，眼睛再也不敢乱看，满脸愁容地听一旁的孙玉楼继续说道:

“说得很是，佳音难寻，何况今日又是家父寿诞，这样的好日子，便是遇见不快，也当一笑了之啊。依我之见，这位姑娘非但不该罚，反倒该赏。父亲，在座的只有您亲耳听过虞娘子弹奏，您说这琴声是该赏还是该罚？”

孙逊微微愣住。

“父亲，今儿是您的喜日子，合该周全才是。”孙世杰冲着孙玉楼点点头，附和道。

“这姑娘既然是虞娘子高徒，想必得了虞娘子真传。方才琴音绕梁，大有青出于蓝之势。来人！看赏！”孙逊大悦，看着两个儿子，满意地点点头。

“谢孙大人。”台上的少女起身缓缓行礼，帷帽薄纱下，轻轻一笑。

高台之下，孙玉楼微微颔首，出神地盯着高台上的少女，眼底的笑意和温柔化成了春日里的光芒。

翌日，日头刚好。

“第一楼”是京城首屈一指的歌舞坊。曲径之间，花团锦簇，高台之上一细腰女子腰间挂鼓，一段细腰鼓舞下来，整个歌舞坊沸腾了。

“我找虞娘子。”孙玉楼无意坊间的莺莺燕燕，对着小厮说道。

小厮看着眼前突然冒出来的公子哥皱了皱眉，还是带着孙玉楼上了楼，在廊道的尽头处停住了脚步:“公子，待我禀告娘子，您稍等……”

孙玉楼立在阁楼上雅致的房门外，工夫不大，门开了。

“你找我？”映衬着窗棂的光，孙玉楼瞧见虞娘子瘦削的肩膀下着蓝色比甲，淡色裙，头上高高的杜韦娘髻斜插着一根白玉簪，伺候在旁的奴仆小耳朵捏着肩，靠在椅子上的虞娘子闭着眼，身子随着节奏微微晃动着。

孙玉楼连走了几步，来到虞娘子的面前:“虞娘子。”

“今日不弹琵琶。”虞娘子懒怠抬眼，摆了摆手示意来人。

“我知道您身体不好，不敢叨扰，”孙玉楼拱了拱手，道，“敢问您的徒弟……”

“徒弟？”虞娘子猛地睁开双眼，刚才还慵懒的脸上闪过一丝凌厉。

“就是昨儿在孙府弹琵琶的那位！”孙玉楼认真地盯着虞娘子。

“哦……你说她呀？”虞娘子一颗心恨得厉害，嘴角却不自觉地扬起一抹怪笑，双眼在孙玉楼身上转了两圈，“你找她有何贵干？”

“昨儿听了姑娘一曲，惊为天人，今日特来拜会……”孙玉楼眼中透出了一股子执拗的光，虞娘子心中更是气得厉害，却又不好发泄。

“哎哟……”虞娘子忽然抓着心口，伤心地哭了出来，“爷来得真不凑巧，她昨儿回来便染了风寒，没挨过一个晚上，今儿便一命呼呜了，早拉到外头埋了……”

“怎么可能！”孙玉楼被这个消息震惊得缓不神来，昨日里那惊鸿一瞥一直留在心头，散不了，消不掉。他也不明白自己为何会来寻她，只不过顺着自己的心意，可是到头来，却得到这么个晴天霹雳的噩耗。一旁的虞娘子望着呆愣在原地的孙玉楼，阴恻恻地笑了笑。小耳朵皱眉看了眼虞娘子，欲言又止。

百戏起于秦汉，技后乃有高絙、吞刀、履火、寻橦等。京城从事唱戏的优俳几千人之多，唯百戏班风行一时，首屈一指。

百戏班班主柳三绝正立于门前，看着屋外正兴高采烈地给众师兄弟分发赏钱的林少春，不由得眉头深蹙:“少春，跟我进来一下。”

冰冷的语气让林少春不由得一愣，赶忙跟在师父身后走进房间。

房间的布置简洁明快，唯房中的料丝灯相当珍贵，每一盏料丝灯上面都绘制着各式各样的戏中人物，惟妙惟肖。

“师父……”林少春低着头，脊背却挺得笔直。

“师父？你竟还知道我是你师父？学了点皮毛就胆大包天，你可知自己昨儿冒充虞娘子在孙府险些闯祸？”柳三绝一袭白衣，蛾眉淡扫，青染胭脂，白皙的脸庞因为愠怒而染上两抹淡红，平素性子那么冷的一个人，此刻倒显得生动了不少。

“我只是想试一试师父教的功夫行不行。”林少春忙解释道。

“我教的是戏台上的功夫，没让你在戏台下演。”

“可师父您知道，我终究是要在戏台下演的。”林少春咬了咬嘴唇，忍不住握紧了拳。

“我知道。我怎么能不知道？”柳三绝凝神望着料丝灯上的角色，思绪又被拉回到六年前，那个漫天大雪的冬日，为了拜自己为师，年幼的林少春在院子里长跪不起，直到冻得几乎没了气息……看着眼前这个亭亭玉立的少女，她禁不住轻轻哼道，“数着残棋已烂柯，果然一梦是南柯……”当年那个倔强的孩子，就那样决绝地跪在白茫茫一片天地间，几乎冻死在她的院子里，等她救下她时，只听到她气息微弱地喃喃道：“我要学做戏，我要上京赶考，我要做男人，我要替父申冤……”

那么小的身躯，却藏了那么巨大的力量，柳三绝无法不动容。她缓缓转过身，目光落在了林少春的身上：“少春，现在还没到时候。”

“什么时候才算到时候？”少春的唇咬出了印子。

“等到你能做好戏的时候。”

“我昨儿个在孙府得了赏钱，赢了满堂彩，难道还不够好？”

“若是你认为得了赏钱、有人为你叫好，便是做得好了，那我没什么可教你的了，你走吧！”

“师父，这不公平！”林少春忍不住大声反抗道，目光一如当年一样倔强。

“心浮气躁，急于求成，必将一败涂地。”柳三绝拂袖转身，走到高士椅前，坐了下来，闭眼不再看她。

林少春见状，默默地垂下了眼睑，转身离开了。

屋内香炉燃起的沉香飘出袅袅轻烟，伴着柳三绝长长的叹息，萦绕不散。

云来月隐，云过月明，洒下的一地光辉，将曲靖桥照得格外温婉。曲桥跨水，桥头雕刻的吸水兽栩栩如生，在夜的波光中荡漾着春情。

桥上的林少春一袭素蓝的长裙，在明亮的月光中显得亦真亦幻，看呆了桥头的孙玉楼。

怎么会是她？她不是已经死了吗？怎么会站在这里？孙玉楼难以置信地望着桥上的林少春，本已成死灰的心被眼前的人重新点燃，于是本能地冲上了桥。

“姑……姑娘是魂兮归来吗？”孙玉楼痴痴地盯着女子。

“阁下哪位？”林少春回过头，清冷的目光宛若桥下冷冽的河水。

“在下听过姑娘的琵琶，对姑娘技艺很是佩服，一心想结交姑娘。可我前两日慕名登门，却被告知姑娘已经过世了……”

“过世了？”林少春皱着眉上下打量了番孙玉楼。今日师父的话本就让她很难过了，此刻又来了一个这么莫名其妙的人，林少春更觉心烦，语气也更冷了：“我是鬼，你怕不怕？”

“不……不怕……不知姑娘能否赏脸，咱们一同喝一杯？”孙玉楼不知怎么的，说话竟有点结结巴巴。

林少春双手抓紧了桥栏，好看的眉眼间闪过一丝戏谑：“好啊！那就劳烦公子随我去鬼门关吧！”说罢，林少春冷不防从桥上一跃而下，跳进了水中。

孙玉楼一时惊住了，等回过神来便紧跟着跳了下去：“喂……等等我……”

清冷的河水并不深，刚刚没到孙玉楼的胸口。等孙玉楼从水中抬起头，茫然四顾，波光粼粼的河面上除了孤零零的月影，哪有什么姑娘的影子？

月亮升得更高了，夜色也更加苍白。林少春湿着身子回到了自己的小院。

这是她这六年来的家，唯一的家。

院落很小，孤零零的茅草屋在苍白的月光中遗世独立。她仰头，看着天空中那轮孤独的月，没有边际，没有依靠。她抱紧了自己打着冷战的双肩，又想起了永嘉十二年的浴佛节。

母亲说，浴佛节是佛祖释迦牟尼的诞辰，在那天，每个人都会受到佛祖的庇佑。可是慈悲的佛祖啊，为什么偏偏不会庇佑她？

她的父亲林远道，前朝进士及第，曾任户部侍郎，正三品官员。朝廷六部里，户部最大，共有十三个清吏司，每一个清吏司主管着朝廷对地方的收支和地方对朝廷的报销。她总是以父亲为傲。

她一直记得那天，她手里握着要放生的小鱼，却被常嬷嬷一把甩掉，还未等她明白过来，就被常嬷嬷和她的女儿小鸦拽走了。她永远忘不掉林府上下跪了一院子，待宫中的刘公公宣读完圣旨，父亲被官兵按在长条凳上活活打死的场景。当时她被常嬷嬷死死地捂着嘴巴，不敢哭出声来。

庭院幽深，曲径之间，林府一片慌乱。

她还来不及找到母亲，母亲已经饮下了致命的毒酒。

各房亲眷的尖叫声、谩骂声、惨哭声不绝于耳，她红肿着双眼，小小的一个人儿立于门廊之间，背脊挺得僵硬，眼眸中闪着怒火，像一只小兽。刘公公一下子就注意到她，走到她跟前，俯下身子，像是哄小孩子一般轻言细语道:“你是林远道的女儿吧！”

“大人！她不是……”常嬷嬷疯了一般，猛的一把将她搂了过来，紧得她几乎喘不过气，“这是我的女儿小鸦！我们不是林府的家生子，没有卖身契。”

“那林少春呢？”刘公公盯着老牛护犊子般的常嬷嬷，疑惑道。

林少春望着抱紧自己的那双手，上面的青筋鼓起了一道又一道，仿佛马上要爆裂一般。常嬷嬷咬紧了牙关，半晌，闭上双眼，强忍着悲痛，伸手指向了自己的女儿，咬着牙道:“是她，她是小姐林少春。”

她一直记得小鸦被官兵带走时的情形，挣扎得乱了发髻，嘶声哭喊响彻了院落，而常嬷嬷一双粗糙的手却死死地捂着她的嘴。

浴佛节那天的往事像一场噩梦，屡屡浮现在她的脑海。林少春永远忘不了，就像此刻的孤月，永远那么清晰。

夜晚的凉风将她带回到现实中。林少春整理好情绪，起身推开茅草屋的门:“嬷嬷，我回来了。”

石桌上，一灯如豆。常嬷嬷穿着青色粗服，饱经风霜的脸上刻下了深深的皱纹，渐花的双眼正费力地注视着手中的鞋底，一针一线，密密地扎下去。

一抬眼，见林少春湿淋淋地走进来，大惊道:“姑娘身上怎么都湿了？”边说着边忙站起身入内，拿出一件素色常服，披在林少春的身上，絮絮叨叨叮嘱道，“我不常在姑娘身边，姑娘得爱惜自己的身子才是……今儿学得如何？科考就在眼前了，姑娘白天学戏，夜里还要背书，可千万仔细身子骨，不好病着了呀！不行，我得去给你煮碗姜汤，驱驱寒气……”说着又向外走去。

林少春忙拦住常嬷嬷：“嬷嬷，我往后不去百戏班了。”

“为什么？”常嬷嬷身子一顿。

“我被师父赶出来了。”林少春不忍抬头看常嬷嬷。

“这可如何是好？你犯了什么错？因何竟被赶出来了？”常嬷嬷着急地瞪着林少春，“要不咱们再去求求柳三绝师父吧，让她原谅你这一遭儿。”

“不必……”林少春走到烛台前，挑了挑灯芯，“不必，就凭我自己的本事也能成功！”

“姑娘怎么这么倔！”常嬷嬷来到林少春身后，苦口婆心劝道，“柳三绝一生的本事都在那三绝里，你最后一招还没有学全，怎么去扮演男人？拿什么赶考？你同别人不一样，你是女儿身，万一被人识破，那可是杀头的重罪！”

“不会的！”林少春猛然转身，目光坚定地看向常嬷嬷，“我学艺这些年，好歹也学了些皮毛，总有法子遮掩过去的。万一……真出了岔子，那也是我的命！”说罢，林少春转身进了内屋，关上了房门。

“你……你这孩子……”常嬷嬷眼望着林少春的背影喃喃道，“怎么那么倔呢？”说罢叹了一口气，留林少春一人在房中，兀自煮姜汤去了。

林少春望着墙上贴得满满当当的皇宫宫殿平面图，以及所有官员的生平历程和画像，一时百感交集。这些年，她活着只有一个目的：帮父亲和母亲申冤。她比任何孩子都用功，也更能吃苦，她千辛万苦地去了解皇家和所有官员的具体情况，就是希望有朝一日可以不必再藏身黑暗中，可以以林家身份光明正大地站在世人面前。

“喝姜汤了……”常嬷嬷推开屋门，将一碗热气腾腾的姜汤放在了桌子上，“姑娘，自打拿小鸦换下你的那刻起，我就拿你当作亲生女儿看待……”常嬷嬷坐在了林少春的身旁，摸了摸她柔顺的长发，“这些年风风雨雨，姑娘吃了那么多苦，都咬牙扛下来，到如今离成功仅一步之遥，万不能有任何闪失。”

林少春端起了姜汤，热气迷蒙了双眼：“知道了，嬷嬷。”

“你还没有学完柳三绝的最后一绝，打算怎么办呢？”

“嬷嬷放心……”林少春将姜汤一饮而尽，认真地望着常嬷嬷，“我会再去求师父的。”

高台之上百态人生，高台之下百态人心。

翌日，天刚刚蒙蒙亮，林少春就到了百戏班。

“美目盼兮，巧笑倩兮，知音何已矣，鱼儿嬉戏，泛起涟漪……”空无一人的高台之上，柳三绝却唱得百转愁肠。一个回身，见立于高台之下的林少春，不觉唇边勾起一抹不易察觉的笑意。

“师父，我知道错了。”林少春见师父看向自己，忙恭恭敬敬地跪了下来。

“你是错了……”柳三绝望着跪在面前的爱徒，谆谆教诲，“那你可曾想过，你在孙家的那通妄言，轻易就能被人识破？这一行教会徒弟就饿死师父，虞娘子纵使身体不适，她宁可不赚钱，也断不会自砸招牌派一个徒弟去，这是第一错。你的帷帽被风吹起，容貌暴露在众目睽睽之下，若是有心人画成画像传扬出去，翻出陈年旧账来，那时该如何是好？这是第二错。你得了赏钱便大肆分发，知人知面不知心，你怎知这些人中谁是真情谁是假意？万一有嫉妒者有意将此事泄露，那你又该如何自处？这是第三错。”

“徒儿明白了。”柳三绝将手轻轻搭在林少春的肩头，林少春不由得抬头望向师父。这些年来，师父一直是个特殊的存在，亦师亦母，在林少春的生命中扮演了重要的角色。

“人前演戏，人后也当有铮铮铁骨。”柳三绝眯了眯眼，细长的眉宛若春日中一道虹，“我这一生收过两个得意弟子，你师姐桃夭甚有天赋，可惜她急于求成，尚未出师便离开了。你大师哥柳无双是唯一一个将我这三绝学完的人，只可惜他将这三绝当作谋利的手段。咱们行走江湖，不可急功近利，更不可包藏祸心，我当年收你为徒，是看在你立志为父申冤的分儿上，一个姑娘有如此壮志实属不易，我不能不成全你。”

“是，徒儿感念师父教诲，也从不曾忘记自己肩上的重任……”林少春殷切地抓住了师父的衣袍，“师父，我想学第三绝！”

“第三绝不是一朝一夕就能够学会的……”柳三绝握住林少春的手腕，“须得千锤百炼，你可想好了？”

“想好了。”林少春无比坚定地望着师父，猛地点了点头。

“好，那从今日起，我便教你第三绝。”

知我。忘我。无我。

师父说，若是将这三绝融会贯通，便能够世事洞明，在世间活得通透。于是她便日日苦心练习，忘却女子身份，努力达到无我的境界，在男人堆中博得头彩，却不想冤家路窄，才不到几日，又在杜雅诗社遇见了孙玉楼。

杜雅诗社是京城非常雅致的一个清谈圈子，大家不谈“势力之事”，诗社主人不用酒宴招待，只是啜茗，文人雅士聚在一起品砚、评书、鉴画、论诗。林少春经常女扮男装，参加杜雅诗社的集会。偏偏凑巧，府尹杜世卿与孙家是世交，与孙玉楼更是交好，这一日便邀了孙玉楼到杜雅诗社论诗。

文人墨客，翩翩少年，林少春无疑是当中最出挑的一个。

孙玉楼一眼就认出了男子装扮的林少春，那双狐狸般狡黠的眸子骗不了他。得见便是有缘，孙玉楼径直满脸笑意地向林少春走去，明亮的眸子死死地盯着林少春：“公子……恕我冒昧，敢问家中可有姐妹过世？”

“怎么说话的，你们家才有姐妹过世呢。”林少春看着走向自己的孙玉楼，想到那日桥头的情形，不觉头大，佯装怒道，“小爷三代单传，怎么，卖棺材的买卖都做到诗社来了？”

“不不不，只是觉得公子面善，似乎在哪儿见过……”孙玉楼越发觉得林少春有意思，“不知公子如何称呼？”

“林少。”林少春不想再和他纠缠，转身欲走。

“林公子留步，”怎料孙玉楼伸出胳膊拦住了她，一旁的杜世卿都看呆了，“今日我做东，能否请公子共饮一杯？”

“不能。”林少春杏眼圆睁，一把推开了孙玉楼。

“今日哪位先来起个头？”诗社主人见状高喊道。

林少春趁机快步走到当中，大声应道：“我来。”

“谁来挑战林公子？”诗社主人喊道。

一群文人墨客兴致高昂，纷纷举手，人群中的孙玉楼高举着手，长身玉立，格外扎眼。林少春故意偏过头，指向其中一人。

“上联，酒热不须汤盏汤，请！”

“厅凉无用扇车扇。”林少春马上接道，同时指向另一个人。“同人同过铜驼岭。”

“今上今开金马关。”

孙玉楼见状猛地拨开众人，大步来到林少春面前：“不知公子可否接受毛遂自荐？”

“可以。”林少春眸子中闪过黠光，“不过我要改规矩，输了的人必须即刻离开这里。”

“在下无不从命。”孙玉楼挑眉一笑，“林公子请听，秋风吹尽满山情。”

“九曲湖畔水盈盈。”林少春眼如点漆，冷冷地看着孙玉楼，“上联，寸土为寺，寺旁言诗，诗曰：明月送僧归古寺。”

孙玉楼微微一笑，接道：“双木为林，林下示禁，禁云：斧斤以时入山林。”

两个人棋逢对手，霎时间引起一众叫好声。

孙玉楼意味深长地看着林少春：“方借花容添月色。”

“欣逢秋夜作春宵！”林少春脱口而出，等反应过来，双颊已染上了明亮的霞色。

“这可是情对啊，莫非两位……”诗友们轰然取笑道。

“我家中有事，不奉陪了。”林少春尴尬万分，逃也似的离开这个是非之地。孙玉楼顾不得杜世卿的拦阻，紧跟着追了出去。

“姑娘……”

“你胡说些什么？”林少春猛地停住了脚步，面对着身后的孙玉楼，“我可没有龙阳之好。”

“姑娘举手投足颇有男子风范，衣着打扮也不逊须眉，只是你百密一疏，忘了自己衣上熏香。那日我在桥上闻见过这种香味，姑娘不必再隐瞒了。”孙玉楼笑得如沐春风，林少春竟感觉到微凉的早春之风泛起了莫名的暖意。

“是吗……”林少春突然指向孙玉楼的身后，“你看那是什么？”

孙玉楼下意识回头，空无一人，待再回过头来，林少春早已像只小兔子似的又逃走了，他大声笑道：“我已经知道你长什么样子了，若找不到你，我便将你的画像贴满整个京城，还请姑娘三思。”

微冷的阳光落在孙玉楼的脸上，泛起了珍珠般的光芒，有些冷，又有些暖。林少春停下脚步，回过头，感觉到三月的风吹过了他，又吹过了她。

“好，你随我来。”

“云鬓松松凌乱，细腰似水轻软，看这莲步款款，疑是天仙落凡。醉里秋波流转，或许姻缘了断，缠绵抚慰心酸，一梦春宵苦短……”

戏台之上，林少春一袭白衣仿佛真如梦中人一般，似真似幻。

孙玉楼坐在台下，手握的纸扇随着台上的咿呀，有节奏地轻点，眼神始终没离开过台上的伶人。柳三绝立于门后，望着两人。多么美好的年纪，多么美好的邂逅，她似乎回到了多年前，仿佛再一次看见了那棵老槐树下的少年，言笑晏晏，唤着她的名字。

往事难以回首，柳三绝自嘲地笑了笑，转身离开了。

一出戏罢，林少春卸了妆，孙玉楼也随着离开了百戏班。

“公子只记得余音绕梁，却从未见过市井百态吧？如何，我这个小戏儿的表演，可吓着你了？”林少春淡淡一笑，盯着孙玉楼，“我今日在诗社假扮爷们儿是为了历练，若能瞒天过海不被识破，方对得起师父的教导。如今被你看穿了，还请阁下高抬贵手，莫砸了我的饭碗。”

“好说，不过请姑娘恕我冒昧，敢问姑娘芳名？”孙玉楼拱手，眼睛却不曾离开眼前的人。

“林少春。”

“在下孙玉楼，三生幸会。”

第二日清晨，曙光乍现。

林少春和伶人们才开始练功，就见孙玉楼带着小厮，拿了诸多的礼物走进了百戏班。众人心领神会地看向林少春。

林少春尴尬地将孙玉楼拉到一处僻静的地方，冷言道：“像你这样的纨绔子弟我见得多了，今儿斗鸡明儿走狗，全是为闲来无事打发时间。再说了，这楼里都是些什么人呢？今儿我可以戴你送的簪子，明儿我也可以穿别人送的蜀锦，你瞧瞧，你花钱捧个小戏子，又何必呢？”

“我在姑娘心里就是这样一个俗人？”孙玉楼脸上的笑容凝住了，他静静地望着林少春，“我虽是富家子弟，可这么追求一个姑娘，今生还是第一次。”孙玉楼动情地说道。

“公子何必自谦。”林少春似乎铁了心。

“既如此，我就不打扰了，这些俗物你要便留着，不要扔了也罢。”孙玉楼说罢，头也不回地离开了。

本以为就此消停了，可不想自这日开始，孙玉楼就像是着了魔，每天来百戏班为林少春捧场，送她各色的精致点心、头面首饰、玛瑙簪环、绫罗锦缎……

上台表演的时候，一向自持的林少春渐渐乱了分寸，台下孙玉楼的目光像鞭子的细尾一荡，抽在心尖上。师父看出了端倪，这日趁着林少春卸妆的间隙，告诫道:“看戏的看你本就是应该，你有什么可不自在的？别人无心，是你自己心慌罢了。”

林少春轻轻道:“我……再这样下去，怕是要功亏一篑了吧？”

“你是个学戏的人，该怎么演，还要为师教你吗？”

林少春望着镜子中素白的一张脸，目光暗淡了下去。

林少春第一次在戏散了后，参加堂会。

偌大的酒楼厢房，觥筹交错，她妖娆地穿梭其中，被一群男人喂酒，眼睛却看向走进屋子的孙玉楼。

孙玉楼看着坐在一群男人中笑靥如花的林少春，强压怒火道:“我去找你，他们说你在这儿，你怎么能这样？”

“我本就是这样的人，客来客往，推杯换盏，哪里做错了？你若受不得，走便是了。”说罢随手接过旁边递过来的一杯酒，一饮而尽。

“你……”孙玉楼愤然离开。他怎么也想不通，一向孤傲的林少春怎么突然变成了这个样子。百思不得其解之际，正巧碰上好友杜世卿，孙玉楼遂心生一计……

孙玉楼一走，林少春再也待不得片刻，立马向外走去，却迎面撞上了端着酒杯醉醺醺的杜世卿。

杜世卿色眯眯地瞅着林少春，一把拉住了她:“怎么着啊，今儿陪大爷我喝一杯？”

“我不喝。”林少春嫌恶地甩开他，却被他倒满酒的酒杯喂到了嘴边，林少春夺过酒杯，奋力将酒泼了杜世卿一脸，抬起手给了他一记耳光。

杜世卿愣住。

“贱蹄子……”一个客人狠狠地瞪着林少春，“给你三分颜色就开染坊，你这路货色，说得好听是戏子，说得不好听就是妓女，还不赶紧跟大人赔罪。”

孙玉楼夺门而入，将林少春掩在身后:“你说谁？再说一遍试试？”

“哪里来的浑人？我说她是妓女，和你有什么相干？”

客人的话还未落，孙玉楼一拳打在了客人的脸上，掀翻了桌子，拉着林少春跑了出去。

微凉的夜风吹在两个人的脸上，林少春在大街上使劲想要挣脱孙玉楼的手。

“你放手！”

孙玉楼松开了手，一双眼沉寂明亮，比此刻天空中的星星都要亮:“你不用这样赶我走，你唱戏，我捧场，天经地义。看戏的那么多，为何单赶我一个人？我有那么不好吗？”

“不是你不好，是我不好，我不想连累你。”林少春双目澄明，“不要再来找我了。”说罢，转身离去。

“我不怕被连累。”孙玉楼在夜色中轻轻说道。望着林少春的背影，他突然喊道:“我是不会放弃的，少春！”

这戏还要继续唱下去，林少春每走一步，都暗暗告诉自己生活得继续，戏也要继续。

春深草绿，百戏班依旧是高朋满座，孙玉楼却没有找到林少春的身影。

“今日怎么不见少春上台？”

“这位爷，您可能还不知道，今儿早上几个杂耍班的人来找姑娘的麻烦，一群人打了起来，姑娘被桌子磕了，脸被毁了！”庆子叹了口气。

“毁了……”孙玉楼听罢，失魂落魄地起身奔向后台。

林少春平静地坐在后台的化妆镜前，脸上伤痕触目惊心。

“我的容貌已经毁了，再也登不得台，也唱不了戏了，你还来做什么？”

“不……你别急……”孙玉楼蹲在林少春面前，担忧万分，一双手想要安抚她，却又不敢，“我来替你想办法。”

“爷们儿果然还是重色。我如今的脸没法见人了，你走吧！”林少春不再看孙玉楼，只是呆呆地盯着镜子中的自己。

“不是，我何尝在意你的容貌了？我是在意你的人！你既有难，我怎能袖手旁观？你别着急，我去想办法！”孙玉楼说着站起身，离开了后台。

空荡荡的后台，刚才那席温热的话一直回荡在林少春的耳边，攥着绣锦的手渐渐握紧。那个人应该不会再来了吧！

她一个人不知道坐了多久，直到杂耍班的师哥师姐来到后台，才回过神来。她轻轻撕掉了脸上的疤痕："多谢各位师哥师姐帮我演这一出戏。"

"客气什么？都是师父的徒弟，我们虽然出师了，可大家还是一家人……"师哥推了一把少春，大笑道。

"少春，遮疤的药来了，不会有痕迹的……"就在大家一片欢声笑语中，只见孙玉楼满头是血，气喘吁吁地夺门而入，高举的手一下子定格在空中，"你们……"望着林少春光洁如玉的脸，孙玉楼像是被抽走了魂魄。他此刻才明白，自己简直蠢到家了。为了得到姜太医的白玉断续膏，他不惜拿头撞柱子，伤了自己，才换得了千金难求的伤药，却不想一片痴心换来别人的一场戏。

她还真是不仅台上唱戏，台下也皆是戏。

只有自己是那个陷在戏里不愿走出的人啊。

"看来是我太傻了。"

"你听我说……"林少春看着孙玉楼失魂落魄的样子，突然间感觉到了心痛，仿佛有什么东西正在一点点离自己远去。

"其实你大可不必如此……"孙玉楼打断了她的话，苦笑道，"你若当真不希望我打扰你，我再不来找你就是了。"

孙玉楼将手中的白玉断续膏放在桌子上，转身，毅然决然地离开了。

刚才还有说有笑的众人一时间都哑口无言，齐齐望向林少春，一个曾在宫中唱过戏的师姐拿起桌上的药仔细端详："咦？这个药我曾在宫中见到过，应该是御用的，寻常人家摸不着这样的好物……"师姐拍了拍林少春的肩，"我料他只有这一瓶，给了你，他自己头上就得留疤了，人家对你一片真情，巴巴地送药来，你也该去瞧瞧人家。"

林少春望着桌子上的白玉断续膏，陷入沉思。

春草如茵，落英缤纷。

金色的阳光斜射在孙玉楼的房间中，抹上了淡淡的锦色。纵是窗棂外姹紫嫣红开遍，在孙玉楼眼中也是一片黯然。

四少爷受伤了。

孙玉楼满头是血地回府后，整个孙府上下便炸了锅。老夫人沈氏听闻，带着梅姨娘和三奶奶，急忙忙来到了孙玉楼的房中。

“究竟怎么回事？好好的，怎么弄成了这般模样？”沈氏看着自己儿子白布缚头，心疼地询问道。

孙玉楼本就烦心事缠身，一下子来了这么多人，不由得闭紧了双眼，背过了身子。

“四爷，可别耍孩子气，太太这是心疼你呢。”梅姨娘上前劝道。

“我只不过撞了一下，”孙玉楼心中气闷，“有什么可心疼的，该心疼的人不心疼。”

一时间，屋中尽显尴尬。

“谁在病中能有好脾气？四爷这会子又恼又疼，且难受着呢……”许凤翘上前扶着沈氏，安慰道，“太太，咱们就别在这儿讨人嫌了，这就走吧，也好让四爷安生静养。”

沈氏不由得俯下身子，仔细看了看孙玉楼，关切地交代道：“玉哥儿，你好生歇着，饿了渴了只管吩咐下去，自己不许起来。”说罢一群人出了房门。

众人来到院子中，沈氏这才叹了一口气：“也不知着了什么魔，出去一趟，碰了一身伤回来，跟前连个贴心伺候的人都没有。”

“四爷年轻贪玩儿，小磕小碰的不碍事，太太快别忧心了。”许凤翘讨巧地顺了顺沈氏的胸口，“您先回房歇着，回头我挑个伶俐人儿过来伺候，不要紧的。”

“欢郎上庄子办事，这会子也该回来了。他和四哥儿亲厚，让他伺候最相宜。”梅姨娘柳眉一挑，想起了一个人。

“是呀……”许凤翘嘴角上翘，不由得笑了，“这东西最是机灵，又是伴着四爷一同长大的，他来伺候必然尽心，太太也可放心了。”

沈氏不由得抓紧了许凤翘的手，放心地点点头：“既如此，打发人即刻传话，让他这就回来吧！”

“是……”许凤翘搂着沈氏的胳膊，陪着沈氏离开了院子，“您就放心交给我好了！”

自那日孙玉楼满头是血地回府后，又听了那句“该心疼的人不心疼”，府里的几位太太夫人便留了心。话说孙玉楼年纪不小了，也到了该婚配的年龄，整日这么出去胡闹也不是办法。前些日子沈氏相中了正三品詹事李宗的小女儿，怎料忽然传出李家姑娘清白的身子被人看了，腰间有胎记的传闻，一时间气坏了沈氏，从此绝了沈氏想要联姻李家的念想。可是沈氏怎么也想不到，放出这个传闻的人，正是孙府三奶奶许凤翘！

“三奶奶，院子中那么多好看的花您不要，您怎么要这么奇怪的枝丫呢？”丫鬟银锁立于一旁，望着认真摆弄手中花枝的许凤翘。

“银锁……”许凤翘细细地理着手中的花枝，笑道，“这种花枝叫作桑寄生，《小雅》有云，“茑与女萝，施于松上”，这桑寄生就是茑，离开了寄生的树枝，活不了很久的……”

她许凤翘掌管整个孙家内务，做事一向雷厉风行，深受老爷夫人信赖；放眼孙家，这里里外外的女眷哪个不是指望着她许凤翘？她要管家，断断不允许像李家女儿那么能干的人进门，她喜欢的植物只有一种，就是手中的桑寄生，离开了她许凤翘，就难以存活。

“欢郎回来了吗？”许凤翘摆好了花枝，转过身拿起茶盅轻轻抿了一口。

“回来了，”丫鬟银锁答道，“已经遣到四少爷院子里了。”

“那就好。”许凤翘微眯着眼凝视着窗外，不由得喃喃道，“四少爷不小了，是时候该找一位适合的姑娘了。思来想去，老四房里的须是自己人才好。”

丫鬟银锁闻言，提醒道：“三奶奶舅舅家不是有一位姚姑娘吗？”

姚滴珠？

许凤翘心里寻思着，这丫头性子虽拧，却不争不抢，要是能嫁进来，自己人也好有个照应。想到这儿，不由得冲银锁心领神会地一笑。

“求之不得，寤寐思服。悠哉悠哉，辗转反侧。”

孙玉楼心中想起了《诗经》中这句，如今相思入骨，才真正体会了这诗句的深意。

“爷，小的回来了！”

“欢郎……”孙玉楼见是自小长大的玩伴，从床上坐了起来。

青衣小厮一张讨喜的脸凑到了孙玉楼的面前:“庄子里的事儿都忙完了，太太打发人传口信儿，让小的即刻回来，这不，我接了令，火烧屁股似的赶回来了。小的打量爷怎么不高兴呢，要不我悄悄引爷上外头逛逛去？”

“我不想去逛……”孙玉楼披衣下床，走到了窗前，静静地望着院子里开满的鲜花，一阵暖风吹来，香气刺激着他的每一个细胞，他不由得又想起了林少春，一时间失了神。“爷是不是看上哪家姑娘了？”

“你小子……”孙玉楼被欢郎的话逗笑了，他转过身子盯着一脸精明的小厮，“你怎么看出来的？”

“爷什么时候这样子过？魂不守舍。男人喜欢上女人都一个样，所谓平生不会相思，才会相思，便害相思。小的在坊间看得多了……”欢郎长了一张娃娃脸，讲出的话却一套一套的。

“还有呢？”孙玉楼啼笑皆非，眯着眼瞅着欢郎，看他还能诌出什么来。

“要是姑娘喜欢您，您还至于翻来覆去烙饼，跟床过不去吗？爷，您告诉我她是谁，我给您想辙。不就是个姑娘吗，有一万种法子能叫她对您爱得死去活来。”欢郎拍了拍胸脯，像立下军令状。

“你这个小子……”孙玉楼忍不住抬手拍了一下欢郎，“算了，她心里根本没有我……”说着转身系好外袍，抬脚向外走去，“你陪我去外面转转……”

“哎哟我的爷……”欢郎摸了摸自己的脑袋，紧跟在孙玉楼身后絮絮叨叨地说道，“精诚所至，金石为开。姑娘的心总是肉做的，您诚心诚意待人家，人家还能拒您于千里之外吗……”突然间，孙玉楼停住了脚步，欢郎猛地撞在孙玉楼的身上，痛得他叫了起来，“爷，撞死我了……”

孙玉楼盯着欢郎撞红的额头，半晌点了点头，笑道:“好像有那么点道理。”

那日孙玉楼失魂落魄地走后，林少春始终放心不下，更何况自己白白领受了他的白玉断续膏，也不知他伤势如何了。思来想去，这日便带上药抱着一把松雪琴来到了孙府。

孙府坐落在京城的南门，绿油高大的门上狮子兽面摆锡环，整栋房脊青碧绘饰，精美无双。林少春叩响了门环，谎称给二奶奶苏映雪送琴。

二奶奶的院子格外雅致，犹如她这个人，温婉柔和。院子里种满了风铃花，风过花动，苏映雪轻轻挑弄着紫檀花嵌炉中的盘香，粉嫩的脖颈在温暖的阳光中晶莹剔透，宛如一幅江南画卷。

“二奶奶，您瞧瞧，可还入得了您的眼？”林少春将手中的古琴放在了桌子上。

苏映雪眼前一亮。只见这古琴蕉叶式，蚕丝弦，琴体上用了上好的鹿角漆灰，隐约可见龙鳞断纹。苏映雪忍不住摸了摸赞道:“这真是一把好琴，是松木的……”

“这把琴虽是松木所做，却是蜀中峨眉山古松，虽不过百年，但是漆灰中已隐约断纹，的确非常不错。”

“琴是好琴，可惜不是我订的琴……”苏映雪抬眼望着林少春，这姑娘素衣简单，如玉雕琢，却和手中古琴相得益彰，隐约间有那天虞娘子徒弟的风采。

“可是单子上明明写的是孙家二奶奶……”

“京城姓孙的人家多了，哪家没有二奶奶……”一旁的丫鬟琴心呵斥道。

“琴心……”苏映雪轻轻喝道。

“对不起，想是我弄错了，真不好意思，打扰二奶奶了……”林少春不好意思地垂下了头。

“不妨事，我素来爱琴，听说有人送琴来就忍不住想看一看，是我耽误姑娘送琴了……”苏映雪亲自将琴还给了林少春，轻轻笑道。

“那我告辞了。”林少春将琴收入了布袋，退到一边行了礼，默默地和仆人退了出去。在出府的路上，林少春谎称自己要如厕，一个人找进了后院。可偌大一个孙府，哪里去寻孙玉楼？正想着，林少春茫然中转身，与迎面走来的孙玉楼撞了个满怀。

“谁啊！”孙玉楼刚出门就被撞，不悦地叫道。可是抬眼的一瞬间，整个人便石化了。自己心心念念的姑娘就这么真实地立在自己的面前，就像在空中飘浮的那个幻影突然间清晰地落在了手上，他震惊得难以置信，猛地抓住了林少春的胳膊:“你……你是来找我的吧……”

“不是……”林少春也是一惊，没想到这么轻而易举地碰见了，还真是“冤家路窄”。

“四爷……受了伤怎么还下床来呢？仔细伤口吹了风，以后头疼，快回去躺着吧！欢郎你可要好生伺候，别惹太太生气。”苏映雪由远及近，疑惑地来到了两个人的面前，林少春吓得一把甩开了孙玉楼，退到了苏映雪的身旁。

“你们认识？”苏映雪盯着林少春。

“不认识，我如厕，有点迷路了……”林少春难为情地摇着头。

“真是缘分，我巴巴地赶过来找你，就怕你走了，没想到这园子大还有大的好处。刚忘了问你，你的店叫什么名字，我也想订一把刚才那样的琴。”苏映雪柔和地一笑，安抚般地拍了拍林少春的手。

“店名叫‘如意’，就在东大街。”

“我记下了。”苏映雪挡在孙玉楼的面前，“琴心，送这位姑娘出去……”

琴心应了一声，领着林少春向院外走去了。

“林……”孙玉楼想追过去，却被苏映雪拦住。

“四爷要去哪儿？”苏映雪关切地瞪了眼孙玉楼，“受了伤就不要乱跑了，仔细太太又要说你……”

孙玉楼虽然心急，却又不好明说，只能点了点头，望着那个单薄的身影消失在院子中。心头难掩失落，转身向着院落走去，突然间，他停住了脚步。

假山石上，那瓶白玉断续膏被放在最显眼的地方，在太阳下耀武扬威地立着。孙玉楼冰霜一般的心绪也像是被暖春的阳光暖化了。

还是有希望的。

春分时节，荣寿家的带着仆人在孙府门口迎着。

远远地，帷幔鲜整的马车缓缓驶来，停在了孙府门口。待马车停稳，小钗忙上前打理车帘。姚滴珠不等小钗搀扶便自己走下马车。

一众仆人看着眼前这个突然出现的美人，忍不住窃窃私语。只见姚滴珠一袭月白色绸绢长裙，珍珠半臂披下，面色淡静如水，顾盼生辉；如墨青丝仅用一支白玉剔透的簪子固定，她微微抬眼，一双翦水秋瞳，波澜不惊。着一双玲珑面的缎鞋轻移莲步随着荣寿家的入了孙府。

“好妹妹，你总算来了！”许凤翘迎在孙府中门，一眼瞧见了姚滴珠，笑着上前握住了姚滴珠的手，“我生怕你不上心，这天天盼着你呢。”

“姐姐这么着急做什么？”姚滴珠秀眉一挑，嘴角微微上扬。

“这是妹妹的好事儿，我当然要着急了。”许凤翘亲昵地拍了拍姚滴珠的手。

“那可未必……”姚滴珠轻扬的嘴角带着一股子戏谑，“我还没瞧见四少爷呢，我丑话说在前头，万一我瞧不上他，姐姐可别怪我拂你的面子……”

“你放心……”许凤翘双眼带着笑意，“既让你来，我便有十成的把握。”

“那万一我瞧上了四爷，四爷瞧不上我呢？”

“妹妹也太多虑了……”许凤翘拉着姚滴珠向里走去，从里到外都透着喜气，“凭妹妹这样的容貌，他再瞧不上，只怕要娶天上的仙女去了……”她忍不住停下脚步，笑着再上下打量了一番姚滴珠，“好了，你只管放宽心，咱们先入府，见过太太要紧。”

那头，孙小仙风风火火地跑到了孙玉楼房中。

“四哥哥，三嫂子带了个特别好看的姑娘进咱家了，听说以后要给我做新嫂嫂呢！”

孙玉楼“啪”的一声放下了手中的毛笔。

正在这时，孙小仙身后跟着的沈氏的丫鬟绣橘赶到，她对着孙玉楼行礼道:“四爷，太太有令，请您过去一趟。”

“不去……”孙玉楼望着孙小仙冲着自己做了个鬼脸，脸渐渐沉了下来。

“四爷，小不忍则乱大谋，您这几日天天闹着出去，太太都没准，您再闹也是胳膊拧不过大腿……”欢郎来到孙玉楼身边低声耳语，“您去看看又没说让您现在就娶。太太的令还是要听的，万一闹起来，惊动了老爷就不好了。您面子上尽可敷衍太太，把太太哄住了，我们才好图后计啊……”孙玉楼抬眼，望见了欢郎一脸坏笑，“就是去瞧瞧，能不能瞧上还不一定呢，四爷您说呢？”

“听你的。”孙玉楼轻声道，心中有了主意，望着绣橘，“走吧……”

孙府花园中，孙玉楼遇见了沈氏，上前搀扶住了母亲。

“你这病好了，也没个收心，恰好，你嫂子家的表妹要来府里小住两天，你也别老想着出去，在家好好陪陪表妹……”沈氏扶着孙玉楼往前院走去，“这姚大姑娘我曾见过，她出身簪缨，知书达礼，父亲是翰林学士，与咱们也算门当户对。我瞧着很喜欢，一会儿见了她，你可不能造次。”

“我自然都听母亲的。”孙玉楼恭顺地答道。沈氏一愣，看了眼自己的小儿子，见他低眉恭敬，倒也没有不妥，于是放心地点了点头。

走过后花园的拱门，假山后是一个由滚圆的红漆柱子建构的六角亭，亭子上琉璃瓦精美无比，亭角上的神兽栩栩如生。亭子中的石凳上坐着许凤翘和白衣玉裹的姚滴珠。

“快看看谁来了……”许凤翘远远地看到了沈氏等人，站起身拉起姚滴珠出了六角亭，迎着沈氏走了上去。

“滴珠见过太太……”姚滴珠立于沈氏面前，好似一个玉人，肌肤若雪，腰如约素，言行举止彬彬有礼，浑身上下透出一股子华丽的贵气。沈氏越看越满意，不由得笑着拉过孙玉楼:“这是我家老四，孙玉楼。玉哥儿……”说罢回过头来拿眼瞪孙玉楼，“这就是你三嫂子的表妹，姚滴珠姑娘。”

“见过四爷……”姚滴珠微微欠身，声音仿佛珠玉落地，她抬眼瞧了下面前的男子，不由得一愣，只觉他是她见过最好看的男子了：长身玉立，长眉若柳，只是一双俊美无比的眸子却不怀好意地望着自己，有种说不出的怪异。

“好个俊俏的妹妹……”孙玉楼一反常态，“三奶奶，这是说给我的吗？”

“这……”许凤翘被孙玉楼的表现弄得不知道如何作答，看向沈氏。

“不许胡闹。”沈氏暗暗警告孙玉楼。

“我没有胡闹……”孙玉楼笑得更加肆无忌惮，他凑近姚滴珠，陶醉地闭上了双眼，深深吸了一口气，“妹妹用的什么香？我吃过那么多胭脂，就数白梅的最合脾胃，妹妹真是有眼光……”

“四爷过奖了……”姚滴珠有些尴尬地侧了侧身。

怎料，孙玉楼突然上前想要去抓姚滴珠的手，吓得姚滴珠后退了一步。

“妹妹莫怕……”孙玉楼凑近姚滴珠，一脸迷情，怜香惜玉软声道，“我带妹妹去看看我们家的园子，上回春香楼的小桃红小春梅来了都说好……”说着，他靠得更近了，好似耳语，“小桃红和小春梅都是卖艺不卖身的，我们只是切磋诗词，没有旁的，妹妹莫多想！”

“越说越不像话！”沈氏望着儿子一反常态的样子，按捺着愤怒。

“四爷今儿是怎么了？平日可不是这个样子的！”许凤翘见状忙打圆场。

“什么这样那样的！太太和三嫂子不必为我打掩护，我见了妹妹喜欢都来不及，便顾不得许多了……”孙玉楼抬头一笑，狡黠得像是只觅食的小狐狸，“我看这样吧，妹妹今晚就住我的屋子，明日咱们成亲，我保证三年之内不纳妾，只疼你一人，如何？”

“四爷误会了，我是过府探望表姐的，还请四爷自重。”姚滴珠皱眉，往后退了一步。

“那不行，我就要娶你。”

“太太，我有点不舒服，先告辞了。”姚滴珠对孙玉楼的得寸进尺简直忍无可忍，说罢，便躲瘟神般地匆匆离去了。

“妹妹你别走啊……妹妹……”孙玉楼冲着姚滴珠离去的方向装腔作势地大声喊道，气得沈氏直哆嗦。

“玉哥儿……”孙玉楼一转身，望见母亲铁青的脸，想来自己的目的是达成了，不由得笑了。

姚滴珠立于窗前，回想着昨日孙玉楼的表现。

“姑娘，拿到了……”丫鬟小钗走了进来，将手中的纸条递给了姚滴珠。

“我倒要看看这个孙玉楼到底如何……”姚滴珠说着打开了纸条，只见上写，“孙玉楼，内阁首辅孙逊第四子，性格纯良，知书达理，无不良嗜好……”姚滴珠看着不由得笑了:“这个四爷有趣得很……”说着转过身对小钗道，“走，我们再去会一会那个四爷……”

姚滴珠的房间离孙玉楼的住所不算远，片刻工夫就来到孙玉楼的院子，姚滴珠径直走了进去。

“四爷……”

孙玉楼闻声放下手中的笔，抬眼看着进门的人，不由得一惊，转瞬间换了一副色眯眯的样子迎了过去:“妹妹这么快就改主意了……”

姚滴珠心中觉得好玩，一步一步逼近孙玉楼，朱唇轻启:“我才刚想了想，承蒙四爷看得起，你我又沾着亲，也算有缘。既然四爷亲口向我求亲，我总不好不瞧太太和三奶奶的面子。这样吧，明日四爷就向我父母提亲，我等着四爷八抬大轿来迎娶我。”

“啊……”孙玉楼被姚滴珠的一番话唬住了，脸色微变。

“四爷你不开心吗？”

“开心……”孙玉楼强忍着心头的不满，故意笑得灿烂，“我当然开心，不过成亲前有一件事你要答应我……”

“四爷请说。”姚滴珠柔情似水地盯着他，不放过他脸上的任何表情。

“婚后你不许管我，有些莺莺燕燕不过逢场作戏，你不能太认真……”孙玉楼故意咳了一声，挑眉望着姚滴珠，带着挑衅的神态。

“没问题，还有什么刁难的条件，都一并说了吧！”姚滴珠步步紧逼，孙玉楼连连后退，后腰猛地撞在了桌角上。此刻孙玉楼才明白，这个唤作姚滴珠的女子并非是个善茬:“不知三奶奶可曾告诉过你，我这人眼高于顶，一般的男人我瞧不上。父母之命固然要听，挑个我喜欢的良人也很要紧。实话跟你说了吧，这京城上下每一位富家公子的为人和品行，我都一清二楚。至于四爷……我如今该唤你四哥哥了，你昨儿演的那出戏过于浮夸，我是顾全你的面子，才不揭穿你的。还有你说的春香楼，楼里有叫小桃红、小春梅的吗？若真有，领来让我瞧瞧？”

“既然你都知道了，今日何必还来？”孙玉楼脸色突变，侧身躲开了姚滴珠，走了几步，和她拉开了好一段距离。一瞬间，姚滴珠觉得眼前的男子似乎变了个人，浑身上下散发出来的冷冽气质令她突然心跳了一下。孙玉楼眉如墨画、脸若桃瓣，一双眸子生动万分，好似藏了条璀璨的星河，明明刚才还玩世不恭，与她调情亲近，突然之间又拒人十万八千里，正经的样子像是石雕般冷硬。

“为什么不来……”姚滴珠双目含笑，认真地盯着孙玉楼，“难道四哥哥讨厌我？”

“讨厌谈不上……”孙玉楼偏过头，并不看向姚滴珠，语气也冷淡了许多，“不过也算不得亲近。”

“这么说，想来四哥哥心中一定是有了人，装不下别人了！”姚滴珠可惜地摇了摇头。

“有如何，没有又如何？”孙玉楼轻轻一笑，“与你无关。”

“是吗？”姚滴珠大大的双眼转了一转，笑得狡黠，“我听说你被禁足了，你不是一直想出府吗？我可以帮你……”

“你帮我？”孙玉楼眼中隐隐有光泽流动，嘴角微扬，“那就有劳妹妹了。”

次日一早，日头还没升起来，姚滴珠便去了百戏班。寂静的街道中央，姚滴珠立于马车上，叫住了百戏班前的林少春。她细细打量着林少春，少女一身朴素的衣着，周身上下没有任何多余的装饰，但是她静静地站在那里，就是一幅绝佳的水墨画卷；那张脸白皙似雪，和这个春天格格不入，真如这天地间的一抹绝色。

“林姑娘……”

“你是谁？”林少春立于马车下，仰望着马车上锦服秀美的少女。

“我叫姚滴珠。受孙家四爷所托，来替他传句话，四爷约姑娘明日午时大相国寺外的榕树下相见！”

“我和他没什么瓜葛，请姑娘代为转达，让他歇歇心，我不去。”林少春清冷的声音让姚滴珠很不舒服。

“去不去姑娘自己拿主意，我话带到了，后头的事不与我相干……”姚滴珠轻声笑道，声音既温婉又冷冽，“不过四爷说了，他此心不移，会一直等下去，等到姑娘来为止。”说罢，姚滴珠放下珠帘，不再看林少春，扬长而去。

林少春一个人立于悠长冷清的街道中，久久地凝望着马车远去的影子。

狂风暴雨撼动着相国寺。

天空早已没了阳光。雨水从碧色琉璃瓦的屋顶上滚成了小河，墙上的碧色琉璃角龙翠绿清晰得似活了一般，花坛内植的蔷薇颤抖着，被暴雨冲刷的大榕树在墙宇高峻间依然挺拔，犹如树下那个着素绸云霞巾的男子。

孙玉楼锦绮镶履，衣衫湿透了全身，唯有那张清隽白皙的脸越发清晰，甚至透出一股子艳色；清波流转的眸子锁着远处，那一股子坚定的光亮从眸中发出，令人不觉想起那至死方休的尾生，寤寐无为，中心悁悁。

林少春油纸伞下的手指骨节分明，隐匿在伞下的那张脸隐忍而孤傲。

孙玉楼一眼便瞧见了林少春，狂喜顿时弥漫了心头，疯了般地冲到林少春的身后，清晰明亮的声音飘荡在林少春的头顶:“我知道你一定会来的！”

林少春纵是铁石一般的心也软了下来，她转过身，假装漫不经心道:“我只是恰好路过。”

“我约你在此，你又恰好路过，这不是缘分吗？”孙玉楼笑得开心，全身湿透却不觉狼狈。

孙玉楼那双眸子太过耀眼，林少春不觉心底生出恐惧。她怕被这突如其来的情愫缠住，世间有几人能逃情网？她转过身，脚步没有停歇，声音微微颤抖，带着一丝不易察觉的慌乱:“我有事在身，先走一步了。”雨水打在油纸伞上的声音惊心动魄，那声音大过了她心底的所有声音，她忍不住停下了脚步，转身走向了孙玉楼，将手中的伞递给他，“出门的时候多拿了一把伞，给你吧！”

“是特意给我带的吗？”孙玉楼并没有接过林少春递来的伞，他凝视着林少春捏紧的手指，如玉白皙，骨骼分明，越瞧越是喜爱。他大了胆子，猛地钻进了林少春的伞下。雨水打湿的寒气混杂着男子身上的灼热，闯入了林少春的防线。

“你这人怎么这般无赖……”

“既然来了，何不许个愿再走？我听说这棵树灵验得很，有求必应。”孙玉楼笑得真挚，热切的目光让林少春有一丝恍惚，似乎很多年前，那个宽大的院落中，那些总是笑着的人……就是如此。

她越过他的肩头，望向他身后的大榕树。雨幕中，树上一串串红色许愿牌映入眼帘。林少春愣怔之际，孙玉楼的俊脸忽而放大在她的眼前，笑得犹如春日里的一道光。一下子，她仿佛受了蛊惑，脱口而出的话令她后悔莫及:“怎么许？”

“你把心愿写下来，系到神树上，一日之内必定达成。”

“浑说！我才不信呢。”林少春柳眉微挑，抬眼看向孙玉楼。

两个人四目相对，各怀心事，沉默半晌，天渐渐放晴了，阳光透过云层投下万道光芒，照在二人身上，让人顿觉温暖了不少。

“你瞧，天晴了，连老天都怜悯我，见我在这里等了这么久，舍不得再让我伤心了。”孙玉楼笑嘻嘻地将手里的许愿牌和笔递给林少春，心里盘算着不管她许下什么心愿，都要帮她实现，“咱们打个赌，若是没能帮你实现心愿，我以后再不来找你了；但若是实现了，你就不能再拒绝我，好不好？”

林少春看着眼前孙玉楼诚挚的眼神，想着这些日子他为自己的付出，心底某个地方莫名被击中了，可转念之间，想到自己背负的责任，她的背脊不自觉地挺了挺，收起了雨伞，缓缓接过孙玉楼手中的笔和许愿牌，盯着孙玉楼的眼睛，道:“好。”

她转过身，看了一眼枝繁叶茂的老榕树，轻轻提起笔，在许愿牌上缓缓地写下了心愿。

风雨消停，经过雨水的冲刷，此刻的天空更加明亮了，满树的许愿牌随风摇曳，林少春方才写过的许愿牌上，那鲜活的两排字在阳光下熠熠生辉:

“唯愿孙玉楼立地遁形，不复相见。”

孙玉楼见状，无奈地笑着摇了摇头。

初雨过后的天犹如洗过一般澄澈，如碧玺，如青玉，柔和而清丽的阳光透出了云层，照在相携而行的两个人身上。

“你知道人世间最美好的是什么吗？”孙玉楼笑着看向身旁的林少春。

林少春停下了脚步，这个词语令她心生向往，她怔怔地望着孙玉楼。

“是念念不忘，终有回响。”孙玉楼微微一笑，“我知道我自己的心，等你给我一个结果，这就是人间最美好的事情。”

“你怎知一定是好结果？”林少春嘴角微扬。

“因为你心里有我。”他眼睛明亮，语气坚定。

“何以见得？”

“你为了给我送药，扮作琴娘混进我府中，如此煞费苦心，还不足以为证吗？”孙玉楼笑得坦荡，一双生动的笑眼让林少春心跳漏了半拍。

“你误会了，这药本来就是你的，我送还给你，是物归原主。”林少春垂下头，脸上竟浮起两抹不易察觉的红晕。

“那你怎么知道我住在哪里？你要是心里没我，何至于辗转打听，亲自送到门上来？”孙玉楼几乎碰到了她的额头，离她那么近，近得令她不安，她猛地抬起头，讽刺道：“那是因为阁下臭名昭著，随便打听一下就知道你的住处。至于亲自送药，我那日很闲，正好出来走动走动，松松筋骨。”

孙玉楼宠溺地摇了摇头：“好，你说的都对。”

吵吵闹闹间，两个人走到了戏法摊前。

戏法师傅是一位中年大叔，只见他将一只兔子放进箱子里，红布掀开，兔子消失；他又将一只猫放进箱子里，红布掀开，猫也消失了。

“在场诸位，哪位愿意上台协助在下，来个大变活人？”戏法师傅冲着围观的人群吆喝着。

孙玉楼盯着戏法师傅，想起了林少春在榕树下许下的心愿，不由得计上心来。他猛然上前：“我来。”

“你……”林少春到嘴边的话又咽了下去。

“我这就实现你的愿望，立地遁形！”孙玉楼冲着林少春眨了眨眼，笑得一脸灿烂，说罢，就钻进了大箱子。

戏法师傅将箱子合上，盖上红布，正要变戏法之际，一队官兵突然从街口呼啸而来。

“不好了，监市的来了，快跑……”众百姓转眼间作鸟兽散了，戏法师傅拿起铁盘里的钱也跑了。林少春猛地跑到箱子面前，一把掀开红布，打开箱子，里面空无一人。

林少春一下子慌了神:“孙玉楼！你给我出来！”可任她苦苦叫喊，孙玉楼就像凭空消失一般，无踪无影。

林少春突然浑身颤抖，缓缓倒在地上。

巷子里的孙玉楼本想看看林少春的反应，却不承想林少春竟瘫倒在地上。他疯了般地冲出来，一把抱住了林少春:“少春，你怎么了？少春……”见林少春还是没有反应，他急得冲巷子里的欢郎嘶喊，“欢郎，快！快去找大夫！”

林少春猛地睁开双眼，一把推开孙玉楼，站了起来:“肯回来了？”

“你装的？”孙玉楼不可置信地望着林少春。

“你能骗我，我就不能骗你吗？这下子好了，我们扯平了……”林少春站直了身子，直视着孙玉楼，“你忘了我是靠什么营生的？这种拙劣的把戏，也想逃过我的眼睛？好了，今儿我陪了你一整天，就算还你的情吧，自此你我两不相欠，告辞！”

长长的街上人迹寥寥，林少春说完转身便走。

“林少春！我喜欢你何错之有？”孙玉楼声嘶力竭地喊道。

林少春停下了脚步，半晌转过身，眼底已无波澜:“多谢你的厚爱，可惜我无福消受。我还有我的事情要做，不能陪你在此消磨了！”

“你究竟遇上什么事了？说出来，我可以替你分忧……”孙玉楼快步来到林少春面前。

“不必了，这件事谁也帮不了我。”林少春退后一步，垂下眼帘，转身欲走。孙玉楼伸手拦在她的面前，她望着他那双明亮的眸子，透出淡淡的忧伤。

“咱们今日打的赌约还算不算数？你许愿要我立地遁形，我遁形了，也做到了……”他的坚持那么决绝，像是一颗明亮的星无尽地包裹住了她，“你就应该履行承诺，不能再拒绝我！”

一瞬间，林少春觉得吹过脸颊的风暖得令她无所适从。

曲折无尽的湖面上，满池的荷叶亭亭玉立，荷花娇艳欲滴，微风吹过，扑鼻的清香便飘去好远。

姚滴珠纤纤玉手剥开莲蓬，往嘴里塞了颗莲子:“四爷和我以前见过的男子都不同，别的爷们儿一颗心能分成几瓣，唯有他，一心只爱一人，别的男子有始无终，他却锲而不舍。”姚滴珠坐在小船上，缓缓闭上了双眼，似乎陶醉于莲香，又似乎陶醉于刚才话里的那个人。

“哎哟！”许凤翘望着姚滴珠心头大喜，“瞧你那心花怒放的模样，我这就回去和太太商议，预备了礼，即刻派人来提亲。”

“姐姐先别忙。”姚滴珠睁开了双眼，眼底清明，“我说四爷一心爱一人，可惜那个人不是我。”

“你说什么？”许凤翘杏目圆睁，猛地抓紧了船帮。

“今日他去相国寺不是和我有约，而是我帮他圆了个谎，助他出门，去会佳人。”姚滴珠淡淡一笑，望着雨后初晴的天空，自言自语道，“姐姐，你看，下了雨的天空好美，人心如果这样多好！”

“你这个老实丫头，天底下哪有这样的事？”许凤翘气得脸都变了颜色，“他喜欢的是哪家的千金？无论他瞧上了谁，就算对方是仙女，我也替你把他抢回来！”

“倒不是什么千金，是百戏班一个唱戏的角儿，叫林少春。”

“一个戏子？”许凤翘很诧异。

“戏子怎么了？”姚滴珠不以为意，竟然笑了，“情字里头何分贵贱？”

“自古小戏儿都是让人取乐的，哪家高门大户能让这样出身的女子进门？别说正房奶奶，就是个姨娘她也不配。娼窝儿里出来的东西，心又黑，手又狠，进了门还了得？”许凤翘恨得牙根痒痒，她怎么也想不到那个纯真得像小孩子的四爷竟然迷上了一个戏子，这还了得？

“姐姐，你别强出头，叫四爷知道了岂不恨你？”姚滴珠安慰地拍了拍许凤翘的手，“这件事还是瞒着太太吧！四爷是人中龙凤，我也不比他差，我相信我的有缘人早晚会来的，何须抢别人的！”

“你……”许凤翘瞧着姚滴珠云淡风轻的样子，心中越来越沉，不再说话，陷入了沉思。

小船行向莲花深处，越行越远。

第二章 春风缘隙断知音

『你又来做什么？我林少春，无父无母，家徒四壁，
只不过是百戏班里一个小戏儿，什么都没有。』

『我孙玉楼，父母健在，家财万贯，
是当朝首辅的儿子，什么都不缺。』

孙玉楼上前一步，目不转睛地盯着她，
一字一句落在了她的心底，

『咱们凑一凑，正好齐全了。』

YU LOU CHUN

“云鬓松松凌乱，细腰似水轻软，看这莲步款款，疑是天仙落凡……”

孙玉楼每次听林少春唱《紫钗记》，总像是进入了一场绮梦，梦里有李益和霍小玉，那惊心动魄的爱与悲恸令人心头百感交集。

这天戏快散场时，孙金阁带着四个小厮来到了百戏班。

孙玉楼诧异地望着进门的三哥。

“听你三嫂说你有一位红颜知己在这里谋生？我特来瞧瞧，帮你参详参详。”孙金阁解释道。

“戏已散场了，三哥跟我到后台吧！”孙玉楼带着孙金阁向后台走去，突然间听到后台传来林少春的尖叫。孙玉楼快步上前，猛地掀开了布帘，入眼的竟是一名青衣男伶与林少春纠缠在一起的画面。

“你放开我……”林少春用力想要甩开眼前的男子。

“少春，你怎么能说不认得我呢？咱们在一起一年多，情投意合，恩爱非常……”青衣男子一脸猥琐，看样子倒是入戏了十分，“你说骗来孙家四爷的钱就跟我远走高飞的，如今你想登高枝儿，就抛下我不管了？”

“我根本就不认得你。你既然故意诬陷栽赃，那我们何不见官？”林少春柳眉高挑，并不见一丝慌乱，冷冷地看着男子。

“你这丧良心的东西，跟我在一起的时候吃我的、喝我的，这会儿遇见了有钱人就要跟他走，我……我打死你……”男子抬手就要打林少春，说时迟那时快，手还未落下，就被迎面赶来的孙玉楼一把抓住。男子诧异地抬眼，看着忽然冒出来的孙玉楼，又看了眼他身后的孙金阁。

“你当真和少春在一起一年多了？”他开口，语气冰冷得让人忍不住打战。

“当……当真……”男伶人被孙玉楼抓住手臂，此刻痛得厉害，歪着嘴叫道。

“看来你真是没有尝过牢狱的滋味……”孙玉楼低下头悄声细语，男伶人只觉从脚底升起一股寒气，“少春碰不得蔷薇硝，一碰就满脸起疹子，可你呢？脸上厚厚地抹了一层，她要是真跟你有私的话，刚才根本就登不了台……我看你是不见棺材不掉泪，欢郎，抓去送官！”

林少春心头一震，望向了一脸凌厉的孙玉楼，心头百般感动，面上却仍不动声色。

男伶人被吓住了，浑身发抖，瑟缩求救的眼神落在了孙金阁的身上。

“好大的胆子，光天化日下栽赃陷害！来人，快拖走……”孙金阁心中有鬼，慌忙吩咐随从的小厮将男伶人拖了出去。

孙金阁心中懊恼，今日里得了夫人三奶奶的令，找来男伶人诬陷林少春，定要让那林少春好看，好让孙玉楼死心，怎料这男伶人太不争气，一眼便被孙玉楼识破了。

孙金阁见事情败露，拂袖准备带着小厮离开，抬眼间瞧见了林少春，那熟悉的眉眼令他心中一惊：这不是那天在孙府冒充虞娘子弹琵琶的女子吗？突然间，他灵光一闪，计上心来，若是他在虞娘子身上做文章，林少春怕是要吃不了兜着走！想到此，孙金阁不禁露出了笑容，这下子三奶奶必要表扬他了。想到此，他忍不住哼着小曲离开了百戏班。

隔日，孙玉楼正在百戏班看戏，锣鼓点起的当口，一群官兵忽然冲了进来，不由分说便直奔刚刚上台的林少春。

“林少春，虞娘子状告你冒充她的徒弟，骗取他人钱财，来人，给我抓起来。”

孙玉楼见状冲了上来，将林少春挡在了身后。他望着官兵头子冷冷道：“少春本就是虞娘子的徒弟，何来骗取他们钱财？”

“我不是她的徒弟，我冒了她的名，在你父亲寿宴上登台奏乐，她告我是应当的……”林少春咬了咬双唇，在孙玉楼耳边悄声解释道。

“还不快给我抓起来！”官兵头子喝道。

“你先跟他们去，我会想法子救你的！”孙玉楼坚定地望着林少春，安抚道。

林少春点点头，随官差走到门口，一回头，看见师父柳三绝正站在门廊处望着她。林少春想叫一声师父，却未喊出口，此刻她终于明白了师父那日的教导和责怪。

孙玉楼赶回孙府，即刻找来欢郎，嘱咐他把虞娘子技不如人的消息散播出去，只半天工夫，京城的街头巷尾就传遍了。消息自然也传到了虞娘子的耳朵里。傍晚时分，孙玉楼将虞娘子约到了泰和酒楼。

虞娘子心中自是憎恨林少春的，但向衙门递状纸状告林少春却并不是她所为。不过借此机会，她正好会一会林少春，至少要讨个说法，不能便宜了那个丫头。

泰和酒楼中，虞娘子冷着脸，望着对面的孙玉楼，话中带刺："你凭什么觉得我会在公堂上承认林少春是我的徒弟？"

孙玉楼望了一眼楼下的人来人往，漫不经心地笑道："若林少春是娘子高徒，那么她一鸣惊人也有娘子的功劳，世人至多感慨青出于蓝而胜于蓝。可若娘子不认她是你的徒弟，那么娘子的名声怕是要毁于一旦了，非但叫人认为娘子技艺不过如此，还会落个忌惮后生晚辈，狠下毒手的恶名。"

孙玉楼声音不大，飘出嘴边的几句话却四两拨千斤。虞娘子突然愣住了，久久的，她凝视着面前这个如玉的少年，冷声道："你倒是算计得彻底。"

"让娘子笑话了。"孙玉楼起身，恭敬地为虞娘子斟满了面前的茶水。

京城府衙设在都指挥使司之东，大门三间，上面高悬大匾"中原首郡"。衙门前有照壁、东西辕门。照壁上刻"淡简"二字，照壁两旁设置木栅，木栅上有匾，匾曰："敬天威，畏民志"。堂东为幕厅，幕厅的公堂上，横匾上题两个大字"肃政"，两侧对联曰："处官事当如家事，得民心斯合天意"。

虞娘子与林少春跪于堂下。林少春望着府尹杜世卿，辩白道："我是拿了赏钱，但我领赏是在露了真容之后，满堂宾客皆知我不是虞娘子，因此赏与罚，俱与虞娘子无关。"

"那你究竟是不是虞娘子的徒弟？"杜世卿正色道，"你冒认他人名声的罪责还是要追究的！"

"我……"

林少春正欲回答，一旁的虞娘子欠了欠身子，打断了林少春的话，一字一句答道："回大人的话，林少春是小女子的徒弟。"

林少春难以置信地望着虞娘子。她料想自己先前假人之名，虞娘子必定对自己恨得咬牙切齿，怎知如今对簿公堂，竟然承认自己是她的徒弟。

"既无银钱瓜葛，又是你自己的徒弟，那你让本官断什么案？"杜世卿惊堂木一拍，没好气地说道。

“这状纸不是我递的，大人！”

“荒谬，状纸不是你递的，你来做什么？莫非是戏耍本官？”杜世卿一拍惊堂木，吓得堂下二人不禁一抖。

“不不不，不是的！”虞娘子百口莫辩，料想这背后定是那天找她的孙家三少爷搞的鬼，但孙家门庭显赫，又在公堂之上，她是断不敢胡言的。

“回大人，是这么回事，最近有很多宵小离间我们师徒的感情，不是说我不如师父，就是说师父不如我，让我们不胜其扰，还请大人替我们做主。”林少春拱手，“都说大人爱民如子，要不是真遇到了难题，怎敢惊扰您？”

“你倒是会说话。不过这确实难不倒本官……”杜世卿微微一笑，抬眼看向了林少春和虞娘子，“本官自幼熟习音律，自问也是个行家，不如你俩当着本官和百姓的面比上一比，如此一来，再有人挑拨离间就没人信了，二位意下如何？”

“都听大人的。”林少春和虞娘子同声答道。

府衙门前，人群渐渐拢了上来，杜世卿望见了人群中的孙玉楼，冲他眨了眨眼睛。

虞娘子令下人取来琵琶，轻拢慢捻，一曲《平沙落雁》缓缓而起，犹如一幅意境悠远的水墨画，虞娘子起调似鸿雁来宾，让人仿佛感受到了缥缈的云霄，倏隐倏现，大雁若往若来，令人听起来难以平静，猛然间，众人期盼着大雁既落，琴声恰好于此时收止了。林少春接过琵琶继续弹奏，琵琶声时而热烈奔放，时而幽远缥缈，但隐隐露出怯意。林少春弹奏间抬眼看见了人群中的孙玉楼，孙玉楼了然地点了点头，他竟然懂得她故意败北的心意。

一曲弹罢，林少春放下手中的琵琶，望着虞娘子，二人相视一笑。

“没想到今日有幸能听得如此上佳的音律，这样的案件，每日来上十宗，本官也断得。依本官之见，虞娘子琴声沉稳，宏阔如海，少春姑娘指力暗含劲道，颇有不让须眉的气概。不过终是太年轻了，缺了老练圆融，日后勤加练习，必能青出于蓝。如此本官就断一断，今日虞娘子略胜一筹。”杜少卿朗声道，围观的百姓响起一片掌声。

“你陪我回去一趟，我再传授你一些新的法门。”虞娘子抬眼冲林少春说道。林少春点点头，扶着虞娘子上了马车。

“你为何有意输给我？”马车上，虞娘子盯着林少春。

“我并非有意，实在技不如人。”林少春坦荡地望向虞娘子。

“你真当我听不出来吗？你今日明明是故意输给我的。看来我当真是老了，竟要一个后生的谦让……”虞娘子叹了一口气。

林少春望着虞娘子脸上细细的纹路，心头一热，恭敬道:“对不住，冒了您的名，是我有错在先，还望您见谅。我对娘子的琴技仰慕已久，若蒙娘子不弃，就收我为徒吧。”

“你……”虞娘子先是一惊，随即满眼笑意地嗔道，“矫情。”

“我不过是个偷巧耍滑的小丫头罢了，侥幸露了脸，论起琴技来，在您跟前终究是班门弄斧。今日公堂上我搬起石头砸了自己的脚，臊都快臊死了，只求您能收下我，让我跟您学艺长本事，也让我侍奉师父，以赎前愆。”林少春上前握住了虞娘子的手，还带着稚气的面庞令虞娘子仿佛看到了年轻时的自己，她抽回手，刮了一下林少春的鼻头，戏谑道:“技艺高超，又会做人，是个聪明的丫头。”

“师父……”林少春笑嘻嘻地叫了一句。

“你今儿入我门下，也算误打误撞。我原不想和你闹上公堂的，偏中了别人的套，兜了这么大个圈子，险些赔了夫人又折兵。”虞娘子意味深长地看着林少春。

“您是说，背后有人设局？”林少春不解。

“方才公堂上我思忖了一下，找到了些头绪。如今你既叫我一声师父，我就少不得要提点你。有钱人家的公子哥儿招惹不得，你要仔细了。富贵窝儿里养着豺狼虎豹呢，要问行事磊落，还不及咱们江湖人。”虞娘子不愿讲出孙金阁的名字，但是她知道以林少春的聪慧定会明白。

“原来如此，难怪最近发生了这么多的事。”林少春了然地望着虞娘子，“谢谢师父提点。”

“你明白就好。”虞娘子疼爱地拍了拍林少春的手。

林少春别了师父虞娘子，出了歌舞坊，抬眼就望见了旗子下，孙玉楼静静地立在那里，远远地张望着。

林少春狠下心不看孙玉楼，转身欲走，孙玉楼上前拦住了她。

“你又来做什么？我林少春，无父无母，家徒四壁，只不过是百戏班里一个小戏儿，什么都没有。”

“我孙玉楼，父母健在，家财万贯，是当朝首辅的儿子，什么都不缺。”孙玉楼上前一步，目不转睛地盯着她，一字一句落在了她的心底，“咱们凑一凑，正好齐全了。”

“我虽出身寒微，可断断不会给人做姨娘的。”林少春猛地抬头，发觉他离她那么近，近得将他眼角眉梢间的深情看得一清二楚。

“我这一生也只打算娶一个妻子……”孙玉楼紧紧锁着她的目光，“你要做就做我明媒正娶的四奶奶。”

“你……”林少春愣住了，她真的不明白眼前这男子身上哪来的那么大的执拗，“孙玉楼，我林少春的命不好，还有很多事情要做，你陪着我，路不好走。”

“有我在，再难的路也不会难的。”他笑得如沐春风。

“说大话……”她一把推开了他，绕过他向前走去，心里却涌出一股莫名的暖流，直流淌到四肢百骸。

“哪是大话？我说的都是实心话！你瞧着吧，要是不好，你一脚把我踹了，我绝无二话……”他紧紧跟在她的身旁，竹筒倒豆子般地滔滔不绝。

她猛地停下脚步:“好。”

他险些撞在她的身上，一把握住了她的肩:“好？”抬眼间却发现了她眼底促狭的笑意，不由得呆住了。

回到百戏班，戏已经散场了，高台上下，除了师父柳三绝，没有任何人。

“师父。”林少春来到师父跟前，发现师父拿着一叠书坐在椅子上，似乎在等她。

“我来帮你温书。”

“师父，这些书……我还没有看。”林少春恭恭敬敬地立在师父面前，接过师父手中厚厚的一叠书，她刚掀开第一页，师父白皙的手指按在了书页上。

“两情相悦，本就是好事，能遇见一个可心人，也真正不容易，这些时日我看你醉心于此，心下还有些替你高兴，毕竟父辈的事，终究是父辈的，倘若你能放下……”柳三绝把书合上了，叹了一口气。

“师父，我放不下，林府一夕之间家破人亡，这冤我一定要申……”林少春坚定地摇了摇头，她凝视着柳三绝，“我永远记得母亲临死之前的样子……我忘不了……”

是的，她永远忘不了她推开那扇门的情景。母亲那身刺眼的命妇礼服庄重至极，云霞孔雀纹的霞帔上钑花金坠子摇摇坠坠，高高的发髻之上金凤衔珠串，步摇上的那颗珠子，是父亲亲手镶嵌的。

“母亲……”母亲手中盛满毒药的碗已空空如也，掉到了地上。

“少春啊……你父亲不在了，母亲无法独活，母亲对不住你……”母亲倒在了弱小的她的怀中，她紧紧握住母亲的手，眼望着鲜血顺着母亲的嘴流了出来，她不敢相信，疯狂地摇头，不停地呼喊着母亲。

“可叹远道一生为官清廉，从未贪过一针一线，为……为……”母亲眼神渐渐迷离，想努力看清楚她的脸，却越来越模糊了。

“母亲，我知道父亲是被冤枉的……我听到了圣旨……”泪水模糊了视线，落在与母亲交握的手上。

“可惜……可惜你是女孩儿……若是男儿，倒还能为父申冤……”

“母亲，女儿可以，女儿可以为父亲申冤的，你不要丢下女儿……”她崩溃大哭，紧紧抱着母亲，却发觉母亲的气息越来越弱了。

“难……难……难……”母亲想要睁眼再看清楚她，视线却越来越模糊，最后只艰难地吐出了三个字。鲜血浸透了她庄重的命妇礼服，这一生，恪守礼道，尽忠尽孝，却依然抵不过圣旨上那短短几行字……

林少春不忍再想下去:“师父，申冤是我活着的理由。”她握紧了拳，指甲深深地嵌进了手心。柳三绝疼惜地握住了林少春的手，温柔地掰开她的拳头，语重心长地说道:“既这样，你就不该分心，前路坎坷，闹不好就要掉脑袋的。天下有几个人谈情说爱间报了父仇的？”

“师父，我明白了。”林少春回握住师父的手，郑重地点了点头。

隔日清早，林少春约了孙玉楼在大相国寺榕树下见面。

“你可还记得，这是你耍赖撒泼的地方？”林少春伸手摩挲着树干，斑驳的树皮写满了岁月的沧桑。

“那不是为了让你得偿所愿吗？”孙玉楼满脸笑意，立于林少春身后。

“要是我今日还有一个愿望，你愿不愿意为我完成？”林少春猛地转过身，澄澈的眸子望着孙玉楼。

“你说……”孙玉楼忍不住上前握住了林少春的手，林少春一惊，那滚烫的温度灼热了她，“无论你有什么心愿，我赴汤蹈火也替你实现。”

“你说过，无须我改变，也无须我迁就你。可是四爷，寻常过日子，不是只有风花雪月，睁开眼便要计较柴米油盐。如今你依附祖产不愁吃穿，若有朝一日要你为生计奔波，你可能担负起重任来？”林少春任由孙玉楼握着自己的手。

“你想我做什么？”

“科举快开始了，我想你考取功名！”

“少春，我很早就参加了乡试，也是举人身份，只是我生在那样的人家，见了太多的官场污浊……”他用力握着她的手，垂下眼帘，“但只要你让我去，我便去。”

“那你要依我，在你高中之前，咱们不可再见面。”林少春抽出了自己的手，退后一步，“这是我对四爷的考验，若你经得住锤炼，你我何愁没有长相厮守的日子？但若你经不得考验，那我就要好好计较，你能否是一个可托付终身的人了。”

孙玉楼深吸了一口气，望着林少春，语气坚定:“我知道我这样的出身，很难让你相信我是一心一意的，你要考验就考验吧，科举我去考，你不想我来找你，我就不来了。我相信精诚所至，金石为开，早晚有一日，你会明白我是可以托付终身的人。”

林少春望着孙玉楼坚定的目光，心中不忍，她想起了《紫钗记》里李益对霍小玉的纠缠和痴迷，可她不是霍小玉，她想尽法子与孙玉楼分开，情爱啊，分开的日子久了，也就淡了。她不过是他生命中一个匆匆过客罢了，她有她自己的使命，她做的事以后可能会掉脑袋，她不能连累他，她与他终究会分开的。

自那日与林少春分别后，孙玉楼像换了个人一般，安分在家，不出门也不理人，除了看书就是练字，夜里连卧房都懒得回，困了和衣在书房里将就。这日姚滴珠来到孙玉楼房中，一进门便瞧见孙玉楼躺在地上，望着房中高挂的一墙文章，背下一篇便撕下一篇。

“怎还有这样新鲜的背法？”姚滴珠笑着坐在了孙玉楼的身旁。

“大考在即，再不用功就来不及了。”孙玉楼头也没回地应声道。

“我素来听闻四哥哥性情疏阔，如今竟要应试，这是怎么了？”姚滴珠歪着头，娇俏地盯着孙玉楼。

“有人同我说过，世上多一位好官，便少千百宗冤案。”

“这话说得很是，不知这位点拨了你的高人是谁？”姚滴珠秀眉一挑，笑眼弯弯。

孙玉楼终于从书海中抬起了头，望着姚滴珠，缓缓答道：“林少春。”

姚滴珠瞬间愣住了，定定地望着孙玉楼。眼前这个如玉如珠的男子为了林少春甘愿如此。姚滴珠自嘲地一笑，站起身离开了。

姚滴珠因为孙玉楼心里有些堵，便唤了侍女小钗，陪同着到大相国寺祈福。四月的天，寺内的桃花都开了，漫天花海，美得如梦如幻。姚滴珠戴了帷帽，正漫步寺中，眼前的景象令她一下子停下了脚步，远远地，桃花树下，林少春头缚儒巾，身着青色襕衫，翩翩公子般立于一群儒生之间。

一儒生言：“今天下，唯天子之定能使百姓安逸，唯陛下能定江山。”一些儒生纷纷点头。另一儒生摇着头反驳道：“此言差矣，如若无百姓交粮缴税，国库何以充盈？若无贤臣辅佐朝纲，社稷何以安定？”

林少春望着两位儒生剑拔弩张的样子，笑言道：“不知诸位可读过《神农本草经》？经书有云：上药一百二十种为君，主养命；中药一百二十种为臣，主养性；下药一百二十种为佐使，主治病；君药分量最多，臣药次之，使药又次之。不可令臣过于君，君臣有序，相与宣摄，则可御邪除病矣。诸位都是聪明人，怎么忘了君臣佐使之道？”林少春的一席话令众儒生茅塞顿开，纷纷点头。

立于远处的姚滴珠望着小钗，轻言道：“这林少春说得很有道理，可是做事……”她忽然想起孙府里日夜苦读的孙玉楼，再看看潇洒混在男人堆里的林少春，不觉冷冷一笑，“实在荒唐，真为四爷不值。”

“既如此，何不让四爷睁眼瞧瞧！”小钗愤愤不平道。

“我不会做那样的事，纵是让四爷厌恶了林姑娘，四爷也未必移情于我。强扭的瓜不甜，我又何必枉做小人，叫人家瞧不起我。”姚滴珠望了望小钗，扶着她的手说道，“我们走吧！”

其实林少春早已认出了姚滴珠的马车，见她并没有走近，也便装作没看见的样子。她出现在大相国寺，是为了结交这些进京赶考的生员，摸清他们的水平。虽然她知道一个姑娘家如此十分不合时宜，可她没的选择。

与大家清谈完，林少春回到了自己的茅草屋。常嬷嬷迎上来，既担忧又心疼，一边倒水，一边装作漫不经心道："姑娘这次科举有几成把握？"

"连着几日的清谈，不说一甲，前三甲十拿九稳。"林少春端起茶杯，轻轻一笑，"嬷嬷，您放心。"

"哎呀，神天菩萨，这下老爷昭雪有望了。"常嬷嬷双手合十，喃喃自语。

林少春笑着摇了摇头。

已是日暮时分，天色忽然说变就变，大雨紧接着瓢泼而下。常嬷嬷怕大雨打湿了门窗，赶着关窗子去了。林少春挑了挑灯花，烛火摇曳了一下，屋里比先前亮了一些。忽然，一阵急促的敲门声传来，在雨夜中格外刺耳。

"这么晚了，这么大的雨……"常嬷嬷在里屋念叨着，林少春见状先一步走到门口，打开了房门。

"陆叔叔……"

门外立着一身着青衫、手持骨伞的中年男子，方正的国字脸上神情亲切，一双眼深若海河，隐了难得的笑意。他将手中的包裹递给了林少春："热的，来之前在东街上买的！"

"锦泰铺子的松糕！"林少春惊喜地叫道，忙将男子让进屋内。

"你小时候最爱吃这个。"陆明合了手中的骨伞，随着林少春进了屋子。

"陆大人来了……"常嬷嬷闻言赶忙走出来，重新沏了茶，又添了一盏蜡烛，"这么大的雨，陆大人辛苦了……"

兵部郎中陆明曾是老爷林远道的门生，也是老爷朝中最好的朋友，当年林家被抄，林少春和常嬷嬷幸有陆明暗中周旋，才安稳了生活。

"常嬷嬷，不辛苦。"陆明淡淡一笑，坐了下来，从怀中拿出了一封信函递给了林少春，"少春，你心心念念的东西我给你带来了。"

"本届主考官的举荐函？"林少春吃惊地接过了信函。

"这几年科举的主考官一直是内阁首辅孙逊，不过今年孙阁老府上的两位公子同为本届举人参加科考，皇上英明，有意避嫌，指派了翰林院侍讲学士吴免担任本届科举考试主考官。此人学识渊博，为人倒是圆滑，三年前在任上的时候，我曾为他出头，这次我说你是我的门生林唯生，他倒是极乐意为我写了这封举荐信。"陆明抿了一口茶，微微拧眉，"可是少春，这女扮男装参加科考乃是欺君之罪，你自己想好了吗？”

“陆叔叔……”林少春猛地站起身跪在了陆明的面前，“为父申冤是我活下去的理由。我是女儿身，又无乡试经历，举子身份，若无陆叔叔为我送来这封举荐信，我断不能为父申冤。如今我心中万分感激，若陆叔叔因为我的事情受到牵连，我于心不忍……”

“少春……”陆明伸手将林少春扶了起来，“当年若不是你的父亲，我也不会有今天，我是实在不忍心你去冒险。你不如放下这一切，等到时机成熟，叔叔定会为你父亲申冤！”

“陆叔叔，如今林家已是罪臣之家，万不能让叔叔去冒险。我如今只怕这举荐信会连累您……”

“这个你放心……”陆明示意林少春坐了下来，“你是以门生的身份举荐的，如有问题，我只装糊涂，撑死罚一些俸禄，罪不至死。”

“那就好……”林少春点了点头，“陆叔叔对林家的大恩大德，少春铭记于心。”

“还记得那年秋天，我醉于酒肆中，险些被人打死，是你父亲救了我，还一直提携我……”陆明笑着摇了摇头，“我为他做得太少了。”

雨越下越大，不断敲打着窗棂，屋子里的人听着雨声，一时都陷入了回忆。

这一日散朝后，孙逊故意慢了一步，“正巧”于无人处碰上了翰林院侍讲学士吴免。

“吴大人，请留步。”

“不知阁老有何见教？”吴免停下了脚步，恭敬地行礼，一双精明的眼带着盈盈笑意。

“前日吴大人荣登主考官一职，老夫未来得及祝贺，正巧明日我家中有桩喜事，备了薄宴款待亲友，不知吴大人可有闲暇入我府中一聚，在下好借薄酒一杯，恭贺吴大人走马上任。”孙逊笑得意味深长。

吴免忙赔笑道：“阁老客气，不知阁老家中有何喜事啊？我闭目塞耳竟毫不知情，该罚、该罚！”

“明日是内子寿辰。”

“原来如此，这样喜事如何能不到场？下官必要来讨杯寿酒，向尊夫人贺寿。”

吴免即刻明了，笑得爽快。

“吴大人承让了。”

与吴免分别后，孙逊即刻回到家，嘱咐沈氏细心准备明日寿宴的酒席，至于为何要请一个小小的翰林院侍讲，孙逊只意味深长地笑了笑。

第二日，吴免如约登门赴约，众人推杯换盏，一片祥和融融。孙逊解释大公子孙世杰和四公子孙玉楼备考，不便出席，只有三公子孙金阁陪着父亲与一众朝臣。酒宴罢，孙逊亲自送吴免出府。等到客人都走完了，孙逊才在众宾客的礼物中找出吴免送来的一个礼盒。

这是一个檀香木做的雕刻有孔雀的锦盒，算不上奢华，却也精致。

孙逊打开锦盒，里面是一卷普通画卷，孙逊疑惑这吴免是否真的没有领会自己的用意，又觉得此人不会如此不通世故。略作思索，孙逊伸手摸了摸画卷，觉得手感不同一般画卷，仔细看画是有夹层的，撕开夹层，里面竟是一张考题。孙逊不自觉地笑着自言自语道:“吴免果然深悟此道啊！”他将考题重新誊了两道，让沈氏将书卷交给大公子孙世杰，并嘱咐让大公子在这三篇上多下点功夫。

沈氏接过书卷，心领神会，忽然想到小儿子，犹豫道:“不过……玉哥儿也要科考，老爷要不要备上两份？”

“老四自他上回乡试当了举人之后就一直没动静，这回开窍了。不过不成，一场科考，一甲俱出于孙家，定会有人参我徇私舞弊。玉哥儿便让他凭自己的真本事吧，考得上固然好，考不上下回再说。”

“手心手背都是肉，短了我玉哥儿的，真叫我心里头不好受！”沈氏叹了一口气。

“四哥儿还年轻，有的是机会，万事以大局为重，没的出了乱子，后头收不得场。”孙逊轻轻拍了拍沈氏的手，宽慰道。

沈氏不再说，点点头，将书卷藏于袖内，快步走了出去。

已是仲春的气候了，天气渐渐热了起来。这一日，孙世杰约着孙玉楼去了京城文人常去的云溪酒楼，二人见识了今年进京赶考的举人们，把酒言欢间，孙玉楼觉得收获颇丰。

“大哥，今儿跟你出来，我才发现京城里卧虎藏龙，真是让我大开眼界啊！”孙玉楼笑道。

“知己知彼方能百战百胜，日日窝在书房里也不成事。不过老四，你自从考取了举人后，便不爱沾染书本，这回怎么突然决定参加科考了？”孙世杰问出了藏在心中许久的疑问。

“有些事情可能会突然改变吧！”孙玉楼立于长街上，远远地凝望着百戏班的方向，强烈克制着自己想要去找林少春的冲动。他转过头望着孙世杰，淡淡一笑:“书中自有黄金屋，书中自有颜如玉，多读点书，我想我可以找到我那个颜如玉吧……”

“你前阵子不是还疯狂迷恋那个叫什么林什么的姑娘吗？”孙世杰笑着摇了摇头，“如今向书本要颜如玉啊……你啊你……”

“人生得意须尽欢，莫使金樽空对月。天生我材必有用，千金散尽还复来。”隔壁的酒肆门口，一个着蓝色长袍，满身酒气的公子在放声长歌。醉酒的公子四方巾歪戴着，清瘦高挑，一双迷离的醉眼长且细，唇薄而白，老人说这是典型的薄情样。公子踉跄着，疯笑着，忽然倒在了酒肆门口。

“贾公子，贾公子，醒醒啊，你赊了这么久的账，什么时候还钱啊？”店中小二蹲在醉酒公子的面前，颇有耐心地问道。

醉酒的公子颤颤悠悠拿着酒壶又站了起来，猛地灌了一口酒，指着店小二的鼻子骂道:“告诉你，爷是本届的科考状元，等我高中之后有的是银子，你现在胆敢对我不敬，我就把你……”突然之间他又笑了，竟然唱了起来，“抄家灭族……抄家灭族……”

“这人真够狂悖的！”孙玉楼盯着醉酒的公子。

“你可别小瞧了他，这是贾逢源，自诩京城学识第一，我同他打过交道，确实有些真才实学。俗话说‘宁欺白头翁，莫欺少年穷’，所以没人当真将他如何，你瞧……”孙世杰说着用手指了指。

孙玉楼吃惊地看到那个店小二正在细心地给贾逢源掸着衣服上的灰:“我的爷，你喝酒归喝酒，别弄脏了衣服……”

“走了，我们回去吧……”孙世杰笑着拉了拉孙玉楼，“别看了，你知道你那个大嫂，整天就知道舞枪弄棒，今早出门前像催命一样要我早些回去……”

于是二人相携回了孙府。前脚刚进府门，后脚就见大嫂吴月红一身红衣，疯了一样冲了过来，将手中的符咒迅速贴在了孙世杰的脑门上，还没等孙世杰回过神，吴月红又迅速含了一口水，喷在了孙世杰的身上，然后从侍女手中接过桃木剑，疯了般在孙世杰身边舞来舞去，还一边念叨着:“太上老君，急急如律令。”

孙世杰与孙玉楼俱是目瞪口呆。

“你这是做什么？”孙世杰气得气血翻滚，大吼道。

吴月红根本就不理他，一套剑舞得虎虎生风，加上那一身红衣，整个场景显得尤为诡异。

“大奶奶……”孙世杰猛地用胳膊去挡吴月红的长剑，吓得吴月红慌忙收手，“你这又闹的哪出啊？”

“太太在大相国寺给四爷求了一道符，四爷原本那么不上进，如今一气儿换了个人似的。我今儿也去寺里给你求了一道……”吴月红停了下来，红扑扑的脸蛋上一双黑白分明的大眼睛痴痴地看着孙世杰，“大爷，你一定会高中的！”

孙玉楼上前拍了拍孙世杰的肩膀:“大哥，我觉得你也一定会高中的。”说罢笑着扬长而去。

“无才无德……”孙世杰忍无可忍，拂袖而去。

“大爷，这法还没有作完呢，你上哪儿去？”吴月红大喊着追了过去……

京城礼部官衙门前，一众生举子齐聚于此。吴免高坐堂中，众生列队脱光了衣服，由监考官们一一检查身体，从头到脚，检查过后的考生换上统一的月白色考服，走进号舍。

“科举考试乃是为朝廷选拔人才的重举，请各位考生遵纪守法，不得徇私舞弊，弄虚作假，否则将依本朝律例革除功名，发配边疆，终生不得再考。”监考官朗声道。

队伍中，一考生畏畏缩缩地站在监考官面前，不敢脱掉衣服。

“脱……”

考生吓得一哆嗦，慢慢脱下衣服，只剩下脖子上的玉石坠子。官兵正准备放行，监考官抬了抬手:“且慢。”说罢上前拿起考生脖子上的玉石，眯着眼睛仔细把玩，忽然猛一用力，一把捏碎了玉石坠子，露出了里面夹带的小纸条。

“拖出去，押入大牢！”

“大人，我不敢了，我再也不敢了，饶了我这一次吧！”随着考生凄厉的喊叫声，官兵们像押送犯人一般将其拖出了官衙。

林少春站在队伍里，就见一蓝袍考官走了出来，盯着被拖出来的考生厉声道："任你有通天彻地之能，也休想在本官眼皮子底下耍花腔。要藏字儿，藏在脑子里最相宜。其他人听好了！要是再发现一个作弊的人，严惩不贷！"

"科考还要验身啊？"林少春握紧了常嬷嬷的手，问向一旁的考生。

"上一届科考作弊太多，为了避免这样的事情再发生，皇上今年新下了一道政令，你竟不知道？"一考生抬头望了一眼林少春，朗声道。

林少春浑身一颤，一张画般的脸黯淡了下来。她握紧了常嬷嬷的手，甚至握痛了常嬷嬷的手也不自知。

"公子？"常嬷嬷急得快要哭出来，她呆呆地望着林少春元神出窍的模样，人没了主意，"这可怎么办呢？"

"少春……"远远的，孙玉楼的声音像是隔世传来，林少春一抬头，孙玉楼已经到了近前。多日不见，他整个人瘦削了一些，精神更加好了，声音里都带着惊喜："少春，你是专门来看我的吗？你放心，我一定会高中的！"

"玉楼，我们该进去了……"身后赶上来的孙世杰拉了拉孙玉楼，督促道。

"少春，你等着我，我考中了就来找你！"孙玉楼笑得很灿烂，如春日般温暖。他冲着林少春摆了摆手，笑着转身，随孙世杰走进了官衙。

那一扇门，就那样把她关在了外面。此刻，林少春觉得好冷好冷。她松开了常嬷嬷的手，紧紧抱着双肩，却依然止不住地颤抖。八年了，她没日没夜地努力，从未有放弃的念头；八年了，她坚持了八年，只为此刻；八年了，她从未流过眼泪，此刻却再也忍不住，她把头埋进自己的怀中，颤抖的样子吓坏了常嬷嬷。

常嬷嬷拍着她的背，不停地安慰："我们再想其他的办法，哥儿，别这样！"

"嬷嬷……"林少春慢慢抬起头，梦呓般地喃喃道，"我想去祭奠一下父亲。"

京城漏泽园旁，有坟冢一处，原是天王寺的旧址，林远道在世的时候将其买了下来，做了林家的风水之地。

"父亲……"

林少春跪在父亲的坟前，眼泪如落线的珠子，止不住地往下掉，八年来所有的委屈与伤心，此刻终于随着泪水无所顾忌地倾泻而出。常嬷嬷跪在旁边，揽着林少春的肩膀，也一个劲儿地掉眼泪。

“少春……”陆明不知何时来了这里，亦不知已经在林少春身后立了多久。

林少春缓缓转过头，泪眼婆娑中终于看清了身后人，哽咽道：“陆叔叔，今年科举要验身，我连大门都进不了，六年来所有的努力都白费了。这八年，我没日没夜地读书，把自己变成一个男子，可我终究不能为父亲申冤……”

“少春……”陆明俯下身，不知作何安慰，只轻轻拍了拍她的肩膀，“这次没有机会，还会有别的办法，天无绝人之路，我们且耐下心，等待时机……”

“还会有机会吗？”林少春失魂落魄地望着陆明，她知道，她的人生再无回转的余地。

科考还未放榜，街头巷尾便传出了不少的议论。吴免问了监考官，得知头名是贾逢源，而孙世杰位列第二后，心里便一直打鼓。犹豫良久，还是寻了个日子，带着前三甲的试卷，去孙府拜访了孙逊。

孙逊拿着贾逢源的试卷，不住地点头：“这贾逢源确实是当得头名。”

吴免尴尬地咳了一声：“那……这……”

“这么好的文章，可惜未托生在好人家。据我所知，这贾逢源是凤台知县贾适才的后人，当年贾适才收受贿赂，制造了一起冤案，害得一家五口死于非命。此事闹到了御前，皇上亲自下令处决了他。如今吴大人竟要让这犯官之后稳坐第一名，待殿试之日觐见皇上，皇上若得知了他的出身，届时问罪吴大人，大人当如何自处呢？”孙逊合拢了试卷，望着吴免。

“可卑职也查了那贾逢源的家世，与贾适才并无多大关联……”吴免小心地看着孙逊的脸色，怯怯道。

孙逊笑着摇了摇头，从桌子上拿起一本族谱：“想是吴大人有疏漏，我这里有几本族谱，大人可再过一过目……”说着翻开其中一页，递给了吴免，“吴大人请看，贾适才夫人的娘家姓白，贾逢源正是这位白氏夫人的姑表侄儿，你说，可是与贾适才有牵扯？”

“这……”吴免不觉额头冒汗。

“孙某是为吴大人的前程着想，小心驶得万年船，何必因这点子无足轻重的小事，危及自己头上的乌纱帽呢？”孙逊站起身，背手立于窗前。

“那依阁老高见，此事当如何处置？”

“吴大人爱才，本无可厚非，只是犯官之后占了第一名会元，过于招摇了。莫如降下一等，也好避人耳目，不知吴大人意下如何？”

吴免心中一惊：“可这印章都已盖入了呀，皇上要是查看，这……”

孙逊并没有回答，而是转过身从前三名的试卷中抽出贾逢源和孙世杰的，放在了一旁的蜡烛上，当场烧毁。

吴免大惊。

只见孙逊不慌不忙地从书房中抽出另一份文章：“这是犬子习作，吴大人大可拿回去盖章。至于贾逢源，我料吴大人知道应当如何处置，不必我多费口舌。”

吴免心领神会，恭恭谨谨地行礼：“谢阁老教诲。”

孙逊伸手扶住了吴免，眼底波澜不惊：“你我同朝为官，本就该互相扶持。如今我顶着这么大的风险，都是为吴大人着想，还望吴大人明白我的一片苦心啊。”

吴免望着孙逊，强扯出了一丝笑容，附和着点了点头。

放皇榜的这天，恰逢一个阳光明媚的好日子。金榜张贴在礼部南院的高墙之上，皇榜前早已围得人山人海，金黄的榜单上，密密麻麻的人名背后，一些人的命运此刻已经盖棺定论。孙世杰高居榜首，贾逢源位列其次，而孙玉楼排在第三十七位。

“母亲……”孙玉楼榜上有名，心中大喜，此刻正风风火火地往沈氏的房间跑去。

沈氏正靠在湘妃榻上假寐，突然被孙玉楼急促的脚步声惊醒。她眼角带笑，口头上却忍不住嗔怪道：“玉哥儿，你如今有功名在身了，还这么莽撞，不知道收敛！”

“母亲，如今我上了榜，也算光宗耀祖了，你能不能圆我一个心愿？”孙玉楼掩饰不住脸上的喜悦，扑通一声跪倒在沈氏面前。

“这孩子……”沈氏笑得温柔，慢慢坐直了身子，示意身旁侍女绣橘将孙玉楼扶了起来，“说吧，什么心愿？”

“我喜欢上了一个姑娘……”孙玉楼的双眼明亮耀眼。

“好了……”沈氏收敛了笑意，脸沉了下来。她心中自是明白，他所说的那个女子是谁，“你老爷眼下高兴，暂且别说这些，等将来你有了好前程，什么样的姑娘都尽着你挑。”

“可我就要娶她……”孙玉楼眉头紧皱，语气却更加坚持。

“婚姻岂是儿戏，容你说娶便娶？”沈氏的脸更阴沉了。

一旁的绣橘偷偷看了一眼沈氏几乎快黑的脸，轻声示意孙玉楼：“四爷，眼下不是说话的好时机。你先回去吧，不要惹太太不高兴……”

孙玉楼看了看沈氏又看了看绣橘，心中虽不忿，但也知道眼下并不是讨价还价的好时机，最终行了礼，转身走了出去。

有人欢喜有人忧。此刻孙府三奶奶院子中气氛也好不到哪里去。

“我的三奶奶……”许凤翘正靠在紫檀木桌子前生闷气，孙金阁挨着她坐下，见状拿起一块桂花糕欲塞进她嘴里。

“你瞧瞧，你瞧瞧你那不长进的模样，大爷和四爷应试，哥儿两个都上了榜，唯独你这扶不上墙的烂泥，整日混吃等死，我都替你臊得慌！”许凤翘一把挥开他的手。

“我那是没用功，只要一用功，考得准比他们好……”孙金阁嘿嘿一笑，手揽住了她的腰。

“那你怎么不用功？”许凤翘杏眼圆睁。

“我的功都用在了别的地方，我会伺候奶奶，一心全在奶奶身上。”孙金阁又给许凤翘斟了一杯茶递过去，趁机在许凤翘脸上亲了一口，“上好的龙井，你最爱喝的。”

许凤翘接过茶，嗔怒地瞪了一眼孙金阁，显然还是吃这一套：“你呢，我是指望不上了，不过这家里的大权断然不能旁落，大嫂子没什么主意，二嫂子也不爱管东管西的，如今只要把将来老四房里的给拿住了，往后的日子才安生。”许凤翘慢慢地啜着茶，望着四爷院子的方向，若有所思。

孙玉楼从母亲那里受了挫，心中烦恼，垂头丧气地往回走着，忽然远远地望见那天醉酒的贾逢源。今日的贾逢源衣冠楚楚，素绸细葛湖蓝长袍，云霞巾束头，一张脸干干净净，细眉细眼颇为俊秀。但见管家丁荣寿将他领进了父亲孙逊的书房。

孙玉楼并未多想，转身走向了自己的院子。

贾逢源随着管家丁荣寿走进了孙逊的书房。孙逊正在观望着贾逢源送的礼物，是一只一人高的玉雕仙鹤，栩栩如生。

“晚生拜见阁老！”贾逢源彬彬有礼，恭敬有加。

孙逊转过身背对着贾逢源，负手而立：“听说你高中了，怎么不在家好好庆祝，上我府里有何贵干？”

“阁老不知，学生在京城举目无亲，要说庆祝，也不过是自斟自饮罢了。”贾逢源眼观鼻，鼻观心，未敢抬头，“学生素闻阁老威名，且我与令郎又是同年，今日斗胆上门拜会，若学生有造化，愿拜阁老为恩师，小小贺礼不成敬意，还望阁老笑纳。”

“你是个聪明人。”孙逊笑着转过身，盯着贾逢源恭敬的模样，“既然投身到我门下，我定会提携你。起来吧，不必客气！”

“谢阁老大恩，学生永生不忘！”贾逢源一双细眼几乎透出了水汽，真诚无比。

“眼下你在何处落脚？”

“说来惭愧，学生头上并无一砖一瓦，暂且在酒楼的仓库里安身。”

孙逊点了点头：“这样吧，我府上倒有几间闲置的厢房，若你不嫌弃，我让人收拾出一间来，你就在我府上住下吧。”说着便吩咐了管家丁荣寿去收拾厢房。

贾逢源喜极而泣，一掀长衫，跪在了孙逊的脚下：“阁老收留，学生感激不尽。日后阁老若有差遣，学生愿肝脑涂地，以报阁老大恩！”抬头的瞬间正好撞上孙逊深不可测的眼光，他连忙垂下了头。

“那学生就不打扰阁老，先行退下了。”

出了孙逊的书房，贾逢源便回到酒楼仓库收拾行李。

酒楼仓库暗沉沉的，光线透过屋顶的小窗，清晰地照着屋内腾起的尘埃，小二掏出了一本册子递给了贾逢源。贾逢源接过册子，从身上摸出一张银票，递给身边的小二：“这是酒钱、赏钱和封口钱，该怎么做，你可明白？”

小二接过钱，喜笑颜开：“是是是，小的别无长处，就是嘴严。您放心，话烂在肚子里，这点规矩小的懂。”说罢满心欢喜地退出了仓库。

尽管刚日暮，屋内却已昏暗下来。贾逢源挑了挑灯芯，让灯光更亮一些。他缓缓坐下，打开手中的册子——孙家所有人的信息写得明明白白。白纸黑字，一个个人名鲜活得仿佛刻在了贾逢源的脑袋中：孙逊、孙世杰、孙俊豪、孙金阁、孙玉楼……当看到苏映雪的名字时，贾逢源的目光突然停了下来。他用手指轻轻摩挲着这个名字，竟没有意识到自己在自言自语："苏映雪，孙俊豪妻子，素爱音律……"半晌，他站起身，抬眼看到狭小的天窗中射进了一抹皎洁的月光。这抹月光真美，更显得与这昏暗的房间格格不入。他冷笑着，拿起一旁的笛子，轻轻吹奏起一曲《鹧鸪飞》。宁静的夜里，笛声飘得越来越远。远处，几只寒鸦似乎被惊着了，扑棱着翅膀一头扎进墨色的夜里，转瞬便没了踪影。

殿试当日，朝堂上，皇帝钦点了前三甲进士：一甲进士状元孙世杰封从六品翰林院修撰；一甲进士榜眼贾逢源封七品翰林院编修；一甲进士探花赵雨堂封从七品翰林院检讨。

梁京冠是当朝太师，与孙逊比肩于朝廷。他立于朝下，望向贾逢源，眼波中竟是无尽的感慨，似乎透过这个年轻的进士看到了当年的贾甄。直到散朝，梁京冠走过贾逢源的面前，停顿了一下脚步，小声说道："世侄，你还记得我吗？"

贾逢源望向梁京冠，心中一震："梁叔叔……"原来，梁京冠一直在朝中，真好，他曾经是自己的父亲贾甄最好的朋友。

梁京冠心中感慨，轻轻点了点头，转身，走出了大殿。贾逢源了然，随即跟了上去。

散朝后，孙世杰与孙逊父子二人并肩走出了太和门。孙逊回望着巍峨的宫殿，转过身看到和自己并肩高的长子孙世杰，不禁感慨万分。

"父亲，儿子一直有个疑问……"走到无人处时，孙世杰微皱着眉头，终于说出来心中一直以来的疑问。

"讲。"

"为何父亲给我的拟题，竟会与科举考题一模一样？"

孙逊停下了脚步，目光似一潭深水："你在怀疑什么？"

"儿子不敢。"孙世杰垂下了头。

"不敢？当真不敢，就不会问出口。我若真知道考题，老四何至于位列区区三十七名？我追随皇上多年，对皇上的出题尚能猜出几分。恰巧撞上了，不过是你侥幸，你倒好，责问起为父来了？"孙逊声音听不出任何情绪，却有一种不怒自威的震慑力。

“是，父亲，是儿子莽撞了。”孙世杰退后一步，赶忙向父亲赔礼道歉。

孙逊不再多言，转身继续往前走。孙世杰重重地呼了一口气，赶忙跟上，心头到底舒展了一些。

孙玉楼自科举考中后，已经好久没见过林少春了，心头的思念一日比一日深。这天，他借邀约姚滴珠看花灯的借口，去寻林少春。姚滴珠心头爱慕孙玉楼，倒是乐意帮他。

月圆夜的长街上十分热闹，孙玉楼跟在林少春身旁，心中喜悦：“少春，我中榜了，得了一个大理寺评事的差事，正七品。”

“真好。”林少春有些失神地望着远处，轻轻道。

“那我可算经受住了考验？”孙玉楼走到林少春面前，眸子中闪着光，直直地盯着林少春，“那我可否禀告父母，三书六礼娶你进门？”

“不行！”林少春一惊，猛地回过神来，终究还是摇了摇头，“因为，我还有一桩心愿未完成……”

“什么心愿？你交给我，我帮你完成。”孙玉楼情不自禁地握住了林少春的肩膀。

林少春抬起头，正撞上孙玉楼那双火热的眸子，一颗冷掉的心也仿佛得到了些许温暖：“玉楼，听闻你高中，我很为你欢喜，原有一肚子话想同你说，只是今日天色太晚了，你回去吧……”

“你一直忧心忡忡，我瞧得出来。表心意的话我说了千百遍，可还是要再告诉你一回，我不愿你受委屈，你心里有事一定要告诉我。这人世凉薄，你若不依靠我，还有谁可供你依靠？”孙玉楼垂下头，温暖的气息包裹着林少春，就像她唯一的支柱，让她在摇摇欲坠中还坚挺着。

“我有什么好的，值得你这样待我？”

“情不知所起，一往而深。”他笑得灿烂，像个邀功的小孩子。

“你的情我记下了。”林少春后退了一步，“给我一点时间，好吗？”

“好，我会一直等着你。”

文华殿中，一对镀金之鹤东西相向而立，以口衔香。永嘉皇帝今日高兴，邀了几个重臣在文华殿议事。

“兵部郎中陆明陆大人破得玄门一案，朕甚是欣慰，赏黄金三百两，锦三匹。”皇上笑呵呵地望着陆明，“陆大人，朕再许你一个要求，说吧，想要什么？”

陆明心中震动，立即叩头谢恩，他跪拜在殿下，半晌抬起头，一字一句道：“回皇上，臣斗胆求皇上重查当年户部侍郎林远道贪污一案。”

此话一出，所有大臣脸色骤变。

与陆明交好的兵部员外郎宗林忙上前奏道：“皇上，此案虽已结案，但卷宗俱在，再查一次也无妨。若查出实有冤情，可为林氏一门洗刷冤屈，更可彰显我主体天格物，明察秋毫。”兵部主事赛峰也附议道：“臣附议，更何况是皇上金口玉言答应了的，不能失信于天下臣民。”

孙逊顿了顿，上前一步：“皇上，若清查此案要慎重。”

皇上看着跪在地上的大臣们，渐渐烦躁：“好了！朕金口玉言，既然答应了陆大人，那陆大人就去彻查此案吧。”

“皇上……”孙逊上前试图劝说。

“好了，朕也乏了，退朝！”皇上摆摆手，打断了孙逊的启奏，一旁的胡公公连忙上前扶住了皇上。大臣们见状纷纷跪地行礼退朝。

陆明轻轻呼了一口气，似乎这些年埋在心底的希冀又燃了起来。林远道于他而言，既是恩师，又是知己，他瞒着林少春彻查此事，是因为他知道这件事事关重大，也许于他而言是自寻死路，但是士为知己者死，他愿意试一试。

一轮孤月高悬在夜空，林少春抬头看着天空中的星星。月明星稀，她可以一颗一颗地数。常嬷嬷开门走了出来，为她披上了一件长袍：“姑娘，虽说天暖了，夜里还是不要贪凉！”

“嬷嬷，我这几天总是心神不宁……”林少春转身握住了常嬷嬷的手。

“姑娘受苦了。”常嬷嬷搂了搂林少春，叹了口气，“老爷的冤屈申不了，姑娘肯定放不下心……”

“我突然有种不好的感觉……”林少春望着天上的孤月，喃喃道，“很不好。”

寒食节过后，街道上这些日子清静了许多，这一日却忽然热闹了起来。只见无数围观的百姓跟着一队押送犯人的官兵从街口缓缓走来，囚车之上正是陆明陆大人。人群中，林少春和常嬷嬷震惊地立于树下，望着囚车中的陆明。林少春手指紧紧抓着树干，被划出一道道血痕，她竟浑然不知，一双眼睛似乎要燃起来，如今她才明白，陆叔叔竟真的冒险去为父亲申冤，是她连累了陆明。

“这是谁啊？”

“听说是当年林远道贪污军粮一案的主犯，没想到今天才被抓住。”

“贪污军粮真是丧尽天良，官兵们戍守在外缺食少穿，竟将这帮贪官养得肥头大耳。”

“可不是嘛。”

……

陆明立于囚车中，神情淡漠，可是握紧的拳头青筋横暴，几乎炸裂，那日内库房中的情景仍历历在目：

那日，他正在内库房中整理当年的卷宗，忽然发现卷宗中央的从犯人员名单中，“陆明”二字赫然位列其中。他心底渐渐生出寒意，他沉吟道：“这确实是当年的那份卷宗吗？”

“回陆大人，确实是。当初结案后便入库封存，下官保管多年，您瞧，纸张都已发黄了。”看守官员答道。

陆明的手微微有些颤抖，他仔细地摸着卷宗：“不不不……定是弄错了，这卷宗上怎会有我的名字？”陆明恍惚中拿起一旁的毛笔就要将自己的名字画掉。

一阵急促的脚步声由远及近地传了进来，大批官兵一时间围拢了整个内库房，犹如神兵天降。

陆明顿悟，自己定是着了别人的道。

“孙阁老？”陆明心底那股不安越来越明显。

“怎么？陆大人为何面有难色啊？本官只是来看看查案进展，陆大人不必惊慌。”孙逊笑呵呵地走近陆明，夺过陆明手中的卷宗定睛一看，狠狠地瞪了看守官员一眼，“这卷宗上怎么会有墨迹？”

看守官员吓得立马跪地磕头：“孙大人，此事与卑职无关，陆大人命卑职调取卷宗，卑职也不知陆大人为何擅自涂改。”

“陆明！你好大的胆子……”孙逊将卷宗狠狠地拍在桌子上，脸色突变，“千方百计向皇上进言彻查林氏一案，原来是存私，欲洗脱自己的罪名！来人，给我抓起来！”

后来，无论他在皇极殿中如何争辩，都证明不了自己的清白，先是有人在当年的卷宗上模仿了笔迹，落下了自己的名字，后脚官家就在他家中查出了黄金等“赃物”。陆明百口莫辩，官场这趟水果然深，自己最终还是落到了今日的下场。

不远处的高阁之上，孙逊冷冷地望着陆明的囚车，贾逢源立在孙逊的身后，笑得殷勤:“这件事了了……”

孙逊微微点了点头，转头望着贾逢源，这一次，孙逊才发现，贾逢源的确是个人才，竟有模仿笔迹出神入化的本事，那卷假的卷宗就是贾逢源所为。孙逊心中叹了一口气，过去的事情已经过去了，他不明白陆明为什么还不依不饶地非得掀开过往。那个案子势必要牵连太多的人，到时候必将是一场血雨腥风。孙逊望着远处囚车上陆明离去的方向，半晌，只留下一声微不可闻的叹息。

看着立于囚车中的陆明，林少春的一颗心也快要炸裂了，她再也不忍直视。

“我们走……”林少春猛地拽住常嬷嬷，仿佛逃命一般。

“姑娘……”在无人的拐角处，林少春忽然停下脚，赶上来的常嬷嬷险些撞在她的身上。林少春的双眼像燃着火球，要将这世界燃烧起来:“嬷嬷，我要进宫选秀！”

“姑娘……”常嬷嬷震惊地望着林少春。

“这是唯一的办法了……”林少春盯着常嬷嬷，“是我们林家连累了陆叔叔，我必须要这么做。”

常嬷嬷握住了林少春的手，面露忧色:“姑娘，无论你做什么，嬷嬷我都支持你，可是你那位孙公子得断得彻底才是，不然进了皇家，要是传出点什么，老爷的冤情就不说了，连你的命也保不住了。”

“我明白，我会和玉楼说清楚的。”林少春垂下眼睑，淡淡道。

刑场外的一隐蔽小巷中，梁京冠与贾逢源遥望着囚车中的陆明。

“世侄，好手段。”梁京冠笑道，语气中听不出是讽刺还是赞扬。

“那陆明不过一个有勇无谋的莽夫，我自告奋勇，向孙逊讨来当年的案宗，临摹之后，毁掉了所有的案宗，这一次，孙逊对我亲近了许多。”贾逢源抬眼看了看梁京冠，嘴角扯了扯，冷笑道，“梁叔叔，不亲近敌人怎么能扳倒敌人呢？”

“贾甄有你这样一个头脑聪慧的儿子，是他的福气啊。”梁京冠淡淡地说道，抬眼望向刑场，眼神中是看不见底的深邃。

暮色已至，戏已经散场了，百戏班的人也都散了。

戏台上，只剩下林少春一个人，花腔婉转地唱着，忧伤的唱腔在暮色中更显凄凉。

孙玉楼立于廊下，眉目疏朗，温柔地望着台上的林少春。

林少春一个旋身，一眼望见了台下的孙玉楼，突然伸出手，喃喃道:“今夜陪我走一走好吗？”

林少春正欲跳下戏台，孙玉楼上前，一把握住了她柔软的手。林少春一愣，随即反握住他的手。两个人牵着手，离开了百戏班。

长街上很热闹，灯红瓦绿，影影绰绰间掩映着一家花团锦簇的小摊。

“你看这些花儿，多好看！”林少春羡慕地望着摊位上开得艳丽的芙蓉花。

“你喜欢这花儿？”孙玉楼护着林少春，轻轻道。

“花嘛……”林少春摇了摇头，“开了就会凋谢，看看就好了……”她极目远眺，带着欣喜道，“你看！你看！前面有花灯。”

前方灯火明亮，美轮美奂的花灯一盏盏、一串串，在人群掩映中旋转着。“今儿是宫里太后的寿诞，当今皇上孝顺，说每年太后的寿诞都要像上元节一样热闹……你瞧，今夜好热闹啊！”林少春笑盈盈地说道，一回头，哪还有孙玉楼的影子？

“玉楼，玉楼……”

正当林少春茫然四顾的时候，一股香气钻到林少春的鼻端，一大束芙蓉花突然出现在眼前，那一捧艳色像极了林少春惊喜的面孔。

“你去哪儿了？吓着我了……”

“才刚经过花摊，我瞧你喜欢这花儿……”孙玉楼笑呵呵地将满把的芙蓉花塞进了林少春的怀中，“虽说好花易谢，但盛放之时有人欣赏，便没有白来世上走一遭。”

“好香啊！”林少春轻轻闭上了双眼，深深吸了一口气，猛然抬头，盈盈双目瞅着孙玉楼。

“姑娘可打算礼尚往来？”孙玉楼环着林少春，垂着头，语气暧昧。

“好，那你先闭上眼睛。”林少春故意卖关子。

孙玉楼充满期待地闭上了双眼。林少春走到一旁的柳树下折了一根柳枝，随手编了个手环，然后走到孙玉楼面前，将手环戴在了孙玉楼的手腕上。

“以此为礼，谢过公子的花了。”

“赠我柳枝情几许，春满缕，为君将入江南去……”孙玉楼睁开了双眼，细细摩挲着手上的柳枝，抬眼笑问道，“少春，这是想套住我吗？”

林少春望着满眼深情的孙玉楼，心中苦涩。突然，天空竟雷声轰鸣，瞬间，大雨下了起来，孙玉楼伸手将林少春搂进怀中，二人一起躲进了一旁的小酒馆。

小酒馆不大，却很精致，黑漆的招牌上龙飞凤舞地写着“暖风帘”三个字。二人刚进来，老板娘，一个六十多岁的婆子，便迎了上来:“二位快进来，看都淋湿了，近来雨水多，你们仔细，别伤风了才好。”

孙玉楼为林少春拂去身上的水珠，在桌前坐了下来，抬眼间，只见酒馆的门内挂着一幅欧阳修的《青玉案》: 一年春事都来几，早过了、三之二。绿暗红嫣浑可事。绿杨庭院，暖风帘幕，有个人憔悴。

“才烫的酒，二位暖暖身子吧。”老板娘端来了一壶小酒，一碟卤牛肉和花生米。

“谢谢大娘。”林少春笑道。

“啧啧，多俊的哥儿姐儿，多相称！我如今老了，瞧见那些成双成对的，就想起年轻那会子来。我和我们家男的，当初也同你们一样，整日形影不离，别提多恩爱了。”老板娘褶皱的脸上五官姣好，看得出年轻时候的丰采。

“行了，快别提了，也不嫌臊得慌。”老板坐在一旁的摇椅上，低头看着账簿，闻言抬起头来，看了一眼老板娘，似笑非笑道。

“早年间我们家有些钱，也不愁吃穿，可就因看上了这么个穷小子，抛家舍业的，跟他来了这地方。”老板娘来到老板的身边，推了他一下。

“如今不也过得挺好吗？”老板轻轻拍了拍老板娘的手，“买花载酒长安市……”

“当初就是这样拐了我……”老板娘笑着剜了一眼老板，“那我昨儿看上的镯子你怎么不给我买？”

老板应了声，笑着低下头，不再说话。

“看来老板和老板娘也是风雅之人，这酒馆叫作‘暖风帘’，正是出自《青玉案》中‘暖风帘幕’一句。”孙玉楼握着林少春的手轻轻地笑着，“相思难表，梦魂无据，惟有归来是。将来我们也像他们一样吧，不要高官厚禄，就过寻常百姓的日子。”

“我知道你不爱做官，日后宦海浮沉，太难为你了。今儿且不说这些，我敬你一杯，多谢你一直对我这么好。”林少春给孙玉楼和自己各斟了一杯酒，一饮而尽。

“你今天是想灌醉我吗？”孙玉楼看着林少春豪迈的样子，笑着随着她端起杯子一饮而尽。

两个人似乎打开了酒瘾，放开了聊着天喝着酒，不知不觉竟喝了数壶，都有了醉意。

“雨停了……”孙玉楼摇摇晃晃地站了起来，看了看窗外，笑了。

“你笑起来真好看……”林少春抬头，醉眼蒙眬地望着孙玉楼，“我们该回去了。”

两个人相携和老板一家道了别，出了小酒馆，跌跌撞撞地走在河边。

“月色好美……”林少春指着夜空中那轮弯弯的明月，一双明亮的眸子比月亮还要亮，她笑得花枝乱颤，“看我的身段……”

孙玉楼醉眼迷离地望着林少春，看着她舞动身躯，看着她大笑，看着她唱曲，看着她摇摇晃晃比画着，当林少春一个趔趄要摔倒的时候，孙玉楼连忙扑了上去，一把搂住了她的腰肢，火热的手指紧紧缠绕在了一起。

暖风熏得游人醉。满天星光下，林少春像一幅画，牢牢地钉在了孙玉楼的眼里。“少春……”他呼唤着她的名字，嘶哑而深沉，他温暖的唇带着酒香，无限柔情地滑过她的唇，林少春颤抖着，酒也醒了一半，她猛地推开了孙玉楼，跌跌撞撞向前走了两步，看到岸边停着一艘小船：“有船啊！今儿月色真好，若能湖面泛舟，才是真应景儿。可惜了，是别人的船。”

“那有什么？咱们悄悄上去……”孙玉楼一把握紧了她的手。

“你可是官啊！”

“怕什么！走，跟我走！”孙玉楼拉着林少春，颤颤巍巍地上了别人的小船。

夜雨过后，风平浪静，月光如流水倾泻在湖面上，柔和而平静。小船于湖面上漂漂荡荡。两个人坐在船头，孙玉楼将林少春搂在了怀中，共同望着天上的月亮。

“愿我如星君如月，夜夜流光相皎洁……”孙玉楼喃喃道，搂着林少春的手臂抱得更紧了。林少春靠在孙玉楼胸前，听着他有力的心跳，像是感受到了整个世界的力量。林少春抬起头，静静地望着孙玉楼，清冷的声音犹如月色中流淌的光芒：“孙玉楼，我喜欢你。”

孙玉楼身子僵住了，他痴痴地盯着林少春，久久地，声音有些沙哑：“林少春，我也喜欢你。”

“今夜我们便不回去了吧，就在这里看月亮，看上一整夜……”林少春笑了，靠在了孙玉楼的胸口。

“好，你看月亮，我看你。”孙玉楼缓缓搂紧了林少春，两个人坐在船头看月亮。

天空翻腾着紫红的霞光，映在波光粼粼的湖面上。

“喂！喂！”孙玉楼被人摇醒，迷迷糊糊地环顾着四周，才发现天早已经亮了。

“哪里来的醉汉，竟私自撑走我的船！我要告官！”一个中年船夫气愤地立于船头，指着孙玉楼。

孙玉楼不做理会，只环顾四周，起身寻找林少春的身影。

“你可听见了？我要告官！”船夫伸手拦住孙玉楼。

“我就是官，你要告我什么？”孙玉楼沉着脸，拿出令牌递到船夫面前。

船夫一下子愣住了。

孙玉楼疯狂地奔出小船，茫然四顾，放声喊道:“少春！少春！”

船夫觉得孙玉楼是个疯子，不再理会他，弯腰进了船舱，突然在甲板上看到一封遗落的信，赶紧叫住孙玉楼:“那……！大人，这封信可是给你的？”

孙玉楼盯着船夫手中的信笺，心中一阵慌乱，他赶紧跑上船，一把抢过信笺展开，但见清秀的小楷字体:

东风有意留人住，熏风无意催人去。去住两茫然，相逢成短缘。玉楼，纵有千万语，不知缘何说。自与你相遇，少春此生无憾，然而世事无常，并不能遂人心愿，我身染重病，恐难以痊愈，为免日后病容惨淡，昨夜就当我与你惜别。倘或有缘，愿来生再与君相遇，君须保重，勿念，勿念。

信纸落地。

孙玉楼脸色骤变，飞快地奔下了小船。

他去了林少春常住的茅草屋，屋内皆空；他又去了林少春上戏的百戏班，柳三绝却告诉他，林少春已经离开了百戏班。原来昨晚她是故意的，她下定决心要离开他，因此才与他约会，与他看月亮，与他互诉衷肠，这一切都是离别的序曲。

孙玉楼立于暖风吹过的长街，无论怎么寻，都寻不到林少春，他有一种想要大喊的冲动，怎么可能不再相见。

我定忆君吟渭北，君须思我赋停云。未信高山流水曲，断知音。

第三章 若叫眼底无离恨

「你变成什么样，我都能认出来。」

孙玉楼拉着林少春上了马车。

宫外传来了青春的笑声，那么畅快，

那笑声在空旷的宫外，

冲散了那么多年的哀愁与苦难，久久回荡。

「少春，我带你回家。」

YU LOU CHUN

五月，是后宫采选的日子。

三年一次采选，即将入夏时，内阁会接到圣谕，礼部便会从全国各地采选少女三百人入宫。入宫之前，礼部在京都辟了一方地作为画室，会请宫廷画师为参加采选的秀女作画。

画室大门外，早已排了长长的队伍。

海公公拿着圣旨高声宣读："朝廷选秀，三年一选，入宫陪王伴驾者，须有才有德之女年十三至二十，非医、非巫、非商贾及百工之女乃有资格参选！"

林少春望着长长的队伍，心情复杂。她知道自己只有入宫这条路可以走了，科举的路已经断掉，要想为父亲申冤，为林家平反，她只能入宫接近皇上才有机会。

"姑娘，咱们暂且不急，我还有几句话要嘱咐姑娘。如今真的是穷途末路了，拼着这一回，倘或再不成，老爷也不会怪你的，咱们便认命吧！"常嬷嬷盯着队伍，眼睛不觉红了。

"嬷嬷放心，我一定会被选中的。"林少春拍了拍常嬷嬷的手，站在了队伍之中。

正在此刻，一个小太监来到门外高声喊道："今儿估摸着来不及了，十名往后的，明儿再来吧！"

林少春想了想刚要离开，一个叫作小如的绿衣少女哭着从里面跑了出来，正撞在林少春身上。林少春好心扶住了哭得伤心的小如，问道："姑娘，你怎么了？"

"画师讹银子，我交不出来，他就有意作践，把我画成了夜叉，我一个女子又不能抛头露面去告他……"

林少春转头看了看画室，思索了一番，转头对小如道："我可以帮你。"

小如愣住了，疑惑地看向林少春。

林少春笑了笑。二人来到客栈，林少春帮着小如画了很多幅画像，小如疑惑地看着林少春问道："这能行吗？如今入宫的第一关卡，便要过得了画师这一关，没钱打点怎么可以？"

"你放心。"林少春笑着宽慰道。

第二天，小如的画像就贴满了街头巷尾，惹来了百姓们的议论纷纷。小如本就生得好看，这下惹怒了负责此次采选的海公公。小如如愿进了秀女之列，而海公公领着两名小太监走进画室，将小如的画像扔在了刘画师的眼前：“说吧，好好的姑娘，为何在你笔下变成了夜叉？”

刘画师闻言愣住了。

“这要是传到皇上的耳朵里，你一家老小怕是都得人头不保。”

“海公公，想是哪里弄错了，我绝不敢欺瞒朝廷，请公公救我。”刘画师吓得赶紧跪下来连连磕头。

海公公睁着老眼，望着跪在地上的刘画师：“我知道，你是个老实人，八成是画像上写错了名号。可单是我知道有什么用，还得托了人，才好替你把事遮掩过去不是？”

刘画师上前握住海公公的手，把手上的一枚戒指脱落在海公公的手里：“是是是，万事有劳公公了。”

“这回我替你想法子，可要是再有下回，我也保不住你了。”

“小的明白，小的一定注意。”海公公带着两名小太监离开，刘画师才松了口气。

林少春走进画室的时候，刘画师正握着笔发呆。

林少春咳了一声，坐在了刘画师的对面，刘画师垂下眼，打量着林少春，准备作画。

“我身无分文。”林少春轻轻笑道。刘画师拿着笔的手微微一颤，“先生画艺高超，定能将我画得很好。若不能，昨儿小如姑娘的事只怕要重来一回了。”

“你怎么知道？”刘画师疑惑地盯着林少春。

“因为那些画像都是我画的，先生要是敢对我的画像动手脚，我少不得再辛苦一回，故技重施罢了。”林少春说得镇定，刘画师被她的神情所吸引，这姑娘了不得，如今竟有如此手段，日后入了宫……他稍稍一愣，转而一脸奉迎模样，笑呵呵地说道：“姑娘这样的，才够得上有才有德之说。请姑娘放心，刘某对姑娘甚是敬佩，必定将姑娘的画像原原本本交上去。你我也算不打不相识，他日姑娘宠冠六宫，还请姑娘多多提携在下。”

“有劳画师了。”林少春一笑，坐着不再说话。

林少春顺利当选秀女，入宫那天，偏偏那么巧，她坐在马车上无意间掀开车帘，便被经过的姚滴珠瞧了个仔细。姚滴珠望着林少春入宫而去的马车，心中再也无法平静，转眼便去了孙府。

暖风拂过，孙玉楼趴在案桌上睡着了，清隽的面容令姚滴珠失神。他手腕上还戴着那晚的柳枝手环。

姚滴珠轻轻走近，将自己的披风披在了孙玉楼的身上。

“是你啊。”孙玉楼惊醒，看到了身边的姚滴珠。

“累了就上床躺会子吧，卷宗什么时候都能看的，不急在一时半刻。”

“既做了这个官，便要尽心为百姓办事。”孙玉楼直起了身子。

“这是什么？”姚滴珠注意到了孙玉楼手腕上的柳枝手环，伸手还未碰到，孙玉楼就立刻将手缩了回来。

“柳枝都发黄了，扔了吧。”

“不，这是要紧的人送的，就算烂了断了也不能扔。”孙玉楼藏起了手腕，像是保护一件珍宝。

“那定是林少春送你的了。只是你那个要紧的人，可是与你分别了？”姚滴珠嘲弄道，顺势靠在了案几旁。

“你怎么知道？”

“扬子江头杨柳春，杨花愁杀渡江人。折柳？是离别的意思啊。”姚滴珠嘴角轻扯，“只有你那么傻。”

“是啊，我怎么没想到呢……”孙玉楼愣了愣，轻抚手腕，淡漠的神情中带着一丝悲哀。

“你同她之间，究竟发生什么事了？”

“她留了一封信，说她得了重病，不告而别了。但凡能寻见她的地方我都去过了，仍不见她的踪迹。她是有意躲着我，不想连累我。”孙玉楼望向了窗外，有些出神。

姚滴珠忍不住冷笑了一声。

“你笑什么？”孙玉楼转过头一愣。

“你们之间的事，本不与我相干，但见你如此伤心，我还是要劝你一句，知人知面不知心，别为一个三心二意的人，把自己弄得丧魂落魄的。”姚滴珠认真地望着孙玉楼，“我今日在街市上看见一个人，正是你那林姑娘，你遍寻她不见，是因为她上了选秀的马车，入宫去了。”

“这不可能！”孙玉楼猛地站了起来。

“你是朝廷命官，出入前朝并没有什么妨碍。眼下是初选，若时候赶巧，兴许能亲眼看看。若已经入了内廷，你借着探望孙贵妃的名儿，也不是不能见着。”姚滴珠轻轻合上了案几上的书，盯着孙玉楼，“我原该瞒你才是，可又不甘你被人玩弄于股掌之间。”

“不可能。”孙玉楼一遍遍抚摸着手腕上的柳枝手环，人像着魔了一般。

“这是西洋的千里镜，送给哥哥玩儿吧。愿你带眼识人，远处繁花虽美，也别忘了身边的景儿。”姚滴珠心中不忍，将千里镜放在了孙玉楼的桌前。

皇城宏伟庄严，皇城外城南有大明门，东有长安门，西有西安门，北有北安门。载着秀女的马车摇摇晃晃地从长安门入了内城。内城坐北朝南，深深重重，从承天门、端门、午门三重而入，向西直到元晖殿的偏殿。众秀女经历了身体查验、仪态查验，便分批被锁到了偏殿的一所黑房子中。

黑房子中，秀女们纷纷四处随意落座。

林少春环顾四周，注意到了窗台有一个沙漏，她思索了一下，走到角落里静静地坐了下来。

“你们说姑姑让我们到这儿来干什么？”其中一个眉目清秀的秀女担忧道。

“能干什么？不就是等着呗，我都快饿死了。”另一个圆脸的秀女掏出了怀里的桂花糕，不由分说地咬了一口。

“欸！欸！给我也分一口。”她旁边的秀女笑道。

圆脸秀女将点心分给了身旁的少女，两个人自顾自地吃了起来。

沙漏中的沙子缓缓流动着，秀女们情绪开始烦躁，有些秀女躺了下来，有些秀女一边擦着汗一边将衣服的扣子解开，不停地抱怨着：“什么时候能出去啊，热死了。”

只有林少春一人安静地端坐在屋内的一个角落，闭目养神。沙漏中的沙子刚一流尽，大门便被猛地推开了，透过一丝光亮，宫中姑姑江采萍背光立在正门口，带着一种不怒自威的气势。她环视了一圈屋内四处瘫躺着的秀女：“陪王伴驾，要紧一点就是规矩，行不回头，笑不露齿，什么时候都是端端稳稳，处变不惊。如今瞧你们，一个个的，不成个体统。衣衫不整者、东倒西歪者、喊饿叫停者，皆不得入宫，各位姑娘，请回吧。”

秀女们垂头丧气地往外走去。

江采萍看着角落里坐相端庄的林少春，点点头，走到她面前道：“林姑娘，请随我来。”江采萍带着一众入选的秀女穿过层层叠叠的宝善门，前往永寿殿。行至花园时，江采萍突然捂住了肚子，挥手对一众秀女们道：“你们在此少待，切记不得胡乱走动，我去去就来。”

秀女们皆恭敬地立在路边，一动不动。

此时，一个小太监低着头走到林少春的跟前：“林姑娘，姑姑有话吩咐，请姑娘随我来。”

“我？就我一个人？”

“是。”

林少春疑惑地瞪着低着头的太监，觉得眼熟，跟着他来到了后花园的假山无人处。

“姑姑找我来这里做什么？”

太监身子一顿，停住了脚步，转身，抬头，一张玉容是林少春熟悉得不能再熟悉的了。

“你……！”林少春难以置信地后退了一步，伸手扶住了身旁的假山。

“少春，为什么？”孙玉楼问得苦涩，向前一步，将她控于自己的手臂之中。

“没有为什么。”林少春猛地转了头，纵是心头万分酸楚，也只能努力不让眼泪掉下来，再转过头，冷笑着，“既被你撞破了，我也就不瞒你了，我在百戏班隐忍多年，不过是为谋得一个出头的机会。眼下正遇上宫里大选秀女，若是能入宫，将来荣华富贵享之不尽。若不能，我便再去找你，就说遇上神医治好了病根儿，让你娶我回去，当你的少奶奶。”

“你不是这样的人。”孙玉楼声音沙哑，仔细地看着林少春，不放过她一丝一毫的情绪，“少春，我知道你不是这样的人。”

林少春突然用尽全力推开了孙玉楼，冷冷地看着他：“我就是这样的人！戏子无情，料你不是头一回听说。原先我还打算敷衍你，如今看来不必了，倒也轻省。自今日起，你我再无瓜葛，日后纵然相见，也只当不相识吧。”林少春说罢，转身逃命般地就走。

“你跟我回去吧，你不要入宫，我娶你，再艰险再难我都娶你……”孙玉楼立于她的身后，每句话每个字都像刀子一般刻在林少春的心上。她停下脚步，却不敢回头，怕他看见她眼底的泪花："你孙家煊赫至极，全赖孙贵妃有宠，说到根儿上，也不过凭女人发家。既如此，我何必仰人鼻息，皇上才是真主子！你回去吧，你孙家毕竟比不得天家。如今我已然走到这步了，望你有成人之美，莫来阻碍我的前程。四爷，多谢你这些时日的看顾，也求你看在相识一场的分儿上成全我，不要给我使绊子。"林少春说完，眼泪滚滚而下，她怕再待下去恐怕会失态，只得狠着心跑开了。

孙玉楼心头一时百感交集。他望着林少春离去的背影，一动不动，整个人犹如雕塑一般，绝望的念头弥漫周身。

小太监仓皇地跑到孙玉楼身边："四爷，赶紧走吧，江姑姑回来了，要是知道我在她碗里下药，非活吃了我不可。"

"她一定是骗我的。"孙玉楼失魂地喃喃自语。小太监见状大急，不由分说地拉着他离开了。

"阳光这么好，四爷怎么一点精神都没有……"姚滴珠走进孙玉楼的院子中，大门敞开着，孙玉楼手拿着酒壶，摇摇晃晃，半梦半醒地坐在椅子上，姚滴珠走近孙玉楼，"我听说你进过宫了？"

"是啊……"孙玉楼又仰头猛灌了一口酒。

"既看清了，大丈夫当断则断吧。"姚滴珠上前想要抢下孙玉楼的酒壶，怎料孙玉楼转身站起来，抱着酒壶摇摇晃晃就要往门外走，姚滴珠赶忙跟上去。

"有些事不足为外人道，任她装得多绝情，我从她眼里还是能看出她的真心。她是有苦衷的，不过不便向我说明。若她当真贪慕虚荣，就不会这么长时候不要我一分一毫。"孙玉楼虽然有了醉意，心头却跟明镜儿似的。

"或许这就是她的高明之处，放长线钓大鱼罢了。"

"我知道她不是这样的人，只是她的身世一直成谜，从来不愿对我说起，反叫我对她越发好奇。"孙玉楼摇摇头，笑得苦涩。

姚滴珠一下子顿住了，久久地，她终于开口："你若真想知道，我可以给你打听到。"

"你？"

"京都东城下有个不大的客栈，叫作忘忧客栈，老板是我的朋友，在那里只要你有银子，就可以查到你想查的东西。”姚滴珠终究不忍心，带着孙玉楼去了忘忧客栈。

忘忧客栈在京都是个普通得不能再普通的客栈，陈老板是一个四十开外的瘸子，个子不高，一张娃娃脸，眼神里却透着精明。

“姚大姑娘来了，快请雅座！”陈老板远远看见了姚滴珠和孙玉楼走进忘忧客栈，拄着拐杖便迎了上来，并将两个人引到了里面的包房。包房不大，却格外精致，还燃了淡淡的沉香。

“近来京城里可有什么新闻？”姚滴珠刚坐下便问道。

“姑娘是熟客，还不知道咱们这里的本事？但凡客人们想打听的，咱们一应都能道出个首尾来。”陈老板笑了笑，从怀里掏出一本册子，“近来的新闻全在里头，请姑娘过目。”

“我想托你替我打听一个人的生平，你可能办到？”

“只要姑娘吩咐，小的即刻命人查办。”姚滴珠对着掌柜一阵耳语，陈老板点点头退下。

沉香盈绕满屋，令人心静了下来，孙玉楼翻看着册子，越来越惊讶，终究忍不住，抬起头望着正在给自己沏茶的姚滴珠:“你是闺阁小姐，怎么同这些江湖人有来往？”

“正因为是闺阁小姐，不能眼观六路耳听八方，有了这些人正好填了这项亏空。我也不怕你笑话，古来盲婚哑嫁坑人的不少，我不能走上这条路。所以要借这些人，让他们替我打听。”姚滴珠笑得坦然，将沏好的茶倒了一杯，递送到孙玉楼面前，“这是今年清明前的白茶，哥哥尝尝……”

“你为了帮我，把这些内情都告诉我，万一将来传到你未来夫君耳朵里，可怎么办？”孙玉楼皱了皱眉，接过茶尝了一口，的确清香幽远。

“未来夫君我不知道，我只知道我的如意郎君已经知道了。”姚滴珠定定地望着孙玉楼。

孙玉楼手中的茶杯竟没有拿稳，他慌忙避开姚滴珠的目光，尴尬道:“姑娘又说笑了。”

“我没有说笑，不到最后，谁也不知道将来会怎么样。你暂且不喜欢我，我也不逼你，日久年深，我定会让你知道我的好。”姚滴珠淡淡一笑，语气坚定又倔强。

孙玉楼望着姚滴珠坚定的模样，呆住了。

正在此时，陈老板推门而入，将一本册子递给姚滴珠："姚大姑娘，您要找的东西找到了……"

姚滴珠伸手要拿，陈老板笑呵呵地往后一退，手一伸，道："老规矩，二十两银子。"

"给你……"孙玉楼连忙从怀中掏了二十两银子递给陈老板。

姚滴珠接过了册子，孙玉楼凑到近前，一同看着她手上的册子，越看越是心惊。但见册子上写：

> 林少春，京城人士，父亲早亡，母亲常氏，户部侍郎林远道府上当差，后林远道因贪污案获刑而死，母女二人流落民间。林少春天资聪慧，入百戏班柳三绝门下习学小生，身段风流，天赋绝佳，另林少春自学八股文章，见解独到，令人称奇……

孙玉楼一脸疑惑，越觉得可疑，不觉喃喃道："林远道贪污案，不就是之前陆大人调查的那件案子吗？少春入百戏班学戏，假扮男人，又学八股，莫非想女扮男装参加科考？如今又费尽心机进了宫，所图究竟是什么？难道……是为了替林远道申冤？可是她只是一个嬷嬷的女儿……"孙玉楼脸色越来越苍白，两个人同时猛地站起来，像是想明白了一件事，孙玉楼了然地盯着姚滴珠，"不对，倘若去粤东的不是林远道的女儿……"

"而是常嬷嬷的女儿……"姚滴珠瞪大了双眼，顺着孙玉楼的话答道。

"是的，她一定是林远道的女儿！"孙玉楼呼了一口气，像是这些日子终于顺了气，明白了前因后果，才懂得林少春心中有多苦，"我必须再进宫，我要再见她一面。"

孙玉楼既然明白了林少春的苦楚，自然不会袖手旁观，他第一时间进了宫，哀求姐姐贵妃娘娘孙有贞，让人唤了林少春到储秀宫。

林少春跟着宫女雨灵走进储秀宫，正值初夏，满宫的栀子花都开了，芬芳得令人陶醉。林少春进入宫中正门，一眼看见孙玉楼一身青玉长袍，翩翩有礼地坐在孙有贞身旁，她愣了愣，随即恢复神色，向孙有贞行礼："民女林少春参见贵妃娘娘。"这是林少春第一次见到孙贵妃，只见她头戴花钗凤冠，朱色团衫，金绣鸾凤，腰缚玉犀，一张玉容和孙玉楼有五分相似，长得极好，尤其那双眼，隐隐中仿佛天生喜悦，却又染了一股子艳色，勾魂摄魄。

“你就是林少春？”孙有贞盯了一眼林少春。

“回贵妃娘娘，正是。”林少春不卑不亢地答道。

“不错，模样周正。玉楼说替你画过一幅画像，可惜尚未完成你便进宫了。留着残卷终有些遗憾，今日召见你，就是想请你帮忙，让玉楼完成这幅画像。”孙有贞笑着瞪了一眼孙玉楼。

“是！”林少春头也不抬地答道。

“那就有劳姑娘了。”孙玉楼看着林少春，一字一句道。

林少春低头无话，给孙有贞行了礼，跟着孙玉楼走进了画室。

画室不大，平日里是孙有贞的书房，里面散发着淡淡的龙涎香，一扇祥云雕花的窗户对着满园的春色。

“你们都下去吧，我作画习惯一个人。”孙玉楼冲着一旁伺候的宫女太监说道。

一众宫女太监应声离开。

整个画室除了两个人再无旁人，一时间，除了两个人的呼吸声再无杂声，静得可怕。孙玉楼一双灼热的眼睛一瞬不瞬地盯着林少春，像两团燃烧的火。林少春吓得后退了数步，身子抵在了案牍上。

“你还想干什么？”

“你逃避我，推开我，不要我……”孙玉楼将林少春环在自己的臂膀中，一字一句，“你所做的一切，都是因为你爹的案子吗？”

“什么我爹的案子……”林少春逃避着孙玉楼的眼神，不敢对视他太过火热的眸子，“我不知道你在说什么，你要是不画我就走了！”林少春说罢，想要推开孙玉楼，一双手却被孙玉楼紧紧地拽在怀中，几乎让她无从遁形。孙玉楼声音暗哑：“事情的来龙去脉我都知道了，还特意找常嬷嬷印证过，你究竟打算瞒我到几时？”

“你……”林少春猛然抬头，惊恐的神色落在了孙玉楼的眼中，“不可能，嬷嬷答应过，这件事情她死都不会说出去的……”

一颗悬着的心此刻终于尘埃落定。猛然间，孙玉楼的手一紧，揽住了她的细腰，他温柔地抵着她的额头笑了，那笑声像是林少春这辈子着魔的咒：“她没有说，我诈你的。”

“你……”林少春气急败坏，猛地用力向着孙玉楼的脚踩去，痛得孙玉楼后退了一步，“我就知道，你不是这样的人。先前咱们在一处，你常同我提起有个心愿没完成，我如今总算知道是什么了……”他笑得依旧如沐春风，“少春，你为何不早些告诉我，偏要一个人承受那许多？你放心，我答应过你，不论你有什么心愿，我都要帮你完成。你父亲的案子交给我，我一定尽我所能，还林大人一个清白。”

林少春正准备张口说话。孙玉楼握紧了她的手，猛然打断了她：“你也并不用担心会连累我，我父亲是内阁首辅，姐姐又是宠妃，放心吧，我不会有事的。”

“事到如今你还是不明白，我不愿你涉险。我无家无业，只要能入后宫，能见到皇上，我就有望替我父亲翻案，何必将你牵扯进来，平白让你担风险。”林少春叹了一口气，娇美的脸上满是担忧。

“可是你有没有想过，万一你没有选上呢？”

“选不上就是命了。”林少春挣脱了孙玉楼，走到桌前坐了下来。她抬起双眼，明亮得像是天上的星辰，“玉楼你要明白，世上从无十全十美，你心里有我，我心里也有你，把话挑明了，我也就安心了。嬷嬷为了保全我，连亲生骨肉都能舍弃，我为什么不能为给父亲昭雪，放弃儿女私情？玉楼，你爱我就要懂我，懂我就要成全我。”

“少春……”

“时候不多了，快作画吧。”林少春摆了摆手。

孙玉楼为难地走到桌前，一脸无奈道：“你也知道，我根本不擅丹青，这还是我找人画的。”

“你呀，未免过于莽撞了，这点小伎俩还想骗过贵妃娘娘？只因为她是你姐姐，是自己人罢了，要是换了别人，早就拆穿你了！”林少春瞪了一眼孙玉楼，将孙玉楼推开，自己来到桌前，拿起画笔，站在桌前专注画着自画像，“让开吧！”

孙玉楼站在一旁静静地看着林少春，屋子中满满的香气，令孙玉楼有一丝恍惚。他看着她瘦削的身影和倔强的表情，心中平静了下来，他不愿她受苦，一点也不愿意，她想做的事情，他会为她完成。

当孙有贞差人来时，林少春的画已经画完了。孙有贞差人将林少春送了回去。孙玉楼目送林少春离去，心头却甜蜜了许多。

孙有贞将林少春的自画像置于案上展开：“你如今大了，读书勤奋，画功也比往年精进不少，我瞧了真是高兴。只是你还有些小孩儿心性，为了区区一幅画，竟追到宫里来，要是叫人传出去，私会秀女可不是一桩小事，往后还需稳妥些才好。”

“是，大姐姐！只因这幅画作早就约好要与同年比试一番的，我不愿落于人后，不得已才进宫求姐姐，姐姐放心，再没有下回了。”

孙有贞点点头：“这才像话。我才进宫那会儿，你连杂草和兰花都分不清，如今人像竟能画得栩栩如生，实属不易，等过两日你再进来，替姐姐画一幅观音像吧。”

“这……”孙玉楼面露难色。

“怎么？情愿与同年斗画儿，却不愿意替姐姐画观音像？”孙有贞柳眉微皱。

“姐姐，画我一定给你画，但请姐姐先答应我一件事。”孙玉楼盘算着心中的小九九。

“好个哥儿，做了几日官，竟和我打起算盘来！我有言在先，宫里不比家里，不能让你这猢狲随意撒泼，若有非分的要求，可仔细你的皮！”孙有贞笑着嗔怪道。

“我做官，别人都说我是仰仗着姐姐的恩宠和父亲的权势，不是凭自己的本事。我如今必得找个机会，让那些人刮目相看。”孙玉楼坐在孙有贞身旁，一脸的坚定。

“你想怎么做？”孙有贞笑盈盈地望着弟弟。

“我想重破疑案，重振官威！”

孙玉楼回答得铿锵有力，引得外面来人大笑：“说得好！男儿须展平生志，你有这样雄心，朕很欣慰。”永嘉皇帝拍着手，大笑着走进了储秀宫。

众人赶紧跪拜于地。

“快起来吧。”皇帝走到孙有贞的身旁，宠溺地扶起了她，牵着孙有贞的手坐了下来，“你们姐弟俩刚才的话朕都听到了。”

“年轻人要立威风了！此事我可做不得主，还须问过皇上才是。”孙有贞扑哧一笑，甜蜜地望着皇上。

“请皇上成全。”孙玉楼猛然跪在了地上，高声道。

“好好好，朕来替你做主。朕广纳贤才，正缺这样有志的年轻人。玉楼啊，你不依仗祖荫，靠自身之功俯仰天地，朕如何能不成全你？朕今日准了你的奏请，给你个一展抱负的机会，不要令朕失望才好。”皇上笑得爽快，“快起来吧！”

孙玉楼大喜，顺势提出了心中筹谋的计划：“谢皇上，那臣便找一宗悬而未决的陈年旧案来试试手，臣想重新审理户部侍郎林远道一案……”

皇上闻言一愣，沉吟半晌，最终还是点了点头：“好！朕准了。”

皇上今日高兴，一声口谕了了孙玉楼的心愿，孙玉楼难掩喜悦，连忙再次跪拜谢恩。

孙玉楼得了皇上的口谕，即刻不再耽搁，差人调了当年的卷宗细细查看。

卷宗上写得明明白白，永嘉十二年，户部侍郎林远道押送军粮十万石、军饷五万两，自京城入山西，行至太原，军粮少五万石，军饷少一万两。

孙玉楼百思不得其解：途中调包军粮军饷，那是多大的动静，为什么没人察觉？到最后生死关头，又为何不把赃银拿出来保命，林远道要活生生受八十廷杖……后来陆明之事，如果陆明是同谋，五万石粮食折变，那是多令人惶恐的巨款，为何从陆明处查出的银子，仍旧远不及这个数目……

这军粮是如何被克扣的呢？

孙玉楼看着卷宗，怎么也理不出个头绪，干脆带着欢郎到街上散散心。孙玉楼心情低落，欢郎见状高兴地走走停停，给孙玉楼介绍起路边的店铺："少爷你看那家，那是新开的京城烤鸭，拿果木当劈柴，烤出来的鸭子有果香。还有那一家，那是新开的茶楼，专卖极品大红袍……"

孙玉楼头也不抬，置若罔闻。行至一家饭庄门口，正巧饿了，便停了下来。饭庄不大，商旗上写"金禾饭庄"。门外，三十开外的杨老板正在对采办训话："怎么又要买米买油？每次采买分明都是三十天的量，临了总是二十来天见了底，怎么用得这么浪费？"

"我不知道啊！那您看还买不买？"

杨老板不情愿地掏出了钱："买买买！不买我关门大吉啊？就是让你们这帮子省一点，别把我给整废了，不然大家都没好果子吃。"采办应了一声，拿了钱离开了。

欢郎上前打招呼："杨老板！"

杨老板见孙玉楼和欢郎，立即一脸笑意地迎了上来："这不是四爷和欢郎吗？哎哟，瞧我这记性，现在该叫孙大人了，来来来，请上雅座！"

"看这架势，杨老板生意兴隆得很啊。"孙玉楼随着杨老板和欢郎走进了楼内。

杨老板深深地叹了一口气："让您见笑了，若果然生意兴隆，也没有那些置气的事儿了。我是小本生意，厨子明着克扣油米，长此以往本钱都赔尽了，只怕早晚要关门大吉。"

"那你还留着那些人做什么？早早打发了就是了。"欢郎打趣道。

"东山老虎吃人，西山的老虎就不吃人吗？但凡有了起色的酒楼，灶上没有不贪的厨子。不说这些了，来来来，快坐。"杨老板和孙玉楼、欢郎也是老熟人，他苦笑着陪孙玉楼坐了下来，小二端上了茶水，放在三人面前。

“那你可知道他们是从哪里贪？怎么个贪法？”

“我们这里的厨房，不过是些油盐的小事儿。早前也偷肉，往腰上一别就走。后来查得严些，倒好了许多，但佐料每每有大亏空，盐和糖那等能化开的，借着水三儿的木桶就捎出去了。要是偷油呢，拿棉花蘸足了搁在烟袋锅子里，你还上去舔一口不成？”杨老板老到地赔着笑。

“那如何克扣粮食呢？”孙玉楼眉头微微皱起。

“我的大人，那可不得问您自己啊。您衙门不就有粮库吗？只要存一份心，没有查不到的！来来来，喝茶，喝茶——”杨老板一句话惊醒梦中人。

对了，衙门粮库，他孙玉楼怎么忘了呢？

大理寺由前朝官宅改造而成，位于官巷口，进入仪门，有大堂五间，后堂有粮库一间。粮库门口，衙役们排着队等候发粮食。正在发放粮食的一个衙役徐宏往米斗里放粮食称重，将米斗里的米倒入米袋中。

孙玉楼立于一旁，静静观望着。

“白米一斤。”轮到的衙役高兴地去拿刚刚称好的一斤白米。

“慢着！”孙玉楼喝道，欢郎拿来另一杆秤，孙玉楼将衙役手中的米袋放在了秤上。

“为什么少了二两？”孙玉楼望着秤，难以置信地瞪着发放粮食的徐宏。

徐宏立刻跪了下来，连忙磕头:“孙大人饶命啊！”

“说实话！”孙玉楼静静地瞅着徐宏，一双看似没有波澜的眼却格外犀利。

“是这个米斗……比普通的米斗重二两。”徐宏颤颤巍巍地答道。

孙玉楼豁然开朗。若是第一次称重便克扣了军粮，那第二次称重为什么没有察觉？这样看来，两杆秤是没有问题的，将秤排除后，那么，粮食的问题就出在了米斗和米袋上。

“小人该死！求大人饶命！”徐宏不停地跪拜着。

“你们如此缺斤短两，就不怕人拿回家去重新过了秤，反过来告你们？”孙玉楼笃定心中的猜想，继续问道。

“回大人，粮库有粮库的章程，但凡出了门子，一概不认账的。”

“那若是有人带着秤过来呢？”孙玉楼继续逼问道。

“那小的……小的就没法子了。”徐宏仰头看了眼面前这个年轻的大人，虽长了一副温润如玉的面孔，可是每句话都绵里藏针。

“现在你想个办法克扣……”孙玉楼俯身，凌厉地望着徐宏，猛然提高了声响，“必须说！”

徐宏吓得一哆嗦：“回大人……这从出仓到称重间，若是在秤上不能做文章，那就只有米袋了。如今哪家卖米粮的没有特制的米袋，有拿两股绳编的、有三股绳编的，还有四股五股的，股数越多，米袋……米袋的分量自然就越重。”

“好大的胆子！”孙玉楼心中的谜团全部解开了。

“小的错了，小的真知道错了，再也不敢了，孙大人饶命！”徐宏吓得魂不附体，一边磕头一边看孙玉楼，却看到他不怒反笑，顿时看傻了。

“不……”孙玉楼嘘了一声，笑盈盈地望着徐宏，“你戴罪立功了！”

徐宏呆若木鸡，被这个新上任的俊美大人弄得不知所措。

“即刻去查当年林远道一案，是谁提供了装军粮的米袋。”孙玉楼对身边的欢郎吩咐道。他抬头望着太阳，刺眼的光线下，他下意识抬手挡了挡，但温暖令他放松了下来，他心中缓缓道：“少春，这一次，我终究为你做了一件让你高兴的事。”

欢郎领了令便回到孙府，来到了孙逊的书房，将孙玉楼这几天做的事原原本本告诉了孙逊。

“老四在查当年林远道一案？”

“是的，老爷。”

“好，往后老四若有什么动静，你只管来告诉我。他初出茅庐，怎知这官场凶险？早些做打算，也好叫他少吃些亏。你下去领赏吧。”孙逊笑着望着欢郎。

“只要为少爷好，小的什么都愿意做。”

欢郎刚出去，丁荣寿端着茶水走了进来：“老爷怎么啦？瞅着好像不高兴似的。”

“这个老四，就会给我添乱子，眼下正追查当年林远道贪污一案呢。”孙逊沉吟道。

“啊，老爷，这可如何是好？小的这就去把提供军粮米袋的人灭口……”丁荣寿忙请示道。

孙逊放下手中的书，立起身，手指轻轻叩着案几:“不，这会儿动不得，动了岂不有做贼心虚的嫌疑？要是再往下挖一挖，错漏百出，可是要出大乱子的。”

“老爷……”

“既然到了这一步，那就只有一招了。”孙逊凝神抬起头，笑了。

“什么招？”丁荣寿被孙逊的笑弄蒙了。

“让他做个清官，把这件事彻彻底底查个水落石出！”孙逊望着丁荣寿不可思议的神情，笑着点了点头，“我孙逊果然生了一个好儿子，既然他执意要查，那就去查吧！不过户部那帮人老奸巨猾，只怕他们多有刁难玉楼，你把我的手令给他，他出入会方便许多。”

丁荣寿猜不透孙逊的心思，只得去照办。

孙玉楼没想到父亲会给自己送来他的手令，如此，出入户部就方便许多。他心中感慨，却又生出更多力量，得出心中结论，孙玉楼并未耽搁，当天他亲自带着官兵们包围了户部粮仓。

“奉皇上口谕，彻查当年林远道一案！”孙玉楼令官兵们立刻四处翻拿卷宗。

管理米斗的吴相个子不高，八字胡，他立于屋内，搓着手，有些担忧，却又故作镇定。孙玉楼缓缓走到他的面前:“交出你所有称量军粮的米斗！”

“都在那儿了，你……你自己查。”吴相心虚道。

其中一个官兵将米斗放入秤中一称:“孙大人，这米斗比普通的米斗重四两。”

“打开看看！”孙玉楼的轻声细语在吴相听来就像地狱里生出的魔障，他立在原地吓得动也动不了。

小官兵得了令，抽出匕首敲开了米斗，米斗隔层内的水银纷纷流了出来，散了满地，直到一颗水银珠子滚到了孙玉楼的脚下停了下来。孙玉楼看了一眼脚下的水银，讽刺地笑了，他望向吴相:“你还有什么话说？”

吴相目瞪口呆，身子像化了一般，慢慢软瘫下来。

孙玉楼怕夜长梦多，拿了吴相，即刻便赶到当年提供米袋的计相刘赢处，将他捆紧押到孙玉楼面前。

“我给的米袋那都是皇上钦定的，两股绳子编制而成，你这样无凭无据，凭什么抓我？”刘赢个子很高，一脸冷笑，盯着孙玉楼。

“刘大人，想要证据是吧……”孙玉楼走到刘赢面前，亲手将他身上捆绳的结又紧了紧，抬起一张看似无害的玉颜笑道，“等着……”

“我是皇上亲封的计相，凭你一个小小大理寺评事也配审我？叫你老子来，咱们好好理论理论。”刘赢直着身子，不服地大叫道。

“我配不配……”孙玉楼转头盯着刘赢，“你一会儿就知道了，押下去。”

公堂之上，孙玉楼一脸威严，吴相跪在堂下。

“吴大人，识时务者为俊杰，刘大人已经招供了，他是最好的人证，从你衙门搜出来的米斗是物证，人证物证俱在，你何必狡赖，痛快说出实情，也好将功折罪啊。”

吴相跪在地上，望了一眼孙玉楼，彷徨不安，但始终咬住嘴，一句话也没有。

孙玉楼笑着摇了摇头，他认真地瞅着吴相，那目光中的深意令吴相恐惧。

突然间，公堂后传来刘赢惨痛的叫喊声。

“是吴相！就是他……他在米斗里做了手脚故意克扣粮饷！”

“你呢？”

刘赢的叫声更加惨烈:“我……我用了四股绳子的米袋，同样也……也扣了！我是贪官！我是贪官！”

“吴大人，你可听清楚了吗？”孙玉楼笑着看着吴相。

吴相猛地抬起头，身体颤抖着，说出的话也哆嗦着:“你这是屈打成招！你好大的胆子！”

孙玉楼一掀长衫，走下了公堂，来到吴相面前，俯下身，轻言细语中却透着寒意:“胆子不大，也不能来审这桩陈年旧案。吴大人，你可别不见棺材不掉泪，我既然能对刘赢用刑，自然也能向你下手。”

“你……你殴打朝廷命官！要是皇上知道了，你也得死！”吴相已经抖得不成样子，脸色苍白。

“刘大人，光招供不行，你得提供证据啊——”孙玉楼猛然站直了身子，高声喊道。

“我有证据，我有——”刘赢惨烈的叫声刺进了吴相的心窝，吴相再也跪不住了，瘫坐在地上，整个人竟有些失神。

“吴大人，人证物证俱在，你觉得皇上会听谁的？”孙玉楼俯下身，“认不认罪？”

“我认……”吴相垂下了头。

衙役拿来画押的卷宗，吴相在上面按了手印。

孙玉楼长长出了一口气。

昨日他还在发愁，想到最重要的两个人都羁押了，可是要撬出他们的证词，谈何容易？孙玉楼立在公堂中，想了又想，终于想到一个人，于是唤来欢郎，令他去请林少春的师父柳三绝。

当柳三绝来到衙门，孙玉楼连忙下了堂，恭恭敬敬地拜见柳三绝。柳三绝虽有些意外，但见他一个朝廷大人对自己毕恭毕敬，心里便多了几分安定。

“少春唤您一声师父，如果柳师父不见外，我也唤您一声师父。”孙玉楼笑着将柳三绝让到了上座，柳三绝点了点头，对这个年轻人心中有了好感。

“师父，这次请您来，是为了少春父亲林远道的旧案……”孙玉楼缓缓道来，“如今这件冤案马上就要水落石出，就想请师父帮个忙……”

柳三绝听到此，突然站起身。孙玉楼有些意外。他的话还未说完，柳三绝竟然笑了，望着孙玉楼的双眼：“孙大人不必讲了，这个忙我帮了。”

今日这场戏真是演绝了，孙玉楼心中万分感谢柳三绝在后堂之中将刘赢扮演得惟妙惟肖，为柳三绝精湛的口技暗暗喝彩，也在心中舒了口气：这个案子已经成功了一半。

他笑着对衙役吩咐道：“你去告诉刘大人，吴大人已经承认了。”

林远道的旧案终于重见天日，孙玉楼将所有的卷宗和画押的纸张呈给了皇上。皇上很惊讶，细细看了卷宗和经过，高兴得直点头：“好！好一个孙玉楼，这桩悬案居然被你给破了！”

“都是托皇上的洪福。”孙玉楼跪拜答道。

“先别忙着得意，有人还不服气呢！”皇上用眼神指了指一旁，孙玉楼一下子愣住了。

“传吴相。”皇帝喝道。

侍卫们将吴相带上殿，扔在了地上。

“罪臣吴相叩见皇上。”吴相痛哭流涕，连连叩头。

“吴相，你在这个位置上十几年，吃了朕多少皇粮？”

"皇上！臣是被冤枉的，臣是屈打成招！这孙玉楼将刘大人打得不成样子，臣没办法，只好画押了，且这孙玉楼还恐吓微臣，说要是不遵他的令，就要让臣死无葬身之地。"吴相愤恨地瞪了一眼孙玉楼，转眼又哭诉起来。

孙玉楼不卑不亢，朗声道："皇上明鉴，臣办案从不逾越法令，吴大人污蔑臣逼供刘大人，证据何在？刘大人分明毫发无伤，请皇上传见刘大人，还臣一个清白。"

"召刘赢！"

只见刘赢毫发无伤，被侍卫们捆绑着带了上来。吴相一下子愣住了："这是怎么回事？你不是已经被打得遍体鳞伤了吗？"

刘赢望着跪倒在地的吴相，低声骂道："你个蠢货！"

"你们二人狼狈为奸，铁证如山，还有什么可狡辩的？"皇上猛地站了起来，怒视着跪在地上的吴相、刘赢，"拖出去，按律法处置。"

吴相和刘赢瘫坐在地上，侍卫们立刻将吴相和刘赢拖了出去。

皇帝看了孙玉楼一眼，坐回堂上："传朕旨意，孙玉楼破案有功，升任大理寺左寺丞，择日为林远道林大人、陆明陆大人洗清冤屈，加官晋爵，各赐封号。"

孙玉楼立刻下跪，一颗心终于尘埃落定："谢主隆恩，吾皇万岁万岁万万岁。"

永嘉皇帝亲自在大殿中为林远道和陆明平反，林远道加授正三品嘉议大夫，赐谥号"贞"。

孙玉楼借孙贵妃之名来到宫中，恰逢皇上殿选秀女之际。

永寿殿后园之中，江采萍带领着一众秀女向着元晖殿偏殿而去，林少春在秀女的队伍之中小心谨慎，表情平静。

孙玉楼按捺住激动的心情，手捧圣旨，随着引路太监过来，看到远处的秀女们，他突然停下脚步，心生一计。

"孙大人，孙大人……"引路太监提醒道。

"马上就要宣诏了，我先练练嗓子，免得紧张。"孙玉楼微微一笑，好似很紧张地清了清嗓子，突然冲着迎面而来的秀女高声念道："奉天承运皇帝诏曰，户部侍郎林远道为奸臣所害，含冤数十载，今已查明真相，朕悉知之，天下共知其冤。着加授林远道正三品嘉议大夫，赐谥号曰'贞'，钦此！"

林少春猛然怔住了，她难以置信地抬起眼，望见了人群之外的那个男子，他就那样立于阳光之中，带着深情的笑，讲出了她那么多年的执念。原来他一直在那里，无论山高水长，他一直在她的身旁。林少春再也抑制不住，眼圈红了。

众秀女纷纷笑了起来："那个大人……他在干什么？"

"不许嬉闹，你们以为这是什么地方？"江采萍喝道，盯了一眼林少春，林少春慌忙垂下了头。秀女们收住笑容，低着头跟着江采萍入内而去。

孙玉楼不顾小太监的提醒，再次提高了音量："林远道林大人，加授正三品嘉议大夫，赐谥号曰'贞'！"

林少春脚步没有停，可是一颗心却几乎停跳了，她垂着头，滚落的泪水啪的一声落在了脚背上。

孙玉楼目送秀女们消失在宫墙的尽头，凝住了，他久久不能回神，他不知道自己的所作所为能否让她为自己停下，回到他的身边，想着想着，他的嘴角泛起一抹苦涩的笑意。

"大人，要走了。"

入夏，青色的天空透着热气，阳光下树影闲散而轻柔地晃动着。越接近正午，天渐渐闷热了起来。元晖殿的偏殿中景致特别，加上今年的秀女一个个娇艳欲滴，倒是无限风光。秀女们五个一列，被传唤入内。

林少春静静地立在第三排中间，身边的秀女已经被太阳晒伤，满脸通红。她的脑海中一遍又一遍闪现着孙玉楼立于阳光中的模样，如今的她，真的有了自己幸福的理由，她又怎么能辜负呢？想到这儿，她微微笑了，那绝丽的容颜在烈日中格外刺眼。

海公公来到秀女面前，发现了被晒伤的秀女。他皱了皱眉，最终摆了摆手："来呀，把这两人给我拖走，都成这副模样了，别再吓着皇上。"

瞬间院子中传来了秀女嘤嘤的哭泣声。

正在此刻，胡公公带着几个太监将一个衣冠不整、连哭带喊的秀女拖了出来。

"皇上！皇上！我再也不敢了！"

"这名女子故意装疯卖傻，逃避选秀，按律以欺君之罪论处，希望各位姑娘引以为戒，不要触怒天颜。"胡公公高声喝道，并扫视了一眼众秀女，那眼神带着冷冷的警示。

林少春身子一颤，不觉握紧了拳。

不多时，一个满脸点着胎记的秀女被太监们拖了出来。江采萍上前掏出一块手帕，往满脸胎记的秀女脸上擦去，顿时干干净净。“这样的法子竟也想得出来，莫非长了驴脑子不成！你们给我瞧好了，这种瞒上欺下的行径是要被满门抄斩的！都给我打起精神来，若有明知故犯者，打死不论。”

秀女们都被吓到了，呆呆地盯着被拖走的秀女，一言不发。林少春握紧了拳头，望着四处，忽然被后院中的蔷薇花吸引住了。粉红色的蔷薇花开得正盛，娇艳欲滴。林少春望着蔷薇花，嘴角不自觉地翘了起来。

她小心翼翼，规规矩矩，看似小心又害怕地在脸上轻轻地挠了起来。

江采萍见状，立刻上前，关心道:“怎么了？”

“我脸上很痒……”林少春控制不住地挠了起来。

“殿前失仪可是要受罚的。”

林少春故作惊惶地瞪大了双眼，满脸恐惧。她一把抓住了江采萍，另一只手还在不停地挠着:“姑姑，天热了，我怕是杏斑癣又犯了，你能帮我找些蔷薇硝来吗？”

江采萍皱着眉，甩开了林少春的胳膊:“这一时半会儿的，我去哪儿给你找去？”她目光扫到后院，一眼望到了蔷薇花，“那蔷薇花可行？”

“谢谢姑姑，您帮我采摘些来，我捻一捻，涂上就好了。”林少春可怜巴巴地瞅着江采萍。

江采萍看了看蔷薇花，又看了看林少春，无奈地走了过去:“就你事儿多。”她去采了蔷薇花，递给了林少春，林少春欢喜地接过，将花瓣轻轻扯下，在自己的脸上抹了起来。她不由得抬头看了一眼天空，发现阳光格外刺眼，可是她的一颗心却如这骄阳般热烈而温暖。

元晖殿中，香气缭绕。

永嘉皇帝翻看着一幅又一幅秀女的画像，停驻在林少春的画像前:“这个女子容貌不俗，朕很喜欢。”

皇后侧身看了一眼，心中一惊，画像中的少女气质清冷，仿若高高山崖上的雪莲花，令人不觉向往，她轻轻地点了点头:“这孩子长得真好！”

正在此时，林少春和秀女们低着头走进了元晖殿。

“拜见皇上、皇后。”众秀女恭恭敬敬地跪拜。

“抬起头来。”

秀女们抬起头，一张张娇艳欲滴的小脸春色融融，却只有林少春整张脸红肿一片，看起来令人不觉心生恐惧。

“这位秀女，你的脸怎么了？怎么肿成这样？”永嘉皇帝都有些惊讶。

“回皇上，妾自小有春癣，遇热便如此。只要远离花粉，休息一阵子，便同画像上一模一样了。”林少春连忙跪拜在地上，仿佛被吓得失了体统。

“春藓？对什么花粉最忌讳？”

“回皇上，妾对所有花粉都忌讳。”林少春跪在地上，不觉一颗心也紧张了起来。

皇帝看看林少春的画像，又看看林少春，犹豫不决，终究心中不舍：“那就请太医将你治好便罢。”

“皇上，妾不敢欺瞒皇上，妾自小便看了所有的名医，都无药可治。”

皇后心中感慨万分，却也担忧林少春那么美的容貌，她微微一笑：“这么漂亮的脸蛋却有这病症，想是与皇上无缘吧。宫里四季都有花，若见不得花粉，那岂非连门都出不得吗？”

“倘或遇到花便这样……”皇上皱了皱眉。

“皇上以后日日面对这样一张脸不成？”皇后笑盈盈地冲着皇上说道，宽慰着皇上。

久久地，皇帝轻叹了一口气：“如此，便罢了。”

林少春伏身在地上，身子松了，重重地吐出了一口气，头未抬起，可是一颗心却飞出了宫门。

此时相望不相闻，愿逐月华流照君。

夏季宫门外的黄昏，空气虽潮湿，却荡漾着清新的、生长的气息。

四轮马车帷幔飘飘，精致而低调，唯有立于马车下的男子格外瞩目，宝蓝色的长袍慵懒而飘洒，那张如玉雕刻的脸痴痴地瞅着朱红色的宫门。

“四爷，咱们还要等多久？”欢郎觉得孙玉楼一定疯了，已经眼巴巴在这宫门外等了一天了。

“多久都要等。”孙玉楼目光坚定。

这一天，落选的秀女们逐一地走出宫门，坐上自家的马车离开，直到太阳已经落到了地平线下，肿成一张大脸的姑娘才孤单地走出了宫门。她一眼就望见了宫门外那个长身玉立的身影，几乎小跑着来到了孙玉楼面前。

“姑娘你找谁啊？”欢郎猛地挡在了孙玉楼的面前。这姑娘也太丑了吧，脸肿得连眼睛都看不到了。

孙玉楼看着少女浮肿的脸，冷了一天的脸终于露出笑意，他快步推开了欢郎，一把握住了少女的手，声音竟有些哽咽:“我知道你一定有办法的。”

“我这样你都能认出来？”林少春喜极而泣，眯眼望着孙玉楼。

“你变成什么样，我都能认出来。”孙玉楼拉着林少春上了马车。宫外传来了青春的笑声，那么畅快，那笑声在空旷的宫外，冲散了那么多年的哀愁与苦难，久久回荡。

“少春，我带你回家。”

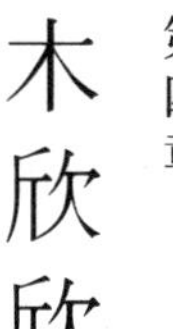

第四章 木欣欣以向荣

她痛极了，几乎来不及思考，猛地冲了过去，抬手端起了盘子中的酒，厉声道：

『还请县主说话算话，若我在阴间见到了玉楼，我做鬼都不会放过你。』

说罢，林少春将酒一饮而尽。

孙玉楼一手握着林少春的手，一手蒙着她的眼睛，林少春并不知道孙玉楼要将她带往哪里，只是随着他的牵引进了一所宅子。

“到了吗？”

“马上就到了。”孙玉楼在她耳边轻轻说道，一边温柔地将覆在林少春眼睛上的手拿开，一刹那间，世界在她眼中缓缓展开。

她泪眼婆娑地望着眼前的景象，这是她儿时的回忆，亦是她少年的过往。

林府。

院子里有青砖铺地，照壁上的喜鹊登梅依旧栩栩如生，三进院的拱门延伸远去，像儿时一般。就连院子中的那棵老槐树依旧枝丫繁盛，虫蝉在上面鸣叫着，令林少春想起儿时坐在老槐树下，靠着母亲，父亲在一旁念着戒律，一双严厉的眼却含着笑意。

林少春缓步走到老槐树下，伸出颤抖的手指轻轻抚摸着树干，禁不住泪流满面。

“你看，可还是你记忆里的样子？”孙玉楼轻轻走到林少春身后，禁不住环住了她颤抖的身子，“皇上把宅子赐还给你们了，常嬷嬷也记得各处的布置，我费了好大一番工夫才弄成这样，就想给你一个惊喜。”

“我……我……”林少春哽咽着点着头，转过身，直直地望着孙玉楼，一双眼似乎包含了千言万语，话到嘴边却是沙哑的，“玉楼，我很欢喜，谢谢你。”

孙玉楼笑了，轻轻擦掉了林少春的眼泪，笑道：“傻丫头，你再看看我身后还有谁？”

常嬷嬷和一个清秀的姑娘从屋子里走了出来，立在孙玉楼的身后，两个人眼中皆是泪水。

林少春惊呆了，绕过孙玉楼，半晌叫道：“小鸦，你终于回来了……”

“姑娘！”小鸦向前一步，一把抱住了林少春，失声痛哭起来。

常嬷嬷立在一旁，看着眼前的场面，不断用袖子擦着眼泪，喃喃道：“终于团聚了……”

林少春松开了小鸦，转身再次望向孙玉楼，满心的感激一时竟说不出口。

孙玉楼立在光晕中，轻轻道：“既然林家已经沉冤得雪，当年的误判也应当更正。为此殒命的人不能复生，流放的却可回到原籍。我知道你一直惦记这件事，苦于无法完成……”孙玉楼向前一步，笑望着林少春调侃道，“如今我替你办妥了，你应当怎么谢我？”

“你想让我怎么谢你？”林少春故意反问。

孙玉楼脸上染上了一丝红晕，他看着林少春明亮清澈的眼，认真道：“我担心你无以为报，不如就以身相许吧。”

常嬷嬷搂着自己的女儿小鸦，笑吟吟地望着两个人。

“不正经。”林少春害羞地捶了一下孙玉楼，手却被孙玉楼用力握住。他垂头盯着她，眼底皆是深情：“我是认真的，从未这样正经过！”

“我自己做不得主，一切要听嬷嬷的。”林少春的脸红透了，她转头看向常嬷嬷。

孙玉楼松开了林少春，冲常嬷嬷作了个揖：“常嬷嬷，这回总可以成全玉楼了吧？”

常嬷嬷拉着小鸦，突然跪在了孙玉楼面前。

孙玉楼吓得连忙去扶常嬷嬷：“嬷嬷你们这是干什么？快起来。”

常嬷嬷依旧跪在地上，手紧紧地握住了孙玉楼：“四爷，您对我们林家有再造之恩，如今老爷洗清了冤屈，我的小鸦也回来了，连当初被查抄的府邸，您也照原样重给了咱们，还有什么可说的！我只愿四爷和我们姑娘长长久久，我要给四爷立个长生牌位，祝祷四爷福寿绵长。”

孙玉楼扶着常嬷嬷起来，满足地冲着林少春点点头。

林少春走到了孙玉楼的面前，沉吟了一下，嘱托道：“我虽父母双亡，但也是正经人家的女儿，你若真心求娶我，还需三媒六聘。”

孙玉楼拉着林少春的手，郑重道：“少春，我不知道我该怎么同你说我的感觉，自从遇见了你，我的眼里心里就只有你，你笑了我比谁都开心，你哭了我比谁都难过，恨不得把全天下的好东西都给你，但又恨自己没有这个能力，我怕我穷其一生，也无法做到我心里想为你做的那个样子，但你相信我，我会尽力的。”

“只要你的花轿登门，我二话不说便随你去。”

“你放心，我娶你之心，至死不灭。”孙玉楼直直地望着林少春，脱口而出的话令林少春一辈子忘不了，“若你不能走进那扇门，那我便从那扇门里出来，即便抛家舍业，也在所不惜。”

殊不知多年后，她在无尽的人海中寻他，刻在心头的，一直是这句话。

孙玉楼想要求娶林少春的消息在孙家掀起了轩然大波。

梅姨娘、吴月红、许凤翘、苏映雪面面相觑，谁也没有说话，齐齐望着沈氏。

“四哥儿到底不叫我省心。千辛万苦破了案子，本以为他是为建功立业，谁知闹到最后竟是为了一个女人。户部侍郎家的小姐，就算正经没遭过难的，进我家门尚属高攀，何况那姑娘流落市井多年，学戏卖唱，什么下贱事不曾做过。”沈氏捶着桌子怒道。

“太太说的是，可爷们儿偏喜欢这样的狐媚子。我瞧四哥儿叫她勾得魂儿都飞了，将来入了门，府上还有什么体统可言！”许凤翘轻言细语地说道。

“叫她趁早死了这份心，只要有我在，她就进不得我孙家的门！”沈氏越听越气。

“太太消消气。”梅姨娘劝道。

正在此时，孙玉楼带着欢郎兴冲冲地走进大厅：“见过太太、姨娘并三位嫂嫂。”

梅姨娘拼命给孙玉楼使眼色：“哥儿回来了，忙到这会儿想是饿了。欢郎，快带四爷去用些果子。”

“等一等！来得很是时候，我们正说起你，你这些天干什么去了，连人影都不见？”沈氏冷哼了一声，盯着孙玉楼。

“回太太，因儿子破了案，皇上准儿子休沐几日，儿子便趁着有闲暇，出去办了几件私事。”孙玉楼瞅了一眼沈氏，恭恭敬敬答道。

“私事？你能有什么私事？打量我不知道，你是去见那个女人了吧？”沈氏满脸怒气，瞪着孙玉楼，孙玉楼刚要开口，却被沈氏打断，“我告诉你，你们的婚事我不答应，倘或为了这个来游说，我劝你免开尊口。”

孙玉楼呆在原地，一时无语，与沈氏就这样久久地对峙着。半晌，终于还是开口了，但说出的每个字都如锤般敲打着每个人的神经：“太太，我今日也和您交个底，除了她我谁都不娶！”

“啪”的一声，沈氏拍案而起：“你敢！我看你是猪油蒙了心，你要是敢娶她，索性拿绳子勒死你老子娘，往后你就是霸王，家里再没人管着你。”

“我这一生，”孙玉楼毫不退让，“非她不娶。”

一瞬间，孙玉楼的话令大厅所有人都屏住了呼吸，气氛压抑得可怕。

“你娘说得对，你不能娶她。”孙逊的声音从屋外传来，打破了这可怕的死寂。

“老爷……”吴月红、许凤翘、苏映雪纷纷起身给孙逊行礼。

孙玉楼一言不发，只是倔强地望着孙逊。

“你随我来书房一趟。”

孙逊走进了书房，并不看儿子，脸色阴沉，指着桌子上的书训斥道:“你读的这些圣贤书，哪一本上教你违逆父母了？你母亲生养你，你如今竟为了外头的女人同你母亲起争执，我瞧你的书都白读了！”

“父亲，儿子一向尊敬父亲的为人，父亲严正开明，并非阿世媚俗之辈，可今日为何要阻止我和少春的婚事？”孙玉楼并无退让。

孙逊转过身，一双深沉的眼盯着孙玉楼，眼底的波光让孙玉楼有些心慌:“为父知道她是个好姑娘，我阻止你迎娶她，并不是因为她的出身，而是为你的前途着想。宦海沉浮，多少生死只在一念之间！你破了林远道一案，满朝文武都夸你少年奇才，夸为父教子有方。可你若娶了林远道的女儿，你便是公器私用，徇情舞弊，你知道吗？再倘或这些话传进皇上耳朵了，你可想过后果？”

“我不在乎。”

“你不在乎？你不在乎孙家的脸面，不在乎自己的前程，也不在乎你大姐姐的处境？”一向自恃冷静的孙逊此时也被孙玉楼的话气得手指微微颤抖，他眼底泛出冷意，“你只在乎你那份男女之情，如此之狭隘！”

“父亲……”孙玉楼上前一步，正欲开口。

“好了，不要再说了，你若一意孤行，日后出了什么闪失，别怪为父没有提醒过你。”孙逊眼神暗了下来，落在孙玉楼眼中，心中不觉升起了寒意。

“父亲不要伤害少春，若父亲不答应，那我带她离开京城就是了。”

“你……”孙逊死死瞪着孙玉楼，一动也不动，半晌，出口的话字字诛心，“人活于世，并非只有儿女情长。你如今长大了，入朝为官，到了光耀门楣的时候。乌鸦尚且知道反哺，你呢？父母养大你，教你读书习字，就是为了让你有朝一日忤逆父母的？你这么做，置你父亲于何地？置孙家列祖列宗于何地？你若还有良心，就好好自省吧。”

孙逊说完转身走出了书房。孙玉楼心中难受，转头看见案头父亲常看的那本苏轼的诗集，窗外的风吹了进来，书页翻起，那首《洗儿戏作》白纸黑字写得分明：人皆养子望聪明，我被聪明误一生。惟愿孩儿愚且鲁，无灾无难到公卿。

他不由得红了眼圈，转身出了书房，回到了自己院子里。却见姚滴珠正端端地坐在院子里，望着自己：“大功臣破了陈年悬案，我以茶代酒，前来道贺。”姚滴珠说着，笑盈盈地起身为他和自己沏了一杯上好的热茶，端到了孙玉楼的面前，却看见他满腹心事，紧锁着眉头，她放下茶水，“你怎么了？眼下不正是春风得意的时候吗，怎么一脸沮丧？”

孙玉楼抬起头看了一眼姚滴珠，他明白姚滴珠的心思，想了想终究觉得还是实话实说断了姚滴珠的念想：“父亲不许我和少春在一起，说什么怕我仕途受阻，其实不过怕她连累孙家名声。少春我是一定要娶的，只是眼下苦于没有应对之计……”

姚滴珠默默地盯着孙玉楼，心中感慨万分，终究叹了一声：“老爷深谋远虑，反倒是你，眼里只有情，言行都欠妥了。你若当真找到一个可心的姑娘，哪个不愿意成全你？可如今看来，这位林姑娘恐怕不是合适的人选。”

听到此话，孙玉楼的脸皱了起来，声音有些冷：“你来若是为我想些办法，我感激你；但你此来若是为了诋毁少春，那就恕我不相留了，请吧。”

“你这人，听不得别人一句忠言吗？”姚滴珠心中不好受，不由得站起了身，“旁观者清，当局者迷，你细思量，自她结交你，可是存有目的？如今她的目的达到了，你扪心自问，她可是真心喜欢你？”

孙玉楼并不理会姚滴珠，只是冷冷地看着她，听她继续说下去。

“依我之见，应该试她一试，若她果真对你一往情深，你就算去求，去跪，也不能错过这样的姑娘；若她只将你当成踏脚石，那我真要劝你一句，一厢情愿最是无用，你该死了这份心才是。”姚滴珠讲的也是自己的真心话，她并不相信林少春所谓的真情。

“我信她，爱她，断不会如你所言去试探她。你的心我懂，可我一颗心只能给一个人，因此注定要辜负你的美意了，还望你见谅。”孙玉楼猛地站起身，一张脸冷到了极致，“姚姑娘请回吧。”

姚滴珠心中一痛，她虽爱慕孙玉楼，可爱得坦坦荡荡，自问在他与林少春的事情中，她也帮了诸多的忙，可是如今却换不来真诚的相待：“在你心里，我就是那么浅薄的人吗？”

孙玉楼有些不忍，转瞬离开了院子，进了自己的房，关上了房门。

姚滴珠默默盯着那扇紧闭的房门，冷笑了一声。她这人一生活得坦荡，也绝不是轻言放弃之人，想罢，她转身出了孙玉楼的院子，直奔许凤翘的院子。

清风徐徐，许凤翘侧卧在软榻上，手拿团扇扇着风，一脸烦躁。案几上放着一杯冰镇过的桃汁水，她烦躁地端起来想一饮而尽……

“天虽热，也不能这样贪凉，喝多了对身子不好。”姚滴珠一进屋就看见了这一幕，她皱了皱眉头，上前夺了许凤翘手中的冰水。

“你不懂，我心里攒着火呢！我原想等你进了门，我们姊妹在一处岂不热闹？如今可好，那小蹄子一只脚都踏进门来了。老爷和太太固然是不答应的，可凭四爷的脾气，不称他的意，天都能捅个窟窿出来，假以时日老爷太太能奈他何？”许凤翘呸了一口，说到林少春，心中的气都上了天。

姚滴珠坐到许凤翘的身旁，静静地望着她，一句话也不说。许凤翘见姚滴珠不说话，立刻坐了起来:“你说话呀，别人为你的事着急，你倒好，全不与你相干。你若有气性，就把人抢过来，何必便宜了那蹄子！”

“强扭的瓜不甜，玉楼是个好男人，他对林姑娘可算痴心一片。只是这林姑娘对他究竟如何，便不好说了。”姚滴珠笑了笑，摆弄着手中的杯盏。

“不好说也得有个说法，难不成就这么让她糊弄过去了？”

“我有个法子让她知难而退，不过姐姐要帮我一个忙，将玉楼支开几日。”姚滴珠突然转过头，神秘地望着许凤翘。

“怎么说？”许凤翘好奇地问道。

姚滴珠笑而不答，脸上露出胸有成竹的表情。

借口孙玉楼的外祖母病了，许凤翘趁机让孙玉楼陪着母亲沈氏回老家一趟，沈氏倒也乐意，想着这段日子孙玉楼与林少春少见些面，自己再劝导些，或许那孩子没有那么拗。孙玉楼来不及与林少春告别，于是写了封信托欢郎送去。

可是孙玉楼怎么也没有想到，许凤翘半路劫了信，亲自去了林府。

林少春和许凤翘坐在正厅，常嬷嬷端来了两杯茶水，谨慎地看了一眼林少春，才缓缓放在了二人面前。

“好妹妹，我的身份想必你也知道了吧？”许凤翘撇了撇嘴。

“您是孙府的三奶奶。”

“我这回来，是有个消息要告诉你，可否请妹妹屏退左右？”许凤翘看了看常嬷嬷，喝了一口茶。

常嬷嬷有些忧心地望了一眼林少春，林少春冲她微微点头，示意她安心，常嬷嬷这才退下。

“三奶奶有话就直说……”

“令尊沉冤得雪，我先要向妹妹道贺，妹妹这些年艰难，如今终于苦尽甘来，皇天不负苦心人。可缘分这种事儿，当真是说不清，我家四爷原是为姑娘打抱不平，方重审了令尊的案子，谁知又因这个案子得圣上赏识……”许凤翘话锋一转，咯咯地笑了起来，“今儿下了指婚的令，把南安县主许给四爷了。姑娘是知道的，皇上赐婚谁敢不从？四爷思来想去，唯恐祸及满门，只好对不住姑娘了，请姑娘另择佳偶。”

林少春顿了顿，定定地看向许凤翘：“多谢三奶奶走这一趟，若果真有这样的事，烦请转告玉楼，让他亲自来同我说。”

“你这姑娘，脾气也忒直了些。他既然有负于你，哪来的脸面登门呢？”许凤翘脸色一变，看着林少春，冷哼一声。

“事关重大，我不听人从中传话，定要他亲口告诉我。”林少春静静地望着许凤翘，不为所动。

“姑娘偏不信，我也没法儿，反正我言尽于此，姑娘好自为之吧，银锁咱们走。”许凤翘站起身，往外走去，走到了门口，又回过头来，“若姑娘存疑，那便去水月庵一趟吧。南安县主每月十五都去那儿进香，姑娘一问便知。”许凤翘说完，挑眼看了一下林少春，带着银锁走出了林府。

林少春望着许凤翘离开的背影，陷入了沉思。

常嬷嬷从门外走了进来：“姑娘，那位三奶奶找你有什么事？”

林少春抬眼笑了笑，宽慰道：“没事儿，嬷嬷，这些年我们什么事儿没经历过呀，我都习惯了。”

许凤翘兴奋地从林府门口出来，被银锁扶上了马车，一眼瞧见了马车里的姚滴珠，嘴角止不住地咧开了：“办成了、办成了！这小蹄子肯定会去的。”

“若她顾及玉楼，就应该知难而退；若她不顾及玉楼，那她就不是真的爱他。”姚滴珠沉吟道，手指一下一下叩着马车上的小案几。

京城内外多庵堂，其中最著名的一所当属城西的水月庵。水月庵有四百年的历史，当时的著名女尼水月行至此地，个人在此修行，后人多次修缮，终成今日之规模。

大殿位于城西蛇山之麓，高大宽敞，殿中栋梁画上了五色云气，壁上彩绘了水月仙灵之画。描金的观音像前，南安县主跪在蒲团上摇着签筒，丫鬟和小厮们随侍在侧。

林少春一身女尼模样，默默地观察着南安县主，只见这位身份尊贵的县主长得极其清丽，月白色长裙，细长的眉眼，倒有些神似上座的观音。

林少春双手合十作揖，看了看南安县主的左右。

“你们都下去吧，留这位师父帮我解签即可。”南安县主吩咐道。

众丫鬟小厮应声纷纷退去。

“师父，怎么样，这签文是凶是吉？”

“民女林少春，给县主请安。”林少春摘下帽子，坦荡地望着南安县主。

“林少春？”南安县主挑眉，好奇地望向了林少春。

“民女唐突了，贸然拜见县主，是有一事相求。”林少春毅然跪在了南安县主的脚下。

“什么事？”南安县主淡淡道。

“我与孙玉楼真心相爱，但听闻皇上赐婚，将县主许配给了他。民女斗胆，恳请县主成全我们。”

“你是什么人？凭什么同我提要求？”南安县主高高在上，冷笑了一声。

“请县主明鉴，少春今日冒昧，并非只为我自己，玉楼痴情，我和他历经磨难才走到今日。县主明知他心里有我，却因皇命不得不下嫁，实在对县主不公。”林少春抬起头，毫不退让。

“他心里有你又如何？对我公不公，又与你有什么相干？”南安县主向前一步，俯身望向林少春，眼神越来越冷，“皇命已下，岂容你置喙？你今日何止是冒昧，简直是该死！”

“请县主息怒，我曾听说过县主善举，知道县主深明大义，从不为难百姓，故而少春斗胆，前来向县主谏言。”林少春来之前，对南安县主做了调查，深知这个县主的为人和秉性，才会冒险到水月庵。

南安县主笑了，细长的眼盯着林少春：“林少春，两姓联姻，是为稳固郡王府与孙府的关系，这是圣上赐婚，岂是你三言两语就能作罢的？你听好，这门婚事我做不得主，孙玉楼也做不得主，皇命已下，断难收回。你今日冒犯了我，别打量给我戴顶高帽子，我就不惩治你。我可不是你口中那个深明大义的县主，但凡有人触怒我，我必要叫他知道厉害。来人……”南安县主脸色骤变，大声喊道，“把她给我抓起来！”

小厮们立刻冲了进来，一拥而上，将林少春擒住，带回了南安府院落，锁到后院的一个空房子里，嘴里塞上了布条，绑在椅子上便出去了。

林少春挣脱不得，只得干耗着。时间转眼便过去了半天。

后堂之中，隔着一扇御品刺绣的屏风，林少春隐隐约约看到了孙玉楼的身影走了进来。

“参见县主，敢问县主，少春是否在你府上？”

“是啊，确实在我这里，不过她包藏祸心，竟敢口出狂言怂恿我违抗皇命。如此心机深沉的女人如何留得？你别管，大婚在即，你且去筹备吧，这事我自会处置。”

孙玉楼顿了顿：“县主，无论我娶不娶你，都请县主放了少春。”

南安县主提高了声音，冷笑一声：“放了她？让她在外头嚼舌，诋毁你我名声吗？不过你若想让我放她，也并非不能，你得答应我一个条件。”

“什么条件？”

“将她送走，一心一意迎娶我，心里再不能有他人。倘或你能做到，我倒可以饶她一命。”

“不可能，我此生只爱一人，就算我不得不迎娶你，我也断不会爱你。”孙玉楼铿锵有力地答道。

“无耻之尤！在我跟前口口声声说爱她，你将我置于何地？别以为皇上赐了婚，我就不敢把你怎么样……”南安县主彻底被激怒了，“来人！给我打！”

随着南安县主的命令，小厮将孙玉楼拖了出去。

南安县主缓步走到屏风后，来到了林少春的面前，将林少春嘴里的布条揪了下来：“你都看见了吧，若你们执意如此，下回便不只是挨打了。”

林少春笑道:“县主出身郡王府，难道不知本朝律历明文规定，任何人不得动用私刑拷打朝廷命官吗？何况先前那人究竟是不是玉楼我尚且不能断定，若县主想演一出戏劝我知难而退，那就请县主早早歇了这份心吧！”

“是吗？”南安县主轻笑着摇了摇头，叹了一口气，“你是不见棺材不落泪啊，什么两情相悦，我险些信了。如今看来，你不过是舍不得错过孙府这样的门第，哪里管孙玉楼的死活！你既不管，我可有什么心疼的呢，不叫你瞧瞧厉害，你只当我好欺负。”

南安县主招了招手，立刻进来了两个小厮，将林少春拉了出去。

出了房门，是一个不大的院子，高高耸立着许多槐树，倒是十分阴凉。

此刻，孙玉楼满脸鲜血，面部瘀肿，头发散落遮住了脸，被两个小厮强制跪在地上。

“睁大你的眼睛看清楚。”南安县主冷哼了一声。

林少春顿时大惊，脸色苍白，焦急地看着孙玉楼:“玉楼，是你吗？”

站在孙玉楼一旁的三个小厮又开始对孙玉楼一阵拳打脚踢，孙玉楼慢慢倒在了地上，嘴里也吐了血。

“不！不！不……”林少春握紧了拳头，被小厮死死地押住，她疯了般地想冲上去，嘶喊着。

南安县主附身趴在了林少春的耳边，轻轻道:“你若还是不信，只管上前去看，看看你的情郎，是如何被我折磨成一个废人的！松开她……”

小厮们松开了林少春，林少春颤抖着往前走去……

孙玉楼趴在地上伸手一挡，哑声道:“少春，别听她的，别过来，我不想让你看到我这副模样……”

林少春猛一回头，犀利地望着南安县主，大声叫道:“都给我住手！你究竟要我怎么样？”

“今日之事，是你一手挑起的，你竟问我要如何？我原知道你们的事，若你知情识趣儿就此和他一刀两断，我不是没有容人的雅量。可你偏来触逆鳞，挑得我心头火起，如今我信不过你了，倘或将来他纳你进门，那又如何是好？我这脾气，向来是眼里不揉沙的。”南安县主理了理自己的裙摆，缓缓走向了林少春。

“你无权打他，你若打死了他，皇上不会饶了你的！”

“律例管束的是平头百姓，皇上还能让我一命抵一命不成？你眼下有两条路可走，要么我打死他，对外宣称他病死了，要么……”南安县主拍了拍手，丫鬟立刻端上来一杯毒酒，“要么你干了这杯毒酒，一了百了。只要你死了，他也就断了念想，我看在皇上指婚的分儿上，可以饶他不死。”

林少春望着南安县主，头脑中仿佛涌上了密密麻麻的刺。她痛极了，几乎来不及思考，猛地冲了过去，抬手端起了盘子中的酒，厉声道：“还请县主说话算话，若我在阴间见到了玉楼，我做鬼都不会放过你。”说罢，林少春将酒一饮而尽。

阳光缓缓从窗棂射了进来，落在了林少春的身上，照在她白皙的脸上，美得如同梦境。

“你醒了？”南安县主坐在床边，笑吟吟地盯着林少春。

“我还活着？”林少春一脸茫然。

“当然没死，要是死了，这会子就找我索命来了。”南安县主故意笑着剜了一眼林少春。

“什么意思？”

“这不过是一出戏罢了，想试探你是不是真心的，没想到，你性子竟这么烈！”

“玉楼呢？”林少春猛然起身，顾不得南安县主的阻拦，走向了卧室内的花厅，却撞见正在擦拭面部血污的柳三绝，“师父？你怎么在这儿？”

柳三绝抬起头，感慨道：“我也是受人之托。原不想答应的，可事关你的终身，我也不好袖手旁观。姑娘大了，嫁人是应当的，但我们这一行，演戏演久了容易人戏不分，要是出阁前能先看明白自己的心，那将来就不至于会后悔了。”

林少春猛地冲向了师父，俯下身，紧紧地握住了师父的衣襟，有些难以置信：“我早该想到了，扮别人能扮得不露一点破绽，这世上除了师父还有谁呢。我该谢谢师父，帮我看清了自己的心，我知道自己爱他，无论发生什么都不会改变。只是这试探的主意到底是谁出的？可是玉楼？”

“不是玉楼，是我。”姚滴珠打开了房门，迤迤然走了进来，声音如玉珠般清冷，“只因我见过你放浪形骸的模样，又要为父申冤，便认定你接近玉楼是另有所图，不值得玉楼真心待你。”姚滴珠笑着挑了挑眉，“南安县主同我是至交，若不把戏演足了，林姑娘怎么会相信呢？”

林少春此刻才恍然大悟：“我原本是想女扮男装考取功名，再替我父亲昭雪沉冤。

当时赶考的举子众多，我是为了结交他们，才和他们一起饮酒畅谈的。”

姚滴珠走到了林少春的面前，盈盈笑道：“看来是我一直以小人之心度君子之腹了。我这种手段非但不高明，反而损阴骘。事情到了这步田地，我是为了自己，不得不出手。我只是想看看你到底对四爷是不是真心。”

“其实你也喜欢玉楼，对不对？”林少春站起身，对姚滴珠的感觉好了许多。

“可惜是你先遇见他，如今我知道你能为他生，为他死，我也替他高兴。”姚滴珠笑着摇了摇头，冲着林少春做了一个鬼脸，“我时机不对罢了。”

“多谢你，始终以一腔赤忱待他。”

“那我们便去花厅共饮一杯，就算是为少春压压惊吧。”南安县主走了过来。

“不必了，我有事在身，要先走一步。”林少春终于松了一口气，笑着道谢，转过身望着师父，“师父，我们一起走吧。”

院子中恢复了平静，南安县主静静地看向姚滴珠：“演这一出，你后悔吗？”

姚滴珠有一丝苦涩，却也放下了一颗心，她笑着摇摇头，轻轻道：“喜欢一个人，就是希望他好，现在他好了，我也算求仁得仁，有什么可后悔的？其实我向来就不喜欢争抢，这次做这样的事，心里也很不安，如今这个结局总算不错，我有成人之美，如果他们是真心相爱，我也希望他们能好好的。”

南安县主走上前抱住了姚滴珠：“你是个好姑娘，你会有更好的。”

姚滴珠靠在了南安县主的肩上，缓缓道：“我相信。”

姚滴珠抬头望着高耸的树枝，枝叶斑驳间，丝丝缕缕的光落了下来，她直直地望着，心中明白，有些路，自己还要继续，有些人，终究不是自己的。

林少春疲惫地走进林府，抬眸间，望见的却是老槐树下那个挺拔的身影。

孙玉楼玉树临风，站在树下，笑盈盈地和常嬷嬷在说些什么，抬头一眼看见了走进家门的林少春，笑得一脸灿烂。那笑容如这世间最甜美的甘露，落在林少春的心中。她忘记了矜持，猛地扑了上去，紧紧地抱住了孙玉楼。

“你去哪儿了？害我等你这么久。”

“玉楼，在今日之前，我还不知道自己有多在乎你……”林少春抱着他，一颗心是踏实的，她抬起头，朗声道，“可是今日之后我突然发现我不能没有你，不能……”

“你这是怎么了？出什么事了？我前几日给你写的信你收到了吗？”孙玉楼担忧地望着林少春。

“别问我，也别同我说话，让我就这样抱着你，知道你是活生生的，就好了。”林少春闭上了双眼，紧紧地抱住了孙玉楼。

孙玉楼什么话也没有说，伸出手抱住了林少春。

亲卿爱卿，是以卿卿，我不卿卿，谁当卿卿。

姚滴珠在孙玉楼身上终于死了心，回府之前特意来找林少春。

林少春很诧异。

“你不必诧异，我今日来是想着以前对你误会颇深，这次也算给你提个醒。”姚滴珠大大方方地望着林少春，“孙家马上要办春日宴，广邀京城各府的千金，为四爷物色四奶奶……”

林少春眼睑轻轻颤了颤，她认真地望着姚滴珠：“为什么好心提醒我？”

“经过那遭，你肯为四爷连性命都舍了，我心中着实佩服你，对你，总想着可以帮衬些什么……”姚滴珠毫不客气端起桌上的茶一饮而尽，环视着院落，最终抬头望了望高耸的老槐树，笑了，“你这院落真不错，清静别致。”

林少春亲自为她添满茶，眼中皆是感动：“谢谢你。”

“要想入孙家的门，无非是让老爷太太点头，他们最重家世与名声，暂且不说家世，眼下你二人无媒无聘共处一室，传出去不仅有损你的名节，对玉楼的官声也不利。依我的意思，你们暂且按捺，遵一遵旧俗，想个法子进了春日宴，好好表现，待老爷和太太答应了亲事，旁的便来日方长了。”姚滴珠说完起了身，并无耽搁，“我也不多待了，该说的话都说了，我走了。”

林少春目送着姚滴珠离开了林府，她立于树下，口中玩味着三个字：

春日宴。

第二日，林少春与孙玉楼讲了孙府要办春日宴，为他寻媳妇的事情。

“若你去参加春日宴，定会胜过所有女子……”孙玉楼定睛望着林少春，“我想到一个好办法，我带你去见我的干娘，我干娘从小最疼我，到时候让她带你进园子。”

林少春迟疑着，思索再三，终究还是跟着他来到了翰林院学士李孝天的府邸。孙玉楼的干娘是李孝天的夫人。李夫人与沈氏自幼交好，为人直爽，不拘小节，是看着孙玉楼出生长大的，因此格外喜爱孙玉楼。

李夫人四十开外的年纪，一双大眼炯炯有神，未语先笑，拉着林少春看了很久：“唉，玉哥儿如今大了，到了成家立业的年纪。他自小便是个呆根子，为人做事一条心。如今为你，竟想了这些法子，求到我门上来了，希望我带着姑娘去春日宴……”李夫人说着又望了一眼孙玉楼，笑意更浓，“姑娘长得真好，原也是侍郎家的小姐出身，模样行为定然是没的挑拣的，我能为姑娘做的便是选些随了玉楼母亲喜好的衣裙、发式……”李夫人疼爱地拍了拍林少春的手，“姑娘瞧着他的一片心，往后要好好过日子才是。”

“少春谨记教诲。”望着李夫人，林少春心中涌过暖流，她想是时候为孙玉楼去做出一些改变了。

春日宴这天，孙府内一派喜气洋洋的气氛。戏台上的昆山腔唱得婉转，各府的夫人和千金们在台下看得如痴如醉。

李夫人一早就带着林少春到了孙府，孙府之中除了许凤翘见过她，其他人都没有见过林少春的真容。

沈氏见李夫人来了，牵着李夫人的手亲昵地坐了下来：“我正想找个人说话，你就来了。瞧着咱们儿时的情谊，这回要在我们园子里多留几日才好。”

李夫人笑着说：“我家老爷致仕后一向深居简出，连累我也闷得慌，听说你今儿举办春日宴，不等你请，我就来凑热闹了。”

孙金阁从回廊上经过，一眼就被廊间的少女吸引了，看着这群嬉笑的少女，一时入了迷。

许凤翘看见林少春跟随在李夫人身边，心中本就有气，一转眼见孙金阁没出息的样子，更是气不打一处来。她站起身，立刻走到了孙金阁的身边：“好看吗？”

“好看。”孙金阁并未发觉自己的夫人已经近在眼前。

许凤翘一把揪住了孙金阁的耳朵：“你还真是出息了。”

“奶奶，疼！轻点儿……”孙金阁这才意识到是许凤翘，他猛地捂住自己的耳朵，连连求饶。

“今儿各府女眷赴宴，该是你凑热闹的时候吗？给我回房待着去，若敢踏出房门半步，我就扯断你的腿！银锁，给我看着三爷！”许凤翘怒火攻心，恶狠狠地令银锁监管着孙金阁回了房，她才回到座位上，抬眼，冷冷地望着李夫人身后的林少春。

沈氏依旧和李夫人热情地聊着往事，突然沈氏发觉李夫人身后的姑娘安安静静，眉眼清丽，身着合领半袖衫，交领琵琶袖加膝襕马面裙，恭顺得宛如自己年轻时的样子，心中爱极了。沈氏笑吟吟望着林少春说道:“对了，听说你新得了个干闺女？”

李夫人牵过一旁的林少春，宠溺地握着她的手:“快来，见过太太。”

“这姑娘真好！”沈氏第一眼真是喜欢这姑娘，模样、装扮、教养，分明都顺了她的心。

“太太好，小女林少春，给太太请安。”林少春恭恭敬敬请安。

“林少春”三个字一出口，犹如毒蛇的唾液，瞬间爬满了全场，沈氏本握着她的手瞬间仿佛被烫了一般松开了:“林少春？”

许凤翘俯下身子，在沈氏耳边说了一句，可是声音却不小，令在场的贵人们都听了个清楚:“太太，这就是那个百戏班的林少春，和戏台上唱戏的优伶同属一家……”

沈氏满是笑容的脸僵了下来，透着一丝苍白，她依旧笑着，那笑容却冷到了极致。她转眼瞅了眼人群之外的孙玉楼，孙玉楼坐在廊下，一双眼却紧紧落在林少春的身上。那一瞬间，沈氏更加气了，她望着李夫人:“玉儿自小就爱黏着你，你呀，惯他惯得厉害，什么都听他的。小时候养个猫儿狗儿，你帮他养着也就罢了，如今养人可不是养猫狗，要好好掂量才是，尤其那些来路不正的……”

林少春立在李夫人身后，一言不发，一双眼清冷冷地望着眼前的众人。

“这女孩儿乖巧聪慧，我瞧是个好的。最要紧一桩，玉哥儿喜欢！”李夫人笑得从容，安慰般地握住了林少春的手，一双眼望了望孙玉楼，又落在了林少春的身上。

戏台上正演着《西湖三塔记》，林少春随着李夫人坐了下来，她神态清冷，行止有度，仪态端庄，是场上很多姑娘比不过的。

沈氏一口气堵着。许凤翘看出了太太心中的不如意，她讨好地剥了一颗葡萄给沈氏，顺势悄声道:“太太，你看她端着，不过是在戏园子里厮混了那么多年，惯会做官样文章，太太且坐着，我马上就让她现出原形。”

沈氏惊讶地看了一眼许凤翘，没有作声，算是默许了。

百花园子中，戏完场的时候，许凤翘站了起来，高声道：“各位千金小姐，今儿咱们设个擂台如何？爷们儿在一处起宴，拿诗书比高低，咱们岂能输他们一筹！姑娘们都是大家闺秀，女红自小玩儿似的，就来比一比绣活儿，大家看可好？”

“好！”绣工本就是闺阁小姐的绝活，大家自然纷纷露出了喜意。

许凤翘笑着令人搬来了绣架，她瞅了一眼林少春，露出了得意的笑容。

林少春垂下了头，轻轻抚了抚袖口，心中感慨。当初初入柳三绝师门，她旁的没做，就是刺绣，愣是被师父逼得炉火纯青，那时候不懂，只知道师父为了锻炼她的定性，如今才明白，这也是那些小姐闺房的乐事。

许凤翘给了众千金一炷香的时间。所有的小姐把毕生绝活都拿了出来，哪个不想入内阁首辅的门庭，何况又是家中最受宠的四公子，长相人品万里挑一。

千金们飞针走线，花样初露端倪。

许凤翘挽着沈氏走到鸿胪寺卿的女儿面前，端详着绣品：“真不错，绣工细腻，花式大方。”

许凤翘抬头看到了通政使女儿的刺绣，不由得惊叹道：“太太快看，这个更好。”

“是啊，这是网绣的手法，一般的技艺是做不到这一点的。”沈氏赞叹道。

缓缓地，沈氏和许凤翘走到了林少春的面前。

林少春的绣品用一块布遮了起来。

“怎么还要遮羞？倘或姑娘为难也不要紧，原就是玩儿的。”许凤翘捂嘴笑了出来，鄙夷地盯着林少春那块白布，“这手艺本就是闺阁小姐打发时间的，想必林姑娘没那个心性。”

林少春一言不发，伸手缓缓揭开了绣品上的白布，瞬间，所有人眼前一亮。

“洒线绣！”大理寺卿夫人惊叹道。这洒线绣是用双股捻线计数，按照方孔纱的纱孔绣制，以几何纹为主，是这些年刚刚兴起的，只是熟稔的绣女不多，没想到林少春小小年纪竟然将洒线绣工运用得炉火纯青，实属不易。

只一炷香的时间，林少春竟然绣好了一幅《百花图》，花枝虽少，却栩栩如生。

沈氏和许凤翘露出了震惊的目光，所有的千金小姐都围了过来。

“哇，我从来没见过绣得这么好看的《百花图》。”

“是啊，这么短的时间，怎么做成的？”

许凤翘只觉是自己吞了一只苍蝇那般恶心，那再好看的绣品只要贴上了林少春的标签，就是一件恶心人的物件，她随意摆了摆手，冷冷盯着林少春：“绣工本是闺房女子应该精通的，林姑娘在台子上戏可以唱好，这绣工也做得好，人生如戏，林姑娘真是一个出色的戏子。”

沈氏听完也了无兴趣了，沉着一张脸，终究忍无可忍：“罢了，和一个戏子谈论那么多小姐之事做什么，走了……”

林少春猛然握紧了拳，她立于阳光下，清丽的脸白得近似透明，挺拔的背脊倔强得从不弯曲，她向前一步，走到了沈氏的面前：“太太请等一等……”珠玉般的声音溅起了千万水波，“春日宴是为玉楼物色佳偶准备的，我与玉楼情投意合却招太太不满，少春今日来，是想趁此机会让太太见一见我，人说兼听则明，料太太见了我，必然能知道我的好。可我来了这半日，也瞧出来了，太太挑人，并非挑德才兼备者，不过是依着家世名声罢了。我今日穿的是太太喜欢的衣裙，梳的是太太喜欢的发式，我虽不是自己了，可在场的诸位，又有几个是真正的自己呢？”

沈氏眯起了双眼，仔细盯着林少春。

“我林少春自小家逢巨变，可却活得坦荡，不像在场的，有些人打死过丫鬟，有些人指使人往继母被子里放蛇，她继母能活着，可算是造化。有些人其实已经有了心上人，却被父母逼迫来此，可悲可叹……”林少春来之前便做了大量的功课，了解了各个太太姑娘们的事情，一桩桩、一件件触目惊心，在场的姑娘们有些脸色骤变，“太太眼光独到，不知究竟中意哪一位呢？”林少春笑了，那笑容在阳光中显得格外讽刺，“原来太太要的是表面风光的姑娘，哪怕背后人如蛇蝎也无所谓吧……”说着，她清冷的眼光落在了许凤翘的身上。

许凤翘打了一个寒战，觉得林少春的目光就像一个咒语罩住了自己，从脚底升出一股子寒气来。

沈氏愣在原地，心头被深深地震动了。她就那样看着林少春，心头泛起说不出的一种感觉，甚至有一丝羡慕和钦佩。

“看来少春今日来错了，就此告辞。”林少春说罢，环视了一眼众人，转身离开。

孙玉楼被林少春的一番话惊呆了，即刻追了出去：“少春！”

孙府门口，林少春停下，孙玉楼上前拉住了林少春的手：“我一直在廊下偷偷观望着你，说好了今儿来讨太太的好，你先头的话，实在叫在场众人难堪了。”

“连你也怪我？”

“不是……”孙玉楼突然之间发觉林少春原来那么强大，竟让他有些结巴，“就是觉得你厉害，头一回见人能把太太说得哑口无言。以后我们成亲了，你不会也这么对我吧？”

林少春愣了，瞧着孙玉楼呆呆痴痴的样子，扑哧一声笑了出来：“怎么？你怕了？”

“怕倒是不怕的，我知道你心疼我，舍不得这么挤对我。”孙玉楼用力握紧了林少春的手，“对不起，少春，今日家人让你难堪了。”

“玉楼……”林少春心头一热，眼圈有些红，“今日我确实失态了，可是我气不过啊，这世上的父母都说为子女好，可是门第和家世真的就那么重要吗？我不这么认为，我只是希望太太能明白一个道理，好与坏不在门第，在人品。可眼下要入你家门，怕是更难了。”

“你放心，太太自会斟酌的，没准儿选来选去，还是我的少春最好。”

“我自个儿心里明白……”林少春回握住孙玉楼的手，“你相信我，我也会努力的，和你在一起的心从未变过。”

孙玉楼点点头。

两双手在温暖的阳光下握得很紧很紧。

酒宴散了，苏映雪立于廊下，因喝了两杯酒而双颊绯红，此刻正指使着小厮将花盆搬进院中。沈氏走近苏映雪时，不觉闻到了酒气，面露忧色道：“怎么又喝酒了？你身子弱，这些活儿便不要操心了，让大奶奶忙去吧。春天风大，仔细着身子。”

苏映雪咬住嘴唇顿了顿，轻轻点了点头。

沈氏说罢，转身走了。

苏映雪望着沈氏的背影，不由得想起了今日宴会中林少春的样子，心中竟是无比感慨。哪怕满院子的人都在反对林少春，可是有孙玉楼站在她的身后就足够了。可是，她有谁呢？

苏映雪落寞地回到房中，拿出古琴，借着弹琴来消解内心的苦闷，弹了一曲又一曲，直到弦断了，指尖传来钻心的疼，她才从方才近乎疯狂的状态下清醒过来。望着指尖渗出的鲜血，她苦笑了下，转而却趴在琴案上了大哭了起来。她性子温婉，只求夫妻琴瑟和鸣，结果从新婚之夜就没有了夫君。在这个家里，她一直受着别人可怜的目光。孙俊豪自打去了边关，就从来没有给她写过一封书信，也没有只字片语带回，留给她的只是空荡荡的闺房和一个名存实亡的二奶奶的名头。

忽然，庭院内传来一阵悠悠的笛声。苏映雪的心渐渐平复下来。这些日子以来，总能听到这笛声，似乎是专门为她而演奏，在她最难过的时候给了她抚慰。笛声中有高深流水的旷达，也有气吞山河的野心，陪伴她挨过每一个孤枕难眠的的漫漫长夜。

林少春回到了百戏班，心头诸多烦恼。今日之事，她还不知道怎样和师父讲。

柳三绝看着林少春烦忧的样子，给她沏了一杯她自小最爱喝的龙井，笑道："昨天你还信誓旦旦告诉孙玉楼你有法子让孙家的人接纳你……"

"一时哪来的法子，可不这么说，以玉楼的脾气，定要同家里大闹下去的。"

"是啊，嫁进这样的豪门大户岂是易事，孙家的三个儿媳个个出身名门，乍一看是门当户对，但细想绝不仅于此。这官场就如一张网，编得越是紧密，地位便越稳固。你眼下虽已为父亲洗清冤屈，但毕竟身后无人，要嫁进去谈何容易？"

林少春叹了一口气："我的顾虑师父全言中了。"

"其实想要嫁进孙家也没有那么难。"一个手持拐杖，身着青袍的青年男子走了进来，他年纪不大，可是周身上下饱经风霜，鬓角甚至染白，人瘦如骨削。

"他就是我跟你提起过的师哥柳无双，长年漂泊在外……"柳三绝望着柳无双，心中又心疼又气，"居然还知道回来？"

"一别多年，师父，我每日都在想您啊。"柳无双对着柳三绝恭恭敬敬地作揖。

"贫嘴。坐吧！"

柳无双摸索着坐下来，双手又在桌上摸索一番，抓起了茶壶便开始往嘴里倒。

"我入师门这么多年，从来不曾见过大师哥。"林少春望着师哥柳无双，发现他目不能视。

"你来的前一年他就出师了，那时不过十五岁光景，模仿任何事物都惟妙惟肖，足以自立门户，之后就凭着他的良心，偶尔回来看看我。"柳三绝笑着盯着柳无双，知道他孩子心性又上来了。

"妹妹今日衣衫上的金盏花样真是艳丽。"柳无双喝了口水，笑嘻嘻道。

"你不是有眼疾吗，怎么知道我衣衫上绣了什么纹样？"林少春吓了一跳。

"闻出来的。"

"瞎说！别信他胡诌，他是在装瞎子。"柳三绝呸了一口，笑着和林少春解释道。

柳无双哈哈大笑起来，露出正常的神色："不好玩了，人有了缺陷，才让别人觉得好亲近。我若不装瞎，进了人家府邸，哪能光明正大看人家小姐换衣裳？"

柳三绝瞪着柳无双："混账！怎么能在你师妹面前说这些？"

柳无双一撇嘴，委屈道："好吧，我说这些原是想给师妹出主意的，既然师父不让说，那我只好闭嘴。"

柳三绝站起身，一把揪住了柳无双的耳朵："跟师父也吊胃口，这不讨打吗？快说！"

林少春好奇地盯着她这个师兄，原来她这个师兄竟然是这么个无厘头的性子。

柳无双坐直了身子，咳了一声，缓缓道："你道这大户人家最缺什么？"

"缺什么？"

"钱。"

"钱？"林少春反问道。

柳无双端起茶杯喝了一口，点点头："一般门户越大，日常的花费就越多，不仅官场上人情往来要打点，还有那些筵宴酒席出入排场，要装体面、图风光，哪样不要花银子？可是朝廷俸禄又有多少？于这些花销来说杯水车薪罢了，只能靠皇上恩赏和自己庄上的租子维持，所以好些个小姐奶奶都在外面放印子钱。"

林少春一瞬间明白了师哥的意思，以她的身份，就算再怎么努力，也摆脱不了戏子的经历，可是唯一能够改变的……

"妹妹啊，你要是富可敌国，还愁这孙家不拿八抬大轿来抬你？管他什么身份地位，只要有钱，哪家的关系攀不上？现如今的官宅府邸，大多是空壳，旁的都不缺，就缺钱。"

"可钱哪是那么好赚的！"柳三绝摆了摆手，"好了，别说那些没用的，钱要是这么好赚，百戏班何止才今日这般规模？为今之计，你只有多多结交些贵妇小姐，她们与孙府有往来，或许还能寻到机会接近沈夫人。"

"那得等到猴年马月？我常年出入府邸，还能不知道那些太太们的心思？唯有投其所好，才能一击即中。"柳无双双手一摊。

林少春心中明白，她还有一条路可走：用钱打通进孙府的路。

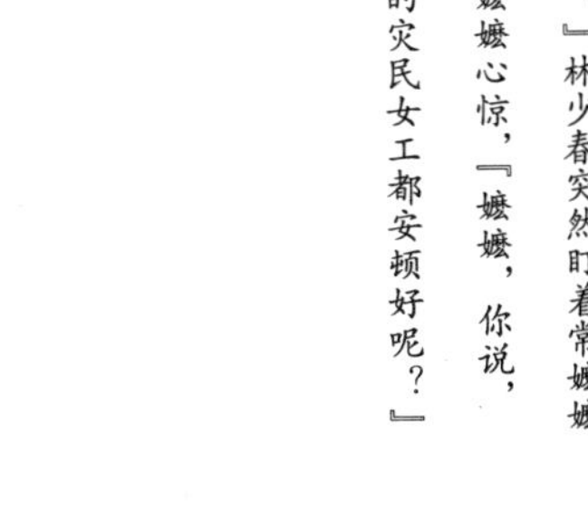

第五章

一段好春藏不住

『这只是冰山一角，』林少春突然盯着常嬷嬷，那双眼亮得让常嬷嬷心惊，『嬷嬷，你说，我若是将整座城的灾民女工都安顿好呢？』

YU LOU CHUN

都说“天下熙熙，皆为利来；天下攘攘，皆为利往”，林少春没想到自己有一天竟然也钻到了这条道上。如今她满脑子都是如何赚钱。

这一日，林少春和常嬷嬷外出。马车缓缓前行，忽然传来一阵喧闹声。

“排好队，排好队，别挤，别挤……”

林少春揭开了帘子往外看，只见东街市口处摆了粥棚，棚子中有一些官家的人正在施粥，众多女子挤来挤去地拿碗接粥。这些女子衣着端正，行为举止端庄，看起来不像是乞讨之人。

“看这些女子的举止穿着不像是乞丐，为何会来讨粥？”

“姑娘有所不知，这些日子京城突然拥入了很多灾民，外头这样的可怜人有不少，或是家里遭了难，或是与家人走散了，或是在夫家没了活路，娘家又回不得，只好流落在外。这些都是好人家的姑娘，不愿去花街柳巷卖笑为生，又没有旁的活路，见有人施粥，便都赶过来了。”常嬷嬷叹了一口气。

林少春默默地望着那些等待施粥的姑娘，心头突然热了起来，若是这些人……想着想着，林少春的双眼渐渐地亮了：“嬷嬷，把她们全部叫到我们府上吧。”

常嬷嬷疑惑地看着林少春：“叫她们做什么？”

“我自有大用途，嬷嬷，你照着我说的去做就好了。”林少春冲着常嬷嬷眨了眨眼，笑得格外开心。常嬷嬷搞不懂林少春葫芦里卖的什么药，不过自小林少春就有主意，常嬷嬷笑着摇了摇头，转身下了车，按照林少春的吩咐，将一众女子带进了林府。

回到林府，林少春便安排人将这些姑娘统一着装，亲自教导了规范和礼仪。她心中有着大主意。前方灾乱，如今拥入城中的灾民越来越多，若是能够将这些人合理地用起来，既能给这些人安身立命之所，也能开启她挣钱的道路。

林少春心中充满了期待，即刻去了一趟干娘李夫人处。

李夫人本就爱屋及乌，因孙玉楼，心中喜爱林少春。经过上次春日宴，林少春更让李夫人刮目相看。李夫人本就是坦荡仗义之人，觉得林少春与自己惺惺相惜，心中更加喜爱她。

她拉着林少春的手，亲昵地说道：“你呀，没事就多到干娘这走动走动，上次春日宴你真是长了脸，那些话都说到干娘心里去了，干娘就是喜欢你这性子。”

林少春笑着握住了李夫人的手：“是啊，我就是寻思着经常来叨扰干娘，也想到了一些生财之道，想着多攒些银子，进那孙家也多些筹码不是吗？”

“鬼机灵……”李夫人拍了拍林少春的手，笑道，“说吧！需要干娘做什么？”

林少春笑着靠近李夫人，轻轻道：“干娘，如今战乱之际，城中多了许多难民，其中不乏一些好人家的，我想着把这些聚起来，给她们安身之所，为她们找一些生计。”

“哦……”李夫人心中一动，“这是好事，于国于民都是好事。”

“我就需要干娘多带我到各处大人府邸走动走动，我才好给她们找生计……”

“你这孩子……”李夫人望着林少春明亮的双眼，她膝下都是儿子，心心念念希望有个女儿，忍不住将林少春拉进了怀中，“就是心眼多，干娘真心将你当女儿看，你放心，干娘一定帮你。”

“谢谢干娘……”林少春靠在了李夫人怀中，心中一热，眼圈红了。

要说李夫人家在京城中也算不得什么名门望族，但因为性格开朗，闺阁好友倒结交了不少。

都察院左使张致敬曾是当朝状元出身，张夫人贤淑温婉，与李夫人交好，第二天李夫人便将林少春带到了张府。

“这就是我们家的花园，可惜你们来晚了，不然满池荷花更漂亮。”张夫人带着林少春和李夫人参观张府的新园子。

林少春上前打量了一圈，欲言又止。

张夫人看出端倪，望着她：“林姑娘似乎有话要说……”

“张夫人，请恕我唐突了，您这院子如此精致，怎么枯荷满池，枝叶凌乱，看着未免有些……”

“少春！”李夫人担心地叫道。

林少春欲言又止，盯着张夫人。

张夫人叹了一口气：“不妨事。这正是我的痛处，近日我家老爷应酬多，家里下人忙不过来，一时也无人打理，正不知该如何是好。”

“怎么不雇用些外人？”

“内宅都是女眷，有不便之处。再说我家老爷为官清廉，这开销……”张夫人面露难色。

“倘若有人愿意不收洒扫钱，专指派些妈妈婆子来替您收拾院子，您可愿意啊？”林少春微微一笑。

“天下有这等好事？”

林少春点点头:“我收留了一些孤苦的女子，正愁不知道该让她们干什么。回头清扫下来的破衣烂衫，歪瓜裂枣什么的，请张夫人行行善，一并给了她们，只当赏她们的辛苦钱如何？”

张夫人双眼都亮了，上前一把拉住了林少春的手，开心道:“哎呀，姑娘可救了我的急了。如今满池满园的荷花、果子，烂的烂了，臭的臭了，我正愁不知怎么处置才好。还有那些穿剩的，都填了炉膛，瞧着也怪可惜的。她们既要，都拿去就是了。”

林少春差人通知了常嬷嬷，下午常嬷嬷便带着女工们鱼贯而入，开始清扫。一部分清扫院落，一部分清扫果园、荷花池。半日时间，院子内干净整洁，女工们收获了大筐的果子、莲藕、莲蓬、衣衫。

傍晚的时候，李夫人、张夫人过来，看见焕然一新的院子，顿时愣住了。

“夫人觉得如何？”

“我瞧比先前强了百倍。”张夫人欢喜得很。

“夫人要是称意，便在各宅门府门中多替她们美言吧，也好赏她们饭吃。往后还让她们每个月到府里来，保管把夫人这里收拾得妥妥帖帖。”林少春笑道。

“你只管放心，一切包在我身上。”张夫人兴奋得就差拍胸脯了。

林少春望着张夫人雀跃的模样，和李夫人相视一笑。

第二日，常嬷嬷拿着账本，拨着算盘核对。

林少春并未闲着。桌上放着一堆旧衣服，林少春一边比画，一边在纸上画出了各种新鲜的花样儿。

“给姑娘道喜，那些莲藕、莲子都出了手，换得了许多银子，真真儿我们姑娘一颗七窍玲珑心，这种法子也想得出来。还有这些衣裳，高门富户用的料子都极好，瞧瞧，都是半新不旧的，经姑娘巧手一料理，回头就是簇新的了。”常嬷嬷第一次感受到挣钱的滋味，她一边算一边说。

“这些衣物入不得大户人家的眼，小门小户却指着它过日子。咱们薄利多销，行市自然是好的。小姐丫鬟们的衣裳呢，送给农户，人也未必穿得了，可略添改添改，转手便又是现银子。”林少春将一件旧衣服上的珍珠拆下来，摆到另一件衣服上，抬头望着常嬷嬷，“嬷嬷看，好看吗？”

“真好看！”

“这只是冰山一角，”林少春突然盯着常嬷嬷，那双眼亮得让常嬷嬷心惊，“嬷嬷，你说，我若是将整座城的灾民女工都安顿好呢？”

“姑……姑娘……”常嬷嬷惊讶地望着林少春，“这么大的规模……”

“是啊……”林少春慢慢站起身，望着窗子外的明月，轻声道，“若是想都不敢想，又如何能够做得到呢？”

夜色深了，可是吹过的风却是暖的。常嬷嬷立在林少春的身后，心中对自己的姑娘佩服得五体投地。

每年入夏，一到雨季，各地涝灾的折子便如雪花般飞到皇宫大殿。今年北方雨水格外多，惹得黄河决堤，黄河两岸等地的大批灾民拥入了京城。皇上为此事伤透了脑筋。因孙逊参本，被贬职回乡的太师梁京冠写了赈灾五策，皇上龙颜大悦，立即将他官复原职。

贾逢源立在朝堂下，心中泛起冷意。他想要谋得晋升，曾写下了治水方案，却被孙逊扣押。生活中寄人篱下，朝堂上仰人鼻息，贾逢源只觉得自己活得窝囊至极，回到孙府后苑，便借酒浇愁，对着清冷的月色，吹响一曲又一曲郁郁不得志的笛音。

也不知过了多久，一阵窸窸窣窣的脚步声传来，回身便望见了月光下循着笛声而来的女子，一下子惊住了。苏映雪像是从月光中走出来的女子，细长的眉眼微微蹙起，竟有着一种说不出的淡淡哀愁。只那一刹那，贾逢源的心似乎久违地一阵悸动，但很快，他便计上心来，缓缓从暗处走了出来，走到苏映雪的身后，悄声道：“姑娘可是在找我？”

苏映雪吓得一哆嗦，回头一看，惊道：“你是何人？”

“姑娘是找吹笛子的人吗？”贾逢源摇了摇手中的长笛，笑道。

迎着柔和的月光，面前这个年轻俊逸的男子笑得温柔。苏映雪一下子红了脸：“你吹的是什么曲子？”

“想知道？凑近些，我告诉你。”贾逢源狡黠地笑道。

苏映雪试探地凑了凑身子，贾逢源猛地上前，没等苏映雪反应过来，滚烫的唇便落了下来。苏映雪一愣，这样与一个男子亲密接触让她心跳漏了半拍，等反应过来立刻就慌了手脚，却又不敢呼叫，只得挣扎着推开眼前的男人，失魂落魄地逃离了这个是非之地。此时的她还不知道，自己的后半生就与这个男人纠缠在了一起。

孙玉楼怎么也没有想到，刚入朝的梁京冠竟然在皇上跟前举荐了自己去治理水灾，心头有些不安。毕竟梁京冠和父亲不和是朝廷内外皆知的事情，这个时候举荐他，不知道这个梁京冠安了什么心。

离开京城之前，孙玉楼放心不下林少春，这两日恨不得日日黏在林少春身边。

正午的阳光正毒，孙玉楼和林少春沿着城楼慢慢走着。

林少春望着城楼下成群的灾民，长长地叹了一口气。

“你把灾民中的女工都安顿起来，真是功德一件，也是好人有好报。之前你让我打听琅琊王家的王均，我已经打听到了。”

“真的？”林少春心中一喜。

“你看……”孙玉楼伸手一指，林少春顺着他指的方向看去，烈日下，一蓝衫公子穿梭在灾民之间，不断地给灾民上药，“他是王家的长房嫡子，人品极好，自灾情蔓延起便四处奔走，恐怕有三天没合眼了。”

林少春端详着王均，露出了满意的笑容。

“咦？小鸦怎么也在那里？”孙玉楼望向王均，发觉一翠衫少女跟随在他的身旁，与他一同给灾民上药。那人不是别人，正是小鸦。

“小鸦是个好姑娘，以前代我受苦，看见这些灾民，总想着帮衬些什么……”林少春停下了脚步，含着笑默默地望着小鸦和王均，“前些日子，小鸦说她在救灾中遇见了一个叫作王均的男子，她佩服他，明明是家财万贯的大少爷，却执意要来义舍做苦力，这样的人不仅人品贵重，也值得信赖。你瞧，她和王均相处得多融洽，若是当真有缘，不也成就了一段佳话吗？”

小鸦将一个摔倒在地的男孩扶起来，上前给灾民们包扎伤口，王均递药给小鸦，二人相视一笑，眼波中暗涌的情愫是骗不了人的。

孙玉楼望着这一幕，轻轻地摇了摇头，叹了一口气："琅琊王氏自晋起就是四大盛门之首，'华夏首望'说的就是他家。如此门第，就算是我们这样的人家，他们也未必瞧得上，你这回给自己的难题不小。"

"我何尝不知道？昨晚我看小鸦的样子，明明那么喜欢王均，想起小鸦和我说过的话，她根本就不敢奢望嫁给王均，因为门第吗？可是我就是要争一把……"林少春转头望向了孙玉楼，坚定的眸光中是不可动摇的决心，"这么做不单是为小鸦，也是为我自己，我总在想，我要是能和王家攀上了亲，你父母大概就不会那么嫌弃我了吧？"

孙玉楼定定地看了她一眼，突然间心头一阵疼。他轻轻握住了林少春的手："对不起……"

"你傻了吗，为什么要说对不起？你为了能和我在一起，付出了那么多，我做这些又算得了什么呢？"林少春雪亮的眸子望着他，令孙玉楼心头一热，开口道："难为你……可我要离开京城一阵子，只剩你一个人，我也有些放心不下。"

林少春愣住了："你要去哪儿？"

"皇上命我去烨城赈灾，在水涝区域修建河堤，疏以浚淤。若我立了大功，便向皇上恳求赐婚，到时候皇上要是降了旨，就没人敢反对了。"孙玉楼握紧了林少春的手，讲出的话句句真诚。

"你去吧，朝廷的事第一要紧，我瞧着那些灾民流离失所太可怜了，早些治好了水患，早些让他们重回故里。我这头你不必操心，我在家一应都好，盼着你旗开得胜，早日归来。"林少春望着孙玉楼，安慰道。

"好男儿志在四方，我定不辱皇上重托。只是我全部心思放在修建河堤上，便抽不出空来想你，你不会吃醋吧？"孙玉楼明亮的眼中无限深情。

"我吃河堤的醋吗？"林少春扑哧一笑，反握住孙玉楼的手，"只管去忙，别顾及我，有句老话说得好，两情若是久长时，又岂在朝朝暮暮？这是老天爷给我们的第一个考验，我相信我们会迈过去的，就像我相信我们终究会在一起一样。"

小鸦的事林少春心头记挂得紧。这一日，林少春寻了个风和日丽的好日子，带着拜帖和诸多礼物，来到了琅琊王家。王府虽说比不得以前，但瘦死的骆驼比马大，看起来还是气派非凡。

听到林少春的来意，王家夫人顿时便恼了，乜了眼一旁一言不发的王均，傲慢地说道："姑娘拿我们王家当什么了？就连王爷家的郡主要嫁进来，咱们还嫌她身份不够高呢，你们是什么位比公卿的人家，敢上门来讨这个没趣儿！"

林少春丝毫不为所动："王夫人，娶妻娶贤，小鸦出身虽不显赫，但她生性纯良，若是嫁进府中，绝不会辱没了王家门楣。"

王夫人冷笑了两声："哼哼，出身微贱，便已经是辱没了，姑娘不知道吗？"

"王夫人，眼下各地灾民四起，小鸦与令郎这段时间都在奔走赈灾。我府上广开大门，广施粥米。王府可是吃着朝廷俸禄的，如今时势艰难，就没有想过为皇上分忧吗？"林少春突然话锋一转。

"你这是什么意思？"

"食君之禄，忠君之事，王氏应当冲锋在前才是。但我知道王府是名门望族，诗礼传家，断不能容那些来历不明的人入府。不要紧的，横竖我们已为灾民置办了义舍，收留了无数难民，若咱们两家结亲，一家人不说两家话，等同于王府为朝廷分了忧，皇上不会因此责难，灾民们也会记得你们的好处，何乐而不为呢？"林少春晓之以理，动之以情。

"姑娘说笑了，钱财身外物，我们王家从来不缺钱，犯不上为了博个好名声，屈尊娶一个丫鬟。"王夫人冷冷地瞥了一眼林少春。

"既然夫人还不明白，那少春就再说得清楚一些……"林少春慢慢地坐直了身子，环视了一下花厅，声音中渐渐升起了冷意，"琅琊王氏祖上世名清廉，可这些年名声并不好，我这人爱管闲事，便差了人打听，结果短短两日，便收集了数十条王家欺男霸女、侵占田地、贪污受贿的罪证，真真吓着我了。百年煊赫之家，何以堕落至此呢？若这些罪证公开了，对王家定会大大不利。我也是为王家着想，府上有令郎和小鸦支撑，名声便不会日日颓败，夫人何不考虑考虑？"

"你威胁我？"王夫人气得脸色骤变。

林少春轻轻地抚了一下袖子，淡淡地笑了："夫人要是将我的一番好意视作威胁，那就全当是我威胁吧！我晓以利害，夫人若还是执意不准，那明日这些消息恐怕就要传遍京师，传进皇上耳朵里了。"

王夫人猛地站了起来，瞪着林少春，终究捂着胸口道："罢了，今日就算栽在你们手里了，待明日选个日子，聘礼自会上门，回去等着吧。”

林少春转头冲着身旁的小鸦相视一笑：“那就不打扰王夫人了。”

林少春带着小鸦刚刚走到王家大门，正好遇见王均，王均清隽的面孔有一丝苍白。

小鸦高兴地看着王均，满脸的期待：“均哥，我们……”

“小鸦……”王均猛地打断了小鸦的话，冷然道，“我不会娶你的，就算家里答应了这门亲事，我也不会娶你的！”

“你……”小鸦难以置信地瞪着王均，王均说罢转身，头也不回地进了王家。

小鸦顿了顿，猛地哭着跑上了马车。林少春跟着上了马车。

小鸦呆呆地坐在马车中，一张俏脸上满是泪花。

林少春伸手握住她的手：“我不知道王均会这么说。”

“我也没想到，我本以为他对我是有情的，谁知竟会闹得这样收场。”小鸦难过地摇了摇头。

“兴许……是你误解了他的意思。”

“你是说我自作多情？”

林少春握紧了小鸦的手：“我都将王家逼到了这个地步，王均还不肯娶你，那只能说你们有缘无分。小鸦，你先别急，等眼下的事过去了，我再给你找个更好的人家。”

“不，两个人的相处是不会骗人的，这不是我自作多情，不是……”小鸦坚定的目光透出一股子执拗来，“小姐，我不是自作多情，他一定有苦衷。”

林少春望着她坚定的模样，突然回忆起刚刚在大门处遇见的王均，他脸色苍白，面色难堪。林少春心中隐约觉得不对。

忘忧酒馆中，王均一口一口地喝着酒。

林少春缓缓坐在了王均的身边。

“你来做什么？”王均抬头，皱紧了眉头。

“我跟了你两天，你除了买醉还是买醉……”林少春淡淡地盯着王均，“你明明是为情所困！”

“那和你们也没有关系。”王均说着又灌了一口酒。

“既然你这么说，那如今李家人求娶小鸦，我也不必顾忌你啦……”林少春说着冷冷一笑，“小鸦即将嫁人，到时候你也去道贺一声……”

“你……”王均猛地抬头，手中的酒杯几乎被捏碎，他一双眼狠厉地瞪着林少春，“你……你太过分了……”

“你既放不下她，为什么不肯娶她？”

王均垂下了头，没有说话。

“她已经嫁人了，不会成为你的绊脚石了，你还不肯给句真话吗？”

王均大吃一惊，接着无奈地苦笑一声，心头滴血：“王家早不是当初的诗礼人家了，如今当家太太不是我的生母，我母亲生下我和妹妹不久，便被王夫人毒害了，王家是个烂了心的黑窝，我不愿意小鸦跟我过提心吊胆的日子，我母亲的前车之鉴就在眼前，我不能把她也拖进来。”

“嫁给一个她不爱的男人，这就是你对她的成全？”林少春一把夺过了他手中的酒杯。

“可她至少能够保命啊。她若是嫁给我，我如何保得了她？我母亲临终时候的样子，我到现在都忘不了……”王均苦涩地笑了，盯着林少春，“我心中有小鸦，我希望她过得好。在我身边，她永远过不好。”

“既然王家无法容身，你何不索性出来自立门户？”林少春放下了酒杯，亲自斟满了酒。

“我从来没有想过这个。”

“你怕小鸦遭毒手，难道就不怕你将来的夫人遭毒手吗？除非你一辈子不娶亲，否则婚姻难得圆满。我若是你，硬挣也要挣出一条活路来。”林少春将酒杯递给了王均。

“我离不开，我的妹妹还在王家，我怎么离开？我自小父母双亡，我是王家独子，家业虽大，却不由我做主，全攥在别人手里。我若走了，留下我妹子，怕没人护着她，将来草率被他们打发了，耽误她一生；若带她一起走，她就要跟着我过穷日子，我实在不忍心。”王均将酒一饮而尽，双眼渐渐花了。他已经醉了。

“我给你想一个法子。”

王均的确醉了，笑着摇摇头：“只要她们好好的，所有的苦都让我来承受吧。”

这些日子灾民越来越多，孙玉楼也离开了京城，去灾区赈灾了。林少春令常嬷嬷在林府旁另辟了府第，收留了大批的难民女工。林少春亲自在京城选了二十名心思细腻、能干的女子，在常嬷嬷的带领下将女工们分了二十组，在京城各大官家府第帮工。林少春又从京城选了一些巧手的绣女，学着她设计的花样对那些二手的衣袍进行翻新。一时间，整座京城都沸腾了。常嬷嬷看到每天白银入账，数目惊人，望着林少春的眼都在放光，她常常感慨，自己的这个姑娘简直就是财神爷下凡，这银子赚得也太迅速了。

常嬷嬷为银子惊喜着，而林少春却被小鸦和王均的事情困扰着，正巧这天去义舍时撞见王均晕倒，心头顿时有了主意。

她让小鸦带着王均在林府的后院养病，自己再次来到了王府。

王夫人一袭雍容华贵，正坐在正厅主位喝着茶，见是林少春，不慌不忙地端起茶杯："林姑娘有何贵干？若还想谈那桩婚事，姑娘就免开尊口吧，不是我不答应，是我家大爷看不上这丫鬟，牛不喝水强按头，也不是法儿啊！"

"我不是为此事前来。"

"那还有什么事？"

"均大爷怕有五六日未回了吧？"

王夫人一愣，看了看身边的丫鬟，丫鬟点点头。

林少春轻轻一笑："均大爷这几个月都在忙于救灾，每日与灾民同吃同睡，染上了瘟疫。先前他一头栽倒，咳血不止，我请大夫替他看过了，大夫也束手无策。瘟疫这东西是要人命的，我本想把他送回府上，又怕连累了府上，特登门来向夫人讨个主意，您看应当如何处置才好？"

王夫人惊得差点跳起来："瘟疫？怎么染上这病症了？他可是我们王家的独苗，就算死也得死在家里！"

林少春赞同地点了点头："夫人说得很是，可夫人不知道，若均大爷回来，这个家只怕再也不由您做主了。"

"你这是什么意思？"

"均大爷既是王家唯一的男丁，这么大的家业如何处置，自然全凭他的意思。他病中说了，见不得灾民受苦，要将家当悉数捐赠朝廷用以赈灾，这么一来夫人可连个容身之处都没了，那如何使得！"

王夫人柳眉一挑："什么？凭他一个人做主，咱们这一大家子就不活了？"

林少春安慰地望着王夫人："夫人别急，我也是瞧不过眼，才来给夫人出出主意的。依我愚见，趁着他这会儿还没糊涂，索性把家分了倒好。日后不管他如何处置自己的家产，皆与夫人无关，这样岂不干净？"

王夫人眉头紧锁："你的意思是说让我把他分出去？可王家不是小门小户，偌大的产业怎么分？分多少？只怕要纠缠好一段时日。"

林少春顺势靠近了王夫人，悄声道："纠缠不得，夫人千万要快，他是将死之人，万一咽气之前上表朝廷，那一切就都来不及了。您应当速速将他们兄妹的份额划出去，均大爷的妹子洛水姑娘，眼看到了该议亲出阁的年纪，夫人丢了手，岂不省心？若怕他们纠缠，多给他们些便是了。保得洛水姑娘富贵，均大爷可还有什么说的呢？"

"好……"王夫人抬眸仔细盯着林少春，却发现她笑得格外讨巧，"我答应分家。可姑娘如此热心，图什么？"

林少春笑了笑："原想结亲的，既然这条路断了，咱们也不是死心眼儿。我帮了夫人的忙，夫人还能亏待我不成？"

"这是自然……"王夫人笑了笑，冲着身旁的丫鬟耳语了一番，回头望着林少春，"等着吧，少不了你的好处。"

"那就谢夫人了。"林少春心满意足地点了点头。

王均被林少春扣在林府已经五天了。第六天，林少春打开了房门。

"你不是一心想脱离王家吗，现在我帮你解决了。"

王均的病还未痊愈，他坐在床上愣了："什么？"

林少春走近桌边坐下，将银票、地契全部放在了王均的面前："这是王家分家后所得的庄户产业、房地契还有银票，你收好了。"

王均难以置信地看着林少春："你怎么做到的？王氏怎么舍得……"

"就算你有心脱离王家，要走也得带上你们兄妹应得的家产，否则岂不便宜了王夫人？我同王夫人说你染了瘟疫，要捐出所有家产，王夫人当即便同意分家了。这是你与你妹妹的份子，可以另建府邸，另立琅琊王氏门户，将来洛水姑娘出嫁，也绝不会少了体面，这下你总该放心了吧？"林少春笑着冲王均点点头。

王均颓然坐了下来，笑了笑。他盯着林少春，声音里甚至有些胆怯："林姑娘，如今我重新求娶小鸦，还来得及吗？"

“你说呢？”林少春笑着站起身，转身向外走，边走边说，“小鸦正在义舍，你有什么话就和她说吧，若她还愿意嫁给你，我都依小鸦……”

林少春坐在镜子前卸妆，心头万分感慨，小鸦终于找到了她的幸福，她这个做姐姐的也算是为她做了一件事情。这一辈子，小鸦替她发配边境，吃了太多的苦，如今她终于熬出了头，便要护小鸦一世。

常嬷嬷轻轻摸着林少春的青丝，仔细地为她梳头，可眉梢眼底却含着水汽：“姑娘，这回的事儿真要谢谢姑娘，姑娘对小鸦有再造之恩，这一辈子无以回报，老婆子代小鸦给姑娘磕头……”

常嬷嬷说着就要给林少春下跪，林少春转身将她拉住：“嬷嬷这是干什么？自我家破人亡起，就与嬷嬷相依为命，嬷嬷视我如亲生女儿，小鸦便是我的妹妹。况且我亏欠小鸦许多，如今为她做这些，也是我对你们的报答。”

“姑娘是老婆子这辈子见过的最聪明最好的姑娘了……”常嬷嬷一边笑一边擦着眼泪，“老婆子这辈子跟定姑娘了。”

林少春坐了下来，常嬷嬷继续给林少春梳头，林少春笑道：“小鸦如今和均大爷在邻县，你若想她了就去看看她吧。王夫人那头不必担心，就算她发现王均没死，也不敢起什么歹心，毕竟已经签字画押分了家产，她也无话可说。”

常嬷嬷的手一顿，她呆呆地看着林少春那如瀑的长发，轻声道：“小鸦同均大爷我是不担心的，我只担心你，用尽心思成全了小鸦，原想依仗王家好同孙家结亲的，眼下看来是不成了。你和四爷往后可怎么办呢？我心里急得不知怎么才好，我心中担忧的是你。”

林少春转过身，伸手拉住了常嬷嬷的手，抬眸笑得灿烂：“嬷嬷，人活着，不能只为自己，小鸦能觅得一个好归宿，比什么都要紧。我自己的事，嬷嬷不必担心，总会有法子的。”

常嬷嬷笑了笑，点点头，继续为林少春梳头。

林少春坐在妆台前，心却思念着一个人。那个人在灾区赈灾，也不知道近况如何。但愿他一切都好，林少春从不信佛，却在心中为孙玉楼祈福。

这边孙玉楼刚到烨城，便将当地的陈生叫上，赶去了已被洪水冲垮的河堤。孙玉楼巡视四周，弯腰捡起脚边一块河堤的残砖，用手捏了捏，砖头一捏即碎。

孙玉楼冷笑了一声，回头看着陈生:“水土之工，料物最急。河工所需柳苇、桩木、土方、石头等，本应采运贮存于河岸，以备急需。陈大人，这些料物如今何在？据我所知这河堤新建不到两年，为何洪水一来却毫无抵挡之力？因为这河堤不过以土方混合砖瓦建成！砖瓦易得，桩木及石块皆需采买，路远迢迢，耗资巨万，因此便偷工减料，中饱私囊。陈大人，你究竟是如何监督的？”

陈生的头上冒出了汗，快要告老还家的年龄只想顺顺利利地卸任，如今这年头却遇见了灾情:“孙大人有所不知，当初奉命建造河堤的是邱蝉，下官对邱大人一向信任，谁知他大肆作假，贪污公款，导致……导致今日这副局面啊。”

“那邱蝉呢？”

“邱蝉自知东窗事发，便畏罪自尽了。”

孙玉楼心头一沉，这明明就是一个大坑，这梁京冠挖好了坑，等着埋自己。他沉声道:“现在追查于事无补，当务之急是多备料物，堵住漫口，抢在下次洪水再袭前筑成河堤。”

陈生擦了擦汗，继续道:“是，孙大人言之有理，但朝廷批下来的银两大多用于救济灾民了，所剩实在无力重建河堤。”

孙玉楼顿了顿:“谁不知这一带的盐商个个腰缠万贯，河堤关乎根本，眼下不修，洪峰再袭时受害的便是他们。本官要设宴筹集河工经费，你下帖子邀请本地商贾，今天晚上本官在衙门恭候。”

陈生点了点头:“是，下官这就去办。”

明月高悬，夜空之下，藏了一群各怀心思的人。

衙门厅内摆满了宴席，孙玉楼令人准备的宴席皆是清粥小菜。当地有名望的富商们皆坐于席上，偷眼瞧着高堂之上新上任的大人，心中无不惊讶:这大人年纪不大，人却生得如玉如琢，一个粉面公子哥能有多大能耐？这些富商心中渐渐生出了鄙夷。

席间，欢郎跑了进来，走近孙玉楼，掏出了账本:“大人您瞧，他们捐的银子加起来不到五千两，怕还不及这些人平时做一趟东道的钱呢。”

孙玉楼白皙的手指轻轻滑过账本，紧皱眉头，猛然抬头，望着一群人朗声道:

“诸位都是有名望的富户乡绅，眼下洪灾肆虐，灾民流离失所，在座诸位若不鼎力相助，焉知下一个遭难的不是自己？”

米商王士凡大声说道：“孙大人说得极是，所以咱们多方筹措，拼凑出这些银两，虽然为数不多，但已是我们的家底了，还望孙大人不要嫌少啊！”

锦缎庄庄主任达继续说道：“是啊，孙大人，洪峰过境颗粒无收，咱们家家都勒紧了裤腰带过日子呢。府里上有老下有小，哪里拿得出多余的银子，就这些，还是从牙缝里抠出来的。”

盐商陈青沉了一下，冷笑着道：“孙大人，实话同您说吧，水运不通畅，我们根本做不了生意。既没生意，便只能坐吃山空，如今是表面看着风光，其实不过空壳子罢了。”

一瞬间，富户们纷纷起哄。

孙玉楼看着满脸埋怨的富户们，一言不发，等着宴席结束，孙玉楼一个人立在廊下，望着天空，陷入了沉思。

欢郎立在他的身后，担忧道：“四爷，这可怎么办啊？没有银子怎么赈灾？怎么修建河堤？这朝廷也真是，本以为您这回谋了个肥缺，能立一个大功呢，没想到朝廷拨下来的救济款还不够灾民塞牙缝的。”

孙玉楼冷笑一声：“这梁京冠与家父不和，我原就怀疑他为何会举荐我来督办河工，原来是等着看我人头落地。户部已核实赈灾款项，没想到核实后的银两与实际支出差了许多，若再发生灾民暴动，皇上知道了，必定会降罪。”

欢郎担忧道：“啊，那可怎么办啊？”

孙玉楼转身，望着欢郎，一双眼犹如暮色般深沉：“依你看，他们当真没钱吗？”

“瘦死的骆驼还比马大呢，老鼠焉没有三年宿粮？可咱们知道也没法儿，又不能搜他们的家。”

“这就由不得他们了。”孙玉楼冷冷道，眼睛望向了夜色深沉的远方。

孙玉楼去烨城救灾本就是一件艰难万分的事情，再加上梁太师从中作梗，孙家每个人都担心万分。

孙府正厅，孙逊和沈氏坐在主位，其他人都聚集在堂前。每个人都面露忧色，一荣俱荣一损俱损的道理大家还是明白的。

“朝堂之上风云变幻，这人心最不古。”孙逊环视了一下众人，最后目光落在了苏映雪的身上，“上次你偷看我呈给皇上的奏折，虽说是想要刘全给老二送信，却险些坏了我的大事。”

苏映雪浑身一颤，如雪的面孔更加苍白了，她知道她是个不可饶恕的人，偷看奏折，偷听密话，撒了无数的谎，走上了一条不归路，都是为了那个人。她这辈子本就是个胆小怕事的人，可是老天爷偏要让她遇见那个人，让她绝望到没有波澜的生活有了起色。每天她都后悔，后悔那天晚上听到的笛声，听到他的笛声。她就像一只快要死的飞蛾，看不见远方，也看不见未来，只看见了他的火。她没有办法，真的没有办法。她咬了咬双唇，那双唇更是苍白。

“你又提起那事，那事只怪二奶奶多年没有见到老二了，也难为她了……”沈氏叹了一口气，双眼盯着孙逊，“眼前是我的老四……”

“是啊，这朝廷就是这样，到处都是陷阱，这次赈灾前，我打发人查探了灾区实情，没想到底下人被收买了，致使实际灾情远胜呈报皇上的。现在朝廷拨下来的救济款杯水车薪，玉楼深陷险境，若发生了灾民暴动，那皇上必定认为是玉楼私吞公款，唉，那可是死罪啊。”孙逊叹了一口气，摇了摇头。

沈氏一听，再也忍不住哭了起来，身后的绣橘立马递上了手帕。

“不要哭了！哭也解决不了问题……”孙逊望了沈氏一眼，波澜不惊的双眸令沈氏平静了下来。

“我可怜的玉儿！这可怎么好，老爷快想想法子吧！”沈氏擦着眼泪，望着孙逊。

苏映雪苍白着一张脸轻轻道：“老爷，太太也是担心四爷。”

许凤翘眉眼微挑：“太太，四爷吉人自有天相，您别急坏了身子。”

梅姨娘轻轻叹道：“唉，事已至此，总得想法子填上这个窟窿才好。”

孙逊明知这就是梁京冠设的陷阱，心中担忧着自己的小儿子，他重重地叹了一口气：“眼下也就只能由我们自己筹钱去赈灾了。”

孙世杰作为家中长子，恭敬道：“父亲，我平日没什么花销，我把俸禄都拿出来，助玉楼渡过难关。”

孙逊朝孙世杰点了点头，满眼的赞许和安慰。

沈氏哭着牵住了孙世杰：“好儿子。对了，快把月红接回来吧，家里出了这样大的事，正需要月红和吴家相助。这会儿不是使性子的时候，你可不能眼睁睁看着你兄弟落难。”

想起吴月红，孙世杰一颗心像是被冰封了起来。

他这一世，首辅长子，当朝状元，朝廷重臣，也算是风光无限，可是老天爷偏偏给他开了个玩笑，让他这辈子遇上吴月红。他知书达理，可吴月红，且不说诗词歌赋、琴棋书画皆不通，单说性情温婉也半分不沾，整日只晓得舞枪弄棒。前些日子竟然在家中设擂，将他的同僚一顿暴打，让他在同僚面前抬不起头，问起话来，吴月红满腹委屈，说大爷在宫中擂台遭人打了，要替他讨回公道。一时间夫妻二人不欢而散，吴月红一气之下回了娘家。

但事到如今，容不得他使性子，他思索着，应了一声："是，太太，我这就去把她接回来。"

苏映雪也抬眸说道："老爷太太，二爷走前留了些银子，还有我娘家带来的嫁妆，我一并都拿来。"

沈氏抹着眼泪点头："好！"

梅姨娘看了大家，说道："我整日足不出户，也没什么花钱的地方，攒了些体己，原是给小仙出嫁预备的，如今我也拿来，先救了四爷要紧。"

孙逊看着梅姨娘，赞许地点点头："难为你了。"

许凤翘看着孙逊和沈氏犹豫着。

孙金阁正要说话，被许凤翘一个眼神制止住，忙闭上了嘴。

许凤翘最后说道："老爷太太，府里吃穿用度样样要花银子，我手上也没什么余钱，只有些首饰，回头我拿到当铺换了钱，就送过来。"

沈氏抹着眼泪，望着大家："好。咱们是一家子，一荣俱荣，一损俱损。这会儿只有齐心协力，无论如何要把我的玉儿救回来！"

入夜时分，整个孙府陷入一片沉寂，可每个院子的灯都亮着，每个人都难以入睡。

沈氏伺候孙逊更衣："老爷也早点休息了，这玉儿的事是要紧，可老爷的身子更要紧，这几日老爷气色不好，可是连日太操劳了？"

"想选个户部监管罢了，让人头疼。"

"这些事交给底下人去办就是了，老爷事必躬亲，身子怎么受得了！"

孙逊坐在了椅子上，沈氏给孙逊捏着肩膀。孙逊闭着双眼，无比疲劳，缓缓道："你不懂，这事非得我亲自操持不可，朝堂上梁京冠处处与我作对，那侍御史一职本来让刘全去，却被老二家媳妇泄了密，又让贾逢源插了一脚，玉哥儿的事情一出更不能掉以轻心。虽然这贾逢源暂居在我们府上，但此人太过圆滑，野心也太大，得在户部找个人监管他，以防后患。”

“那老爷可有合适的人选了？”

“唉，找一个忠心又精干的人谈何容易？眼下只能再留意了。”

“明儿我给老爷炖盅参汤，好好补一补。”沈氏温柔地笑道。

正说着，一阵咚咚的敲门声传来：“老爷太太歇下了吗？我是凤翘。”

沈氏和孙逊对视了一眼：“没呢，怎么了？”

许凤翘站在门外继续道：“先前听老爷咳嗽，想是近日天气燥热的缘故。我炖了银耳雪梨羹给老爷降火，太太也吃些，润肺的。”

沈氏下床开了门：“端进来吧。”

许凤翘将银耳雪梨羹放在了桌上，给沈氏和孙逊都盛了一碗：“刚才不留神听见老爷太太说话，是媳妇的不是。老爷恕我造次，我给老爷举荐个人，老爷听听可行？”

孙逊已经穿好了衣服，坐在了一旁：“谁啊？”

许凤翘心想着这些日子，她倒见孙金阁顺眼了许多，经常捧着书，不管看没看进去，样子倒是做足了十分。想到这里，她双眼一亮，笑道：“咱们三爷呀！三爷他一早就有功名，只是后来贪玩落下了，这阵子他瞧兄弟们都入朝为官了，自己心里头着急，开始苦读圣贤书，我怕他身子受不住，让他休息，可他偏不听。老爷，瞧在他上进的份上，何不给他一个历练的机会？”

孙逊喝了一口，嘴角扯了扯：“哦？金阁不爱读书很久了，这会子倒用起功来了？”

许凤翘讨好道：“想是忽然开窍了吧，老爷若不信，一试便知。”

孙逊并不答话。

沈氏打着圆场：“金阁长这么大，好不容易用功一回，要不就让他试试吧。自己的儿子，岂不比外人可靠？”

孙逊笑了一声：“好吧，我倒要看看这小子能有多大的能耐。”

第二日，孙逊和沈氏坐于主位，身边立着绣橘。孙逊考查孙金阁。

孙逊望着睡眼惺忪的孙金阁，心中没有好气:“金阁啊，我听三奶奶说，你近日埋头苦读，精进了不少，那为父就考考你。”

许凤翘瞪了一眼孙金阁:“三爷，别枉费了老爷的一片心。”

孙逊望着自己这个不争气的儿子，一颗老父亲的心满满都是期待:“你才归正途，我也不难为你，就背《礼运大同篇》吧。”

孙金阁脸色顿时黑了。

许凤翘恨不得踢他一脚，小声道:“叫你背昨儿看的书……”可许凤翘哪里知道，孙金阁每日里用功都用在《西厢记》上了。

孙金阁支支吾吾道:“叹人间真男女难为知己，愿天下有情人终成眷属……”

许凤翘气得脸都红了:“哎呀，不是这一段啊！”

孙金阁一惊，立刻改口:“有心争似无心好，多情却被无情恼……”

孙逊猛地一拍桌子:“畜生，还不住嘴！”孙金阁吓得连忙跪了下来。

“世上竟有你这样猪狗不如的东西！你兄弟眼下水深火热，前途未卜，你大哥哥平时何等清高的人，这会儿也在奔走筹款，你倒好，不想法子便罢了，有闲心读那些污糟东西，当着全家人满嘴浓词艳赋，丧尽脸面，我孙逊怎么生出你这么个畜生来，还不快给我滚！”当着一家人的面，孙逊也顾不得体面，气得拂袖而去。

孙金阁吓得脸色都青了:“是，父亲。”

许凤翘又急又恼，扶着孙金阁起身欲走。

沈氏叹了一口气:“金阁媳妇，钱凑得怎么样了？玉楼的命还等着你去救呢！”

许凤翘倒吸了一口气，挤出一个笑:“是，太太。”

许凤翘瞪了孙金阁一眼，拉着他迅速离开了正厅。

许凤翘和孙金阁回到自己的院子中，许凤翘找出一根棍子，满屋子追着孙金阁打:“我让你背书，你竟然在看《西厢记》，我让你看崔莺莺……我让你看红娘……”许凤翘气得眼泪掉了下来，“我怎么这么命苦！嫁给了你这个不学无术的窝囊废！”

孙金阁被许凤翘打得抱头鼠窜，一把将许凤翘推倒在地，许凤翘倒在地上愣了，接着开始号啕大哭。

孙金阁望着坐在地上的许凤翘，惊慌失措地逃出了院子。

孙金阁跑出孙家，心中始终堵着一口气，想着用什么快招儿多弄些银子，好让婆娘瞧得起，一抬眼见不远处有家赌场甚是热闹，于是走了进去，想着赌两把赢些钱回来，结果竟入了人家的圈套，反而一口气输了三千七百两白银。

白纸黑字，当赌场老板拿着欠条来找许凤翘时，许凤翘杀了孙金阁的心都有。

许凤翘握着欠条，狠厉地瞪着孙金阁："三千七百两？三爷好阔的手面啊，不知道的还以为你有金山银山呢。"

"我也不知怎的，就是手气背……"孙金阁声音越来越小。

许凤翘越想越气，冲着孙金阁大吼："大点声儿！先头抖威风的劲儿哪里去了，这会儿成了锯嘴的葫芦，做这脓包样儿给谁看？叫我恶心！"说着她将脸转向了一边。

孙金阁扑通一声跪在许凤翘的脚边："奶奶神，都什么时候了还记仇呢，快帮帮我吧！"

许凤翘一脸嫌弃地踢开了孙金阁，斜觑着赌场老板："十赌九输，别不是做局坑人吧？"

赌场老板哼了一声："三奶奶，您这话就过了，咱们虽开赌场，但也是正经生意，愿赌服输的道理您还能不明白吗？您要是不想给钱，直说就是了，小的找孙大人也是一样的。"

许凤翘立马变了好脸色："瞧你说的，给给给，一定给，我又没说不给。三千七百两不是小数目，总得问清缘由不是？容我三日，三日后原数奉还。"

赌场老板看了一眼跪在地上畏畏缩缩的孙金阁，冲许凤翘抱了抱拳："那就谢过三奶奶了，小的回去等您的消息。"说着，赌场老板跟随管事的娘子离开了。

孙金阁心里又急又怕："这个节骨眼，大家都在愁玉楼的事情，怎么办，咱们账上可还有银子？"

"我才卖了首饰填上你兄弟的窟窿，这会儿你又拉了这样的饥荒，我上辈子亏欠你孙家多少，这辈子要来做牛做马偿还你家？"

孙金阁跪在地上，向前了几步，抓住了许凤翘的裙摆："眼下不是说气话的时候，再不济，把我名下的田地房产卖了就是了。"

许凤翘盯着这个不争气的男人，气不打一处来："你糊涂，你敢卖房子，老爷非扒了你的皮不可！天底下办赌场的，哪个是干净的？坑人坑到我头上来了，我不会让他们有好果子吃的！"

许凤翘是个有手腕的女人，否则也不能在孙府管家这么多年，如今孙玉楼有难，急需用钱，她盘算着，一边一纸诉状将赌场老板告上了衙门，一边在家中演起了苦肉计。可世事难料，这次她这如意算盘却并没能打响。

大堂内，许凤翘坐在沈氏座椅的脚踏边哭得惨烈。

“哭有什么用，你怎么这么糊涂！”

许凤翘边哭边说：“是媳妇该死，眼下家里艰难，我不敢因三爷的事叫老爷生气。三千七百两全填了赌局，我实在不甘心，想着倘或能悄悄把事办了，也免得太太操心，我便一纸诉状将那些贼子告上了府衙，可谁知最后闹成了这样，竟让那厮闹进了孙府，丢了孙府的颜面……”

“天下案子单靠随意揣测就能定夺，那这世道岂不乱成一团？”沈氏气得抚着胸口。

许凤翘哭得更大声了：“太太，我错了。”

“为了这种丑事惊动官府，必定有损老爷清誉。”

许凤翘惊惶地抬起泪脸：“太太，那现在该怎么办呀？”

“先别慌，老爷跟前暂不提此事，他近来为玉哥儿的事奔忙，不能再给他添乱子了。只是要抹平这事，少不得先把钱垫上。”沈氏思索片刻，“眼下是没辙了，我只好觍着脸去找你姨妈他们。这三千七百两我来筹措，只愿你们记住这个教训，往后都给我收敛些吧！”

许凤翘感激地给沈氏跪了下来：“谢谢太太。”

想不到外人眼中钟鼓馔玉的孙府有一天竟也会为了钱而陷入困境。

沈氏去找妹妹沈湘云，只凑了一千五百两。她惦记着孙玉楼，心中着急，却从沈湘云处得知了林少春的消息，令她震惊不已。她怎么也想不到，短短数月，这个她从未拿正眼瞧过的姑娘竟然在京城火成了名人。这林少春重振家业，广办义舍，收留了无数灾民，不仅获得了活菩萨的好名声，短短的日子竟成了京城一大富户。

沈氏只觉那时候小看了这个姑娘，她一个女孩子竟有如此手段，若是玉楼真娶了她，那日后家业便不用愁了，心下更觉可惜了。

林少春在大相国寺为孙玉楼上香的时候，正巧碰到也同来上香的沈氏。

沈氏跪在了林少春一旁：“林姑娘，别来无恙。”

林少春心中明白，自己终于等到了这一天，她轻轻抬头一笑：“可巧，太太今儿也来上香？”

常嬷嬷靠近了林少春：“给我吧，姑娘。”林少春将自己手中的香递给了常嬷嬷，她转头望着沈氏，欲言又止。

沈氏说道："你可是想问我玉儿的消息？"

林少春眼若清波，望着沈氏："还请太太告知。"

绣橘扶起了沈氏，沈氏轻轻叹道："玉儿他现在不太好，手中的赈灾银两远远不够，灾民们蠢蠢欲动，朝廷又不问情由一味催促，如今他是腹背受敌，我们全家都在为筹措银两四处奔走。"

林少春站起身，朗声道："倘或有我帮得上忙的地方，请太太一定要告诉我，我也可以帮着一起筹款。"

沈氏不好意思地笑了笑："姑娘别误会，眼下虽艰难了些，可咱们也不受外人恩惠。姑娘既进不了我家门，又何必帮这个忙呢？"

林少春莞尔一笑："太太多虑了，不提我与玉楼的亲事，单凭玉楼曾替家父申冤，这份恩德也足以让我肝脑涂地了。"

沈氏盯着林少春明亮的眸子，心头一热："没想到姑娘如此重情重义，其实眼下玉楼的赈灾款，孙家尚有能力筹集，可……可就是遇上了一个麻烦。"

林少春上前扶住了沈氏的胳膊："太太请讲，少春定会为您解这燃眉之急的。"

沈氏望着林少春那诚挚的脸，突然觉得这么多日来压在心头的担子终于卸了下来。她轻轻叹了一口气，将孙金阁在赌场欠钱的事情讲了出来。

"这赌场本就是个腌臜污秽的地方，那些个人哪个没有些手段……"林少春牵着沈氏的手，"我给太太支个招，定会让那赌场老板不敢再找事。夫人不如找些人日日守在那赌场内，扰了那厮的生意，不出三日，他自然要向您求饶。"

果不出林少春所料，没过两天，许凤翘便带着银锁欢天喜地地跨进正厅，笑得像花开了一般："太太，赌场的人来了，说要和解！"

"和解？"沈氏放下了手中的茶。

"您自个儿问问就知道了。"许凤翘使了个眼色，丫鬟们将门口的珠帘放下，许凤翘拍了拍手。孙府小厮领着赌场老板等人来到门口。

赌场老板一进门就"扑通"一声跪了下来，痛哭流涕："太太，求您快把那些人从我的场子里撤了吧，他们逢人就赶，我如今的亏空岂止三千七百两啊！您家三爷的赌账咱们不要了还不成吗，您大人有大量，饶了我们这回吧。"

赌场老板立即当场撕毁了赌票。

沈氏冷冷道:“我儿子是个老实人，你们哄他赌钱，做局坑人，老天也不饶你们。这回的事儿就这么算了，若再有下回，就不是那么好说话的了。”

赌场老板连连磕头:“是是是，我们记住了。”

“走吧。”赌场老板携众小厮出了门。

许凤翘从银锁手中端来一杯茶，讨好地递给了沈氏:“没想到太太竟有这样高明的手段，找人堵在赌场，可是真人不露相。”

沈氏接过许凤翘的茶，微微一笑:“哪里是我高明，高明者另有其人罢了。”

她心头突然浮现了林少春的脸，觉得这个姑娘越来越让人觉得舒服了。

对于林少春的出手相助，沈氏心中其实也想着如何答谢，于是便邀了林少春，请林府女工来洒扫庭院。

沈氏携绣橘缓步而来，远远地望着池塘边的身影，不自觉地笑了。她对着身边的绣橘说道:“其实你别说，这个林少春长得真是好看……”

绣橘笑了笑，扶着沈氏:“说真的，太太，林姑娘的模样在京城中的确是拔尖的。”

“我那玉儿的眼光还是高。”沈氏越看林少春越顺眼，不知不觉走到了她的跟前，“林姑娘，这次的事要多谢你，我也没有什么可作报答，请你们过府帮着料理，算是我的一点心意吧。”沈氏说着将包着银票的手帕放在了林少春的手里。

林少春笑了笑，大方地收下了沈氏的手帕:“谢谢太太，也请太太替玉楼收下我的心意。”她拍了拍手，小厮抬着两个箱子走到了沈氏的面前。

“这是……”

“这是我眼下能筹集到的所有银子，先救玉楼要紧。”

沈氏看着箱子倒吸了一口凉气，这两箱子银子至少也上万了吧。她顿了顿，抬眼问道:“姑娘为何不趁此良机，要求我答应你和玉楼的婚事？”

林少春后退了一步，一张美好如春光的脸在阳光下格外明媚:“我帮他从来不计回报，若以此要挟太太让我进门，连我自己都会瞧不起自己。我如今牵挂他，顾不上别的，请太太看见我的心，不必担心我另有所图。”

沈氏一时间语噎了，她仔细地看着面前这个孩子，心中竟觉得这世间再也没有比这个姑娘更适合玉楼的女子了。她终于开口，声音嘶哑:“真是个好孩子，你放心，等玉楼回来，我定会说服老爷同意你进门的。”

林少春上前一步，握住了沈氏的手，感慨道:“多谢太太，此事咱们暂且不议，先救玉楼要紧。”

沈氏热泪盈眶地点点头。

傍晚的时候，两箱银子放在了桌子上。孙逊看着银子，沉默不语。

“老爷你瞧，少春真是个好孩子，患难见真情，这样实心的媳妇，娶进门定错不了的。如今家下的三个媳妇，哪个不是出身名门，到了紧要关头竟没有一个可以倚仗。这回的事若没有少春，还不知闹得怎么样呢。”沈氏是真正想开了，她苦口婆心地说道。

“不行。”孙逊脸色阴沉道。

“为什么不行？”

“我说了不行就是不行，把这些钱给人家退回去。”孙逊双手一挥，不容沈氏再多说。

“不行，我要救我的儿子，你别忘了，玉儿眼下是什么处境？”沈氏也急了，站起了身，红了眼，“老爷，我什么都不要，我只要我儿子平平安安的。”

正在二人争执不下时，丁荣寿跑了进来，满头大汗，大声叫道:“老爷老爷，不好了，灾民暴动，四爷那头恐怕凶多吉少！”

孙逊一惊，手中的茶盅啪的一声掉在了地上，碎了。

烨城高大的城墙下一片片聚集的皆是灾民，他们衣衫褴褛，眼神凶恶得似要吃人了。

灾民们与士兵打成一片，灾民眼看就要突破士兵的防线。

孙玉楼毫不顾忌危险，冲到了暴乱的最前方，高声喊道:“大家听我说！大家听我说！”

灾民们放下了手中的武器，纷纷看向孙玉楼。

“如今粮仓已空，就算再闹也无济于事，倒不如想法子弄些粮食，这才是当务之急。”孙玉楼扯着嗓子喊道。

“那你倒是去弄啊，你们做官的不愁吃喝，我们老百姓不闹就只能饿肚子！”

“各位！各位再给我三天时间，我一定帮大家找到粮食。”

“三天？我们一天都等不了！”为首之人摇了摇手中的棒子高喊着。

灾民们纷纷起哄:“对！一天都等不了！”

孙玉楼用力摆了摆手，斩钉截铁地大喊着:“好！那就容我一天时间，若一天之后没有粮食，我孙某人任由你们处置。请大家相信我！”

灾民们面面相觑。为首之人突然叫道:“好！给你一天时间。”灾民们这才安定下来。

孙玉楼看到了这个情形，交代了身边的陈生，带着欢郎直奔衙门。

欢郎着急道:“爷，咱能有什么办法呢？四爷啊，您是想急死我，现在该怎么办啊，朝廷给的粮食早已经发完了。”

孙玉楼忽然停下脚步，回头冷静地吩咐道:“欢郎，你去把镇上的富户全都找来。”

“啊？四爷，他们哪里愿意出钱啊。”欢郎着急得直跺脚。

“让你去你就去……”孙玉楼脸色一沉。

欢郎无奈地答道:“是！”

正午十分，衙门中各个富户坐于席上，每人面前一碗清汤，小半个窝头。

孙玉楼坐在堂上，一张玉颜皆是懊恼和内疚:“非常时期，本官无法请诸位吃山珍海味，还望诸位不要嫌弃。如今局势动荡，外头什么情形，诸位也都看见了，唇亡齿寒，诸位难道打算袖手旁观吗？”

各个富户主事纷纷说道:“孙大人，上回我们已经捐出家底了，眼下全家吃了上顿没下顿，您还要我们如何呢？”

“是啊！我们哪儿来的银粮。”

孙玉楼突然坐直了身子，叹了一口气，无可奈何道:“好！既然各位都说自己家中没有银粮，那就请各位立一张字据，本官好上报朝廷禀明灾情，也可作你们无力赈济的凭证。”

富户们面面相觑，点了点头。

孙玉楼捂了捂脸，悲凉地说道:“欢郎，分发纸笔，让他们立字据画押。”

“是！”

孙玉楼静静地看着写字据的富户们，一双眼冷得像块寒冰。

待那些富户们写完了字据，归了家，傍晚时分，欢郎带着所有的官兵来到孙玉楼的面前。

“四爷，富户们都一一送回，衙役也都已经预备好了！”

孙玉楼看了看所有的官兵，立在高处，一双眼锐利无比:“如今是烨城能否存亡的关键时期，你们应该都明白，国之不国，哪来的都城；城之不城，哪来的百姓存活！天灾频发，百姓流离失所，匪盗猖獗，本官现在命你们挨家挨户搜查，捉拿强盗！”

孙玉楼看着欢郎:“欢郎，我交代给你的，你都明白了吗？照我说的办，速去搜查！”

欢郎点头如捣蒜。

傍晚时分，烨城混乱一片，整座城像燃了一般。

官兵们踹开茶商邱家的大门，纷纷冲了进来。

“你们干什么？”

“奉命捉拿强盗！进去搜！”

“官爷，我们家里没有强盗啊。”

官兵们根本不理会邱老板的话，四下搜查。不一会儿便从屋里搜出金银珠宝，又将仓库门打开，里面滚出了一袋袋装满粮食的米袋。

邱老板看到顿时傻了眼。

欢郎厉声道:“把这些都封起来！”

邱老板尖声叫道:“这是我家的东西，为什么要封起来？”

欢郎立刻拿出一张字据，在邱老板面前晃了晃:“白纸黑字，这可是你亲笔立下的字据？既然无粮无银，那这是什么？”

邱老板一时语塞:“这……这……”

欢郎怒视着邱老板:“这这这，这什么这？这些是强盗留下来的赃物，如今要全数清剿，收归朝廷处置，全给我搬走！”说着，欢郎故意做了一个拱手的姿势，官兵们抬着银粮往外走，邱老板一口气上不来，一屁股坐在了地上。

就这样，欢郎带着众官兵将整座烨城的富豪家撬了个遍，把他们承诺过本不属于他们的粮食和银子没收了，一时间，竟搜出了粮食和银子不计其数。当天夜晚，孙玉楼便差人在烨城中支起了数十座义舍，将没收的粮食和银子全部发给百姓，所有官兵为灾民施粥，瞬间，灾民的暴动平息了下来，这座城市恢复了平静。

孙玉楼立于城头，风轻轻拂过，这里的天和那边的天一样的清澈，不知道少春今日又做了些什么，他静静地看着，陷入了沉思。

“四爷，你怎么知道他们有钱又有粮的？”欢郎忍不住问道。

孙玉楼笑了，回头望着欢郎：“昨儿宴请，我特备了粗茶淡饭，这些富户连看都不看一眼，可见他们根本就瞧不上。既瞧不上，家中必定钱粮充裕，不过在我跟前哭穷，隔岸观火罢了。”

欢郎盯着孙玉楼赞道：“四爷，您真厉害！”

孙玉楼转过身，继续望着远处的天空，轻声道：“欢郎，你说此刻少春在做什么？”

“爷……”欢郎皱起了眉头，撇了撇嘴，“你都问了我八十多遍了，姑娘家无非就是绣花、种花、浇花、看花呗。”

“不，少春和那些姑娘不一样。”

欢郎听得耳朵都起茧子了，只好无语地随着孙玉楼一起看向了天空。

第六章
之子于归，宜其室家

林少春望着那对夫妇，会心一笑，缓缓道：

「人人羡慕锦衣玉食，我倒以为粗茶淡饭、相敬如宾也是神仙一般的日子。

人生苦短，何必辜负大好时光？我知道大人的意思，想让我知难而退，可我怕是要令大人失望了，我只会迎难而上。」

YU LOU CHUN

短短三个月的时间，孙玉楼修建了河堤，安顿好灾民，顺利治理了水患，回到了京城。

朝堂之上，皇上龙颜大悦："孙玉楼不愧是孙阁老的儿子，做事雷厉风行，颇有几分孙阁老年轻时的风采，后生可畏啊！"

"一切仰仗天恩！"孙玉楼起身跪拜。

"谢皇上体恤，不过老臣更要感谢一个人……"孙逊说着看向朝堂之中的梁京冠，话中之意不言而喻，"若不是梁太师举荐，我儿也没有机会大展宏图啊！"

梁京冠心中一惊，盯着孙逊。

站在一旁的贾逢源突然出列。众人皆知他乃孙逊门生，他上前奏道："皇上，臣要参梁太师一本。梁太师所报灾情不实，朝廷拨款与实际所需颇有出入，当初若不是孙寺丞机警筹得善款，险些酿成大祸。"

梁京冠慌忙跪在了地上，抬眼间，与贾逢源的目光碰撞在一起，两人心中皆知，此刻是让贾逢源获得孙逊信任的绝佳机会。他假装恐慌："皇上恕罪！是老臣疏忽，并未核实灾情真假，都是手下的人办事不力，弄错了灾情误报，致孙寺丞身处险境并非老臣本意，老臣也是不知情啊！"

"梁太师，你可知你的一时疏忽，险些毁了朕的一方领土，万千百姓？甚至差点毁了孙阁老的爱子……"皇上猛然提高了声音，怒不可遏。

梁京冠立刻磕头认错。

皇上思索了半刻，说道："念在梁太师昔日有功，又是朝廷重臣，罚你半年俸禄，下不为例。"转瞬间，皇上又看向了孙玉楼，满意地点了点头，"此次灾情险峻，幸好有玉楼力挽狂澜，否则必有灾祸累及京师。玉楼功在社稷，应当大力褒奖，朕本想给你加官晋爵，可昨日贵妃说你有个请求，说吧，究竟是什么请求，只要朕能办到，必定让你如愿。"

孙玉楼心中一喜，没想到给大姐姐说的事情，大姐姐记在了心上。他跪在地上，大声说道："皇上，臣有个不情之请，求皇上赐婚，成全臣的姻缘。"

孙逊身子一震，心中了然，沉着脸望着自己的儿子。

“哦？也该是娶妻的年纪了，是哪户人家千金啊，朕替你们做主。”

“是京城南郊林府之女，林少春。”

“林少春……”皇帝笑了，“这林少春朕也略有耳闻，据说灾民汇集京城之时，是她散尽家财筹办义舍，这样的女子世间少有。你们二人一个在前方赈灾，一个在后方救助，想必早已情投意合了，如此良缘，怎么能不成全？朕赐婚你二人，并赏赐黄金百两，绸缎百匹！”

孙玉楼抑制着自己激动的心情，立刻叩首，大声答道：“谢皇上恩典！”

皇上望着孙逊阴阳不定的脸，盯着他说道：“孙阁老，你对这门婚事可还满意？”

孙逊出列，向皇上行礼：“皇上赐婚，乃我全家之福，老臣叩谢天恩。”

贾逢源和梁京冠心中冷笑着。这林少春在京都如今也算个人物，这次水灾，林少春令人将两万两白银送到了烨城，竟然许了孙玉楼，真是白白便宜了孙家。

皇上赐婚是无上的荣耀，孙家上上下下喜气洋洋，孙玉楼瞒着林少春，想着给她一个惊喜，没想到，圣旨第二日就到了林府。

林少春和常嬷嬷拿着一张地图，一同坐在正厅内：“嬷嬷你看，义舍的这间屋子，可以腾出来给灾民的孩子们当学堂。”

“是啊！”

正在此时，小厮气喘吁吁地跑了进来：“姑娘，快！快！快接旨……”

胡公公随着小厮走了进来，身后跟着一众抬彩礼的小太监。胡公公唇红齿白，望着林少春，笑得十分讨好：“林姑娘，您的好事近了……”说着，胡公公高声喊道，“皇上有旨，林少春接旨。”

林少春和常嬷嬷见状赶紧上前，跪拜于地。

胡公公展开圣旨宣读：“奉天承运，皇帝诏曰，兹闻已故户部侍郎林远道之女林少春，克娴于礼，性秉温庄，朕躬闻之甚悦。首辅孙逊之子孙玉楼赈灾有功，且未婚配，二人良缘天作，今下旨赐婚，合二姓以嘉姻，敦百年之静好，望汝二人同心同德，勿负朕意，钦此。”

常嬷嬷听得心中激动，忍不住握紧了林少春的手。

“谢皇上恩典。”林少春叩首，可是刚刚那一瞬，她还是有点恍惚，她那么努力，才得到了今天的结果。她缓缓接过了胡公公手中的圣旨，手指微微颤抖。

“恭喜了，林姑娘，快起身吧！”常嬷嬷扶着林少春起身，老眼中却全是泪花，她慌忙拿了一锭银子交给少春，少春双手呈敬给胡公公：“今儿多谢公公跑这一趟。这点小意思请公公收下，全当给底下人买茶吃吧。”

胡公公笑着接下了：“那我就替猴儿崽子们谢林姑娘赏了，告辞！”

林少春笑道：“胡公公慢走。”小厮殷勤地送胡公公离开。

常嬷嬷抹着眼泪，拉着林少春的手，叹道：“姑娘终于守得云开见月明了。”

林少春握了握常嬷嬷的手，点了点头：“但愿自此天遂人愿，白头偕老。”

突然，小厮又跑进门：“林姑娘，府外有人找，说要单独见一见姑娘。”

林少春和常嬷嬷疑惑地对视了一眼：“嬷嬷，我去看看！”林少春一人走到府门口，便见到孙府的马车等着她。她原以为是孙玉楼来了，可是抬眼间却发现孙逊一身便装，立在马车旁。

听到脚步声，孙逊转过身，目光犹如针芒：“林姑娘，老夫是玉楼的父亲，孙逊。”

林少春急忙行礼：“孙大人好。”

孙逊挑了挑眉：“皇上赐婚的圣旨已经到了吧？”

“是，已经到了。”林少春低垂着眉眼，恭敬有加。

“不知能否与林姑娘谈一谈？”孙逊说着率先上了马车。林少春迟疑了一下，转身跟了上去。

马车缓缓驶在街道上，车中的物件格外精致，孙逊撩起了帘子，借着天光，林少春看到了街边一对少年夫妇在摆摊卖书，百姓来来往往却无人问津。

男子看起来斯文有加，与在街边吆喝的商贩十分不相符：“卖书了啊，卖书了啊，快来买。”坐在一旁的妻子长相姣好，默默地整理着书籍。

孙逊看着那对夫妇：“你瞧见前面的书摊没有？”他转过头望着林少春，“那卖书的男子本是巨贾家的公子，自幼颇有才识，也曾在朝中任职。这样一个前程大好的人，却偏偏娶了个寒门女子，以至身后无人支持，遭人排挤，最后辞官离朝，回到家中又遭父母嫌弃，只好出来做个小本生意。你看看，一个本该拥有大好前程的男人，最终却变成了现在这副模样，这究竟是何人之过？”

“孙大人是在告诉我要引以为戒，不要连累玉楼吗？”林少春轻轻拂着自己的衣袖，一双眼清波流转，带着笑意。

“大丈夫当有精忠报国之心，鲲鹏图南之志，纠缠于眼下的儿女情长，只能沦为庸常无能之辈。”

林少春眉眼间的光芒令孙逊微微动摇了：“孙大人这话，恕我不能赞同。大人凭什么说我嫁给玉楼之后，玉楼便会不堪造就，日暮途穷？”

孙逊却不认同地摇了摇头：“女子以三从四德为重，像你如此抛头露面，又擅经营的女子，入了我官宦门第，自然要受人冷眼。”

林少春秀眉一挑，没有任何退缩：“何为三从四德？未嫁从父，父亲在时，我恭顺孝敬，从未忤逆父亲；出嫁从夫，夫死从子，我尚未婚配，无夫无子，自然也无人可从。再说妇德，家中遭难后，我迫于生计在百戏班栖身，但父亲冤案昭雪后，我深居内宅，鲜少露面。妇言，我与大人说了这半天的话，大人应当知我谨言慎行，并无莽撞不妥。妇容，我自诩容貌端正，身不垢辱。妇功，我自小琴棋书画样样精通，并不逊于大家闺秀。近来玉楼频频遇险，我尚且能助他一臂之力，还有哪里不合大人心意，大人只管明言。”

孙逊愣住了。

车帘外，妻子笑着给卖书的丈夫擦汗，那明亮的双眼像是最清澈的河波，两人相视一笑，美得让人心动。

林少春望着那对夫妇，会心一笑，缓缓道：“人人羡慕锦衣玉食，我倒以为粗茶淡饭，相敬如宾也是神仙一般的日子。人生苦短，何必辜负大好时光？我知道大人的意思，想让我知难而退，可我怕是要令大人失望了，我只会迎难而上。”

孙逊放下了车帘，看着林少春美好的面孔，突然明白了儿子为什么执着于这女子：“本以为你流落江湖多年，难免会有些不妥，今日同你畅谈了几句，倒也令我刮目相看。你固执己见，究竟是对还是错，他日自有分晓，眼下暂且不提那些，你预备起来，放心嫁入孙家便是了。”

林少春一愣，随即垂下眼帘：“多谢孙大人。”

孙逊微微一笑：“你现在可不能再叫大人了。”

林少春抬眸，眼中带着笑意：“礼不可悖，等大婚礼成，我自然给大人敬茶，恭恭敬敬唤一声父亲。”

孙逊哈哈大笑：“是个妥帖的孩子，玉楼很有眼光。”

林少春望着孙逊开怀的笑容，轻轻道：“我仰慕玉楼的才华与能力，更感激他为我父亲洗清了冤屈，如此大恩，我一辈子都记得。”

一瞬间，孙逊的笑容渐渐消失，心中突然升出了寒意。他不知道让林少春进门，到底是对还是错。

马车继续跑着，犹如命运之轮悄悄开启。

孙玉楼和林少春按照婚礼习俗完成了纳采、问名、纳吉、纳征、请期等环节，按照二人的八字推算，将日子定在了九月初三。

迎亲前，除了孙家的聘礼，林府还收到了京城显贵的诸多贺礼，堆满了正厅，这些都是林少春积累的人脉。

常嬷嬷清点着贺礼："这是张夫人送的梅花琉璃钗、双凤纹鎏金银钗和白玉玛瑙耳坠一副。这是李夫人送的织金彩瓷瓶四对。这是赵夫人送的沉香木镶玉如意和岫玉如意各一柄。姑娘快看，这些都是好兆头好寓意的东西，各家夫人们可是费心了。"

林少春心不在焉地随常嬷嬷清点。

突然间，常嬷嬷发现了一张被红带子绑起来的纸，随手打开来看："欸，哪里来的一张图？姑娘瞧瞧是什么。"常嬷嬷说着将手中的纸递给了林少春，上面画着孙逊和刘赢、吴相等人的官员级别图样。

常嬷嬷疑惑地盯着林少春，发觉她皱紧了眉头："姑娘，可是哪家的礼单？"

"是国库官员的任免图册。"林少春心中大惊，这国库官员任免图清晰地说明了父亲林远道蒙冤的那年，刘赢和吴相虽负责军粮调度，但一切听命于孙逊。难道父亲的死和孙逊有关？林少春忽然看见纸张的最下方有一行小字："欲知实情，城外废墟夫子庙相见。"

一瞬间，林少春握紧了手中的图纸，几乎捏碎了它。

傍晚的时候，林少春独自来到城外夫子庙的废墟前，发现四处无人："我前来赴约了，还请赏脸一见。"

夫子庙在一片树林旁，整座林子静悄悄的，突然林少春身后传来了轻微的脚步声，林少春猛一回头，发觉一个黑衣男子戴着一副怪异的鬼怪面具出现在自己的身后。

"你是谁？有什么实情要同我说？"

黑衣面具人沙哑着声音，说道："我是谁不重要，重要的是我与姑娘都曾被孙逊害得家破人亡。姑娘还蒙在鼓里吧？当初害你父亲蒙冤的就是孙逊。孙逊贪污粮饷，栽赃令尊，事发后把刘赢和吴相推出来顶罪，那二人不过是他的替死鬼罢了。"

“证据呢？”

“刘赢临死前留下了与孙逊往来的书信，这算不算证据？”黑衣面具人拿出一个信封递给林少春。

林少春打开信，被里面的内容震惊了。里面是一封孙逊亲笔落款的手书，上写：

此次押送军粮兹事，是绝佳时机，林远道素与吾不睦，务必将林远道置之死地。

林少春难以置信：“为什么会这样？不可能！”

“你还未嫁入孙府，现在知道总比以后知道要好，一切都还有回圜的余地。”黑衣面具人冷哼了一声，随手递给了林少春一个药瓶，“把这个放在孙逊的茶水里，你的仇就报了。”黑衣面具人说罢，转身离去。

“你到底是谁？”林少春望着他远去的背影厉声喊道。

“孙逊死后你就知道了。”黑衣面具人停下脚步冷笑道，随即消失在树林中。

林少春突然女扮男装出现在孙府，令孙玉楼吃了一惊。

孙玉楼着大红的礼服，如玉的一张脸在铜镜前如此不真实。

“欢郎，替我瞧瞧这身怎么样？明儿我就要迎娶少春了，这会儿还像做梦似的。我心里又忐忑，又欢喜，明儿见了她，怕是连话都不会说了。头一回成亲的人，可都是这样的？”孙玉楼看着镜中的自己，半晌没有听到回应，转头一看，才发现竟是林少春站在身后。

林少春忍着笑意：“是，头一回都是这样。”

孙玉楼拉着林少春到卧房，看了看四周：“你怎么来了？”

林少春脸上飞起了红霞，喃喃道：“我想你了。”

孙玉楼拉着林少春的手笑道：“明日之后我们就能长相厮守了，今儿就等不得了？”

林少春瞪大了双眼故意说道：“一刻都等不了。”

那水汪汪的大眼睛瞬间令孙玉楼沉沦了，他俯下身子，林少春突然用手挡住了孙玉楼嘟起来的嘴巴：“还没成亲呢！我来找你，是有一件顶要紧的事情。”

“什么事情？”

“新媳妇进门要给老爷太太还有兄弟姐妹们预备见面礼，太太那头我预备了亲手绣的彩缎衾褥，兄弟姐妹们的是古玩字画和珊瑚首饰，可到老爷这里就叫我犯了难，不知老爷喜欢什么，怕预备得欠妥了，叫老爷扫兴。我是想，老爷笔墨精妙，我若是临摹一幅他的字画，想必能讨老爷欢心。只是我没见过老爷的字迹，只好来托你，带我去老爷书房走一趟。”

孙玉楼迟疑了一下：“这……”

林少春双眉一挑：“明日成亲定会手忙脚乱，我可不想新婚之夜还在练书法。”

孙玉楼宠溺地笑了笑：“难为你有心，明日进了门，父亲母亲定会喜欢你的。走吧，我带你去看。”孙玉楼偷偷地将林少春带到了孙逊的书房。

书房中，孙玉楼拿出了一幅孙逊的字展示在林少春眼前：“你看，我最欣赏的就是父亲的字了，笔墨横姿，力透纸背。”

林少春呆呆地看着白纸上的墨字，顿时愣住了。她双手止不住地颤抖，这字迹和那封手书为何会一模一样？

“少春，少春，你怎么了？是不是父亲的字不易临摹？你不要担心，你送他什么他都会高兴的。”孙玉楼望着发呆的林少春，安抚地揽住了她的肩。

“不是不易临摹，应该是极易临摹。”林少春突然想通了一些事，她心中有了主意，抬起手整了整孙玉楼的衣领，“或许想着明天要嫁给你了，有些紧张了。”

“你别多想，明天一过，我们会一直在一起的。”孙玉楼甜蜜地笑了，握住了林少春的手。

“我知道。”林少春垂下了眼睑。有些结果自己必须要去面对。

孙玉楼与林少春成亲的这天，天气特别好。整个京城几乎都染上了喜气。孙家迎亲的队伍洋洋洒洒，布满了整个长街。孙玉楼玉树临风，大红喜袍迎风招摇。他骑在白马上，笑得灿如春日。

整座孙府红幡一片，到处都是喜庆红火。孙玉楼迎了林少春，来到孙府喜气洋洋的大门口，将马鞍放在地上，亲自从花轿中将林少春带出。

“少春，要跨过马鞍……”林少春白皙如玉葱的手指牵在他的手心中，一瞬间，孙玉楼的一颗心被感动充溢，他的身子微微颤抖，握紧了林少春的手。林少春在新娘盖头下，任由孙玉楼牵着手，一双红色镶嵌珍珠的绣鞋稳重端庄地跨过了马鞍。

厅外锣鼓喧天，鞭炮齐鸣，仪仗队和鼓乐队演奏着。孙逊和沈氏坐在正厅之上，身边立着丁管家和绣橘，梅姨娘、吴月红、孙世杰、苏映雪、许凤翘、孙金阁坐在两旁，身侧立着各家的丫鬟，所有人带着笑望着即将进门的新人。

孙小仙穿着鲜艳，一人站在门口蹦跳迎接。

“四姑娘，快过来，别碍着新郎新娘进门。”梅姨娘提醒道。

“我不，我就要等新娘子进来，我要看新娘子！”

孙逊微微一笑：“由她去吧。”梅姨娘看着孙逊点点头。

沈氏感慨道：“可算了了我一桩心事，我玉儿终于成亲了，我心里的大石头也可放下了。”

孙世杰笑道：“男人先成家，后立业，如今四弟也算大人了，往后自会愈加老成练达的。”

被孙世杰接回来的吴月红心中对她这个相公本就十分依赖，孙世杰服个软，吴月红立马化身孙世杰的小迷妹：“是啊，屋子里多一个人多一份热闹，二奶奶说是吗？”

苏映雪端起手中的茶杯，心中伤怀。自己也是孙家明媒正娶来的，可是自己的夫君就像空气，连个影子都没有。她笑了笑：“去年府里多了一个我，怎么不见得热闹些？”

吴月红安慰道：“你也别触景生情，二爷迟早会回来的。”

苏映雪敷衍地笑笑，点了点头。

许凤翘笑得花枝乱颤，她摩挲着手指上的戒指：“依我看哪！咱们的四奶奶可是脂粉堆里的英雄，登得了戏台，进得了公府。往后咱们这些人可要仔细些，小心哪里不周全，惹四奶奶笑话。”

沈氏脸色一沉，心渐渐偏向了林少春：“哼！你说的什么话？林少春和玉楼是皇上指婚，孙家危难之际林少春也出过银子，如今是奉旨完婚，你又有什么可挑唆的？”

许凤翘连忙赔笑道：“太太误会媳妇的意思了，我是有意捧高四奶奶呢！瞧瞧我，心里一欢喜，连话都不会说了，该打该打！”许凤翘假模假样地在自己脸上抹了一把。

敲锣打鼓的声音近了些，院子里即刻传来了欢笑声。

孙小仙蹦跳了起来：“新娘子来啦！新娘子来啦！”欢郎连忙跑进厅内为孙玉楼

和林少春引路。

孙玉楼牵着一身凤冠霞帔的林少春，在媒人和众侍女的陪同下缓缓进了孙家的大门，二人携手，众人瞧在眼里，不由得心中惊叹。这一对儿玉人天造地设，款款走到堂前。

在赞者高昂喜气的声音中，两个人拜了天地，拜了高堂，夫妻对拜。

赞者高声喊道:“礼成，敬茶！”

孙玉楼和林少春跪下一同敬茶。林少春改口轻轻喊道:“老爷，太太。”

孙逊郑重地接过林少春手中的茶后，端着脸，缓缓地喝下了茶。沈氏高兴地接过林少春手中的茶喝了:“好好好，愿你们夫妇和睦，早些开枝散叶。”

林少春缓缓答道:“是，太太。”

林少春话音未落，孙逊坐在座位上，突感晕眩，手抚胸口，猛地吐了一口血水。

“老爷……”随着沈氏的尖叫声，所有人全部围拢了过来，唯有林少春一人跪在地上。

“老爷，你怎么了？”

“父亲！”

“父亲，你怎么了？”

孙逊已经没了力气，瘫倒在了地上。

沈氏扶着孙逊，高喊着:“老爷！老爷！快去请太医。”丁荣寿背起孙逊就往外跑。

许凤翘俏眼圆睁:“老爷喝了茶水就成这样了，茶水定有蹊跷，快把这林少春绑起来！”

林少春缓缓站起身，冷冷道:“不用你们绑，我自己会走。”

吴月红吓了一跳:“真的是你？”

孙玉楼扶着父亲的手剧烈地颤抖着，他震惊地望着林少春，一句话都说不出来。他怎么也不相信这一切是真的。

沈氏哭了起来:“先把她押下去，我去看老爷！”

林少春一把掀开了红盖头，脸色苍白。她看了一眼孙玉楼，那一眼仿佛刺在孙玉楼的心上。孙玉楼向前一步，抬起了手，停滞在半空中，那双一直万分明亮的眸子暗了许多。他眼睁睁地望着林少春任由小厮捆绑了手，望着林少春毫无留恋地被小厮们押走，感觉有一口鲜血堵在喉头。

孙府已经乱作了一团，房内丫鬟们端着水盆、药碗、饭食进进出出。

苏映雪携琴心正好走到门口停了下来，焦虑地往里看去。沈氏和绣橘面容忧愁地从屋内出来，迎面撞见了苏映雪：“太太，我担心老爷的安危，所以过来看看，老爷醒了吗？”

沈氏重重地叹了一口气：“眼下毫无起色，得想想其他的办法了。”

“那齐太医是怎么说的？”

沈氏摇了摇头：“齐太医也束手无策，不过据说有个叫朱无忌的神医，医得怪病无数，我已经差人将他请来，现在已经到大厅了，一定要让他治好老爷！”

“那就好。”苏映雪说着，陪着沈氏去大厅接朱无忌神医。

那朱无忌那么大的名气，竟然是个三十岁左右的中年男子，蓝袍四方脸，身上并无大夫的温婉气质，反而多了冷厉和说不出的怪异。沈氏并未多想，领着朱无忌来到了孙逊的床前。

沈氏在一旁焦虑地看着：“都说朱大夫是华佗再世，还请大夫想法儿治好我家老爷，回头必有重谢。”

朱无忌神色古怪，他仔细端详着孙逊的面容，扒开眼皮看了看：“此毒不难解，只需银针刺入，放出瘀血即可。”朱无忌说着抬头看了一眼众人，“不过此针法是我祖传的秘方，不便与外人看，还请太太屏退左右。”

沈氏想了想，和所有丫鬟侍女退出了房门。

朱无忌见房门关上才转向孙逊，一双眼精光四射，露出了杀机，他拿出了一根银针，轻声道：“孙逊啊孙逊，今日就送你去见阎王。不过我好心，留你在阳世多活一刻，你要是立时死了，我就没法子逃脱了。”

朱无忌说着，正要将此针扎入时，孙逊猛然睁开了双眼，一把擒住了那人的手腕，丁荣寿从床下翻身而起，一把匕首横在了朱无忌的脖颈上。

孙逊一出事，孙玉楼便进了宫，找到宫中最负盛名的姜太医。姜太医在宫中查看了孙玉楼带来的茶叶残渣，用银针探了探，拿起来端详，喃喃道：“孙大人，我本想查看此毒，好对症下药，怎料……”

“怎么了，姜太医？”孙玉楼焦急地问道。

“此茶无毒。”姜太医望着孙玉楼，“你确定孙阁老中毒了吗？”

“无毒？”孙玉楼愣住了。

一瞬间，他似乎明白了什么，即刻回到孙府，却发现父亲完好无损地坐在正厅喝茶，林少春坐在其旁边，所有人都在厅中，怒视着捆绑着手脚，跪在地上的朱无忌。

孙逊喝了一口茶，望着林少春，脑海中不由得想起了前天夜里的情景：

那天，孙逊对于林少春约了他极度不耐烦。自己的儿媳妇入夜约自己在后院相见，于情于理都有失风俗。

“明日你们就要成亲了，今夜匆匆找我来，所为何事啊？”孙逊立在后院中，冷冷地望着林少春。

林少春将自己手中的信件递给了孙逊。

借着宫灯，孙逊看了看林少春，接过信件看到了信上的内容，不由得皱紧了眉头：“这信是从哪里得来的？”

“一个黑衣鬼面人给我的，不知孙大人做何解释？”林少春望着孙逊。

孙逊抬起头，平静地望着林少春：“你心里早已有了答案，又何须问我？”

林少春淡淡一笑：“孙大人说得是，我心里确实有了答案，但尚有疑惑，想听听孙大人高见。”

孙逊拿着信负手而立，笑了笑：“先说说你的看法。”

林少春思索了一下，缓缓道：“其一，孙大人与刘赢本在一处任职，若有密令大可当面告知，何必写信留下证据？其二，孙大人惯用熟宣，这样的宣纸檀皮较多，韧性较强，价格昂贵，而您手中的信件是玉版宣，虽也价格不菲，但色白坚厚，与熟宣大相径庭。一个人的习惯难以改变，换纸不换字的做法欲盖弥彰，所以我断定是假的。”

“明知是假的，你依旧找我求证，想必还有别的事吧。”孙逊饶有兴味地望着林少春。

“少春希望大人能与我演一场戏，抓住幕后真凶。”

孙逊打量了林少春一番，心中对自己这个儿媳妇刮目相看。

“毕竟大人是玉楼的父亲，明日我们就是一家人了，既是一家人，就当风雨同舟，同进同退。”

孙逊一直记得林少春那真挚的目光，她的确已经将自己当作了孙家的一分子，事事都从孙家的利益出发。想到这里，孙逊的笑容又多了几分信任：“少春，你告诉大家这是怎么回事。”

“是，老爷。”林少春应了一声，清澈的眸子望向孙玉楼，嘴角绽开了一抹笑容，缓缓道来，“成亲前一日，有人给了我一封信，据说是刘赢与老爷密谋的信件，能证明老爷是害我父亲的罪魁祸首。我为了求证，让你领我去老爷书房比对字迹，没想到字迹果然一样。我虽怀疑老爷，但我更信不过那个给我信件的人。”

沈氏惊讶地问道：“那你是如何看出来的？”

林少春轻轻一笑：“能将我置于水火的人，必不是同盟，不过是想利用我达到目的罢了。报仇雪恨不急于一朝一夕，杀敌一千自损八百，也并非什么高明的手法。若老爷当真是害死我父亲的人，我大可慢慢想办法对付他，何必冒这个险？于是我将计就计，把那封信交给老爷过目，老爷也很快为我答疑解惑了。”

孙玉楼又惊又喜，瞪着林少春：“好啊，你们居然连我都瞒着！”

林少春握住了孙玉楼的手，解释道：“这件事不告诉第三个人，是为避免节外生枝。我想你是个深明大义的人，并不会与我计较。”孙玉楼握紧了林少春的手，瞪着她，心想着后面再和她算账。

许凤翘连忙叫道：“嫂子还误会了妹妹，真是该死。事发突然，我们都为老爷担忧，或有言行过激之处，还望妹妹体谅。”

林少春冲许凤翘一笑，没有说话。

众人皆看向朱无忌，孙逊高喝道：“朱无忌，你说，指使你的人是谁？”

朱无忌跪在地上，瑟瑟发抖：“我并不是什么朱无忌，朱无忌早已被我杀了。你们也不必追问谁在背后指使，我收人钱财，与人消灾，因此一切皆……”他环视了一下众人，最终闭上了双眼，“皆是我一人所为。”

众人心中震惊。

沈氏担忧地说道：“也不知是谁与我们孙家有过节，这种事既有了第一次，未必没有下一次。”

吴月红握了握拳：“看来我平日更该多加练功才好。”

许凤翘也急了：“那往后的日子可怎么过？咱们在明，人家在暗，整日提心吊胆，也不是长久之计啊！”

孙金阁顺着许凤翘附合道：“娘子说得对，这还了得？”

……

梅姨娘安稳大家道：“老爷自有法子，大家少安毋躁吧。”

林少春思索着，紧紧地盯着假朱无忌，突然问道：“他给了你多少封口钱？”

自称朱无忌的人一愣，下意识回道：“一万两。”

林少春了然地笑了：“如此我就能找到幕后真凶了。”

孙玉楼与林少春对视了一眼，恍然大悟：“对呀，一万两不是小数目，无论是银票还是现银，进出必要经过钱庄。京城内外的钱庄不过那几家，父亲，这件事便交由儿子去办吧。”

孙逊点点头：“好！”

在场所有人似乎都松了一口气，期待着抓到真正的凶手，除了苏映雪，她始终盯着男杀手，脸上没有任何表情。

孙府后花园有一片梅林，梅林旁是孙逊门生贾逢源的住所，平日里很是清净。

远远地，梅林中悠扬的笛声传来。

苏映雪停下了脚步，对着身边的琴心使了个眼色，琴心点点头，走到了梅林的入口。

苏映雪缓缓走进了梅林，在梅林的假山一角，四处望了望，见四下无人，学了两声鸟叫。有人在她肩膀上轻轻拍了拍，伸手刚要抱住她，被她一把推开了。

“这些天怎么不见你的踪影？我都快急死了。”苏映雪望着身后的男子，那双细长的眉眼如今成了她的所有念想。

贾逢源眯着眼，逼近苏映雪：“我的好妹妹，怎么了？”

“老爷和林少春合起伙儿来演了一出戏，抓到了冒充朱无忌的贼人。”苏映雪紧紧盯着贾逢源。

贾逢源愣了愣：“到底是谁要害他啊？”

苏映雪继续一字一句说道：“不知道，那贼人死活不肯说，四爷便要从买凶的钱财上入手，找出幕后真凶。这会儿不知怎么样了，查出什么端倪没有……”她迟疑着，终究忍不住心中的疑惑，“林少春收到的是冒充老爷字迹的一封信……”她看着贾逢源，“是你，让我拿了老爷的字，又多番打听老爷近况，此事当真不是你所为？”

贾逢源不动声色，一双眼深得像千年的湖泊。他突然一把抓住了她的腰肢，狠狠道：“你就这么不信我？”

苏映雪想后退，却无路可退。

“如果你不信我，我现在就去孙逊面前坦白一切。”贾逢源的脸贴着苏映雪的脸，“横竖我们死在一起……”

苏映雪拿起贾逢源的胳膊狠狠地咬了一口，血和着眼泪流了出来。

他不躲不闪，将她紧紧抱住。

“我信你。”她哽咽着。

这时，琴心咳嗽了几声。

贾逢源猛地推开了她，轻声道：“好像有人来了，我先走一步。”说罢，转身没入了梅林。

剩下苏映雪一人，她掏出手绢擦了擦嘴角的血，抬眼望着密密丛丛的梅林，一瞬间，仿佛就是她的人生，在狭小的空间中看不到方向。

孙玉楼来到顺天府衙门，知府杜世卿本就是孙玉楼多年的好友，他们寻思着让杜世卿帮着在京城内外的钱庄找一下线索。怎料杜世卿望着孙玉楼道：“怎么那么巧？昨日里梁太师来报案，说是家里少了一万两银票。”

孙玉楼听到梁京冠的名字，心中一动，怎么又是他？心中疑惑这个梁太师葫芦里到底卖的什么药。

“走吧，今日就有人去钱庄支取现银，而且手纹和梁太师家的盗贼手印一模一样，我们一起去看看。”杜世卿站起身带着孙玉楼来到了公堂。

公堂之下，捆绑着一个看起来横眉竖目的恶人。

杜世卿一拍惊堂木：“你的手印与梁大人家中的一模一样，你还有什么可反驳的吗？”

被俘之人没有说话。

“本官问你，你可有其他同伙？最好如实招来，免得皮肉受苦。”

被俘之人依旧不说话。

杜世卿的表情凝住了，大声道：“敬酒不吃吃罚酒，来人啊，用刑……”衙役们把被俘之人推倒在地，脱下他的裤子，粗大的棍子打在身上如同刀割，痛得被俘之人大叫起来，终究忍耐不住，喊道：“我招，我招，这银票确实是我从梁京冠家中偷来的。”

杜世卿冷冷一笑:“你偷了银票取了钱为什么不远走高飞，而是把钱存进了另一家钱庄，存完之后，又丢了银票，直到今日才去取？这里面有什么阴谋？”

被俘之人缓缓抬起了头，吐了一口血水，说道:“到了这个地步，我反正左右都是个死，也没什么好瞒的了。不知杜大人可还记得您亲手判斩的柴头吗？”

杜世卿思索了一下:“你是说三年前被孙阁老缉拿的土匪？”

被俘之人悲惨一笑:“他是我的兄长。你们杀了我兄长，我自然要报仇，因此我偷了梁京冠的钱，买通了杀手准备去杀孙逊，可惜了，这姓孙的狗贼实在命大，竟被他逃过一劫，如此一来，银票我是拿不回来了，但又不想让这笔钱白白损失，所以才想试试看能不能取回，没想到就被你们抓了。”

杜世卿一惊，用力拍惊堂木:“大胆！竟敢蓄意谋害朝廷官员，其罪当诛！来人，将人犯押入大牢，听候发落！”

衙役们随即拖走了那个罪犯。

孙玉楼心中隐约觉得此事定与梁京冠有关，可是所有证据都证明了他的清白。他回到孙府，见到孙逊，将事情的前因后果说了一遍。

“梁太师真是计策高明啊！”孙逊手指敲着书桌冷笑道，随即看了一眼孙玉楼，不觉怜惜，“你的新婚之事都被叨扰了，赶快回去休息，多陪陪少春！”

“是，父亲。”孙玉楼应声出了书房。

待孙玉楼一走，孙逊拿起桌子上的茶喝了一口，手指转动着茶盅，眼神渐渐沉了下来，喊了一声:“荣寿，去，把贾逢源给我找来。”

工夫不大，丁荣寿就将贾逢源请到了孙逊的书房。

“拜见阁老。”贾逢源一进来就恭恭敬敬地给孙逊请安。

“坐吧。你可知老夫此次找你，所为何事？”孙逊笑着望着贾逢源。

“在下不知。”贾逢源低垂着眉眼，十分恭顺。

孙逊盯着贾逢源，仔细地看着他:“这京城就属贾大人临摹书法最是出神入化，当日陆明之事老夫曾亲眼所见。近日老夫才得了几件名家字帖，想劳烦贾大人，为我制作拓帖。”

“太不巧了……”贾逢源面露难色，伸出一只溃烂的手，“学生要向恩师告罪了。一个月前，学生不慎被蜈蚣咬伤，本以为放了毒便无碍了，没想到日渐严重，以致化脓溃烂，学生已有一个月未提笔写字了。”

孙逊笑了笑:“这却巧了，别不是来时路上被咬的吧？”

贾逢源看似很委屈:“学生怎敢同恩师开这样的玩笑，刚被咬伤，何至于溃烂至此啊？”他故意松开了绑绳，伸出手，那手溃烂得几乎露出了白骨，看起来像是病了许久。

孙逊盯着他的伤口，缓缓开口道:“老夫不过随口一问，无须当真。不过既伤得严重，还是要及时医治为好，千万别因毒性发作，烂了心肺呀。”

“谢恩师提醒。”贾逢源将手重新绑好。

孙逊摆了摆手:“好了，回去好好养伤吧。”

贾逢源起身行礼:“学生告退……”说着转身走出了书房。他心中冷笑着，自知很难骗过孙逊，不得已将自己的手在药水中浸泡了一夜，就这样孙逊还是起了疑心。

孙逊望着贾逢源离去的身影，目光渐渐沉了下来。

孙玉楼的院子在孙府的曲径幽深处，背靠一片竹林，前方就是郁郁葱葱的荷花湖。因为新婚，整座院子都挂了大红灯笼，贴了各式各样的红色窗花，沐浴完的林少春坐在桂花树下，长发飘散在身后，一身素白长袍，略施粉黛的脸比院子中盛开的任何花都要娇艳。

孙玉楼一进院子，双脚像被钉在了地上，就那样呆呆地望着林少春。

“你回来了……”林少春抬眼望见了孙玉楼，起身笑盈盈地迎了上来，手中端着一杯刚刚沏好的金骏眉，讨巧道，“我自知此事瞒了你，所以现在向你请罪。”

“你……”孙玉楼一只手接过她手中的茶，另一只手猛地揽住了她的腰，一把将她带进了怀中，他双眼幽深，“你的确该罚……”

“那怎么罚？”林少春双眼如水，盯着他慢慢燃火的眸子，慢条斯里地问道。

“你说呢？”孙玉楼说着，弯腰一把抱起她，向着喜房而去，“我们的婚宴都被这乌七八糟的事情搅乱了，你说你该怎么赔我的洞房花烛夜？”

侍从们偷偷盯着新婚夫妻，脸羞红了一片，都躲了起来。

喜房之中，二人刚坐下，林少春便皱了眉头，轻声道:“我还有事和你商量呢。你可知白日里你不在，太太和老爷竟让我管家……”

“这些对你来说不算个事，”孙玉楼伸手将她搂进了怀中，盯着她的小脸，不觉心肝都是颤的，“我原想让你进来享福的，没承想进门便遇上这么大的事儿，我瞧你受了委屈，很心疼你。”

林少春将自己的手放在他的手上摩挲着:“可是孙家本是三奶奶管家，今日里我看她的脸色很不好看。”

孙玉楼靠在床头，顺着她的长发:“你呢，本就是个有主意的人，有任何为难的地方，我定会护着你的。”

“老爷假装中毒的时候，你怎么这么冷静？我原还担心呢，怕你一时冲动，做出什么糊涂事来……”林少春双眼直勾勾地瞪着孙玉楼，一双小手放在了他的胸膛之上。

“你教我的啊，你说遇事先要冷静，心定了才能想出解决问题的办法，我便去了宫中询问姜太医，才知道茶水里没有毒……”孙玉楼声音越来越沙哑，他挺身向前，双唇摩挲着她的脸颊，身子越来越滚烫。

林少春不自觉地红了脸，刚想躲，却被孙玉楼翻身压在了身下，她雪亮的眸子渐渐迷离，孙玉楼只觉勾魂摄魄:“你把我的每句话都记在心里了……”

孙玉楼的唇附在她耳边，讲出的话也犹如誓言:“不只每一句话，还有每一道眼波，每一个笑……家里繁文缛节多，你若是不习惯，大可不必遵从，做你自己就好。”

林少春觉得身子热得像是燃了起来，慢慢闭上了双眼，一颗心沉到了孙玉楼的心里，身子随着他起伏在波浪中，没了边际。

桃之夭夭，灼灼其华。之子于归，宜其室家。

第七章

一振而群纲举

皇上的脸渐渐沉了下来，缓缓道：

『朕怎么见你有点眼熟？』

林少春立刻又跪了下来：

『臣妾不敢隐瞒皇上，臣妾与皇上曾有过一面之缘。』

第二日，秋高气爽。孙府大厅中，满屋子的人都等着新人来敬茶。

孙玉楼牵着林少春的手，从大门走进来。两人如同画卷里走出来的人一般，女子娇艳如花，男子风朗如月，令一众人不由心生感慨和羡慕。

孙玉楼和林少春见过众人，并从丫鬟手中取过茶杯，敬重地给孙逊和沈氏敬了茶。孙逊嘱咐他们要记得进宫拜谢皇上和贵妃娘娘，两个人应下了。

正在此时，许凤翘走进门，身后的银锁捧着一件衣服，她笑着喊道："我来得正是时候。四奶奶，我才做了一件吉服，今儿派上用场了，给四奶奶穿着进宫谢恩正相宜。就当是我这个嫂子，给你的新婚贺礼吧。"

林少春看了看孙逊和沈氏。

沈氏点了点头："你就收下吧，你平日穿得素净，这回是喜事，要艳些才好。"

林少春接下了衣服，望着许凤翘："那就多谢三嫂了。"

"我现在就带妹妹去试试。"许凤翘说着领着林少春走进了花厅，去换衣服，林少春总觉得今日里许凤翘殷勤得有点奇怪，但想到大家都是一家人，也就并未深想。

林少春换了衣服出来，立刻惊艳了在座的人。

许凤翘捂嘴笑道："快瞧瞧，这可是仙女儿来咱们家了！"

吴月红惊叹地站起身，望着林少春身上的衣服："哇，这是什么线绣的，怎么这样好看？"林少春身材本就高挑，这绣服是赭色团衫，上绣云霞练鹊纹，绣线格外精致，雍容而惊艳，与林少春十分相配。

许凤翘撇嘴笑着："这是用红色鹤鸟的羽毛绣的，寻常人都不得见的，只有咱们四奶奶有这样的福气穿它！"

孙玉楼微笑地看着林少春，附耳告诉她："真美。"

沈氏不住地点头："委实不错，三奶奶有心了。"

孙逊说道："好了，即刻启程吧。"

孙玉楼拉着林少春，一同给孙逊和沈氏行了礼，出了孙府，坐上马车直奔皇宫。

广智殿威严肃穆，小太监领着孙玉楼和林少春走进偏殿："请孙大人与夫人稍待。"

“好。”孙玉楼点点头，小太监退出了偏殿，孙玉楼与林少春一同坐下。

“真像做梦似的，如今想起前些日子你进宫选秀时的情景，真叫我后怕啊，险些就错过你了。”孙玉楼环视着偏殿，感慨道。

“眼下我就在你面前啊，我永远都是你的。”林少春笑着将手放在了孙玉楼的手中。

孙玉楼痴痴地看着林少春，林少春的一颦一笑他都舍不得错过。他从头到脚望着她，突然间那张笑脸僵住了。但见林少春云肩上的一根绣线断掉了，他抬起手，想整理下那个线头，结果所有的丝线全部断裂，衣服上的刺绣瞬间一团糟。

“糟了……”孙玉楼难以置信地盯着林少春的衣服，伸手紧张地握住了林少春的手，“这是怎么回事？”

林少春抬手握着手中的一团丝线，陷入了沉思：“这是三奶奶送我的衣服……”

“三奶奶为什么要这么做？”孙玉楼猛地起身，犀利的眸光似一把利剑，穿透了林少春身上的衣裳，“我即刻让欢郎回府，取一件衣裳来救急！”孙玉楼说着正欲走出，被林少春一把拽住。

“来不及了，这屋内可有画笔？”

孙玉楼寻觅周围，在案桌的抽屉内找到了笔墨纸砚：“有，找到了。”

林少春脱下外衣放在案桌上，仔细地在云肩上画着树枝与喜鹊，孙玉楼站在一侧端详着，紧皱的眉头渐渐舒展了……

“刺绣与画上去的画相差甚远，一眼就能看出来，这样去面见皇上可以吗？”孙玉楼担心地问道。

“放心吧，我自有一番说辞。”

二人刚画好，小太监便将二人请到了正殿。孙玉楼和林少春一同向皇上和孙贵妃行了礼。

皇上朗声笑道：“平身吧！孙爱卿新婚燕尔，可喜可贺。朕听闻你每日忙于公务，衙门里的事虽要紧，到底别冷落了自己的夫人呀。”

孙玉楼连忙回禀：“皇上爱民如子，每日忙于朝政，还不忘体贴贵妃娘娘，臣定当以皇上为榜样，无负朝廷，也不忘与娘子长相厮守。”

皇上听后大笑。

孙有贞瞥了一眼孙玉楼，娇笑道：“皇上，你瞧瞧他那张巧嘴，专挑好听的说。”

皇上拍了拍孙贵妃的手：“要不怎么能说是你的弟弟呢？自然爱妃也有一张巧嘴

呀！”皇上大笑着，打量着林少春，皱了皱眉头，“咦，孙夫人的云肩甚是别致，看来不像刺绣，倒像是画上去的，其中有何说法？难道孙府还缺绣娘不成？”

林少春连忙跪下说道：“皇上有所不知，老爷太太一向勤俭持家，自上次天灾后，老爷便下令全家不得靡费，如今阖府上行下效，以节俭为家风。老爷说，只要人心坦荡，何须锦衣华服。今日我们夫妇进宫谢恩，这喜鹊登枝，是妾感念皇上天恩，多谢皇上玉成，让我与玉楼有情人能成眷属。”

孙有贞点点头表示赞许，皇上大笑了起来：“没想到孙阁老如此清廉，只是难为新妇，竟也如此节俭。罢了，朕就赐林夫人一身如意缎绣五彩祥服，往后入宫就穿这身吧。”

林少春连忙谢恩。

皇上的目光始终停留在林少春的脸上，只觉这张俏脸眉眼熟悉。他细细看着林少春的脸，终于想起了那幅令他惊艳的秀女画像。

皇上的脸渐渐沉了下来，缓缓道：“朕怎么见你有点眼熟？”

林少春立刻又跪了下来：“臣妾不敢隐瞒皇上，臣妾与皇上曾有过一面之缘。”

皇帝轻轻道：“朕想起来了，原来你就是那个沾不得花粉的秀女。如此说来，孙府的花岂不被修剪一空了？”

孙玉楼手心急得都是汗，他偷眼瞧着皇上阴晴不定的脸，伴君如伴虎，这要如何应对？

“皇上，臣妾已然大好了。”林少春朗朗的声音响彻了整座大殿。

皇上面色一沉：“哦？你不是告诉朕，天下名医无人可治吗？还是有意欺瞒朕？”

林少春从容不迫地解释道：“臣妾纵有天大的胆子，也不敢欺瞒皇上。说来也怪，圣上赐婚之后，臣妾偶然遇到一位江湖郎中，这郎中夸口能治臣妾的病症，为臣妾扎了几针后，竟果然大好了，如今只忌讳蔷薇这一种花儿。想是我主泽被天下，臣妾受天子隆恩眷顾，才得以摆脱了这自小的顽疾。臣妾对皇上感恩不尽，恭祝吾皇万岁万岁万万岁！”

皇上沉着一张脸，心中明知林少春巧言令色，但是望着林少春与孙玉楼夫妻恩爱的模样，也便释怀了：“看来不是一家人，不进一家门，你和贵妃皆能说会道，倘或都进了宫，朕的后宫不知会变成什么模样呢！”

孙有贞打趣道：“哼，皇上莫不是嫌弃臣妾了吧，如今宫里哪来笨嘴拙舌之人？皇上若嫌臣妾，臣妾走就是了。”孙有贞故意生气地将身子偏向另一边，皇帝立刻凑近扳回了孙有贞的身子:“爱妃，朕不过说笑，哪里就嫌你了，快别多心了。”孙有贞笑着望了望皇上。

皇帝望着孙玉楼:“玉楼，娶了这样能说会道的妻子，往后不知是辛苦还是享福啊。朕也不追究你们了，御赐你们新婚贺礼，往后就好好过日子吧。”

孙玉楼和林少春共同给皇上行礼，二人相视一笑，皆松了一口气。

孙玉楼和林少春回到孙府，众人瞧见了皇上赏赐之物，皆羡慕万分。

梅姨娘摸着一件衣裳，笑道:“皇恩浩荡啊，竟御赐了这些东西。皇上和娘娘定是极看重四奶奶的，瞧瞧这锦衣，再没有第二个人有这造化了。本以为四奶奶曾流落市井，恐有不周之处，会惹皇上和娘娘不高兴，没承想……”

沈氏斜了她一眼，打断了梅姨娘:“说的都是什么话，天上一句，地下一句的，好歹是位姨娘，竟也没个分寸！”

林少春微笑着，她知道梅姨娘是个直肠子性格，并不生气。

梅姨娘小声嘟囔:“我也是担心四奶奶嘛。”

孙逊顿了顿，高声道:“玉楼媳妇能得皇上青睐，实属不易，进宫一趟也累了，命人把东西都收起来吧。”

林少春看了一眼孙玉楼:“我和四爷用不了这么多东西。”

说着从礼品当中挑出了一幅字画、一个枕头，笑道:“这幅董其昌的《烟江叠嶂图跋》送给老爷，这个金玉枕送给太太。”

丁荣寿接过字画。绣橘接过金玉枕头。

林少春继续说道:“这支凤头钗送给姨娘，这盒七巧点心给小仙。这些胭脂水粉送给三位嫂子，这几样笔墨纸砚，回头我再派人送去给三位哥哥。”

众人纷纷接过礼物并道谢，正在此时，许凤翘的笑声传来:“可有我的一份儿呀？”

许凤翘走进屋子，众人因听孙玉楼说到衣服的事情，心中有些怨恼，又见许凤翘身后的银锁捧着一件赭色吉服，心中更是鄙夷。

“妹妹，这回真是嫂子对不住你了。我原有一件旧的吉服，瞧着它样子好，就命人照原样重做了一件。那件旧的收着，新的放在最上头，预备着送给妹妹的。可谁知这糊涂丫头竟拿错了，险些害妹妹失了颜面。我也教训了这个丫头，银锁，还不快把新的给四奶奶，向四奶奶赔罪。”许凤翘瞪着银锁，好像自己被这个丫头害惨了。

银锁捧着衣服哆哆嗦嗦地跪在了林少春的面前，像是被许凤翘收拾得厉害：“是奴婢疏忽了，请四奶奶恕罪。”

林少春盯了一眼许凤翘那张过于精明的脸，心中想到的却是“过盈则亏”四个字。她这个三嫂的确不是个善茬，但是她依旧笑着，看起来亲切至极：“不碍事的。”

孙玉楼坐在那里，啪的一声放下了手中的茶，一双星眸带着讽刺：“少春试穿，不是三嫂子陪着进去的吗，三嫂如何竟没发现？是不是有意为之，恐怕只有三嫂自己知道。”

许凤翘瞪大了双眼，就差掉眼泪了：“玉哥儿，我是这样的人吗？也对，没把丫头调理好，确实是我的过错，我该向妹妹赔礼。”说着，好像真的要向林少春俯身，林少春一把拉住了许凤翘，瞪了一眼孙玉楼：“玉楼是个直性子，你不必和他计较。”林少春说着扫了一眼那件衣服，淡淡道，“我画了一幅喜鹊登枝，皇上还夸赞我们孙家节俭，已经赐了上好的衣裳，这件三奶奶自己留着吧！”

许凤翘尴尬地笑了笑：“那就好，那就好。”

孙逊心知肚明，这林少春能否应对，也是她日后立足的根本，他说道：“如今一应俗务都办完了，玉楼媳妇也该一同管家才是。你们三人先她进门，要多帮衬她，你们太太上了年纪，家里琐事就都交给你们了。”

林少春应道：“是，老爷。”

吴月红、苏映雪、许凤翘起身纷纷行礼：“是，老爷。”

沈氏望着四个儿媳妇，笑道：“一家子齐全，是我的福气。有了这四个媳妇儿，我就能省下不少心力了。”

许凤翘表面笑得比谁都灿烂，可那份嫉妒已经深深扎根在心底了，开始疯狂地发芽生长起来。

吴月红和苏映雪沿着回廊往各自的院子走，身后跟着侍剑和琴心。

“两位嫂子且等一等。”许凤翘携银锁快步跟上了二人。

“什么事？”

回廊中，吴月红和苏映雪停下脚步。

“我是想同嫂嫂们商量一下管家的事儿。咱们入府须得一年半载才能着手家里的事务，这四奶奶何等精明，刚进门就把咱们踩下去了。”许凤翘心中恨得厉害，一双俏眼放出了犀利的光芒，“明儿要交接账本，两位嫂子有什么想法没有？”

吴月红双手一摊：“你又不是不知道我，一看见字就犯困，平日都让你代劳。我从来不管这些，明儿也托付你了。”

苏映雪一副西子捧心状：“我近日身上不好，明日恐怕也去不得，就劳三奶奶帮衬四奶奶吧。”

许凤翘只觉得面前二人都是纸糊的，顿时气不打一处来，可又不好发作：“都是一家人，说什么帮衬不帮衬！我就是瞧这四奶奶厉害，区区戏子出身，一步登天到我们孙家，若有一日她大权独揽，哪还有我们的立足之地！我性子直爽，给二位嫂子提个醒儿罢了，嫂子们多留神吧。”

吴月红杏眼一瞪：“她敢欺我，我的拳头可不长眼睛！唉，这种事儿就不要烦我了，我最讨厌内宅女人间斗来斗去的了。”说罢，转身带着侍剑离去了。

“二奶奶。”

苏映雪打断了许凤翘的话，温柔地说道：“我也没什么法子，你是知道我的，我鲜少过问家里的事，一切三奶奶拿主意就是了。”

许凤翘上前拉住了苏映雪的手：“唉！只要二奶奶知道我的辛苦，愿意站在我这头，我的腰杆子也粗壮些。”

苏映雪敷衍地笑了笑。

正在此时，小厮们抬着各式各样的家具往府外走去，其中一名小厮搬着椅子不小心摔了一跤。

许凤翘怒目圆睁：“瞎了眼的杀才，磕坏了可仔细你的皮！欸？这是搬到哪儿去？”

摔倒的小厮连忙爬起来，回道：“贾老爷在外面添置了一座宅子，已经辞过老爷了。老爷命小的们供贾老爷使唤，再给那边府里添置些东西。”

苏映雪愣住了，一时间竟没有缓过神。她慢慢地将手从许凤翘手中抽了出来，脸色有点苍白。

许凤翘摆了摆手：“去吧。”她转身望着苏映雪，“哼，这个姓贾的，在咱们府里蹭吃蹭喝这些时候，临走不留下些银子就罢了，老爷竟还给他添置器具，咱们老爷真是个大善人啊。”

苏映雪神色恍惚地答道："兴许他在官场上对老爷有助益呢？"

许凤翘哼了一声："他不是一口一个恩师吗？替老爷分忧本就是应当的，怎的连吃喝都在咱们府上，一住还那么久！不当家不知柴米贵，上下这么多人，开销大着呢。横竖二奶奶明儿一定得来，帮我一同会会那四奶奶。"

苏映雪白着一张脸："明儿……三奶奶，明儿恐怕去不了，我有些不舒服就先走了。"说罢，苏映雪带着琴心迅速离开了。

许凤翘生气地立在廊下，心想着：一个个都站干岸，平日里你们不管也就罢了，现如今分家的来了，照旧甩给我一个人。哼，没有你们，我就对付不了那小蹄子不成？她转身对银锁喊道："去，把荣寿家的、庆喜家的都给我叫来！"

天未拂晓。

孙玉楼迷迷糊糊地伸手去搂林少春，不料摸了个空。他一转头，发现林少春正坐在梳妆台前。

"怎么不多睡会儿？"孙玉楼坐了起来，眼还没睁开就笑着问道。

"你醒了？"林少春转过身子，轻声回道，"老爷吩咐了，今儿要协助嫂子们管理家务，总不好起晚了，惹人笑话。"

孙玉楼坐起了身，靠在床头，瞅着林少春："家里琐事多，太耗费精神了，我劝你趁早和太太禀明，就说不擅管家，交给其他嫂子吧。"

林少春柳眉一挑："为什么？"

"三位嫂嫂都不是好相处的，要是她们欺负你，吃了亏，我可心疼。"孙玉楼眉眼含情。

林少春笑了笑，一双眼盈盈地望着孙玉楼："我就是好相处的？世上能叫我吃亏的人还没生出来呢！"

"你呀，既不在乎名利，又何必揽那又累又苦的活呢？"

林少春边继续梳妆打扮边回道："这么大的家业，每日开销巨万。上次见太太四处奔走筹款，那时我就知道家里亏空不小。我如今嫁了你，要在这过一辈子的，怎能不尽心操持？你放心，我既不会得罪哥哥嫂子们，也不会任人欺负的。"林少春打扮好起身，对着孙玉楼眨了眨眼，"我走了。"

孙玉楼嘱咐着："可不要勉强自己，我娶你可不是受苦来的。"

林少春笑道:“知道啦。”

孙玉楼那灼热的目光一直望着林少春离开，林少春感觉到背后的目光，心中一片甜蜜。

孙府的花厅中，林少春与许凤翘面对面坐在桌前，桌子上放了这些年的账本。

荣寿家的、庆喜家的带着小红和其他丫鬟们站了一列。

“打今儿起，四奶奶就跟着我管家了。先叫下人们给四奶奶见礼，这是荣寿家的，她男人是管家，管理府中大小开销、吃穿用度。”许凤翘指着一个五十岁左右的蓝衫妇人，妇人看起来十分精明利索，眉间一颗偏痣。

荣寿家的上前一步给林少春行礼:“四奶奶好！”

“这是庆喜家的，管理下人规矩还有太太奶奶们出门的车轿等。”许凤翘继续指着荣寿家旁边的高挑中年女子说道。

庆喜家的上前一步给林少春行礼:“见过四奶奶。”

林少春一边听许凤翘介绍，一边翻看着账本:“我大略看了看账本，为何每个月的月银有五百两，可府中实际开销却为六百两，这多出的一百两银子是谁出的？”

许凤翘叹了一口气:“妹妹不知道，家业大有大的难处，抽冷子多出些开销，指着那五百两是断然不够的。旁人都说当家好，不知道的竟以为是个肥缺，可谁又瞧见我这些年往里头填了多少？左不过拿娘家的陪嫁贴补罢了，宁肯自己委屈些，也不能亏待了老爷太太和姊妹们。”

林少春凝眉道:“可柴米油盐、食材布料花不了那么多的钱。”

许凤翘嘟了嘟嘴，笑道:“妹妹外行了不是？乡野间吃的鸡鸭，不过寻常家养，府门中用的是珍珠鸡，单这一项就有几两银子的出入。还有那些时令果蔬，全是皇庄上出来的东西，再有咱们穿的布料，用的胭脂水粉，都是极上乘的，哪样不要花大价钱？”

林少春了然地笑了笑:“横竖就是用个名目，什么都挑贵的买，可也不至于一条帕子要十两银子吧。”林少春说着将账本转向了许凤翘，并指给了她。

许凤翘嗤鼻:“妹妹若不信，只管查账就是了。咱们是体面人家，一双筷子上百两的都有，一条手帕十两银子算什么？”许凤翘说着站了起来，脸色也沉了下来，“唉，我也乏了，想是昨儿夜里梦多，这会儿还头晕呢。妹妹慢慢看吧，我先回去了。你们留下伺候四奶奶，倘或四奶奶有疑虑之处，你们也好核对，免得别人误以为我记错了账。”

荣寿家的、庆喜家的心里跟明镜似的，就算林少春再去核算价格也不会变的。那些京城里的买办都是联合好的价格，肥水早就落在了三奶奶的手里，这些年，三奶奶拿捏着孙府的经济命脉，哪个不服她，她们从心里自是向着许凤翘的，于是应道:“是，三奶奶。”

许凤翘打着哈欠转身走了几步，突然想起什么，转过身来:“对了，妹妹跟前还没个贴身的丫鬟，太太让我指派一个给你。小红人品端正，是个不错的丫鬟，以后小红就跟着你了。”

林少春抬眸，看着许凤翘身后的小红。

这个十七八岁的丫头长得极好，白皙娇柔，一双水汪汪的眼专门勾人。可是当小红抬眼望向林少春时，不由得有些慌。这四奶奶那双眼仿佛能够射穿人一般。

林少春打量了一下小红，笑着说道:“好。”

小红走近林少春行礼:“四奶奶。”

林少春点了点头。许凤翘见状满意地转身离去。

林少春抬眼对荣寿家的和庆喜家的说道:“辛苦两位妈妈陪我核对账本，若我有什么不明白的地方，请妈妈们指教。”

荣寿家的连忙应道:“四奶奶哪里话，这原就是我们的本分。”

说着话，就和庆喜家的各自拿出厚厚一沓账本放在了林少春的眼前。

庆喜家的话里有话:“这是府内三年来的账本，请四奶奶查看。若奶奶不放心，库里还有近十年的，我回头也给奶奶搬来。”

荣寿家的瞥了一眼庆喜家的，笑道:“四奶奶受累了，横竖都看完了才好，否则我们回禀的，怕奶奶不能明白。”

林少春看着堆起来的账本，心中觉得可笑。这许凤翘给她演戏，可是找错了人，于是淡定地坐在那里继续看着账本。

晚上回到自己的房中，林少春也没歇着，依然坐在桌前，一边看着账本，一边拨着算盘。记账时，她看着账本发起了呆，恰好孙玉楼进门，盯着发呆的林少春，坐在了她的身边，拿下了林少春手中的笔:“还在算呢？”

林少春皱了皱眉:“我就是想不通，府里一年为什么得花七千二百两银子。就算加上下人们的月钱，也用不了这么多。咱们家一年，抵得上寻常人家五六年的花销，当家的还说往里贴了钱，你可算得过这笔账？”

孙玉楼盯着自己太过认真的媳妇，笑道:“你有没有听说过，水至清则无鱼？若有人从中作梗，那定有各种各样的门道，他们是靠这个敛财的，咱们是外行，自然参不透里头的法门。”

“要是我打破了这门道呢？”

林少春一双清澈的眼亮得令孙玉楼沉醉，他一把握住了她的手，柔声道:“人为财死，鸟为食亡，这京城的买办大多都是串通好的，你要是断了这些人的生财之道，他们宁肯联合起来不卖货给你，到时你就得去偏远的地方采买，这样算上人工和车马费用，到底是不划算的。”

林少春瞪了一眼孙玉楼，生气道:“岂有此理，难道就任由他们勾结，漫天要价不成？”

孙玉楼将头靠在了林少春的肩上，闻着她身上淡淡的荷花香气，手慢慢伸向了她的细腰，轻轻摩挲着:“我的奶奶，府门里的门道和学问多着呢，何必费那心思琢磨？时候不早了，我们快歇息吧。”

林少春猛地抓住了他不安分的手，瞪着他，发现他的脸几乎贴在了她的脸上:“不行，我不能纵容这些奸商。你瞧着吧，我一定会让他们乖乖降下价格来，还不敢不卖给我。”

孙玉楼得寸进尺地搂紧了林少春，猛然弯腰抱起了她，哄道:“好好好，四奶奶就算要收拾那些奸商，也先安置好你相公才是……”

林少春被孙玉楼轻轻扔到了床上，人还未爬起来，孙玉楼便大笑着甩了外袍爬上了床。

第二日，孙玉楼早早地上朝去了。林少春醒来的时候，感觉就像是饮多了美酒迷了心，晕晕的。她在床上卧了一阵子，想起来今日请了干娘李夫人以及京城内关系交好的几个大臣夫人来说事，连忙起床梳洗打扮，去了花厅。

“少春，看到你如今在孙家过得不错，干娘也安心了。”李夫人望着自己的干女儿，心头高兴。

工部侍郎家的张夫人本就是林少春的好友，如今更是高兴，称赞道："四奶奶是能干的人，婆婆疼得紧，小夫妻也和睦，真是恭喜你了！"

其余夫人见状，也忙纷纷向林少春道贺。

林少春站起身行了一礼，郑重道："谢谢各位太太，今儿我请诸位来，是有事请教。"

李夫人望着林少春："什么事？说吧。"

"不知道各位太太府中，都是谁在当家？"

李夫人道："我同我们老爷一向过得散淡，家里都是管家操持。张夫人，你呢？"

张夫人笑道："我上年身子不好，不理事了，现在是媳妇当家。"

礼部侍郎家的夫人说道："我府上是我和我妹妹当家。"

林少春环视了一圈："当家人手上每日银钱流水一样，依夫人们的想头，倘或管事的心存歹念，账目出入间，是否有油水可捞？"

夫人们面面相觑。

林少春笑了笑道："少春以前在乡下长大，每日都和嬷嬷一同上街采买，货物的市价我都了然于心。买办从中获利，大把银钱白白便宜了别人，想来真是不甘心。"

张夫人皱了皱眉，应和道："是呀，可又有什么办法呢？"

林少春拍拍手，一名小厮领着孙府的四名买办走进了花厅。

林少春盯着四位买办，冷声道："你们四位是京城最有名的买办，平日里出入各个内府，在座的各位太太你们也都熟悉，我就开门见山了。你们四位平日卖给我们的物品岂止比别家贵了一分两分，眼下各位太太都觉得几位老板的价格过高了。"

张德仁是京城负责米油的买办，他个子不高，人黑黑瘦瘦的："四奶奶，正因各府的太太奶奶们是老主顾，所以给的都是最低价。咱们是薄利多销，里头本就没什么利润，权当我们给各位太太们跑跑腿。"

许昌林说起话来瓮声瓮气的，专门采买胭脂水粉，也跟着抗议："就是啊，您可冤枉我们了。"四个买办纷纷起哄，哭丧着一张脸。

林少春冷笑了一声，手指轻轻扣在桌子上，不紧不慢地一一回应："其实你们去哪儿采买，什么价格，路上车马消耗，这些我都一清二楚。"林少春示意小红将自己整理的账单递给了买办们。

账单上一笔笔账算得清清楚楚，买办们看了看账单，面露难色。

张德仁估摸着林少春也没辙，故意皱紧了眉头："四奶奶，这价格我们实在降不了。”

林少春一笑，摇了摇头，猛地站起了身，朗声道：“好，我话都同各位挑明了，若实在降不了，我也不为难你们。往后咱们各府采买，俱不光顾你们铺子就是了。每年的二月各府凑份子，置办车船往江南采买，一次可置办半年或一年的货品，这么合下来，费用能省一半。有这些结余，再买几个粗使丫头都够了，何必花这冤枉钱，填你们的窟窿。”

李夫人双眼一亮，心道：“四奶奶这个主意妙极啊！”

林少春继续说道：“各位太太都是府里真正当家的，哪家不愿意开源节流？银子不是天上掉下来的，我料诸位太太都会算这笔账。”

李夫人故意提高了音量，与林少春一唱一和：“怪道每年府上开销惊人，太太们回去瞧瞧账册子吧，哪个不得吓得叫一声皇天菩萨！如今既有省钱的法子，我瞧是极好的，四奶奶筹集，算我一份，我家不是土财主出身，断不花那个冤枉钱！”

林少春望着干娘微笑着点点头。张夫人和其余夫人们都七嘴八舌地纷纷应和：“是啊！原本一年的花销，如今能置办两年的货物，这样的好事哪里去找！”

“别……”以张德仁为首的买办们顿时傻了眼，软了下来，“四奶奶，我们降，我们降下来还不行吗？”

“那好，”林少春等的就是这句话，她坐了下来，整理了下自己的袖口，抬起头望着张德仁，“我知道，这京都买办以你为首，你听好，从今儿个开始，你们采买的东西不能高于我给出的价格。”林少春说着转身望着众夫人，“各位夫人，我也多抄了几份价目表，送给各位夫人进行参照。”

大家纷纷赞许。张德仁等人心中憋着一口气，退出了花厅。后脚将事情的前因后果讲给了荣寿家的。荣寿家的和庆喜家的急匆匆地找到了许凤翘，说了林少春的所作所为。

许凤翘一脸愤怒地坐在圈椅上，荣寿家的和庆喜家的站在一旁。

荣寿家的着急地说道：“三奶奶，这可怎么办？总得想个法子才好，要不您再去同买办们说说？”

“不行，我这会儿出面，岂不是往自己身上揽事儿，叫四房的认准我从中贪墨？”许凤翘坐在椅子上，杏眼一挑，微皱着眉头，冲正给她捏肩的银锁教训道，“嘶，轻着点。这个小娼妇看来是铁了心地要和我作对。好啊，断了我的财路，她也别想好过。荣寿家的，庆喜家的……”

荣寿家的、庆喜家的应了一声。

许凤翘抬眼交代道:“四奶奶要怎么施为先都依着她，她为家里省了挑费，老爷太太自是抬举她的。咱们先缓一缓，打发人知会买办们，就说暂且忍了这口气，等风头过了，我自有法子赶她出去。”

荣寿家的问道:“三奶奶有什么好计谋？”

许凤翘笑了笑:“巧妇难为无米之炊，你们都不听她使唤，她能拿你们怎么样？”

二人眼巴巴地看着许凤翘，心里坚信精明的三奶奶绝对可以赶走四奶奶。

九月十五，孙逊的至交南安郡王要到府里做客，平日里南安郡王最爱吃孙府的家常菜，每次郡王来，府里都尽心尽力，生怕怠慢了，许凤翘也接待得周全。怎料今日许凤翘以自己的身子有恙为由，将接待事宜推到了林少春的身上。林少春临危受命，倒也乐得接了下来。

九月十五这天，孙逊父子陪着南安郡王和南安县主在花厅用茶，沈氏督促着林少春去盯着厨房。林少春到了厨房，发现厨房所有人都闲散着，荣寿家的坐在灶前嗑瓜子，其余的厨娘蹲的蹲，靠的靠，三五成群围在一起嘻嘻哈哈。

林少春冷下了一张脸:“你们这是干什么？怎么都不干活？”

荣寿家的站起走近了林少春，愁着一张脸:“四奶奶，您就别为难我们这些下人了，您让买办们降了价，府里省下了银子，这是好事儿，可那些买办不给咱新鲜货，害得婆子们吃坏了肚子，这会儿全撂下了，个个儿没了力气干活儿。”

林少春皱了皱眉:“可今儿是给南安郡王做宴席，怎么能在这个节骨眼上不干了？”

荣寿家的故意甩话:“求四奶奶体谅，我们也是没办法了呀，您看看，我这会子连胳膊都抬不起来了，要不，您自己做？”

小翠怯怯地走近荣寿家的，悄声道:“娘，你们这样，对不起主子，咱们还领着月钱呢。”

荣寿家的抬手打了小翠一耳光:“你这个吃里爬外的东西，你没看见娘病得什么都做不了吗？滚！”小翠捂着脸，哭着坐在了一边。

其余的厨娘赶紧都装模作样地躺在地上，呻吟声一片。

林少春瞅着众人丑态百出，冷笑了一声，从怀中掏出了银针:“看来各位嬷嬷病得不轻，想是你们金贵的肚子吃了便宜东西，那些东西化成了毒，要你们的命了。你们因我生病，我心里过意不去。嬷嬷们还不知道吧，我是江湖上闯荡过的人，最善疗毒祛病根儿。你们病成这样，须得刮骨疗伤方可：今儿就拿刀好好刮一刮骨头上头的毒吧。”

众人闻言皆是一惊，愣在原地不知如何是好。

林少春向前一步，一把抓住了叫声最大的厨娘曹秀美:“刮骨前要先用银针探一探，这毒液留在哪儿。”说着便将银针扎入，曹秀美顿时惨叫连连。

林少春望着众人惊悚的模样，气定神闲地继续说道:“这里是神阙穴，专治元气大伤。”说着，一针刺向曹秀美的肚子，“这里是肺俞穴，专治胸闷气喘。”一针又刺向曹秀美的背部，“这里是肩井穴，专治四肢懒惰。”一针刺向曹秀美的肩膀……

“救命……”曹秀美被刺得惨叫声不断，厨房里的妈妈们看得冷汗都出来了，甚至有些开始发抖了。

林少春自言自语道:“好像毒液都不在里头，再试试！”

曹秀美立刻护住了自己的身体，连忙认错道:“四奶奶，饶了我吧！我好了我好了，不敢再扎了！”

林少春面带笑容地扫视着大家:“你看，我就说有效果吧。下一个是谁？”林少春说着，目光缓缓落在了荣寿家的身上。

荣寿家的立即跳了起来:“我好像也已经好了。”

厨娘们心惊胆战，纷纷说自己已经好了。

林少春立在厨房中，大声说道:“既然好了，就去厨房准备宴席。谁要是再犯病，大可上我这儿来，我好好给她治治，嗯？”厨娘们纷纷开始做起活来，厨房内切、剁、洗、烹，荣寿家的带着厨娘们疯狂地忙碌着……

午宴的时候，众人移步正厅，丫鬟们捧献肴馔，陈添换至三十余味，尤其是具有孙府特色的五割三汤的第一道大菜——水晶鹅，那是南安郡王一直想念的味道。

南安郡王夹起了一块水晶鹅，细细品尝后竖起大拇指称赞道:“不错！较之当年，如今越发有长进了！”

孙逊笑道:“王爷喜欢，便是全家的造化。”丁荣寿给孙逊和南安郡王斟酒。

正厅中南安郡王与孙逊的谈笑声传来，沈氏松了一口气，微笑地望着身旁的林少春，拍了拍她的手。

林少春长舒一口气，如释重负。

南安郡王和县主用完午宴离开后，府里才渐渐恢复宁静。沈氏高坐正厅中，绣橘在她身后正给她捏着肩，只见林少春带着荣寿家的走了进来，一进门便道："媳妇请太太做主。"

荣寿家的一见沈氏立马跪了下来，瞬间老泪纵横，大呼："太太，奴婢冤枉。"

沈氏眉头一紧："怎么回事？"

林少春冷冷地盯着荣寿家的，回道："太太今儿在前头，不知道后院发生的事。荣寿家的因我缩减了买办开支怀恨在心，今日有意带领厨上婆子装病，险些误了给郡王预备的席面。这样的刁奴留不得，还请太太裁度。"

荣寿家的一脸沮丧，跪爬到了沈氏的面前："太太，我是当真吃坏了肚子，厨房的婆子们吃的也都是一锅饭，确实一同闹了肚子，并非有意给四奶奶添乱啊。"

林少春盯着荣寿家的："好！那就请郎中来，一一给你们诊脉。我谎称会医术，胡乱给你们扎上两针竟有奇效，还敢说你们不是装的？"

荣寿家的突然愣住，不知道怎么回答。

沈氏脸色沉了下来："猪油蒙了心的，今儿是什么日子，郡驾莅临，由得你们在这个节骨眼上作怪！孙家哪里对不住你，你这黑了心肝的要这么害主子！"

荣寿家的听罢忙不迭地磕头："奴婢知错了，奴婢知错了，奴婢看四奶奶虽省了府里开销，但买办们送来的都不是上好的货色，奴婢担心郡王尝出来怪罪，越性儿就不敢做了。"

林少春笑了："这些东西是不是上好的，咱们大可来验一验，若验出来东西不好，立时报官，发办了买办。若验出一应都是上好的，你怎么说？我竟不信，一个在孙府伺候了十年的人，还不会验货？"

荣寿家的只觉这四奶奶是来催命的阎罗，她说一句话，那四奶奶就有十句话等着。她吓得又连忙磕头："太太，我真的知道错了。奴婢见识浅薄，只认为便宜没好货。求太太看在奴婢为孙家尽心尽力的分上，宽恕奴婢一回，奴婢以后再也不敢了。"

沈氏轻轻地叹了一口气："你是老人儿了，终归没有功劳还有苦劳，念在往日情分上，革你三个月的银米，若再有下次，这张老脸可就要不成了。"

荣寿家的痛哭流涕:“谢太太,谢四奶奶。”

林少春还想争辩,孙玉楼正好走了进来,一把上前拉了拉她的袖子,林少春看向孙玉楼,但见孙玉楼轻轻地摇了摇头。孙玉楼拉着林少春拜别了母亲,一同沿着回廊往院子里走。

孙玉楼牵着林少春的手:“我向朝廷告了三天假,带你出去走走,散散心吧。”

林少春思索着:“不行,这府里都快烂到根儿上了,下人犯了这么大的事,轻易就饶过了,怪道那些人不服管。”

孙玉楼摩挲着她的手,宠溺道:“我知道,可你再这么管下去会吃苦头的。”

林少春倔强道:“我不怕吃苦,要是不好好整顿一番,我就白嫁进你家门了。”

孙玉楼苦笑了一声:“咱们家的院子里,所有丫鬟都听两个老人的,一个是荣寿家的,一个是庆喜家的,她们都听三嫂子的话。荣寿家的掌管府里的吃穿用度,各房都不轻易得罪她。还有庆喜家的,她拿捏着家里所有下人的把柄,没人敢不听她的。”

林少春听着:“荣寿家的故意刁难,庆喜家的也不是善茬,就连小红也是三奶奶的眼线。”

孙玉楼猛地揽住了林少春的肩:“既然明白都是些小人,懒得得罪,那个小红瞧出了品性,就让她走吧,免得放在身边再生是非。”

林少春双唇一挑,神秘道:“不,那个小红我留着她有大用处。”

林少春既然要管家,就暗下决心攻克所有难事。恰逢庆喜家的儿子娶新媳妇,林少春亲自到庆喜家,给庆喜家的包了一包银子。

林少春亲自道喜令庆喜家的很紧张:“奶奶可是有什么话要交代?犬子昨儿成亲,劳奶奶亲临道贺,实在不敢当。我是个下人,没权没势的,全凭良心兢兢业业伺候主子……”

林少春笑道:“嬷嬷只当我来是兴师问罪的吗?我不过是想同嬷嬷道喜,交交心罢了,嬷嬷别拘着。”林少春拉着庆喜家的手,从头上取下一支圆头金银珠钗,“我瞧嬷嬷的打扮也是太素净了些,这珠钗是我从娘家带来的,嬷嬷戴着正相宜,就送给嬷嬷吧。”

庆喜家的哪里收过如此贵重的礼物,心头一惊:“不不不,这我不能收,四奶奶,您有什么吩咐就直说，我可不是那种拿了钱就能给人做牛做马的人。”

林少春按住了庆喜家的手，将珠钗戴到了庆喜家的头上，笑得温和：“嬷嬷哪里话，我什么都不要，就想你图个喜气，你戴着这个好看，行了吧？”

庆喜家的摸了摸头上的珠钗，心中万分珍惜，表情尴尬。可是她怎么想得到，一支珠钗戴在她的头上，所有人都认为她庆喜家的投靠了四奶奶。一时间，下人们已经看不清风向了。荣寿家的投靠了三奶奶，庆喜家的是四奶奶的人，大家不敢轻举妄动。

傍晚的风徐徐吹过窗棂。

林少春握着花名册默默不语，孙玉楼上前，一把搂住了她的肩：“看什么书呢，这么用功？”

林少春一笑，靠在他的怀中：“专治你们家刁奴的好书。”

孙玉楼吻着她的脸颊，亲昵道：“这么有意思，有没有专门治理亲夫君的书呢？”

林少春扭过头搂住了他的脖颈，一双眼笑得灿烂：“你想试试？”

正在此时，小红在门外有事禀告。林少春一把推开孙玉楼，走到了外厅，瞧了一眼走进房的小红，一双眼似乎穿透了小红的心脏：“小红，前日我让你监管厨房，结果厨房那般光景，你都不向我禀告，不管你是三奶奶派来监视我的，还是另有目的，你这么做都是错的。打今儿起，你要是听话，我既往不咎，倘或不听话，我自然有法子。”

小红吓得浑身一哆嗦，立刻跪在了林少春脚下：“不不不，四奶奶，我就是府里的一个丫鬟，想是我平日里做事不够细致，冲撞了四奶奶，我日后定会好好伺候四奶奶的！我与三奶奶并无往来，更谈不上监视！我那日真的是睡过了……”

林少春打断了小红：“好了好了，别说了！是真是假，我这儿都有账呢。”站在林少春身后的孙玉楼会意，立刻将手中的花名册递给了林少春。林少春摇了摇手中的花名册，“你们这些人，哪个身上没点儿错漏？别打量主子不知道！这会子把柄全在我手上捏着，你要好自为之。行了，干活去吧。”

小红的一双眼偷偷瞧着花名册，心中有了主意，应声道：“是。”说着便退出了房。

孙玉楼猛地一把揽住了林少春的腰，沉沉地笑了：“夫人这一出《空城计》唱得好啊！”

“什么也瞒不了你的眼。”她揉了揉他好看的脸，笑得花枝乱颤，“既然嫁给了你，嫁到你们孙家，我自然要全心全意为你……”

清风徐来，掉落在地上的花名册被风轻轻吹开了，映着屋子中的灯光，上面空无一字。

不到一日，小红便将花名册的秘密告诉了荣寿家的。随即，林少春差人牙子领着一批新丫鬟来到孙府，任她挑选。

孙府的院子中，晌午时光，隐约吹过的秋风，倒是让人格外舒畅。林少春坐在院子中，望着站成一排的新丫鬟：“这个不错，这个也还可以。哎，咱们这样的人家，自然要顶好的，你手上可还有人啊？”

人牙子是个五十开外的圆脸婆子，她讨好地笑道：“有，四奶奶，您想要什么样的都有！”

林少春指着其中模样气质尚佳的三个丫头点了点头：“好，这三个留下，明儿带更好的来给我瞧瞧。”

人牙子高兴地应道：“是！”

院子中的丫鬟们时不时地往里看着，三五成群地窃窃私语。

林少春环视了一圈，大声说道：“你们用不着听墙根儿，都过来吧！”

丫鬟们纷纷走到林少春面前站好。

林少春盯着一众丫鬟，训道：“实话告诉你们吧，你们个个儿我全看在眼里呢。既使唤不动你们，倒不如换听话的，你们留下无用，该走的就走吧。”

丫鬟们吓得纷纷跪下讨饶：“四奶奶开恩，再给我们一次机会吧！”

林少春站起了身：“本来要打发你们，太太心善不让。太太是还没对你们死心，可我如今手里捏着你们的实证。你们这些年在府里，跟着荣寿家的、庆喜家的，什么脏的臭的没干过？要是报给太太听，只怕我还没开口，太太倒先要撵你们出去了。”

丫鬟们哽咽道：“四奶奶，我们都是家生子儿奴才，自小在这里长大的，老家亦没人了。您要把我们撵出去，我们只有死路一条啊。”

林少春盯着所有人：“既如此，我也不是铁石心肠。你们要留并不难，不过单凭嘴上说好听的，我是不信的。我这儿有份花名册，明明白白写着你们的实证，你们这会儿把自己伙同他人犯过的事一并说出来，倘或和册子对应得上，我就饶了你们。若有半点隐瞒，我可不管你们是家生子儿还是半路卖身进来的，一体开革，绝不容情！”

丫鬟们见状纷纷趴在地上哀求。

林少春一个晌午就拿到了整个孙府下人的实证。中午的时候，林少春命人将荣寿家的请到了自己的院子中。

荣寿家的来到林少春的面前，冷着一张脸。

林少春看到荣寿家的样子，不由得冷笑了一声："我原以为你奶奶神一样的做派，是为孙家立过什么大功呢，吓得我不敢支使你。这会子看来，你的好日子要到头了。"

荣寿家的一愣："四奶奶这话什么意思？"

"什么意思？"林少春缓缓坐了下来，笑得令荣寿家的心里发慌，"大年初二，荣寿家的偷了李夫人送给太太的五斤燕窝；大年初十，荣寿家的在园子里开设赌局，逼迫人给她凑齐赌资五两；二月初一，荣寿家的吞没书房纸料糊裱银子二十两……"

荣寿家的身子一颤，脸色骤变，本来挺直的背脊也弯了下来。

"还要我再读下去吗？"林少春一字一句，轻飘飘的话听在荣寿家的耳朵里却如同晴天霹雳。

"是不是庆喜家的告的恶状？"

林少春摇了摇头："你别管谁说的，单凭这三条，还不够你喝一壶吗？你不是家生奴才，处置起来多有不便，到底是发卖了你，还是报官告你私吞主家家产，全凭我说了算。"

荣寿家的双膝一软，跪在了林少春的面前，这次是真的痛哭了出来："四奶奶我错了！"

"好的……"林少春垂下头望着荣寿家的，无比怜惜，"我这个人心软，听不得人哭，小红这丫头不成事，我不喜欢，把你女儿小翠调到我跟前来，咱们以前的就一笔勾销，你可有不服？"

荣寿家的连连磕头："小翠替您上刀山下火海都行！"

林少春满意地笑了。她抬头望着郁郁葱葱的树尖，那缝隙中射出的光温暖了她周身上下每一个细胞，舒服极了。

短短数天，所有的下人似乎都感觉到已经变了天，如今孙府真正管家的是四奶奶了。许凤翘在这一日没有拿到惯例进项的任何小用钱，顿时在院子中发了疯。

许凤翘发泄地大声尖叫了起来，将桌子上的杯子全部摔在了地上，吓得所有下人都不敢靠近。此时孙金阁提着一只鹦鹉，兴致勃勃地走进了屋中:“这鸟儿开嗓子了，想是在应你呢！你瞧它，学你学得多像。”

“你给我滚！”许凤翘高举着手指骂道。

“又拿我撒气。”孙金阁吓得一缩脖子，转身就要走。

“给我回来！”许凤翘的吼声让孙金阁站住了脚，“孙金阁我告诉你，打今儿起你得给我争口气！我在这个家已经全没了体面，你要是再不争气，我就没法活了！”

孙金阁上前拉住了许凤翘的手，连忙应道:“好好好，娘子，我争气！争气！”

鹦鹉跟着孙金阁高声喊道:“争气！争气！”

许凤翘大口喘着气，瞪着孙金阁手中的鹦鹉，终于忍无可忍地喊道:“让它给我闭嘴！”

一时间，三奶奶院子中乱作了一团。

第八章

凡谋之道先服其心

「天色太晚了，怕是要宵禁了，你们赶紧走吧！」

林少春点点头：「好，我回头再去看您。」

林少春说着扶沈氏上车，冲柳三绝挥了挥手，缓缓放下帘子。那一瞬间，林少春觉得师父立于街头，那单薄的身子中似乎藏了太多的秘密。

既嫁进了孙府，和三个奶奶就是要长久相处的。大宅子里生活不易，如若大家生了二心，往后的日子终归不好过。林少春心中自是明白这个道理。可自己刚过府不久，几个奶奶也都还摸不清脾性，眼下只能靠着这些日子的相处了解，投其所好，逐个攻破她们的心防。

这日，她央常嬷嬷做了上好的扬州点心——甘露饼、雪花酥、马蹄卷和枇杷糕，来到了大奶奶院子中。

吴月红正在凉亭里打拳，一套四明内家拳打得英姿飒爽。

“大嫂子。”林少春提着食盒款款而来。

吴月红看了林少春一眼，没有说话。林少春温婉一笑，走到凉亭里把点心拿出来：“大嫂子是扬州人，如今极少能吃到家乡的口味。赶巧我娘家嬷嬷是无锡人，无锡离扬州近，她会做无锡菜色，我就跟她学着做了些点心，今儿拿来给大嫂尝尝，希望大嫂不要嫌弃。”

吴月红歪着头看了林少春一眼：“三奶奶说了，你鬼点子多，让我不要跟你说话。”

林少春一愣。

吴月红一下子意识到自己说错话了，连忙捂住了嘴，自言自语道：“哎呀，我答应了凤翘不说出去的，你就当没听见。”

林少春望着孩子般率真的吴月红，笑了：“好好好，我什么也没听见，大嫂也不用跟我说话，你闻闻香不香，只管吃就行了。”

吴月红远远地就闻到了香气，那是家乡的气味，她嘴上说着：“我不饿，我不饿……”可是终究抵不住食物的诱惑，一下子冲到石桌前吃了起来……

“你慢点，你慢点……来喝口茶。”

吴月红接过林少春端过来的茶一饮而尽，旋即惊讶地笑道：“哇，手艺了得！我瞧你人不错，怎么名声就这么不好？”

林少春捂着嘴笑了：“给口点心吃人就不错了？那大嫂也太容易被人收买了。”

吴月红赶紧放下点心站起来，警惕地望着林少春……

林少春看着吴月红的样子，禁不住想逗她：“大嫂子，我且问你，我压了那些买办的钱，是好事还是坏事？”

“自然是好事。”

林少春眨了眨眼：“那我教训那些不听话的下人，是好事还是坏事？”

“好事啊。”

林少春眉头一皱：“那我为什么是坏人呢？”

吴月红思索着，点了点头：“对呀，你不是坏人啊！你是好人！”

林少春上前拉住了吴月红的手，轻声道：“大嫂子，我初来乍到，又揽了管家的差事，难免招人怨恨。大嫂子是善性人儿，只是耳根子太软，容易受人挑唆。评判一个人好与不好，要瞧这人心正不正，哪能光听别人背后议论呢。”

吴月红点点头，一笑，看着林少春：“那你也坐下来，我们一起吃。”

林少春温柔地点了点头。

曲高而和寡，知音难求。

苏映雪坐在假山石上轻轻地弹奏着《乌夜啼》，这是一首相思曲，展现的是女子对辞家远行少年的深切思念。琴声浓处，一阵悠扬的琵琶声忽然而至，随着她的琴声起起伏伏。

苏映雪停下手中的琴，看向琴心：“谁在弹琵琶？”琴心摇摇头。

苏映雪起身往前走去，在林中的树下，只见林少春一身素衣正在弹琵琶。

苏映雪转身欲走，林少春站起身来：“叨扰二嫂弹琴，少春唐突了。”

苏映雪停下脚步，淡淡地道：“你的琵琶弹得很好。”

林少春抱着琵琶笑道：“进府后常听人说，二嫂擅乐器，琵琶更是天下一绝，一直想找个机会同二嫂切磋下，无奈不好意思和二嫂开口。今儿听见二嫂弹琴，我一时技痒，忍不住相和了。二嫂真是才情过人，叫我望尘莫及。”

苏映雪后退了一步，带着一脸的疏离：“四奶奶不必套近乎，我和她们不同，从未想过管家的事。我向来是人不犯我，我不犯人，四奶奶要与她们斗，全不与我相干。”

林少春向前一步：“二嫂是世外高人，我明白，只是我才来，府里人是什么脾性我也摸不透，就盼着不要成为众矢之的，多结善缘总是好的。”

苏映雪点了点头，转身离开，走了几步又停下来，静静地望向林少春：“其实争来抢去又有什么用呢？你知道最要紧的是什么吗？”

“是什么？”

苏映雪那张白皙若雪的脸染上了淡淡的哀伤：“愿得一心人，白首不相离。你已是这宅子最有福气的人了，旁人没一个比得过你。”说罢，苏映雪叹了一口气，不等林少春回答，转身离开了。

林少春望着苏映雪单薄远去的背影，突然间觉得她的背影融在绿色的画面中，显得异常孤独。

这边联络好了大奶奶和二奶奶，林少春准备再去会一会三奶奶。

林少春刚踏进三奶奶院子，就被许凤翘热情地拉着坐上了南炕。许凤翘笑得殷勤：“四奶奶来了，怎么不预先打发人来说一声，我好吩咐她们预备些点心等你呀。”

林少春挨着许凤翘坐了下来：“三嫂不怪我呀？”

许凤翘俏眉一弯：“怪，当然怪。你说我管家这么多年了，突然来了一个人管得比我好，比我能干，我心里能不吃味儿吗？不过歇了两天我也想通了，所谓天命常有，唯德者居之，闲下来虽不习惯，却也落得清闲。你知道我自小身子弱，趁这个时候休养休养，也是好的。说怪你呀，不过是句气话，到头来我还得谢谢你呢，卸了我的千斤重担。”

林少春微笑：“那我就放心了。”

许凤翘拍着林少春的手：“四奶奶千万不要误会我，头前儿我打发人教你学规矩，确实是为了你和四爷好，竟不承想那嬷嬷有意抖威风。你打她打得好，她上我这儿来告状，也叫我狠狠啐了，连累我做了恶人，还要我谢她不成！这回管家的事，料着咱们之间的误会越发大了，没想到你竟还愿意登我的门，真真儿你宰相肚里能撑船。咱们一家子是至亲无尽的骨肉，人道家和万事兴，不打那起子眉毛官司，往后定会越来越好的。”

林少春望着许凤翘那笑容满满的脸，附和着：“三嫂明理，少春真是感激不尽，以后管家的事等三嫂病好了，少不得还得三嫂多加指点，三嫂可不要嫌我烦。”

“有什么事，尽管问我，我给你打下手。”许凤翘继续笑着。

林少春摇了摇头：“少春不敢。”

“一家人说什么两家话呀。”

林少春在许凤翘这里看到的除了笑容，再无其他任何表情，她淡淡地起身：“哎呀，天色不早了，我们四爷该回来了，我先告辞了。”

许凤翘依旧笑着和林少春告别：“那我就不留你了，得了空常来我这里坐坐，我给你预备好吃的。”

林少春点了点头，带着小翠离开了三奶奶的院子。走到月亮门的时候，林少春回头望了一眼那开始点灯的屋子，想起了屋子里笑容虚伪的女人，心中觉得有些不舒服。

沈氏的至交好友都察院左使张致敬的夫人五十大寿，沈氏想着送些体面的东西，三个儿媳妇纷纷出主意。后来沈氏记起了孙逊巡视荆州的时候，曾经给她带了一套珍贵的珍珠头面，一直收藏在库房中。她吩咐林少春把东西拿出来，另换新的盒子装上，送给张夫人作贺礼。林少春按照沈氏的吩咐，在荣寿家的陪同下去库房找珍珠头面。可库房里的柜子全部打开，却怎么也没有找到珍珠头面。

“怎么找不着？”

“以前都是三奶奶掌管库房，钥匙也在三奶奶手里，我们不知道。”荣寿家的皱了皱眉。

林少春正欲往外走，许凤翘捧着一个盒子带着银锁从外面走了进来：“哎呀呀，真是对不住，我忘了这套头面早前另收起来了。”

林少春看到忽然出现的许凤翘，愣了愣：“三嫂，这是怎么回事？”

“四奶奶，是这么回事儿，这套头面太贵重了，搁在库房没的积了灰。这么精细的做工，怕不好清理，我就把它收在我房里了。你们瞧，干干净净，和新的一样。”她说着，银锁打开了盒子，一顶华丽精美的珠冠落在了众人面前。

荣寿家的默念：“阿弥陀佛，这套头面还是当年封库的时候见过一回，过了这么长时间还完好如初，三少奶奶保存得真妥帖。”

林少春突然闻到香甜的味道：“怎么这么香啊？”

许凤翘咳了一声：“方才喝了糖霜，沾了些在衣服上，我回头就去换。眼下离太太送礼还有些时日，这套头面我交还库里了，请四奶奶好好保管。”说着，许凤翘把东西放进了柜子里，锁上后拔出钥匙塞在林少春手里，“千斤重担交给你，我就功成身退了。”许凤翘说着，带着银锁迅速地离开了。

林少春转头对荣寿家的说道:“好了,大家赶紧收拾一下,库房重地,不宜久留,收拾完了就落锁吧。”

荣寿家的应了一声,吩咐丫鬟们关闭了库门。

林少春立在库房门外,突然又闻到了那股子香甜的味道,心中隐约觉得怪异,却又说不上来。突然间,林少春脑海中浮现了小时候的面糖人。

“糟了!”林少春带着小翠迅速回到了库房,待她将柜子打开,看到的果然是糖造珍珠头面,并且已经开始融化了。

小翠快哭了出来:“奶奶,我们现在怎么办?”

林少春盯着融化的头面:“许凤翘这是栽赃嫁祸,事已至此,懊恼也来不及了,只怪我自己疏忽,着了她的道。先别急,再想想法子,看怎么解决吧。”

小翠着急地盯着林少春:“可是剩下的时间不多了。”

林少春环视着库房:“世上没有过不去的难关,办法是人想出来的,既然她总是和我过不去,这一次就要她长长记性才好……”她说完,关了库房,带着小翠往回走。

林少春行至回廊,只见孙金阁在跟一个小厮拉拉扯扯:“你说好了,输了就给我五个大钱,为什么只给三个。”

小厮为难道:“我的爷,我只有三个大钱。”

孙金阁不讲道理地喊道:“那你还跟我赌五个大钱?得,算你欠我的,等你拿了月钱一定要还我。”

小厮哭丧着一张脸:“爷,您是爷,还和小的计较这点子小钱?”

孙金阁两眼一瞪:“赌场无父子,更没有主仆。”

……

林少春看向小翠,思索片刻,问道:“三爷一向如此吗?”

小翠道:“三奶奶看他看得紧,平时不给他月钱。爷们儿外头要花销,三爷常闹亏空,所以钱财上头锱铢必较,有一回账上少了他一吊钱,他险些把库房都给掀了。”

林少春忽然展颜:“哦,是吗?小翠,你帮我去办一件事,这个月发放月钱,三少爷的要少三钱……”说着,她对小翠一阵耳语,小翠听得乐了,高高兴兴地应了一声,飞快地离开了。

小翠按照林少春的吩咐给三少爷孙金阁的月钱中少了三钱，惹得孙金阁疯了般地大闹了一场库房。那日，小翠带着丫鬟们正在库房盘点账目，孙金阁怒气冲冲地从外面进来，双眼环视着众人，大声叫道：“荣寿家的呢？这个月的月钱怎么会少给我三钱？”

小翠无辜地说道：“四奶奶临时发放月钱，没有通知我娘。”

孙金阁一脸怒气，上前一把夺下小翠手中的算盘：“四奶奶如今掌家，权力再大，也不该欺负我这个三哥。你叫她出来，叫她出来！”

小翠恭恭敬敬答道：“四奶奶不在。”

“不在？我看是有意躲我吧！”孙金阁似乎想要掀了库房，正在此时，林少春带着吴月红和苏映雪有说有笑地缓缓来到了库房。

抬眼瞅着眼前的一切，三人均惊讶，林少春笑道：“这是谁惹三哥了？”

孙金阁抬头见林少春，大声叫道：“你来得正好，为什么这个月的月钱少了三钱？”

“哪儿能呢？每一笔都是我亲手称的。”

孙金阁摸出银子递给她：“你再称称。”

林少春的脸渐渐冷了，她接过银子，掂了掂，抬眼望着孙金阁：“三哥竟不知道‘银钱离手，概不认账’的道理。既不是当场发现少了，恕我难给你补上，谁知这块银子是不是先头那块！”

孙金阁只觉得胸口燃起了一团火：“你这是什么话，我还能换了不成？废话少说，短了我的必要补给我，这事儿才算完。”孙金阁说着上前一步。林少春吓得后退了一步，身上的钥匙掉了下来：“你想干什么？”

孙金阁大叫道：“我只想拿回短我的三钱银子……”他眼尖地认出了地上的库房钥匙，立马捡起来，像个猢狲一般往库房里冲去……

“这个没王法的，反了天了！”

吴月红刚要上前，被林少春伸手拦了下来。林少春叹了口气道：“大嫂子，由他吧。他们兄弟向来和睦，咱们要是插手，回头伤了情分倒不好。”吴月红觉得有理，便也没再继续。孙金阁打开各扇门，都空空如也，只有放珍珠头面的柜子里有一小块银子，他眼红地自言自语道：“该是我的，我拿走。不该我的，多了我自会还回来。”

林少春给小翠使了个眼色，小翠上前拉他，顺便偷偷将假的珍珠头面钩在了他的衣服上：“三爷，您不能这样，不能这样。”

孙金阁愤恨地瞪了一眼小翠："你走开……"说着拿走柜子里的银子，生怕别人抢走一般向外跑去……

小翠几乎带着哭腔，惊慌失措地跟着孙金阁跑了出去，边跑边叫道："哎呀，了不得，太太的头面……"

众人皆一惊，林少春望着冲出去的孙金阁，喊道："三哥，你站一站，站一站，听我说……"

孙金阁这时哪还管这些，抱着银子就跑到了九曲桥。看热闹的一众人尾随着孙金阁和小翠，也行至九曲桥。

林少春在后面喊道："三哥，银子你拿走，珍珠头面是太太送人的贺礼，你不能带走。"

孙金阁惊讶地停下脚步："什么头面？什么贺礼？"

林少春大声说道："你身后……"

还没说完，身后追过来的小翠没刹住脚，两个人生生撞在了一起，孙金阁身后的珍珠头面掉进了九曲湖中。

尾随而来的众人见到眼前这一幕，全都呆住了。吴月红一拍大腿："哎哟，天爷！这回太太八成要气坏了！"

苏映雪冷眼道："为了三钱银子，丢了珍珠头面，呵呵。"

孙金阁整个人都蒙了，望着刚刚走到桥上的林少春。阳光下，林少春恍如地狱来的夜叉。

孙府正厅之中，沈氏高坐堂上，梅姨娘站在身旁。

沈氏冷着一张脸，看向林少春："玉楼媳妇，我听说那套珍珠头面丢了，可有这回事吗？"

林少春缓缓答道："太太听错了，不是丢了，是掉进湖里了。"

沈氏皱紧了眉头："怎么会这样？你也太马虎了，怎么当的家？"

林少春委屈地望着沈氏："太太，这件事不怪媳妇。"

一旁的许凤翘强忍着笑意，幸灾乐祸道："怪我，我不该把珍珠头面拿给四奶奶的。她年轻，瞧着头面好，喜欢也在所难免。"

吴月红瞥了许凤翘一眼，心中越来越不满："三奶奶，你这是红口白牙赖四奶奶监守自盗？”

许凤翘双眉一挑，抚着胸口：“我可没这么说，我只是觉得库房看守严密，好好的东西却落进了湖里，说给别人听，别人也未必信啊。”

苏映雪同情地望着许凤翘，心道这三奶奶和四奶奶的段位差得不是一点半点啊！

林少春盯着许凤翘，眼底的神情令许凤翘突然打了一个寒战，只听她轻轻地道：“不是我，是三哥。”

许凤翘猛地愣住了，忍不住叫道：“你血口喷人！”

林少春安静地答道：“不信你问问大奶奶和二奶奶，当时二位嫂子都在，亲眼瞧见的。”

许凤翘瞬间慌乱了，手指尖微微颤抖：“瞧见什么？这到底是怎么回事？”

林少春抚了抚袖口，解释道：“我是想着夏至快到了，哥哥们总要添置几样东西的，所以提早发放了月钱，好叫大家手上活络些。没想到忙昏了头，少称了几钱给三哥。三哥就生气了，竟冲到了库房，夺了钥匙，抢了银子和珍珠头面跑了。我们一起追到了九曲桥，三哥不小心将珍珠头面掉进了九曲湖……”

沈氏越听脸色越沉，忍不住拍案而起：“这个孽障，现在人在哪儿？”

林少春可惜道：“三哥得知弄没了太太的贺礼，这会子吓得不敢见人，躲进书房里半天没出来。”

沈氏站在那里，气得浑身发抖：“我怎么生了这么个东西，一事无成也就罢了，还整日惹是生非！人说妻贤夫祸少，金阁媳妇，我瞧你素日厉害得很，如今这厉害劲儿哪里去了？竟管不住自己的男人？”

许凤翘脸色苍白：“是媳妇的不是。既然东西掉河里了，赶紧打发人捞上来就是了。”

吴月红哼了一声：“派人去捞了，底下淤泥太深，根本捞不上来。”

“我的一片心意，全叫你们给搅了。”沈氏犀利的眼神瞪着许凤翘，一股脑地骂道，“闯了这么大的祸，绝不能姑息。这套头面值多少银子，就从你们夫妇的月钱里扣。给你们些教训，往后做人才稳当。这两日府里谣言四起，都在议论珍珠头面丢失的事儿，这谣言打哪儿起的，别打量我不知道。你呀，脸酸心窄，容不得人。你嫉妒玉楼媳妇使了多少手段，我不说是给你留体面，你自己心里知道。这回的事暂且给你记在账上，倘或再有下次，绝不宽待。”

许凤翘用劲绞着自己手中的帕子，咬着苍白的唇轻轻道：“是，媳妇明白了。”

沈氏叹了一口气，道：“家和才能万事兴，你们都给我记住。好了，我累了，都散了吧！”

众人应声散去了。

许凤翘转身时看了林少春一眼，笑意僵在脸上，像是躲开脏东西一般绕过林少春，回自己院子去了。

林少春静静地立在厅中，望着众人散去的背影，脸上神情淡然。

内厅里，许凤翘揪着孙金阁的耳朵不放：“你说你放着好好的日子不过，偏偏往林少春的圈套里钻，你是闲得慌吗？”

孙金阁惊叫着：“娘子，痛……痛……”

许凤翘气得涨红了脸：“你还知道痛？你这点痛算什么？我是心痛，你知道我的心有多痛吗？”

银锁在屋外喊道：“三奶奶，四奶奶求见。”

许凤翘心中一沉，厉声道：“不见。”

这时，林少春笑盈盈地掀开帘子，走了进来：“三嫂好大的火气。”

许凤翘此时也懒得装作一团和气，厉声道：“林少春，这是我自己的屋子，我发火和你什么相干？你是来看我笑话的吧！这里不欢迎你，给我滚……”

“三嫂别生气啊……”林少春上前扶起孙金阁，“你不该怪三哥的，其实他没有害你，反而帮了你。”

许凤翘气得坐了下来：“什么意思？”

“请三嫂屏退左右，你我好好说说体己话。”林少春笑着坐在许凤翘的对面，“若三嫂不愿意，那我也就不避讳了，当着旁人说出来，只求别伤了三嫂子的体面才好。”

许凤翘压了压心头的火气，冲众人呵道：“都给我滚！”

孙金阁探了探头：“屋里没别人啊！”

许凤翘柳眉都快要竖了起来：“我说你……”

孙金阁不以为然：“我又不是外人……”

“滚……”眼见许凤翘就要发飙，孙金阁吓得飞快地离开了。

屋子中静静的，二人谁也没开口。林少春将一沓纸递给了许凤翘，许凤翘看着手中的东西，一张本就苍白的脸更加没了血色，那拿着纸的手都不禁抖了起来……

“我故意让小翠告诉她母亲珍珠头面丢了，荣寿家的一得知珍珠头面失窃，就传得沸沸扬扬，以至于不单是家里，连素日有往来的买办们都觉得三奶奶要重新掌事了。于是我派了娘家的嬷嬷以你的名义去讨要回扣，商定还按老例儿，他们都求之不得，不只签了新的文书，还把老的文书给我了。”林少春的一字一句在这个安静的屋子中刮起了许凤翘心中的狂风暴雨。

许凤翘抬起脸，开口时话音都颤着：“假如三爷不上你的当，你就预备揭发我是吗？”

林少春默默地盯着许凤翘苍白的脸，许久，笑了：“许凤翘，我只想告诉你，我嫁进孙府不是为了家产，更不是来同谁斗的，我只是为了孙玉楼，我只想好好过日子，就如太太说的，家和万事兴……”林少春说完，将桌子上的文书捡起，在许凤翘的震惊中，一点点撕了个粉碎，“咱们既在一个屋檐下，也算有缘，我不求你同我一心，只求相安无事。当然，若能和睦相处，一同稳固家业更好，但若是有人偏要闹事，弄得全家不得安宁，那我告诉你，我有的是法子收拾她。”

许凤翘一动不动，盯着林少春站起了身。

林少春望着犹似雕塑的许凤翘，清亮的声音又冷又脆：“好了，三嫂，今儿这出戏算是演完了，你也歇歇心吧！下回要是再想搭戏台，知会我一声儿，三嫂子也别再演秦桧了，演一演岳武穆，岂不痛快？”林少春说完扬长而去。

廊下，林少春遇见了一脸惊恐的孙金阁。

孙金阁怯怯地问道：“你们没吵架吧？”

林少春笑着望向孙金阁：“没有，今儿对不住三哥了，往后你的月钱，我一定再三称准了给你，绝不会少了。”

孙金阁叹了一口气：“以后我也不敢再闹了，这回的珍珠头面贵重，不知道要赔到啥时候呢。”

林少春心中不忍，又道：“你也别急，回头我和玉楼替你分担些。他在朝廷有俸禄，够花。”

孙金阁像个孩子一般喜出望外：“那就多谢弟妹了。”

林少春点了点头：“快进去看嫂子吧！”孙金阁“嗯”了一声，转身入内。

小翠连忙迎了上去：“四奶奶，一切还顺利吧？”

“但愿她以后安分守己。”林少春用温暖的眼神望着小翠，“自从那次在厨房我听到你在你娘面前为我说话，我就觉得你这个姑娘不错，这次也多亏了你。小翠，若不是你帮我传信息，帮我做了一顶假头面，也糊弄不了大奶奶和二奶奶。”

小翠白皙的脸蛋红了，她憨憨地笑道：“奶奶快别这么说，我娘以前那么对您，您还能如此信任我，就是我的造化了，怎么还敢在奶奶跟前居功呢！”

林少春一把拉住了小翠的手，笑道：“好了，事儿都过去了，我们去吃一顿好的……”

小翠盯着握住自己手的林少春，长长的睫毛微微颤抖。她猛地点点头，跟着林少春大步离去。

都察院左使张致敬的花厅中，桂花香飘满了整个院落。

紫艳半开篱菊静，红衣落尽渚莲愁。屋里面一众女眷围着张夫人聊天喝酒，上了年纪的女子回忆着青春时期的美好时光。

沈氏独自靠在窗前，一个人沉思着。

“太太怎么了？”林少春走到沈氏面前关切道。

沈氏叹了口气：“原本这些姐妹里，就数我嫁得最好，往年她们做寿，我的寿礼也是最体面的，可惜那顶珍珠头面没了，这回的礼这么寒酸，我心里头不舒坦，只怕失了面子。”

林少春挽住了沈氏的胳膊，安慰道：“太太的地位摆在这儿，没人会说什么。”

沈氏摇了摇头：“你不明白，名门望族之家，脸面比性命更要紧。她们嘴上虽不说，心里自然要思量。我一个妇道人家，失了面子还犹可恕，倘或带累了老爷，那可怎么好！”

林少春想了想：“太太别急，我想个法子，替您把面子争回来。”

沈氏一愣：“你想干什么？”

林少春看了一眼众女眷追忆往昔的模样，说道：“早前我府里的人曾为张府清理过后院，听说张夫人尤擅舞乐，当年曾进宫为皇上献舞。皇上龙颜大悦，将她赐婚给新科状元，我料她这些年再也不得闲起舞了，若听见那曲《惊鸿舞》，不知是什么心境？”

林少春说着，拍了拍沈氏的手，缓缓走到丝竹弹唱的伶人旁一阵耳语。不一会儿，伶人离开了，林少春抱起了琵琶，纤细的手指轻轻拨动，《惊鸿舞》的曲子惊艳而起……

一阵珠子般清脆的琴音传来，张夫人手持酒杯，猛然愣住了，她闭上了双眼，似乎一下子回到了十七岁的那年，她一袭宫装，艳丽的眉心点着鲜红朱砂，在林子中翩翩起舞……

这支曲子记忆深刻，令她永远无法忘怀。

她情不自禁地站起身，仿佛穿上了水袖，在花厅中翩翩起舞。

时光隔着云端，数十载而过，那个在云端的美人似乎又回来了。鬓角染了风霜，腰段也比不得从前，但那眼底眉间的幸福真实而动人，感染了在座的所有人。

众人忍不住鼓起掌。

“老了，老了，不行了。”

林少春望着张夫人，眼底有些微润：“夫人宝刀未老，是我看过最好的舞。”

张夫人莞尔一笑，盯着林少春，疼爱地说道：“这是你的鬼主意？”

林少春笑着摇了摇头，望向了沈氏：“不是的，是我们太太说的，夫人什么都不缺，不知该送您什么寿礼才好。如今再忆曾经，想必回忆才是最珍贵的吧！”

张夫人身子一颤，感动地望着沈氏，眼角红了。

那一瞬间，沈氏有些恍惚，原来时光真的未老。

马车奔跑在长街中，帏帘轻轻晃动，上面金丝绣的玉兰花若隐若现，仿若刚刚张夫人那支意蕴犹存的舞。沈氏闭着双眼，似乎自己也回到了那些年，第一次惊鸿所见的那个少年，少年与粉装少女盈盈而笑，桃树下携手而去的场景刺激着她每一根神经，她费尽心思终于得到了那个少年。这么多年，哪怕他心中装满了那个她，可是陪在少年身边的却是她沈清瑶，陪着少年成长为叱咤朝堂首辅的也是她沈清瑶。想着想着，沈氏突然笑了。

“太太怎么了？”林少春关切地问道。

“刚才看见张夫人跳舞，就想起我与老爷年轻那会儿来了……”沈氏陷入了沉思，忽然马嘶鸣了一声，马车一颠簸，林少春掀开帘子看：“怎么回事儿？”

小翠解释道：“百戏班有人出来，险些撞到了……”

林少春定睛一看，险些被撞到的竟是师父柳三绝。她慌忙跳下马车，挽住了自己的师父:“师父，您没什么事吧？”

沈氏听到响声，也掀开了帘子，探出身子问道:“少春，你遇见熟人了？”

林少春抬头笑道:“太太，是我以前的授业恩师。”

沈氏听到，缓缓下了马车，轻声道:“对不起，下人驾马太急，没有伤到吧……”话音未落，沈氏看到了柳三绝那张略微苍白的脸。

“不……不碍事的……”柳三绝望见了沈氏，脸上浮现了奇怪的表情。

“太太，师父，你们认识？”

沈氏还没有说话，柳三绝马上否认:“不不不，我是卑贱之人，哪会认识公府太太……”说着，她看向林少春笑了笑，“天色太晚了，怕是要宵禁了，你们赶紧走吧！”

林少春点点头:“好，我回头再去看您。”

林少春说着扶沈氏上车，冲柳三绝挥了挥手，缓缓放下帘子。那一瞬间，林少春觉得师父立于街头，那单薄的身子中似乎藏了太多的秘密。

马车上，沈氏的手微微颤抖，想要掀开车帘往后看，最终迟迟没有掀开，她凝视着林少春，问道:“你师父这些年过得好吗？”

“她一人带领百戏班众多子弟，虽忙些，过得尚好。”

沈氏点了点头，继续问道:“她身边有没有亲人子女？”

“没有，师父一向孤身一人……”林少春心中疑惑，总觉得师父与沈氏之间有些过往，“太太当真不认识我师父？”

沈氏瞳仁一震，端了端身子，摇了摇头:“不认识。”

林少春晚上回府，和孙玉楼讲起了此事，她坐在窗前，凝神道:“你母亲和我师父以前是否是旧识？”

孙玉楼坐在她的身后，伸手揽住了她的腰，笑道:“你这个脑袋里天天装那么多事情，累不累？”

林少春靠在孙玉楼身上，慢慢地说道:“我既然嫁给了你，当然希望这个家太太平平，和和睦睦，孙家家大业大，马虎不得。”

“是……”孙玉楼贴着林少春的脸，温柔地将自己佩戴多年的羊脂白玉佩挂在了林少春的腰间，上面雕刻的流云百福的纹样栩栩如生，“这是我佩戴多年的玉佩，也代表了我孙府的身份，你素来装扮素净，至少把这个戴在身上吧。少春，无论你想做什么，我都在你身后……”

“这玉佩是太太传给你和哥哥们的，太贵重了……”林少春坐直了身子，摩挲着腰间的玉佩，望着孙玉楼。

“这辈子，我最贵重的是你……”孙玉楼低笑着，抵着林少春的额头，“你不明白吗？”

“我懂的。”林少春挽住了孙玉楼的脖颈，喃喃道，“你也是我此生最珍贵的。”

阳光温馨恬静，秋风轻柔。孙玉楼与林少春挽着手出院子，亲昵地走进了后花园。

“喂，大日头在天上照着呢，你们这么卿卿我我，也不嫌臊得慌！”吴月红正坐在后花园的亭子中练琴，远远地就看见了孙玉楼和林少春。

“是谁惹大嫂子生气了？”孙玉楼连忙说道，手仍然牵着林少春。

吴月红本不想说话，思忖一番又看向孙玉楼：“玉哥儿，你告诉大嫂，你喜欢少春什么？”

孙玉楼来到角亭，望了一眼林少春：“少春为人善良，正直，聪慧，有才情有胆识，还有……”林少春挑眉看向孙玉楼，用目光警告他不要乱说。

孙玉楼讨打地笑了：“还有秀色可餐。”

吴月红凝眉：“就这些？”

“嫂嫂觉得这些还不够吗？”

吴月红伸出十根受伤的手指，委屈道：“这些我都有，可为什么大爷就是不喜欢我，偏喜欢会弹琴的女人！你看看我这双手！”

林少春牵着吴月红的手坐了下来，轻轻抚摸着吴月红因弹琴而磨破的手指，说道：“大嫂子别着急，要夫妻和睦，须得让他看见你的长处，而非你委屈自己，随他的喜好改变自己。他今儿喜欢通音律的，你就去学弹琴，明儿喜欢擅丹青的，你可是又要学画画儿吗？”

吴月红一怔。是的，这些年，孙世杰喜欢什么，她便想要成为那个样子，可是依然抵不过那些娇嫣妖娆的女子。

林少春轻轻道：“大嫂子不妨想想，自己有什么长处。”

吴月红心中有些难过：“我除了会武功，其他什么都不会。以前还在闺阁的时候，我喜欢打马球，要是拿这个比殿试，封不了状元，少说也是个榜眼。”

林少春一听，心中生了一计：“这才是巧了，过几日城外有场马球比赛，各府女眷多有参加的，咱们府上只有大嫂子会打马球，届时何不带上大哥哥一道去？大哥哥是文人，难得去那种场合，倘或看见了你在马球场上的英姿，自此念念不忘也是有的。”

吴月红心动地问道：“真的有用吗？”

林少春拉着吴月红的手笑道：“嫂子只管上场，剩下的就交给我和玉楼……”林少春说着冲孙玉楼眨了眨眼睛，孙玉楼即刻心领神会地连连点头。

要说吴月红对孙世杰，绝对是痴心一片，可这么多年，孙世杰似乎视而不见。林少春想要成全吴月红和孙世杰的事情，想借着打马球让孙世杰看到吴月红的好，第二日便将吴月红带到了城外马球场，那一边孙玉楼也将孙世杰骗到了马球场。

礼部尚书陈大人的夫人素爱马球，在城郊的园子中建了一片场地专门打球，一时间，竟成了京城豪门争相竞技之地。今日的比赛分为红白两队，林少春、孙玉楼、孙世杰都在观赛台中。

林少春看着孙玉楼将孙世杰领到了观赛台，连忙指着场上的吴月红说道：“大哥请看，大嫂在那儿！”

孙世杰顺着她指的方向看去，赛场上红白两队，皆是俊男美女，其中吴月红一身红装，手持金涂银裹的球杆，眉间若雪，英姿若虹，举手抬杆间动作宛若流水，驰骋中好似一道厉闪，杆杆进洞，引来了场内外一阵阵的喝彩声。

孙玉楼忍不住赞道：“没想到大嫂这么厉害！”

林少春笑了笑：“可不嘛，难怪她在家里那么憋屈，原来外头才是她的天地。”

吴月红不停地进球，红旗不断竖起，围观的人们掌声如雷，热烈欢呼。

立于观赛台的孙世杰原本兴致寥寥，看到这一幕竟愣住了，他眯起双眼望着场上的身影，一阵恍惚。孙世杰的官场同僚们见此情景，立马围了过来。

“哎呀呀，孙大人，夫人真是巾帼不让须眉呀！到底是将门之女，孙大人，你可真有福气！”

“金戈铁马，气吞万里如虎。吴夫人真是女中豪杰，我可从未见过这样的女子！”

“是我见识浅薄了，往常总觉得优秀的女子应当饱读诗书，可读书有什么难，倒是这样的女子，横扫千军，才真是难得。”

……

孙世杰遥望着马背上的红色身影。吴月红骑在马上，她一眼便望见了人群中的白衣男子，那是她的天，是她的信仰。

日晷的晷针走至午时四刻，裁判官宣布吴月红这一队胜利。吴月红骑在马上，高举球杆欢呼，双眼却紧紧地望着孙世杰。欢呼中，她忍不住大声呼喊着他:“大爷……”

孙世杰突然觉得马背上的女子那么陌生，又那么美好。他忍不住向前走了两步，突然被人群外一抹桃红的身影吸引了视线，那柔弱的身影就那样痴痴地等待着他，宛若他生命中不离不弃的菟丝花。他猛然推开了众人，向着一晃而过的桃红身影追去……

林少春猛地握紧了孙玉楼的手，她担忧地望着孙世杰远去的背影，喃喃道:“我好像看到了师姐桃夭……”

这孙世杰与桃夭的相遇就如同戏文中唱的“才子佳人，惊鸿一瞥，怎奈君已有妇，还君明珠双泪垂”。桃夭早些年是柳三绝的徒弟，后来离开了百戏班，一直在江湖上闯荡。她明白自己的身份，不使些手段是很难嫁入豪门的。遇见孙世杰，她像是爬上了浮板，那些腐烂的、恶心的过往她想要统统抛掉，所以如何让孙世杰死心塌地只爱她一人，才是她此刻的目的。

长长的街巷之中，孙世杰堵住了桃夭:“你还想往哪里躲？”

桃夭肩膀微微颤抖，缓缓转身，一双大眼含着泪光，默默无语。孙世杰向前一步，一双眼死死地锁住了桃夭:“我想你想得好苦啊，没想到在这里见到你。”

桃夭后退了一步:“今儿是张夫人办的马球赛，我是应邀来唱曲助兴的，眼下唱完了，我该回去了。”桃夭说罢，转身欲走，却被孙世杰一把拉入了怀中。

“等等！我对你的心，你难道不知道吗？”

桃夭难过地想挣脱孙世杰:“公子不必挂怀我，才刚我看见尊夫人的球技，多少男儿都不如她，还望公子善待她。我不过是个唱曲儿的可怜人，公子何必苦苦执着于我呢？”说罢，她用力挣脱着孙世杰。桃夭的小丫头颂莲气喘吁吁地跑到了桃夭身边:“姑娘何苦这样难为自己，明明每日为孙大人茶饭不思，今儿好容易见了，为什么不说实话呢？”

孙世杰心中一惊，死死握住桃夭的手：“这是真的吗？既然你心里有我，为什么还要遮遮掩掩，让我两人都如此痛苦？”

桃夭盯着孙世杰痴痴的模样，心中一喜，却故意道：“你只想着你自己痛不痛苦，你可有想你夫人痛不痛苦？”

孙世杰已经为桃夭入了魔障：“你不要提她！若你顾忌她，我即刻与她和离，娶你为妻！”

桃夭另一只手猛地捂住了他的嘴：“不成，我不能只图自己快活，不顾别人的死活，你夫人一心爱你……”

“难道你不爱吗？”孙世杰猛然握住了桃夭的两只手。

桃夭一怔：“我这些年经历过家族兴衰，也吃过不少苦，早就学会推己及人，宁愿自己委屈些，也不能害了别人。”

孙世杰抵着桃夭的头，低声道：“你愿意成全别人，竟不愿意成全我吗？想你一日，就折磨我一日。你可知道我这些天行尸走肉一般，早就奄奄一息了。”

桃夭红了眼眶，抬眼的瞬间发现二人已近在咫尺：“好了，公子别说了，若公子单单只想听曲儿，我依旧侍奉公子。”桃夭望着孙世杰闪过的喜悦，轻声说道，“不过你得答应我一个条件，对夫人好一点，算是为我赎罪。若你做不到，就请不要再来了。”说着，桃夭携颂莲转身离开。

孙世杰红着眼眶，此刻，桃夭在他心中是最美的那朵莲花，这世上任何女子也比不过，看着桃夭离去的背影，他轻声道：“我都听你的。”

桃夭和颂莲走到长街拐角无人处，颂莲看了看身后，不解地问桃夭：“姑娘，才刚他都松口说要娶你了，你怎么不答应呀？”

桃夭那素净的脸上带着一股子妖娆，她嗤鼻一笑：“娶我？他现在只是一时冲动。一时冲动说的话，哪里能算数。孙家那样的门第，想进去谈何容易，就凭他自己，你觉得胳膊能拧得过大腿吗？”颂莲瞪大了双眼，恍然大悟地点点头。

桃夭笑得阴沉：“这会子是下猛药的时候，必要他爱我爱到骨子里，哪怕冒着被驱逐出门的风险也要娶我。他毕竟是孙家长子，若他鱼死网破，家里还是会顾念他的，届时他们就算再不情愿，也不得不接纳我。”

颂莲担忧地道：“姑娘高明。不过，若进门只能为妾，那该怎么办？”

桃夭冷笑着：“我绝不做妾，要做就做正头妻。凭什么她林少春和我同出一个师门，她可以做四奶奶，我就不可以，你等着吧，好戏就快上演了。”

自马球场回来后，孙世杰每日心情都很好，对待吴月红也温柔了许多。

吴月红守着厨房，以肥大黄梅蒸熟去核，净肉一斤，加炒盐三钱、干姜末一钱半、干紫苏二两，甘草、檀香末随意，加糖煮熟，在这秋高气爽的日子，最增精气。她端着一盅刚刚熬好的黄梅汤，边走边吹，兴奋地踏进书房，却见孙世杰一身金绣锦缎宝蓝色长袍着身，金玉网巾将黑发整齐地束起，整个人容光焕发地走了出来……

吴月红一怔，忍不住赞道："爷这是要上哪儿去？瞧这一身打扮，倒比咱们成亲的时候还体面！"

孙世杰心中惦念着桃夭，应和道："哦，友人邀我去铜雀园赋诗。"

吴月红上上下下地打量着孙世杰："赋诗？赋诗穿得这么光鲜做什么？爷今儿气色真好，可是有什么喜事？"

孙世杰心中有鬼，极其不自然，一眼瞅见了吴月红手中的汤，笑道："因为……因为你的汤呀！"说罢，孙世杰拿过吴月红手中的汤盅，一饮而尽。

黄梅汤还未凉，孙世杰被烫得拱起鼻子："好喝好喝。"

吴月红一愣："不……不烫吗？"

孙世杰将汤盅递给了吴月红，连忙道："不烫不烫，外头人在等我呢，我先走了。"说罢，转身匆匆离去。

吴月红望着孙世杰远去的背影，心中涌起异样的情绪，终究只是喃喃地道："不就是你一句我一句地背诗嘛，等我会了，我也去！"

林少春从院外走来，身后跟着小翠，看到了一切："大嫂子看什么呢？怎么站在门外不进去？"

吴月红扭头看到了林少春，莞尔一笑："哎呀，四奶奶，我得好好谢谢你，自那日打了马球之后，大爷对我好多了。还有你教我炖的那些汤，大爷都极爱喝的。近来他对我说话轻声细语的，也愿意跟我亲近了。"

林少春上前拉住了吴月红的手："恭喜大嫂子了。"

吴月红却皱了皱眉："想是大爷心境开阔了，胃口也好了，只是有一点奇怪。"

"怎么了？"

吴月红心头隐约有些不安："老爷上回停了他的差事，这两日他倒比上职还忙，天天早出晚归，且每次出门都要沐浴更衣，不是去饮酒赋诗，就是去弹琴下棋。还有，他总说自己睡不好，所以夜夜都在书房过，这么下去太太又要说我留不住爷们儿了。你可有什么勾魂儿汤，能让他在房里过夜的？”

林少春心中一震，她刚刚在院子中就看到了孙世杰的样子，那明明就是一副急匆匆去赴约的神情。

吴月红继续问道:“有吗？”

在孙家，林少春对吴月红是真心喜欢的，因为她直率、没有心机、为人坦诚。这样的人应该值得夫君疼爱，可是孙世杰……她思索着尴尬地一笑，看着吴月红摇了摇头。

回到自己的院子中，林少春坐在桌前，拨着算盘记账，可脑海中依旧是吴月红那哀怜的模样。她心头越来越不平，算盘拨到一半，手停了下来。

“怎么了？我才刚听算盘珠拨得脆响，怎么突然停下来了？想什么呢？”一旁的孙玉楼走到了林少春旁边坐下，伸手握住了她的手，发觉她的手微凉，不由得嘱托道，“虽说未到冬日，可是这深秋也凉，你怎么就不多穿些……”

林少春似乎还深陷在自己的思索中，自顾自地说着:“你有没有发现，大爷近来有些古怪？”

孙玉楼将她搂进了怀中:“哪里古怪？”

林少春思索片刻:“我问你，你在什么情况下出门前会沐浴，每日换不同的衣裳？胃口变得很好，心情也很好，有时会魂不守舍，还每每想着要出门？”

孙玉楼凑近林少春，亲了亲她的脸颊，笑道:“恋上你后就是这样。”

林少春推开了孙玉楼的头:“别闹，我和你说正经的。”

孙玉楼靠在了林少春的肩上，摩挲着她的手指:“我没有不正经，想当初我为你牵肠挂肚，就是你说的这样。原本爷们儿不像姑娘，哪里在意那许多，可为了见你，我回回都把自己收拾体面才出门。和你见过面后满心欢喜，自然胃口大开，这有什么奇怪的？”

林少春的心似乎一下子沉了下去，她转向孙玉楼:“我是说大哥哥呢，近来大爷就是这个模样，你猜他外头可是有了人？”

孙玉楼从林少春的肩膀上抬起头来，一双明亮的眼都在林少春的身上，随意地道:“倘或大哥哥真有了喜欢的女人，禀明父亲和母亲，接进府里封个姨娘就是了，何必遮遮掩掩？”

林少春的脑中突然一闪而过那天桃夭的脸，不由得心中越来越沉，喃喃道：“封姨娘倒是无妨，只怕人家不足意儿，要当正头妻呢。”想着想着，她猛地抬起头，眯起了双眼，伸手捏住了孙玉楼的脸，黑起脸说道，“原来这种事情对你们男人来说就无所谓，在外面有了女人接进府来封姨娘就好，是吗？”

“当然不是！”孙玉楼立刻坐正了身子，随着林少春捏得越来越痛，不由得歪起了脸，痛叫道，“那些泼皮才会那样，我孙玉楼是正人君子，岂会如此？”随着孙玉楼的叫声，屋子里响起林少春的笑声，那笑声回荡在孙府之中，宛若这深秋中最动人的旋律。

林少春差人查了孙世杰的行踪，果不出所料，这几日，孙世杰都在长东街燕回巷一处曲艺馆。林少春知道那处曲艺馆是师姐桃夭的住所。

燕回巷中，林少春看着桃夭情意绵绵地送走了孙世杰。

“师姐！”她立于桃夭身后。

桃夭一回头，看见了林少春，冷笑了一声：“哪阵风把师妹吹到我这儿来了……”

“为什么要这么做？”林少春向前一步，拦住了桃夭。

桃夭柳眉一挑，心中越来越恼：“妹妹说的是什么，我竟不明白。”

林少春冷着一张脸，望着桃夭虚假的脸：“师姐当真不明白吗？那么大个幌子才从你屋子里出来，何必装样儿呢。我家大奶奶得罪过你吗，你要这样破坏她与大爷的感情？”

桃夭猛地笑了，心头却如同针刺过一般，又痛又麻：“原来你说的是这个！我同你家大奶奶无冤无仇，妹妹这么说可就过了。再说我与你家大爷，本就是你情我愿，何谈破坏？妹妹，你我是同门，师父的教诲我也受过，难不成师父只教出你这么个好人，我就偏是坏人不成？”

林少春盯着桃夭，心中堵了一口气：“两情相悦无可厚非，但不能伤害别人。大哥哥与大嫂成婚在前，你该劝劝大哥哥，顾及家中妻子，不要因你，弄得家宅不宁。”

桃夭嘴一撇：“是啊，我怎么没劝呢？拿去给师妹看看……”

颂莲望了桃夭一眼，越来越佩服她家姑娘，这封写给孙世杰的诀别信本是桃夭的苦肉计，刚刚故意喝醉酒的桃夭将诀别信给了孙世杰，换来了孙世杰与桃夭的锦帐风流，以及孙世杰的死心塌地。这么想着，她将这封诀别信递给了林少春。

林少春看着这封信，眉头皱紧了。

桃夭摇曳着身姿，媚眼轻抛，一副楚楚动人的样子:“诀别信我都写了，奈何世杰偏要强留我，我有什么法子！”

林少春对桃夭这种奴颜媚骨的女子心中本就不喜欢，一封诀别信，明明就是桃夭的一场好戏，她盯着桃夭，郑重地道:“既然你们情投意合，我也没道理置喙，不过师姐若要入孙家，恐怕要先得大奶奶首肯才好。”

桃夭扶着颂莲的手，望了一眼长长的街道，眯起了双眼:“妹妹多虑了，我从未想过进孙家。古来妻妾之争常有，我若进府当了姨娘，你家大奶奶必定视我如眼中钉，这又何苦呢！莫如我就留在我的听桃小筑，只求他得闲常来瞧瞧我，也就够了。”

那双眼明明奢求的不止那么点，林少春心知肚明，这桃夭就是一个喂不饱的饕餮:“师姐要是愿意安分当个外室，那是最好。你也知道我这个人爱管闲事，我自会彻查你的底细，若查出你另有目的，我绝不会袖手旁观的。”

桃夭眯着双眼，冷冷的眸光落在了林少春的身上，手中的帕子几乎绞成了一团。

回到孙府的林少春思索着桃夭与孙世杰的事情，越来越觉得闹心。

“怎么了？这几日愁眉不展的，连你最爱的玫瑰酥都不受待见了？”孙玉楼偷偷地从身后环抱住了林少春。

林少春抬手推开了孙玉楼，站起身，静静地瞅着孙玉楼:“我在问自己，若遇到你之前，你有喜欢的人，我还该不该爱你？万一两年之后你移情别恋了，我又该如何自处？”

他的小娇妻一本正经地立在他的面前，就好像真的当场捉奸了一般，孙玉楼有些无奈:“为什么要想这些无聊的问题？”

“好些事情等发生了才怨怪先前怎么没想到，可是于事无补了。我这也算未雨绸缪，今日不知明日事，明日若真有个外头的红颜知己找上门来，我该怎么处置才好呢？”林少春振振有词，孙玉楼却气得笑了起来:“对，人是控制不了自己的感情……”说着，孙玉楼拿出两块玫瑰酥摆在了林少春的眼前，颇有耐心说道，“你看，这两块玫瑰酥本是一对，它们情投意合，恩爱有加……”孙玉楼将两块玫瑰酥叠在了一起，又拿出了一块茯苓糕，“如今来了一块茯苓糕，硬要挤在中间，可是格格不入？依我的意思，只要这两块玫瑰酥不离不弃，便没有人能分开它们。倘或当真让茯苓糕挤进来，必是一方害怕了，腾出了地方，才让外人有可乘之机。”

林少春抬眸，望见了近在咫尺的他，眼光清澈动人：“我什么都不怕。”

孙玉楼握紧了她的手，拉着林少春坐了下来，瞧着她一脸坚韧的模样，不由得心生宠溺：“可是我怕呀……”

林少春脸色一变，看着孙玉楼。

孙玉楼讨巧地抓住了林少春的手，将玫瑰酥递到了林少春的嘴边：“我怕娘子饿，怕娘子受委屈，怕娘子辛苦，更怕娘子喜欢上别人。咱们要像那两块玫瑰酥，如胶似漆，永不分离。”

林少春缓缓咬住了玫瑰酥：“可如今你大哥哥和大嫂子做不成玫瑰酥了，大哥哥喜欢茯苓糕，他同我师姐桃夭在一起了。”

“什么？”孙玉楼心中也一惊。

林少春点点头：“我还没告诉大嫂子，怕激怒了大嫂子，她会做出什么事来。大哥哥和桃夭不知道有几分真心，我若从中作梗，又对不起大哥哥，你说我该怎么办呢？”

孙玉楼没有料到孙世杰竟真的恋上了外头的女子：“桃夭的为人你可了解？”

林少春想了想，最终摇了摇头：“我入师门时十二岁，桃夭已经离开了百戏班。桃夭离开的时候十六岁，这六年中，我只在师父的寿宴上见过她一次，看样子师父对她很失望。”

孙玉楼思索着，猛地抬头，说道：“这样，你先别着急下定论，我让姚滴珠去忘忧客栈查一下你师姐的底细，再做打算……”

“姚滴珠？”林少春猛然盯着孙玉楼，出口的话一阵玩味。

孙玉楼扯了扯嘴角，微微一笑：“我找姚妹妹帮帮忙，你……吃醋吗？”

林少春盯着孙玉楼孩子气的脸，故意“哼”了一声，说道：“我不吃醋，我成全你。你把我休了，正好可以去找姚滴珠……”

“你……”孙玉楼一下子气红了脸，拿起桌上的茯苓糕大口咬了下去，用力地咀嚼。

林少春扑哧一声笑了。

孙玉楼做事立竿见影，隔了两日，姚滴珠便亲自上门来找林少春。

四奶奶的院子中，林少春遣了下人，和姚滴珠坐在书房中。

“四爷托我查桃夭的底细，全在这上头了，这个桃夭真不是一般的人啊，你瞧瞧吧……”姚滴珠说着将手中的卷宗递给了林少春，“这个桃夭姑娘以前是百戏班的人，在百戏班待了四年就离开了。你这个师姐可真是不简单，坑蒙拐骗做了个遍……”

林少春接过卷宗，越看脸色越难看，不由得喃喃道：“原来当初离开百戏班，是工部曹三公子带走了她……”

“是啊，这个曹三公子也够惨的，后来河堤出事，他被罢官了，桃夭骗光了他的家当，便又和张员外的儿子张德新厮混在一起。这些年她一直在行骗，不是个正经女子。”姚滴珠查看了桃夭的经历，也被惊到了，这世间竟有如此险恶的女子。

“曹三后来死了……”林少春越看越惊心，“桃夭竟然在曹三出殡当日，披麻戴孝、送葬哭丧，所有人都说她有情有义……”

姚滴珠叹了一口气，摇了摇头：“你这个师姐真是厉害，所有被她骗过的男子都对她情根深种，没有一个埋怨她的。”

“她真把师父戏台上的功夫都用到了台下……”林少春最后合上了卷宗，“看来，这个桃夭一点也不简单。”

姚滴珠望着林少春，不解地问道：“你查桃夭做什么？”

“我怕她招惹孙家少爷啊……”林少春故意睁大了双眼，神情夸张地道。

“算了吧……”姚滴珠不以为然地笑了，“算计谁也算计不到你头上，我得了消息，就去找四爷复命，可他倒好，偏要我来找你，可见他有多怕你。”

林少春无奈地笑了笑：“你别多心，只因事关我师门，他才让你直接来见我的。这回我真该谢谢你，帮了我大忙。不过我瞧你气色不好，可是遇上什么事了？”

姚滴珠听到林少春的话，脸色沉了沉，仍嘴硬道：“我近来高兴着呢，夜夜笙歌到天明，就算爹娘逼我早日成亲，也奈何不了我。”

林少春关心地握住了姚滴珠的手：“就算不想成亲，也犯不着这么折磨自己。”

姚滴珠笑了：“你不明白我的苦处，家里老爷太太总在我耳边念叨，提亲的人又踏破门槛，我有什么法子！越性儿弄出个放浪形骸的名声来，京城这些公子哥儿自然断了念想，就不来提亲了。”

“你这么闹，万一吓退了有缘人，那可怎么好？”

“命里有时终须有，命里无时莫强求……”姚滴珠的双眼一下子亮了，“倘或这人真和我有缘，别说我吃酒混闹，就算我是个铁蒺藜，他也爱我。当初你同四爷不就是这样，你使了那么多的手段，可把他吓退了？你们这么好，真叫人羡慕呀！”

林少春笑着拍了拍姚滴珠的手：“你是个好姑娘，一定会找到自己喜欢的如意郎君。”

姚滴珠双眉一挑，樱桃嘴甜甜地笑了：“那是自然的，我在姑娘堆儿里也算拔尖，怎么可能样样都输给你，赶明儿我一定找个好的，把孙玉楼给比下去。”

林少春望着姚滴珠，心中感慨，也希望姚滴珠遇见命中之人。她是个好姑娘，值得相托。

林少春看了桃夭的卷宗，又想起师父的话。那年在师父的寿宴上，林少春第一次见到桃夭，感觉师父对桃夭似乎颇有成见，林少春看到师父不喜桃夭，问了一句，师父只是淡淡一笑道：“你桃夭师姐做事情为达目的不择手段。”如今想起来，才明白师父的深意，这桃夭和孙世杰的事情的确很伤脑筋。

晚上，林少春将桃夭的卷宗给孙玉楼看了。孙玉楼也惊了，猜到桃夭有问题，却没有料到这桃夭竟然劣迹斑斑。

“这桃夭的确是精怪一般害人的女子。”孙玉楼坐在桌子前，摇了摇头。

“可世上还有大嫂子这么糊涂的人，爷们儿的心在不在自己身上，竟一点儿都察觉不出来，拼了命地讨好大哥，我看着就着急。长痛不如短痛，越性儿告诉她实情得了。”林少春立在孙玉楼身旁，被孙玉楼一把拉住了手，“你别莽撞，人活一辈子，短短几十年，有的人愿意糊涂着过，糊涂未必不是好事。你如今去告诉她，无非让她锥心罢了，又能改变什么？”

林少春缓缓坐在了孙玉楼的身旁，沉思着：“也是，我一定要想个法子，让桃夭原形毕露……”

“好了好了，别人的事这么上心，倒不在乎自己的身子……”孙玉楼从桌子上拿起自己刚刚买回来的酥糕，“你不喜油腻的吃食，南城新开的酥糕店，这酥糕很不错，我买回来给你尝尝……”

林少春就着孙玉楼的手轻启朱唇，尝了尝酥糕，点了点头，明亮的眼望着孙玉楼：“玉楼，既然我嫁了你，就会尽我所能维护孙家，让你没有后顾之忧……”

孙玉楼盯着林少春美若春光的眸子，情不自禁地将她拉入自己的怀中，滚烫的唇落在了她沾满酥糕的双唇之上，轻声道："我知道啊，所以往后你照看孙家，我照看你，咱们也算各司其职……"他抬起头，将她搂在怀中，心中一片踏实。林少春靠在他的心口之上，听着他有力的心跳，微微地闭上了双眼。孙玉楼动人的声音缓缓落进了她的心中："少春，我们要相濡以沫，不负前约。等将来老了，你也不要放开我的手，咱们就这样一直走下去，走到地老天荒。只要与你在一起，我便没有白来世上一遭，多谢上苍，让我遇见你……"

屋子里的檀香轻轻环绕，两个人的心跳融化在林少春的喃喃自语中。

愿如梁前燕，岁岁常相见。

第二日，孙玉楼来到了孙世杰的书房中。

孙玉楼将手中桃夭的卷宗递给了孙世杰："大哥哥，这是桃夭这些年来的案录。她一直以骗取别人钱财为生，你莫要着了她的道，千万不要信她，她是个骗子。"

孙世杰停下了手中的画笔，盯着笔下桃夭灿若桃花的面孔，笑着说："四弟，你说得对，她是一个骗子，但她有不得已的苦衷，她是被迫害的。"

"你……"孙玉楼心中一震，暗叹桃夭手段真高明，凡是被她招惹的男子没有一个怨恨她，反而对她深信不疑。

"四弟，桃夭被人胁迫来骗我，我早就知道了……"孙世杰一边说，一边继续画着桌子上的画，"桃夭一直被四海帮胁逼来骗我，她不愿我知道，更不愿意害我。她遭到四海帮的毒打和迫害，浑身是伤，后来幸得我跟踪她，才得知她的苦楚……"孙世杰收完最后一笔，"如今四海帮已被我报官，抓进了大牢。昨日四海帮的头目黑耳已经认罪并且畏罪自尽，留下了一封罪状书，将自己迫害桃夭的事情交代得清清楚楚……"孙世杰细细地吹了吹画好的画，抬眸，坚定的眸光望向了孙玉楼，"四弟，你说我如何不怜惜她？"

孙玉楼从怀中掏出了一个白色玉瓶，盯着孙世杰的双眼，诚恳地说道："大哥哥不要感情用事，桃夭以前的案宗总是骗不了人的，如今只凭一起死无对证的无头公案就洗清她身上的罪过，未免太儿戏了。我们来试一试，看一看这个女子的秉性……"孙世杰盯着孙玉楼放在他面前的白玉瓶，"这是什么？"

"大哥哥，你把这药喝了，身上会有瘟疫症状出现，于身子是无碍的。我们要试一试她的心，倘或她危难之中对你不离不弃，我和少春自会一同劝说父亲和母亲，允许桃夭进门。但她若是弃你不顾，咱们助哥哥看清了，也请哥哥早些回头。我们这么做，本就是为了你好，为了这个家好。若她正大光明，试一试又何妨？”

孙世杰猛然站起了身，手重重地拍在桌子上，厉声道：“我不能这样对桃夭，这是骗人，这是在告诉她我不信任她……”

孙玉楼毫不退缩地向前与孙世杰对峙着：“大哥哥究竟想不想与她长相厮守？她要进孙家门，必要让阖府上下对她放心才好。二则她一人漂泊在外，万一什么时候怀了你的骨肉，疏于照顾出了差池，那岂不悔断肠子？”孙玉楼的一番话让孙世杰犹豫了，“如今家下人心不齐，大哥哥也是知道的。二哥哥常年出征，二嫂子在府里没有地位，三房这头巴不得看你笑话，少春这样的手段都费了九牛二虎之力才勉强立足，桃夭一个弱女子想进门，谈何容易！再说大嫂的性格刚烈，断不会允许你纳妾。大哥哥要是不肯听我的，家里就没人给你敲边鼓，你想迎娶桃夭是断无可能的。我们是为你好，你若真相信桃夭，区区一个试探，又有何惧？”

孙世杰低头看着那瓶药，凝住了，终究，打开药瓶，猛地吃了下去。

孙玉楼将孙世杰带到了忘忧客栈，林少春去找桃夭。

孙世杰满身泛红，病恹恹地躺在床上，孙玉楼戴着面纱坐在一旁照顾着孙世杰。

不多会儿，桃夭匆忙惊慌地从门外冲了进来，毫不顾忌地扑在了孙世杰身上：“世杰，你怎么了？”

林少春望着孙玉楼：“怎么样了？”

孙玉楼让了让，看了一眼桃夭，答道：“还烫着呢。这位是……”

林少春咳了一声，冲着孙玉楼眨了眨眼睛：“这是大爷的红颜知己——桃夭，也是我师姐。大嫂子没有师姐心细，就让师姐来照顾大爷吧！”

桃夭双眼瞬间就红了，握住孙世杰的手腕：“世杰，你怎么变成这样了？”

林少春在一旁说道：“师姐，我知道你着急，也要留神别过了病气儿。大夫说大爷染的可能是瘟疫，这种病闹不好要人命的。”

桃夭一听，竟然向前盯着孙世杰，哭道：“好好的，怎么染上瘟疫了呢？”

孙玉楼与林少春对视了一眼，二人心中都有些惊讶，孙玉楼说道：“近日有赴江南赈灾的官员回京述职，皇上要大哥详做笔录，恐怕是那个官员身上带了疫病，大哥哥走得近，不小心染上了。这件事不能传扬出去，以免闹得人心惶惶。我原想带大哥哥回家的，但家里人多嘴杂，索性先安顿在客栈，只是缺人照料，能不能托你看顾我大哥哥两日？”

桃夭双眼红肿，她竟然抬手抚上孙世杰的脸，哽咽道：“好，我来照顾。”

林少春仔细瞅着桃夭的所有表情，孙玉楼坐在林少春身旁，伸手握住了她的手。林少春看了一眼孙玉楼，孙玉楼对着她轻轻摇了摇头。

桃夭哭着说：“我们早就说好了不离不弃的，就算是死，我也要和世杰死在一起。”说着，她摸了摸孙世杰滚烫的额头，擦了擦眼泪，“我回去收拾收拾，即刻过来替你们。只是眼下还劳师妹和四爷代为照顾，我速去速回。”桃夭说着依依不舍地离开了房间。

桃夭一离开房间，林少春难以置信地喃喃自语：“怎么会这样？”

孙世杰猛然坐起身来，对着孙玉楼和林少春数落道：“我就说桃夭是个有情有义的女人，你们偏不相信……”说着一边撒气一边穿鞋子，狠狠瞪了一眼孙玉楼，“看来我今晚得好好给桃夭赔不是了。”说罢，他起身冲了出去。

孙玉楼站起身，握住了林少春的手，望着林少春紧皱的眉头，忍不住环住了她的肩，说道：“你那师姐是不是懂点医术？你有没有发现她一进来，就先握住了大哥哥的脉……”

林少春了然地望了一眼孙玉楼，点了点头：“这桃夭真是不一般啊！”

螳螂捕蝉，黄雀在后，谁也没有料到桃夭带着颂莲会遇见吴月红。

颂莲跟在桃夭的身后，有些心慌：“姑娘，那个孙世杰这会儿都成废人了，您何苦还和他纠缠？我这会儿胸口闷得慌，别不是被他传染了吧！”

桃夭讥笑着敲了敲颂莲的脑袋：“染你个蓬头鬼，他又没病。”

颂莲瞪大了双眼：“啊，没病？怎么会这样？”

桃夭扯了扯嘴角，立在小巷中：“他们这是在试探我，想看我对世杰究竟是不是真心的。可惜啊，他们不知道我自小学医，他有没有染病，我一把脉就全明白了。他们在我跟前使假招子，我不妨和他们演一出戏，让他们见识见识，什么叫感天动地……”桃夭的话音未落，吴月红愤怒的声音传来：“这场大戏我来陪你演！”

当孙玉楼将孙世杰带出了孙府，吴月红就觉得奇怪，一路跟过来，瞧见了桃夭恶心的行为，若不是侍剑拦着她，恐怕早就撕了桃夭。

“你是谁？”桃夭冷冷地瞅着吴月红。

吴月红上下瞧了瞧桃夭，一脸狐媚相，一看就不是好东西。她向前一步，狠狠地瞪着桃夭：“我是孙世杰的正妻，孙府的大奶奶。我告诉你，你今儿走背运，栽到我手里了。”

未等桃夭和颂莲反应过来，吴月红和侍剑便冲了过去，巴掌打在了两人的脸上。吴月红和侍剑本就是练家子，桃夭和颂莲哪是两个人的对手。随着桃夭和颂莲的尖叫声，两个人被吴月红和侍剑揪到地上，暴揍了起来。在桃夭和颂莲的求饶声中，吴月红和侍剑绑了二人，带回了孙府。

出了这样的事情，吴月红心头如被刀割，又不知如何应对。她红着眼睛让侍剑将三奶奶许凤翘请到了自己的院子中。

许凤翘也愣住了，她很少见到这样的吴月红。以前哪怕大爷不太宠爱吴月红，吴月红都是充满美好向往，立志改变自己，改变大少爷。可如今，她瘫坐在那里，眼睛红肿，整个人像是丢了魂，看上去既可怜又可怕。

“大爷养了外宅，我也没人可商量，只好来找你，我将那贱人关在柴房中，你替我想想法子，怎么处置了那蹄子。”

许凤翘心中很复杂，既可怜吴月红，又想算计些钱财。她握住了吴月红冰凉的手：“大嫂子真糊涂，找个人牙子，把她发卖到天涯海角，岂不一了百了？只不过她不是咱们的家奴，要处置还得费些手脚，可不图人家给咱们银子了，是咱们花钱买太平。”

吴月红用力抹干了眼泪：“要多少银子？”又摸索着全身，将身上的银子都拿了出来。

许凤翘叹了一口气：“唉，贩卖良籍女子，那是犯杀头大罪的。这几个子儿，哪个人牙子稀罕？”

吴月红横下心：“我把自己的体己都给你！”

许凤翘轻轻皱了皱眉，松开了吴月红的手：“如今那些人牙子贪得很，大嫂子先和我透个底吧，你有多少体己？”

吴月红死死地盯着许凤翘：“总共三百两吧！”

许凤翘摇了摇头：“哎哟，那不够呀……”许凤翘说着，看了看吴月红头上的首饰，伸手将吴月红头上的金钗取了下来，又看了看吴月红的手镯，将手镯取了下来，“这两样东西不错，也能卖个好价钱。”说着，许凤翘将金钗和手镯用手绢包了起来，抬眸一笑，“大嫂子放心，等着我的好消息吧。”

吴月红点了点头，激动地离开了。

第九章
知我者谓我心忧

小翠急得话都有些结巴：

「好像……好像都在灭火，究竟如何，还……不知道。」

想起她离开时，苏映雪那苍白绝望的表情，

林少春脸色骤变：「糟了！」林少春迅速起身，

越过孙玉楼，飞快地跑了出去，直奔二奶奶的院子。

天渐渐冷了，墙外的风吹了进来，空气似乎都凝住了。孙世杰失魂落魄地冲进了孙玉楼的院子，一把揪住了孙玉楼的衣襟：“你们到底把桃夭藏到了哪里？”

林少春塞进孙玉楼嘴中的桂花糕，孙玉楼还没来得及咽下去，便被孙世杰拽住了衣襟，险些呛到，于是一把扣住了孙世杰的手：“我怎么知道？你放开我……”

“桃夭不见了吗？”林少春诧异地问道。

孙世杰血红的一双眼，愤恨地瞪了孙玉楼和林少春一眼，转身离开了院子。

林少春上前轻轻地理了理孙玉楼的衣襟：“这桃夭怎么不见了？”

“是在大哥哥那里逢场作戏，戏演完了，她就跑了吗？”孙玉楼答道，握住了林少春的手，“你呀，操心这个，操心那个，你怎么就不操心你夫君？”

“我怎么不操心你……”林少春话音未落，小翠带着琴心走了进来。

“四奶奶，我家奶奶想请您过去一趟，找您有事相商……”琴心眼巴巴地望着林少春。

林少春为难地看了一眼孙玉楼。

“去吧！去吧……”孙玉楼笑道，“早去早回。”

林少春点了点头，跟着琴心赶到了二奶奶院子。

苏映雪坐在桌前，眉头微蹙，在袅袅的熏香中，娇柔而令人怜惜。她抬头，望见了走进来的林少春，慌忙起身，将林少春让到了对面的座位上，整张桌子摆满了各式各样精致的点心和水果。

林少春坐了下来，望着欲言又止的苏映雪，想起了前几日孙府有个丫鬟和人私通，被苏映雪发现，林少春想着那丫鬟平日里是个好人，在苏映雪面前求了个人情，救了那丫鬟。

“二嫂子找我，是为了那位丫头的事儿吗？你放心，一切我都安排妥当了，太太让你把那丫头卖给人牙子，我只不过将她赎回来安顿好了，太太不会发现的。”

苏映雪柔和的脸有些动容，她微微一笑：“四奶奶是个善性人儿，我早前和你没有深交，只当你为达目的不择手段，如今看来，是我错怪你了。”

林少春有点疑惑，总觉得苏映雪有着万千的心事，她看着苏映雪：“二嫂子找我，恐怕还有别的事儿吧。”

苏映雪迟疑地看了看小翠。

林少春会意，嘱咐了一声：“小翠，你先出去。”

小翠行礼后和琴心一同出门，琴心顺带关上了门。

望着两个丫鬟离开后，整座屋子只剩下了她和林少春的呼吸声，苏映雪才缓缓叹了一口气，说道：“我自嫁进孙家，只见过二爷一回。新婚第二日他就带兵出征了，后来的年月里，我除了弹琴没有旁的消遣，人人看我富贵尊荣，却没人知道我活得行尸走肉一般。要是能选，我宁愿荆钗布衣，只要能和丈夫长相厮守。所以每每看见你和四爷夫妻恩爱，我心里头真不是滋味儿。”

林少春一愣，苏映雪突然抓住了她的手。苏映雪眼中的热切像是溺水的人突然看到了救命的浮木，林少春不忍抽手，任她握着：“不知我能为二嫂子做些什么？”

“前几天，那个丫头犯了事，你都要救她。你对下人尚且有这么好的心肠，若换作是我，你会怎么做？会帮我吗？”

苏映雪握紧了林少春的手，满脸的紧张。她知道，她必须要赌一次，她赌林少春绝不会坐视不理，她赌林少春那颗善良的心。

林少春愣住了：“二嫂怎么了？”

苏映雪瞪着双眼，直勾勾地望着林少春，开口的话很轻，可是落在林少春的耳朵里犹似惊雷般那样炸响了。

“我有身孕了。”

林少春震惊得站起了身，狠狠地瞪着苏映雪：“你怎么能这样？”

苏映雪一双楚楚的眸子里布满了血丝，看起来竟有一丝狰狞：“若不是走投无路，我也不会找你。你和四爷如胶似漆，哪里知道我的苦处。韶华易逝，女人最金贵不过那几年，我日日独守空房，连个说话的人也没有，这样的日子，不知要熬到多早晚……”苏映雪双手撑着桌子站起身，与林少春对视着，“孙俊豪是谁？他是孙家二爷，是堂堂大将军，却不是我的丈夫。我如今连他长什么样儿都记不起来了。他一去几年，音讯全无，我一个如花似玉的姑娘，凭什么要为他守活寡？我不甘心，我不能这么下去了，我要活命！四奶奶，你好人做到底，就帮我这一回吧！”

林少春一把挣脱了苏映雪的手，摇了摇头：“不能帮，我也帮不了。我既然嫁进孙家，一切自然要以孙家为重。若是我助纣为虐，那我就是孙家的罪人。”

苏映雪身子微微颤抖，似乎人已经到了悬崖边上：“四奶奶，我今儿有胆量把实情告诉你，就做了最坏的打算。你不肯帮我，我至多一死罢了。孙家和苏家都是名门望族，这件事要是抖出来，两家的脸面都顾不成，到时候没人会谢你，你照样是孙家的罪人。莫如帮我这一回，让我渡过难关，你就是我们的救命恩人，我会一辈子报答你的大恩大德。”

林少春心中乱作一团麻：“二嫂子何以认定我帮得了你？”

“你能从百戏班嫁进孙家，不仅让老爷太太喜欢，还让大奶奶依赖你，三奶奶屈从于你，可见你的手段。阖府上下除了你，没人能帮我……”苏映雪说着，猛然跪在了林少春的面前，“少春，就算二嫂子求你了。”

“二嫂子……”林少春伸手去搀扶苏映雪，却被苏映雪抓紧了手。

“横竖我和孩子的命都在你手里攥着。”苏映雪一双红了的眼睛死死地瞪着林少春，手背泛起了青筋。她哀求着林少春，就像往林少春手中塞进了一把匕首，等待着林少春的裁决。

“你让我想想……”林少春苦笑，整个人心头堵着事儿，回到了自己的院子中。

林少春回到自己的房中，坐在桌子前反复思考这件事，眉头皱得越来越紧。

“遇着过不去的坎儿了？”孙玉楼望着林少春失魂落魄的样子，走了过去，环住了她的肩。

“是啊。”

“说说吧，我来给你出谋划策。”孙玉楼靠在林少春的肩头。

林少春一眼望见了桌子上的围棋，轻轻地拿起一颗黑子：“这会子有两条路摆在你面前，一条路是明知有祸患，但若置之不理，尚可维持眼下的太平。还有一条路是荆棘丛生、苦不堪言，但若走过了这一程，便能否极泰来。如果是你，你会选哪一条？”

孙玉楼握住了林少春的手，将棋子放在了棋盘中，他深邃的眸子盯着棋子：“若是我，我会选第二条。但若是要带累全家，那便不能由着我的性子来，自然要选伤害最小的了。你这么一本正经，一定是遇着事儿了，到底是什么？你别叫我担心。”

林少春双眼一亮，点了点头：“这会子还不能告诉你，不过我心里有成算，知道该怎么做了。”

孙玉楼心中不爽，他蹭在林少春的脖颈中：“我们是夫妻，有什么秘密不能说的？”

林少春笑了起来：“我说了，这会子不能告诉你，但横竖你帮了我大忙。”

孙玉楼嘴巴一瘪："我要知道实情，才好为你分担啊。"

林少春想要推开孙玉楼的脑袋，却被他偷亲了一口："你不知道就是最大的分担了。"孙玉楼靠在林少春的肩上，像个孩子般地拱来拱去。

"你还腻在这里做什么？怎么跟小孩儿似的！"

孙玉楼突然弯腰一把抱起了林少春，任性地喊道："就是小孩儿，就是小孩儿。你不同我一起歇着，哪里来的小孩儿？"林少春挽着他的脖颈，将脸埋在他的怀中，忍不住笑了起来。

"四爷，四奶奶，不好了不好了，二奶奶的绣楼走水了！"突然间，小翠慌张的叫声令两个人惊住了。孙玉楼放下了林少春，两个人对视了一眼："什么？现在怎么样了？"

小翠急得话都有些结巴："好像……好像都在灭火，究竟如何，还……不知道。"

想起她离开时，苏映雪那苍白绝望的脸庞，林少春脸色骤变："糟了！"林少春迅速起身，越过孙玉楼，飞快地跑了出去，直奔二奶奶的院子。

苏映雪的绣楼燃烧着，火光闪亮。随着人们的尖叫，一群丫鬟小厮们提着水桶，拼命地灭火。终于，火苗小了下来，落了一地的灰烬。

孙逊带着沈氏、梅姨娘、许凤翘等一众人冲进了绣楼。

屋内有着浓烟的味道，一片狼藉。苏映雪躺在床上一动不动，琴心缩在床边哭得伤心。

"怎么会突然走水呢？俊豪媳妇怎么样了？可伤着没有？"一大群人冲到了苏映雪的床头，刹那间，苏映雪仿佛从地狱又回到了人世。恍恍惚惚间，她睁开了双眼，望着一大屋子的人，一颗心沉了又沉，虚弱地摇摇头："老爷，太太，是媳妇不小心打翻了油灯，媳妇没事，给老爷太太添麻烦了。"

这时，林少春和孙玉楼带着小翠走了进来。

苏映雪眼望到了林少春。林少春只觉得一颗心提到了嗓子眼，却见苏映雪虚弱道："闹了半夜，叫老爷太太不得安宁，都是我的不是。时候不早了，请老爷太太回去歇息，我已经没事了。"

沈氏担忧地看着她说道："好。你养着，明儿找个大夫来瞧瞧，先安了神，再开两剂补药，好好补补身子。"沈氏说着叹了一口气，"大家都回去吧，让她好好休息！”说着，众人都退了出去。

“我陪二嫂子说说话，你先回去。”林少春等到众人离去，对孙玉楼说道。

孙玉楼迟疑了一下，最终点了点头:“好，你也留神，别太劳累了。”

林少春等孙玉楼离开了绣房，向琴心使了个眼色。琴心连忙退了下去，带上了房门。

林少春来到苏映雪床前，坐了下来:“你为什么要做这样的傻事？”

苏映雪一双眼盯着帐子上的流苏，呆呆地道:“你不应我，我这肚子一天天大起来，早晚要坏事的。既这么，还不如即刻就死了，也留个清白名声。”

一时间，屋子里静得掉下一根针的声音都听得到。

林少春望着一心寻死的苏映雪，心中百感交集，想要狠心不管她，可同为女子，她又如何忍心看苏映雪走到那一步。思量再三，她轻轻开口:“好，我现在就应你。你好好保重自己，咱们一道想法子。”

苏映雪得了林少春的许诺，心情好了许多，身子没几日也好了许多。这一日，沈氏召唤她，她一身轻松地来到了孙府的正厅。

“你这两日可好些？”沈氏坐于主位，关切地问道。

“谢太太关心，儿媳妇好多了……”苏映雪行礼，温柔地答道。

沈氏离了座位，上前拉住了苏映雪的手，笑道:“你好了便好。你来得正是时候，有件喜事要告诉你。”

苏映雪一愣:“有什么喜事儿啊？”

沈氏双眼带着笑意，拍了拍苏映雪的手:“天大的喜事，二哥儿要回来了！朝廷前阵子接了边关奏报，准他回来述职。虽不能久留，家里住上一日半日的，总还可以。”

孙俊豪要回来的消息犹如晴天霹雳，苏映雪整个人蒙了。她僵在那里许久，然后笑了，并且笑得很灿烂。林少春心中一怔，缓缓地望着苏映雪。

沈氏笑了笑，冲着其他人说道:“瞧她高兴的。咱们家这些年，人总不得齐全。好容易二哥儿要回来了，三奶奶和四奶奶辛苦些，操办一场家宴，再下帖子，把亲朋好友都请来，阖家吃顿团圆饭。”

“是，太太。”林少春、许凤翘连忙应道。

苏映雪想了想，偷偷看了一眼林少春，却见林少春也望着她。苏映雪沉了口气，说道：“太太，我在菩萨跟前请了愿，求菩萨保佑二爷今年能回京。如今菩萨了了我的心愿，我这就上大相国寺还愿去。”

沈氏坐回座位中，依旧笑意盈盈：“这会子就去？他说话儿的工夫就要进京的，还是明儿再去的好。”

苏映雪连忙道：“太太，我唯恐去晚了菩萨怪我心不诚。再有，二爷还要回军中的，一去路远迢迢，我想着替他求道平安符，回头他离家的时候，好给他傍身。”

林少春欠了欠身子，补充道：“太太，二嫂子一片心，您就让她去吧。要是不放心，我陪着一道去就是了，我们妯娌两个，路上也有照应。”

沈氏想了想，点了点头：“也好，你就陪着一块儿去吧。”

许凤翘在一旁偷偷捂嘴，笑了起来，故意讨好道：“太太可真是有福气，儿女众多，个个孝顺就罢了，还这样有出息。不像我娘家，我兄弟虽加了官，我却是嫁出去的女儿，空有孝心，不能在父母跟前伺候。两下里一比较，还是太太更有福气。”

沈氏嘴角忍不住地绽开：“我听出来了，你把孝心都带到我们家来了，怪道我有福气，是不是？古来就是这样，儿子往家娶，女儿长大了要给人家的。你要是眼热，就多生几个儿子，将来老了，有的是人伺候你。”

“是，谨遵太太教诲，媳妇一定多生儿子。”许凤翘夸张地作揖，惹得沈氏哈哈大笑，梅姨娘也跟着笑了起来。

吴月红大声说道：“我是家里独女，没有兄弟姊妹，我父亲可指着我呢。大爷要是不和我生孩子，那我们吴家可就要绝后了！”

沈氏瞪了一眼吴月红：“胡说什么不吉利的话！你们都是娘家独一个的姑娘，肚子都要争气些才好。”

林少春听到这里，心头早已想好了对策，转眼望着苏映雪，笑道：“对了，二嫂子可不是。我记得二嫂子和我提起过，说娘家还有一个孪生妹妹呢，诗词歌赋，琴棋书画样样精通。将来得了闲，把姑娘请到家里来逛逛吧。”林少春明亮的双眼直视着苏映雪，苏映雪瞬间便明白了意图。

沈氏疑惑地看向苏映雪：“我怎么没听说过？”

苏映雪缓缓一笑，答道：“对，我娘家确实有个孪生妹妹，叫苏映宁。我这个妹妹也是个苦的，比我晚生了半个时辰，恰好落在七月初七。算命先生合了她的八字，说她命中带煞，身边至亲必受波及，只有寄养在庵里，一家子才得太平。她常年不回来，家里也甚少提及她，年月久了，便没几个人知道了。”

梅姨娘皱了皱眉：“七月初七？怪道呢，这天阴气重，喜鹊都给牛郎织女搭桥去了，姑娘家命里没个喜，那是不吉利。”

林少春和苏映雪心领神会地对视了一眼，两个人与沈氏道了别，一同赶往大相国寺。

寺内一片静寂。

苏映雪苍白的面孔笼罩在烟雾缭绕中，她跪在林少春的身边，轻轻开口：“你突然编出我有一个孪生妹妹是何道理？”

林少春双手合十，闭着双眼：“你先告诉我，你为什么要来大相国寺？”

苏映雪心中一沉，无比悲哀：“二爷这就回来了，咱们的主意还没想好，万一他发现我怀孕，后果不堪设想。再说我心里已经有了别人，也不想再伺候他。”

林少春睁开了双眼：“所以你准备逃？”

“你都猜到了。”苏映雪苦笑了一声。

林少春缓缓起身，搀扶着苏映雪：“孙家是何等人家，你逃得掉吗？”

苏映雪仰头望着林少春：“那有什么法子？只能死马当活马医，总好过坐以待毙。”

林少春一把拉起了苏映雪：“不会坐以待毙的。”

“你有更好的方法？”

“不然我跟着你来干什么？你只管放心，我已经全部安排好了……”林少春淡淡一笑，靠近了苏映雪，对着她耳语道，“一会儿回去的路上，你找机会走山路，到时候让马车跌入山崖。我到时候会找好假的尸首藏在山下，你躲在草丛中，等我来……”

苏映雪双眼猛地睁大了，苍白的脸染了红晕：“哎呀四奶奶，你真是我的救星！”

“开弓没有回头箭，你可想明白了？”林少春郑重地问道。

苏映雪抬头看着眼前的菩萨，轻轻地笑了：“我心意已决，断不会后悔。”

二人依计各自坐上了自己的马车往回走。苏映雪轻轻掀开车帘，望向了大相国寺。那碧瓦下的寺院肃穆庄严，初冬的风吹过她的脸颊，虽然很冷，可是那么怕冷的她一颗心却是热乎乎的，血管中的血液似乎都在沸腾。正这时，一个小厮风风火火地冲了过来：“给二奶奶报喜，二爷回来了！”

苏映雪手一紧，她知道该来的终归来了。她平复了一下心情，立刻撩开了车帘：

“什么？已经回来了？”

年轻小厮笑盈盈地答道：“是，已经回来了！”

“四奶奶，你可听见了？我们二爷回来了，我们二爷终于回来了。”苏映雪冲着一旁的林少春喊道。

林少春撩开了车帘，笑着说道：“二嫂子快走吧，早些回去，也好早些见到二爷。”

苏映雪故意冲着窗外小厮大声叫道：“我们多久能到家？”

“回二奶奶，还需两个时辰。”

苏映雪大声唤道：“不行，太慢了，可还有近路能走？”

小厮想了想：“后山有一条山路，不太好走，但是从那里回孙府只要一个时辰。”

苏映雪看起来非常心急：“好，那就走山路。”

林少春故意劝道：“二嫂还是同我一起走大路吧！横竖二爷已经到家了，不急在这一时半刻。”

苏映雪似乎急切地想见孙俊豪：“你哪里知道我的心，二爷军务繁忙，只怕明儿又要走，我早见他一个时辰，也能多说上两句话。”

林少春无奈一笑：“好吧，山路崎岖，二嫂可想好了？”

苏映雪看着林少春，点点头：“想好了，就走山路。四奶奶路上也要仔细，咱们回府见。”苏映雪说着放下了车帘，马车转头离去。

林少春久久地注视着远去的苏映雪，深深地吐出一口气，心中无比复杂。她缓缓放下了车帘，靠在车内，心中数着数，直到外头传来小翠的尖叫声：“不好了，二奶奶的马车从山上摔下来了！”

林少春猛地掀开车帘，前面苏映雪的马车在她的安排下滚落了山崖，她猛地下了马车，大喊：“快去救二奶奶！”

一群人在崎岖的山路上，大声呼喊着救人，可除了冷冽的山风，没有任何回应。最终，在草丛中，众人发现了浑身是血的琴心，琴心哭诉着：“马车走在山路上，车轱辘碾着大石头了，就那么一颠，把车给颠下去了。二奶奶……二奶奶为了救我，把我推下马车，自己连人带车摔下悬崖了。”

林少春立于山崖上，命令道：“快打发人回去报信儿，剩下的人全部到悬崖底下搜寻，不许放过任何一处，一定要找到二奶奶。”所有下人应了一声，都向四周及山崖下寻去。

就在这时候，身边的草丛传来了窸窸窣窣的声响，苏映雪摇摇晃晃地从灌木丛中走了出来。

林少春转身，定睛望向了苏映雪，递给苏映雪一个小包袱："从今往后你就以苏映宁的身份活着吧，你的户籍我已经在着手准备了，这里有些细软，你留着傍身。待过两日大家寻到那个面容尽毁的尸首，也不会被人认出来的，你大可放心。"

苏映雪激动万分，嘴角微微颤抖，她忍不住猛地跪在了林少春的脚下："谢谢你，少春……"

林少春一把扶起了她："不要多说了，快走，人来了就不好了……"

苏映雪听了林少春的话，迅速起身，点点头，转身毫无留恋地离开。

林少春望着苏映雪的背影，脑海中突然浮现了一折戏："三十三天觑了，离恨天最高；四百四病害了，相思病怎熬……"

苏映雪跌落山崖，尸首尽毁的消息传回，孙府上下一时陷入了悲哀之中。孙家二爷孙俊豪刚回到孙府，没想到迎接他的就是妻子坠崖身亡的消息。难过之余，他亲自守灵三日，并将自己俸禄全部交予苏家，替苏映雪尽孝。

灵堂中静悄悄的，孙俊豪高大伟岸的身影立于灵堂之中。他生得一张冷峻英挺的面孔，五官轮廓分明，幽暗深邃的眸子中是深深的愧疚。孙俊豪死死瞪着棺椁，内心五味杂陈。他与苏映雪若不是三年前那场婚礼，那夜洞房，他们会是这世上最陌生的人。

是他，耽误了她三年的时光。

院子中，林少春和孙玉楼望着立在灵堂中的孙俊豪，心中无比担忧。

林少春心中藏着苏映雪的秘密，本就觉得亏欠二爷，心中不忍，便道："二爷一直在那儿站着，已经好几个时辰了。人死不能复生，你看看有没有法子能劝解他。"

孙玉楼温暖的手握着她的手，叹了口气摇了摇头："二哥哥生来脾气倔，才刚大哥哥劝了一句，他不听，后头就再没人说什么了，连父亲和母亲都知道，劝也无用。"

"希望二哥哥早日看开些，遇见自己的那个良人。"林少春看着孙俊豪，感慨苏映雪与孙俊豪两人本是天造地设的一对儿，一个温婉如玉，一个伟岸如天，可偏偏蹉跎了时光，有缘无分。

孙玉楼温柔地看着林少春，手指轻轻摩挲着她的手，牵着她离开了前厅："二哥哥在战场上见过多少生离死别，总比别人看得开些。他是对二嫂子有愧，让他把想做的事情都做了，自然会缓过来的，你就别操心了。"

孙俊豪从军中回来，本是一家人团团圆圆过个大年，未料到这一年的元日却是在苏映雪的丧礼中度过的。但最出乎孙俊豪意料的是，大年刚过，还未等他回到军中，孙逊和沈氏便为他定了下一门亲事——许凤翘的表妹姚滴珠。

姚滴珠真挚豪爽，二十岁的年纪待字闺中，每日里和一群公子哥豪饮。孙俊豪隐忍寡淡，以军为家，儿女之情于他似乎是奢侈之物。两个人被孙家和姚家的一纸婚书扯在了一起，一个襄王本无意，一个神女更无心。

于是，元日刚过，姚滴珠便闹上了孙府。

林少春吃惊地望着姚滴珠，只见姚滴珠立于孙府花厅之中，大声喊道："孙俊豪你给我出来，一封信就想把人给打发了，打量我是好糊弄的？你给我出来！"

姚滴珠并不想嫁给孙俊豪，只气愤孙俊豪竟然将一纸退婚书送到了她的手中，理由是她在诗社中言语轻佻，不自重。

吴月红搀着沈氏，吃惊地看着："才几日不见……这姚姑娘怎么像变了个人似的。太太，这可不敢娶进门呀，进了门，咱们府里岂不是日日鸡飞狗跳？"

沈氏皱着眉头："滴珠这是怎么了？"

许凤翘急匆匆地走出来，奔到了姚滴珠的身边，一把拉住了姚滴珠的手，劝道："哎哟我的姑奶奶，你是祖宗好不好！你在孙府门口大喊大叫像什么样子，你还想不想进孙家的门了！"

姚滴珠一张俏脸气得铁青，她立于庭院之中，挺直了背脊："你让孙俊豪出来，我今儿偏要讨个说法。他有什么资格嫌弃我？凭什么把我说得那么不堪！"

许凤翘一口气窝在心口："哎呀，二爷一早就走了，这会子不在府里！"

"不在府里？"

此时林少春大概了解了事情始末，急忙走近姚滴珠，她压低声音说道："滴珠，成亲本就要两情相悦，既然你不喜欢二爷，二爷对你也无意，两下作罢，大家都省了麻烦，岂不好吗？"

姚滴珠咬了咬唇："那不一样，他居然敢退我的婚？"

林少春有些头疼，她苦口婆心："这件事本就是私下进行，外头人还不知道。你这会子在门上高声辱骂二爷，一则叫太太下不来台，二则也伤了你自己的体面，让所有人都知道你被退婚的事实，何苦来？"

姚滴珠逐渐冷静了下来，她叹了口气："是我莽撞了。"说着，姚滴珠在小钗的搀扶下走到了沈氏面前，缓缓给沈氏行礼，"太太，滴珠今儿失礼了，还请太太恕罪，等过两日，滴珠再登门赔罪。"

沈氏有些尴尬地点点头。

姚滴珠给沈氏行礼后，与小钗一同走出了孙府。孙府门外，姚滴珠还未上马车，被林少春拦住了。

"滴珠……"林少春抢先一步，握住了姚滴珠的手，"我听玉楼说，二奶奶独守空房三年，最后落得这么凄惨的下场，二爷不能释怀，总觉愧疚，因此这场婚约他本就不同意，与你好坏无关。"

"谢谢你，少春。"姚滴珠慢慢抽出了自己的手，冲着林少春咧了咧嘴，转身上了马车。她心中早已经拿定了主意，就算孙俊豪跑到天涯海角，她也要找到他，问个明白。

林少春望着姚滴珠远去的马车，心中隐隐觉得这个倔强的女子与那个不多言语的二爷那么像，似乎冥冥中，都注定好了一切。

元宵节，民间放灯，官府弛禁，让百姓饮酒作乐。

孙府为了去去晦气，上下设火树，结彩挂灯，花园中搭了几台大戏，全家老少其乐融融。本是一家子最团圆和谐的日子，却被孙世杰带来的女人破坏了。桃夭楚楚动人，身段风骚妖娆，一双盈盈美目欲说还休，看得吴月红双眼几乎快要燃烧起来。

此时，孙世杰牵着桃夭走到了孙逊和沈氏面前，跪了下来。吴月红"噔"的一声站起了身，一双眼直直地瞪着桃夭，恨不得用利器似的目光射穿她。许凤翘更加心惊，明明让人牙子贩卖了她，怎么突然出现在元宵节的家宴中？

林少春看到桃夭，一把握紧了手中的帕子，这女人阴魂不散，与孙家没完没了，她面露疑惑，与孙玉楼对视一眼。

孙世杰跪在了孙逊的面前："父亲，母亲，儿子要纳桃夭为妾。"

孙逊本含着笑意的脸瞬间黑了下来，沈氏难以置信地叫道:“什么？”

桃夭挨着孙世杰跪在地上，垂着头，心念着这一路自己的万难与艰辛。吴月红找人牙子发卖了她，可她不是好惹的主，一口伶牙说服了人牙子，放走了她身边的丫头去请孙世杰救出了她。她好不容易摆脱了人牙子，趁着孙府请大戏的机会来到这里，让孙世杰将她带进孙府，也是因为横下了心，说什么也要进入孙府。心中想着，身子忍不住地颤抖着，她做出一副受尽磨难的动人模样，一开口，那哭腔酥到了人的心底:“老爷，太太……”

吴月红心中百感交集，既害怕孙世杰知道她让人发卖了桃夭，又愤怒孙世杰还在迷恋着桃夭:“大……大爷，这个女人怎么会在这里！”

孙世杰一把握住了桃夭的手，恶狠狠地盯着吴月红:“还不是你做的好事！”

许凤翘心中一慌，手中的茶颤了颤，洒到了衣襟上。她连忙掏出帕子捂着胸口，遮掩着。

孙世杰那日在孙府的后院中，被颂莲找到，才知道桃夭的事。听了桃夭的哭诉，心中顿时更加心疼。这会子见吴月红不知悔改，自是开口就骂:“吴月红，我原本以为你不过性情粗鄙些，没想到你如此狠毒！你容不下桃夭，竟找人牙子把她发卖了！她非奴非婢，你贩卖良家子，触犯了朝廷律例，若深究起来，下狱都是便宜了你。此后，你若相安无事便罢了，倘或再不依不饶，我就休了你这毒妇，娶她为妻！”

吴月红一贯的强硬终究崩塌了，眼泪止不住地滚落下来。

孙逊一拍桌子，黑沉的面孔上强忍着愤怒:“放肆！你是朝廷官员，娶妻纳妾都该谨慎……这是哪里来的女人？你不通禀父母就把人领回来，你眼里可还有我和你母亲！”

沈氏顺着孙逊的话连忙劝道:“哥儿，你父亲说得极是。哪个好人家的姑娘能叫你随便领到家里来，可见不是什么正经出身！我们孙家可不容这样来历不明的人。”

吴月红已经双眼模糊，看不清地上的男人。那个她爱到骨子里的男人，为了其他女人要休了她。她死死地瞪着他:“老爷太太，我绝不答应让这贱人进门。她是个专骗男人钱财的骗子，我亲耳听见的！”

“你闭嘴！”孙世杰握紧了拳，怒吼道。

“若要人不知，除非己莫为！做了还怕人说？我闭了嘴，她就清白了？”吴月红毫不退缩地吼道。

“都给我闭嘴！”孙逊猛然站了起来，所有人都屏住了呼吸，“我还没死呢，你们就在堂前吵嚷起来，眼里还有没有尊长？”

“大嫂子先起来。”林少春上前扶起吴月红坐了下来。吴月红刚要开口，林少春捏了一下她的手，冲着她摇了摇头，吴月红只好忍着悲愤，靠在了林少春的身上。

整个大厅静了下来。

“你要纳妾，多少好人家姑娘纳不得。我们孙家这样门楣，断不会容这等女子进门……”孙逊厉目扫过孙世杰，“世杰，眼下我给你两条路。你要是回头，这件事就当没有发生过，你仍是我的好儿子。你若一意孤行，我权当没生养过你，你带着她，一同滚出我孙家！”

桃夭心中一惊，吓得连忙磕头：“老爷，都是我的错，求您不要赶世杰走。都是我的错，是我的错，同世杰不相干的，我马上就走！”

孙世杰见父亲如此绝决，心中亦气愤，争辩道：“不，你没错。”桃夭站起身欲走，一转身竟晕倒在孙世杰的怀中。

孙世杰一把抱住了桃夭：“桃夭！桃夭……”他抱紧了桃夭，抬眼望着孙逊。一向和善的他性情大变，愤然道：“既然父亲不容桃夭，那便是不容世杰。父亲，您为何这样狠心，您……”

“你给我滚！滚！”孙逊猛地执起桌子上的玉杯，砸在了孙世杰的脚下。

孙世杰眼红了，他没有半点迟疑，抱起桃夭，转身大踏步向外走去……

“大爷……”吴月红声嘶力竭地唤道。

“不许叫！今儿他从这个门里迈出去，便是背弃了祖宗，我孙家没有这样的子孙！”孙逊大声吼道。

吴月红猛地哭了起来，哭倒在林少春的怀中。

林少春冷冷地望着孙世杰毫不犹豫离开的背影，心头渐渐冷了下来。

元宵节那日仿佛是一出狂风骤雨的大戏。

孙家在整个京城也算首屈一指的大户，发生了这样的事情，不到一日，便传到了皇上的耳朵里。皇上震怒，将孙世杰罢官，贬为平民。

孙世杰带着桃夭离开了孙府，在外面过起了日子。吴月红这几日情绪很悲伤，林少春一直陪着她。

寒冬本就令人冷，再加上这些日子发生的事情，更让吴月红冷到了心底。她坐在角亭中，伸出并不细嫩的手:“你看，我为了讨大爷的好，吃了多少苦头。他喜欢琴棋书画，我便硬着头皮努力学习琴棋书画。如今大爷才对我态度好些，这个妖精又回来了，这日子怎么过啊？”说着说着，吴月红红了眼圈。

“大嫂别哭了，当心哭坏了眼睛……”林少春心疼地望着吴月红。

“我真想用刀了结了那个妖精……”吴月红猛然抬起血红的双眼。

林少春一把握住了吴月红的手:“那要是再来一个妖精呢？”

“我再杀。”

“杀人触犯刑律，你何苦为了那些不值当的人，白送了自己的性命？”林少春摇头劝道。

吴月红恨恨地咬住了双唇:“那我到底该怎么办？”

许凤翘在一旁叹了一口气:“唉，胳膊拧不过大腿。既遇着这样的事了，大嫂子就点个头，把人弄进府来，不比撒在外头好？她在你眼皮子底下，不愁整治不了她，你瞧瞧梅姨娘，还不是对太太俯首帖耳？”

“要是那个妖精进了门，大爷就此不理我了怎么办？”

许凤翘皱了皱眉头:“现在不也没理你吗？”

吴月红突然甩开了林少春的手，愤怒地瞪着许凤翘:“你说得轻松，针不扎在你身上，你不知道疼，要是三爷纳妾你怎么样？”

许凤翘杏眼圆睁:“那我就阉了他！”

吴月红绝望地望着许凤翘和林少春，眼泪聚在眼眶中，哭了起来:“你们都这么厉害，一个叫爷们儿爱得死去活来，一个把爷们儿训得避猫鼠似的。我呢？我哪里及你们……”

林少春连忙抱住吴月红，安慰着她:“大嫂子少安毋躁，那个桃夭是个厉害角色，对付她得慢慢来，咱们自己不能乱了方寸。她既是为了钱财，早晚会露出狐狸尾巴的，我和她也算同门，这件事就交由我来处置。你容我再想想办法，快别哭了。”

吴月红渐渐平息了下来，抬起头，像是抓住最后的救命稻草般点了点头。

“大嫂子，我想问你一个问题。”从头到尾，林少春只看到了一个爱孙世杰爱到受尽委屈的吴月红，她心中不忍，“若你没有了孙世杰，这辈子可就这么自怨自艾下去了？你活着，就没有旁的想做的事儿吗？”

许凤翘眼睛一亮，也觉得林少春这个问题问得好：“是呀，男人没一个好东西，你自己好好琢磨琢磨。”

吴月红一怔，在没有遇见孙世杰之前，她的日子是那么恣意，自从嫁给了孙世杰，一切都变了，她的世界中已经没有了她自己，她喃喃道：“我……我没有想过……”

林少春拍了拍吴月红的手：“嫂子，你该好好打算打算了。我们虽是女人，也不能全然依附男人而活。当初老爷太太不许我和玉楼在一起，我自然要想法子促成这段姻缘，但若是实在不能，我也不会就此不活了。这回大爷的心你是看见了，倘或他执意不肯回头，大嫂子可是该想一想，往后应当怎么过了？”

“我……”吴月红望着林少春认真的模样，一下子愣了。

“你跟我去个地方……”随即，林少春拉着吴月红出了孙府，来到了城西的济善堂。

因为天灾过后，很多流离失所的妇人和孩子没有地方可去，林少春便在城西修建了济善堂，专门收留妇人和孩子。

林少春领着吴月红进了济善堂，身后跟着小翠和侍剑。济善堂内的妇人们坐在地上闲散地聊天睡觉，孩子们互相争抢食物。

吴月红不懂，问林少春：“拉我来这里做什么？”

“大嫂子能不能教她们学功夫？”林少春看着这些人，感慨道，“她们原都有家，只因天灾才沦落至此。这会子男人没了，自己又没个手艺，终日无所事事，这么混下去也不是法儿。”

“可是教她们功夫能干什么？”

林少春莞尔一笑：“大嫂子忘了，好些府门里的女眷出行都需要随从保护，可府里的小厮仆役全是爷们儿，叫他们跟着多有不便。倘或有懂得拳脚功夫的女护卫，岂不既给女眷们行了方便，又让这里的人有事可做，有钱可赚？”

林少春这么一说，吴月红突然觉得热血冲上了头顶，心中燃起了一股力量：“好啊。反正我在府里也无事可做，除了自己练拳就是找三奶奶说话。大爷那个没良心的一走，害我没日没夜地想他，倒不如教教她们，我自己也分分心，一举两得。”

“好，那我就先替她们谢谢大嫂子了。”林少春说着上前冲着大家喊道，“大家都过来！”

四散的妇人们纷纷走近林少春和吴月红。

林少春朗声道:“从今往后，孙府大奶奶来教大家学功夫，这本是对你们有益的事儿，一则强身健体，不再任人欺负，二则等你们拳脚精通后，便能上各大宅门中护卫女眷出行，赚些银钱养家糊口。如今朝廷的接济有限，养活不了你们这么多人，求人不如求己，别等饿得站不起身时才知道后悔。趁着这会儿有力气，好好积攒些家私，将来也为自己的子女谋个好前程。”妇人们面面相觑，林少春继续道，“你们若愿意学，明日就可跟着大奶奶操练起来。若不愿意学，我济善堂只救济老弱病残，不供养好吃懒做之辈，有妄图坐享其成者，请自行离开，另谋出路。话我都说明白了，何去何从，你们自己斟酌吧。”

顿时，整座济善堂的妇人们纷纷叫了起来……

“我愿意，我要赚钱，我要跟大奶奶学功夫！”

“愿意，我也愿意！”

……

林少春转过头看着吴月红，露出了一个微笑。

望着这群热烈呼唤的人，吴月红有一阵儿恍惚。原来这个世界上除了孙世杰，还是有很多事和很多人需要她的。

林少春将吴月红留在了济善堂，望着吴月红带着这群妇女小孩儿练拳和吴月红脸上纯真的笑，林少春心中升起了一股子暖意。这世上好人原本就该被温柔对待。

就这样，吴月红带着济善堂的妇女小孩儿练起了拳术，直到一个月后。

林少春来找吴月红，却见她坐在自己的桌前，红扑扑的脸上带着温暖笑意，她用拳头砸着板栗，而桌上另一旁摆着孙世杰的许多字画。吴月红盯着桌子上的字画，自言自语道:“你说大爷的字这么好，怎么就没人买呢？”

林少春走了进来，坐在吴月红的身边:“大嫂子，我来和你说件喜事，你的徒弟们如今大多找到东家了，在府门里头近身护卫姑娘奶奶们，你看……”林少春说着从小翠的手中拿来一些胭脂水粉，递给了吴月红身后的侍剑，“这些胭脂水粉是她们的谢师礼。”

“呀……”吴月红兴奋地放下了手中的板栗，“真的！这还是我头一回收人谢礼呢。”

“可不是，大嫂子功不可没。”林少春笑盈盈地说着，看了一眼桌上的字画，轻轻咳了一声，“这些……是大哥哥的字吗？”

吴月红尴尬地笑了笑，已经一个多月了，孙世杰离开她一个多月了。似乎对于孙世杰，再多的怨都挡不住心底的爱:“是他的字，我今儿在回来的路上遇见他卖字画来着。他同那个女人在一起后丢了官，家里又断了他的供给，他卖字画卖不出去，与那个女人过得很是艰辛，我总不能不管吧，我让人把他的字画都买了……”

“看来大嫂子还是很喜欢大哥哥的。”

吴月红轻轻一笑:“喜欢有什么用，成亲这么多年了，他又不喜欢我。我如今也不指望了，还不如每天教教武功，吃吃板栗！”吴月红说着，大掌一拍，用尽全力，一个板栗便破了。

林少春默默注视着吴月红的笑容，心中一阵酸楚。桃夭是奸诈的江湖骗子，将孙府搅得天翻地覆，让大嫂子伤心，让大哥哥落魄，让老爷愤怒地与儿子一刀两断，让太太天天以泪洗面，想念心疼孙世杰。她既然嫁入了孙家，必然不会袖手旁观。

第二日，林少春令人将陈伯远带了进来，好吃好喝招待了他。这个陈伯远祖上是大名鼎鼎的皇商，陈伯远的父亲陈思诚曾在早些年救过孙逊的父亲，孙家至此欠了陈家的恩情。陈伯远自己不争气，欠了嫖赌的债，隔三岔五以祖上的恩情来孙府要银子，是个难缠的主。

陈伯远坐在桌前狼吞虎咽地啃着鸡腿。

林少春望着只顾着吃的陈伯远，淡淡地道:“我原是内宅里的人，不当见你。不过陈家既有恩于我孙家，便也没那么多忌讳了。我知道爷们儿家都有傲骨，谁也不乐意总是低三下四上别人府里打秋风，我这儿有个法子，可解了你的燃眉之急，叫你再也不必被讨债的追得东躲西藏，你可愿意听听？”

陈伯远立刻放下了手中的鸡腿，擦干净了手，望向林少春:“你说……”

林少春莞尔一笑:“但是你要答应我一个条件。”

“好，四奶奶请讲！”

林少春举起扇子挡住了脸，微倾向了陈伯远，轻声道:“你若是能够引诱了长东街燕回巷中的桃夭，我便替你还了所有的赌债……”

陈伯远双眼一亮，竟然有些兴奋:“当真，这个我最拿手了。”

“知道你在这些事上有些本事……”林少春淡淡笑着，“就看你这本事好不好使了……”

如林少春所料，陈伯远这剂方子的确给对了桃夭，也治了孙世杰的病。

短短数日，陈伯远便装成了富家子弟试探桃夭，在孙世杰身上耗尽精力的桃夭怎抵得住陈伯远的引诱，与陈伯远一来二去的巧遇、会面，终引发了与孙世杰的风暴。桃夭在听桃小筑写下了与孙世杰两不相欠的字据。当孙世杰难以置信地望着这张字据，耳朵里是桃夭无情的话语:“你我之间原就没有婚约，立个字据不过是为将来说得清。你在上头画个押，咱们自此就两不相欠了。”

孙世杰几乎颤抖地盯着桃夭:“两不相欠？”

桃夭毫不留情地按住孙世杰的手指在字据上按了一个手印，径自收拾行李离开了听桃小筑。

当走投无路的孙世杰在东街边摆了一个露天私塾以此谋生时，被吴月红看在眼中，痛在心里。她好想去帮孙世杰，可自己无论怎么做在孙世杰的眼中都是错。吴月红这几日恍惚极了，这一切都被林少春看在眼中。

林少春在济善堂外找到了吴月红。这些日子，将吴月红介绍到济善堂教拳，吴月红的日子精彩了许多，可她心中始终空着一块，那就是孙世杰。林少春叹口气，道:“听说大嫂近日教拳法的时候心不在焉，每每教了几招便走了。”

吴月红有些惭愧:“你是不知道，我现在哪有心思教别人！大爷摆摊卖字画无人光顾，如今办个私塾也收不着学生，这么下去只怕他要饿死了。实在不成，我去上课好不好。横竖我出钱，他出力，他教谁不是教呢……”吴月红说得心急，一抬眼看见林少春亮晶晶的眸子带着笑望着她，又退缩了，“不行不行，他一见到我，定然扭头就走，我去当他的学生，他会觉得我是存心给他难堪。”

“你到底是想同大哥哥和好，还是只想帮他赚钱？”

吴月红沉思片刻:“都想。”

林少春莞尔一笑:“要是只能选一个呢？”

吴月红不假思索脱口而出:“那我肯定是想让世杰过得好一些。”

林少春指了指济善堂内。吴月红随着林少春手指的方向望去，济善堂内妇女们在练拳，小孩子在打打闹闹。

“这些孩子与其在这里嬉戏打闹，不如送到大哥哥的私塾去读书。如此，大哥哥不会觉得失了脸面，大嫂子达到了救济他的目的，这些孩子也能通些文墨，这样岂不一举三得？”

吴月红一下子拨云见日，她惊诧地望着林少春，一把抓住了林少春的手腕:“对对对。还是你脑子活，天底下什么麻烦事儿，到了你跟前就都迎刃而解了。那你能不能再教教我，我想同你大哥哥和好，还想让他喜欢我，该使什么法子？”

林少春看着迫切而热情的吴月红，不由得笑道：“大嫂子，这种事得一步一步来，我又不是神仙，哪能有求必应呢！”

吴月红真诚且近乎崇拜地看着林少春：“少春，我知道，我与大爷的事，你帮了我很多。如今桃夭那狐狸精也离开了大爷。好妹妹，姐姐我真的不知道怎么感谢你，反正你在我心里早就是无所不能的神仙了……好妹妹，亲妹妹，你一定要帮我。”

林少春禁不住吴月红的软磨硬泡，笑着点了点头。

第二日，吴月红让济善堂的孩子们去孙世杰的私塾报名学习，孙世杰才发现吴月红一直在接济帮助济善堂的灾民。当他看到吴月红像是换了一个人一般，火红的身影英武地立在济善堂，成为所有灾民崇拜的人，那一瞬间，似乎有什么东西扎了他的心，他一直望着她。后来，二人一个在私塾教书，一个在济善堂教武，似乎有一种莫名的温情浓了起来。

这些日子因为孙世杰的事情，沈氏的心情很低落，全家妇人们想尽法子安慰着沈氏。趁着今日里阳光正好，孙家的媳妇全都聚在花厅中，陪着沈氏品茶。

“这是才从金寨运过来的六安瓜片，你们尝尝，和平日喝的茶有什么不同……”沈氏的话音未落，梅姨娘风风火火地冲了进来：“不得了了，不得了了，太太，出大事了！”

沈氏的脸立即阴沉了下来，瞪了一眼梅姨娘：“你进我们孙家年头也不短了，到今儿也没学会规矩体统？遇着事儿便大呼小叫，知道的拿你当姨娘，不知道的以为你是下头粗使婆子呢！”

梅姨娘立刻住嘴，尴尬地立在了厅内，可是脸上却是掩不住的笑意。

沈氏烦躁地端起茶盏喝茶，看了一眼梅姨娘：“这会子该你说话又不说了，锯了嘴的葫芦一样！”

梅姨娘连忙走到沈氏身边，止不住地笑道：“是个好兆头，我今日去大相国寺烧香，回来看见大爷和大奶奶在私塾摊上有说有笑的，感情好得很……”林少春不由得脸上微微露出了笑意。她心中明白，吴月红听了她的话，主动让济善堂的孩子去大爷的私塾，两个人的心结渐渐解开了。

沈氏放下了茶盏，双眼一亮："真的吗？"

梅姨娘连忙点头："我亲眼所见，不敢欺瞒太太。"

沈氏双手合十，激动地喃喃自语道："阿弥陀佛，想是老天开眼了，这两个孩子自打成亲起就乌眼鸡似的，如今分开了一阵儿，反倒好了……"沈氏说着又难过了起来，"那个狐狸精已经走了，世杰和他媳妇也和好了，可为什么还不回家呢？我心里头牵挂他，夜夜连觉都睡不安稳。"

许凤翘宽慰道："太太别难过，再容大哥哥缓一缓。这里是他的家，他早晚会回来的，您就放心吧。"

沈氏的目光扫过许凤翘又扫过林少春，叹了一口气："金阁媳妇，玉楼媳妇，家里上下平日都是你们在打理，快想个法子，把大爷请回来吧。"

许凤翘皱了皱眉头："太太是知道大爷脾气的，连大嫂子都不能让他回来，我可有什么法子！"

沈氏难过的目光落在了林少春的身上，带着希望和期盼……

林少春明白此刻该是孙世杰回家的时候了，她轻轻一笑："太太，媳妇想问您，近日身子可好？"

沈氏疑惑道："我身子很好啊。"

林少春缓缓摇了摇头："太太，慈母倚门情，游子行路苦。媳妇昨儿还见您头痛来着，这会子已是晌午，太太恐怕要卧床休息休息了。"

沈氏一怔，望着林少春雪亮的带着笑意的眸子，顷刻间便会意了。她猛地按住了太阳穴："哎哟，我的头又疼起来了，哎呀呀，疼得不成了。"众人连忙上前扶住了沈氏。

林少春上前握住了沈氏的手，高声吩咐道："太太头痛难忍，快去请大爷回来！"

沈氏生病的消息立即就让在外的孙世杰回来了。

孙世杰本是孝子，当初迷了心窍，才和家里闹得不愉快。如今人清醒过来，即回了家，再有家里各人劝留，也不再混闹了。终于，一家人就这么团圆了。

吴月红如今一心依赖着林少春，林少春给她支了很多招，招招管用，如今有事没事就爱钻到林少春屋子里，和她说心里话。

"少春，你教我的真管用。大爷回来后要睡在我房中，我说不行；大爷吃饭给我添菜，我说不行;大爷要带我去江月楼，我还是说不行。你让我欲迎还拒，懂得矜持。果然，我越是拒绝大爷，大爷就对我越好……”吴月红很兴奋，小脸红扑扑的，说着说着又皱起了面孔，“可是当大爷说要和我和好的时候，我……”

林少春难以置信地望着这个一根筋的大嫂:“你什么都说不行？那后来呢？”

吴月红有些不好意思:“大爷找来了大夫，大夫看了半天，他说我要么没病，要么就是失心疯。后来，大夫给我开了一剂安神的药，我见势不妙只能开始说行了。你说我是不是前功尽弃了？”

林少春笑看着吴月红:“大嫂子，说不行也得看看当下的情景。刚才大哥哥明明是要跟你和好来着，你怎么说不行呢？你说行才是对的！”

吴月红很担心地噘了噘嘴:“可是我说不行的时候，大爷对我很好。我怕要是我说行，他对我不好了可怎么办？”

林少春伸手拍了拍吴月红的手:“大嫂啊，我真是佩服你。”两个人说着笑作一团。

正在此时，孙玉楼走进门来，望见了吴月红，不由得一怔，表情有点僵硬:“少春……欸，大嫂也在。”

吴月红连忙起身:“玉哥儿回来了，我就不打扰你们了，我这就回去了……”吴月红说着莞尔一笑，冲着林少春眨了眨眼睛，“我要回去说行了……”

林少春将吴月红送走后，发现孙玉楼已经脱下了官帽，放在了衣架上，将衣服脱在了床上，竟睡了。

林少春走近，坐在了孙玉楼的身边，她探出手轻轻搭在了孙玉楼的肩上:“今儿累坏了？”孙玉楼翻了一个身，侧向了床内:“是呀，很累，我先睡了。”

房间中安静得出奇，林少春望着他的背影，心底突然升起一种异样的感觉，孙玉楼从未将背影给她。她轻轻地将孙玉楼扔在床上的衣服拿起，刚要挂在衣架上，突然间，手停在半空中静止了，衣领上鲜艳的红唇印分外刺眼。

林少春身子一颤，双眼直直地盯着手中的衣服，无数的情景浮现在她的脑海中，每一幅皆是孙玉楼，每一幅都惊心动魄。

这世间，难道真如人们所说，感情随着时光就消磨了吗?

第十章

几经风雨弄春晴

孙世杰看到吴月红，三两步走到了她跟前，沉声道：

『月红，对不起，桃夭怀了我的孩子。』

那个瞬间，吴月红只觉晴朗的天猛地全黑了。

她像是被定住了一般，嘴里喃喃道：

『比翼鸟……连理枝……』

林少春穿过鹿苑丛林，来到大相国寺，跪在三世佛前。她心乱如麻，昨晚那刺眼的印记令她失了方寸，她在佛祖面前跪拜，摇签……

“哟，这不是四奶奶吗？多日不见，没想到今儿在这里遇上了！”

林少春抬头望见了御史大夫朱天虹的夫人：“朱夫人这阵子都好？”

“都好，我瞧四奶奶气色也怪好的，倒像比以前还精神些呢！今日怎么一人来求签啊，四爷没陪着一道来？”朱夫人一身紫衫，虔诚地跪拜在佛祖面前。

林少春微微一笑，解释道：“他要忙公务，所以不便陪同。”

朱夫人诧异地摇了摇头：“不对呀，今儿是太后的圣寿，寿宴一完，皇上就赐臣工们休沐了。”

林少春的手微微一抖，强忍住自己的震惊：“都休沐了？”

朱夫人点了点头，笑道：“是呀，我们老爷回家陪老太太去了，所以也没陪着我来烧香。行了，我不叨扰你了。”朱夫人说着起身离开了。

林少春望着朱夫人离开的背影，本不平静的心头更是惊涛骇浪。

傍晚的时候，孙玉楼才回到院子里，回来仍是倒头就睡，像是累了一整天。林少春凝视着孙玉楼，默默无语，直到第二日。林少春刚醒，就被眼前的孙玉楼吸引了，只见孙玉楼换上了一套玉白色长衫，人如美玉，四方巾下的一张面孔带着喜气和春意。

林少春坐了起来，扶着头，看向孙玉楼。

孙玉楼理了理自己的衣襟，朗声道：“杜世卿邀我去他家中宴饮，晚饭就不回来吃了。”

林少春觉得那印在衣领上的唇印明明不像女子的樱桃小嘴，可是这些日子孙玉楼早出晚归，忙得不亦乐乎的样子实在反常极了。

“你穿得这样光鲜，就是去见杜世卿吗？”

孙玉楼转过头，笑得如沐春风，令林少春害怕，那副喜气的样子像是在历经人间最美的事情：“你不知道，爷们儿也爱攀比。我若是穿得不好，岂不是丢了面子？”

“原来如此。”林少春缓缓起身，穿着衣服，看着孙玉楼，欲言又止，“你没有什么想同我说的吗？”

孙玉楼显得有些不耐烦：“要说的平日里不都说了吗？你还想听哪一句？”

林少春顿住了，还未开口，孙玉楼挥了挥手，向外走去，边走边喊：“好了好了，有什么话等我晚上回家再说，欢郎，备马！”

林少春思索片刻，起身跟了出去。

穿过长长的御街，林少春跟着孙玉楼来到城南郊外。

京都的城南坐落着一座不出名的小山——鹧鸪山。据说鹧鸪山还有一个美丽的传说，有一个叫阿兰的女孩爱上了一个做木工的穷小子阿古，穷小子为了向女孩表达爱意，在鹧鸪山洞中做了无数的木工。但他们的爱情遭到了阿兰家族的阻挠，后来阿兰伤心欲绝，病死了。伤心的阿古做了无数的木鸟表达自己的哀思，其中有一只鹧鸪木鸟竟然幻化成真了，飞向了鹧鸪山。

因此，这京城南郊一向是青年男女定情之地，每年春天，总有一番旖旎之色，满山的桃花含苞欲放，偶见几株枝头绽开，令人心生无限春情。林少春跟着孙玉楼走进了鹧鸪山的一个山洞，她的心也揪了起来。她望着孙玉楼在山洞门口整理了一下自己的衣衫，似乎要私会特别重要的人。林少春的身子微微颤抖，几乎迈不动自己的脚。她闭上了双眼，握紧了拳，猛地一睁眼，望着那黑漆漆的洞口，深深呼了一口气，大踏步跟了进去。

山洞内光线昏暗，隐约闪烁着五彩的光。林少春的心都在颤抖，孙玉楼在这种黑灯瞎火的地方参加宴饮，若是一些见不得人的事情，她要如何做？如何自处？如何与孙玉楼继续？林少春颤着身子向前走，渐渐洞中灯火明了起来，一个绘着仕女图的走马灯出现在她的眼前。剪纸轮廓的仕女环抱琵琶，立于高高的戏台之上，微风轻轻吹起了幕帘的褶皱，眉眼清丽得好似天边的第一道虹。她慢慢走上前，一个个无比精美的走马灯缓缓出现在她的眼前，一幅幅图皆是美丽女子的模样，一嗔一笑，一举一行，映光隐现，转影纵横。她再也走不下去了，眼泪涌上了眼眶，整个山洞越来越明亮，可是她的双眼却越来越模糊……

“喜欢吗？”林少春腰间突然被一双大手紧紧地环住，一个沙哑深情的声音落在她的耳边，孙玉楼就这样又出其不意地出现了。

“你不是说要跟杜世卿宴饮吗？”林少春靠在孙玉楼的怀中，声音有一丝哽咽。

孙玉楼的头靠在了她的脖颈处：“哪里有什么杜世卿，我就是想看看，你到底还在不在乎我。”

“所以……那衣服上的唇印是你自己印上去的？”林少春缓缓转过身来，孙玉楼的额头靠上了她的额头，明亮的眸子中含着无限深情。

他禁不住咧嘴一笑：“你每日为府中大小事务操劳，长辈、妯娌、下人都安排得妥妥帖帖，可是……”孙玉楼说着，故意有些委屈地瞪着林少春，“可是你冷落了我。”

“可我做这些是为了谁？还不是为了你吗？”林少春被他环在怀中，心中也有些委屈。

“好了好了，我们今日不提他们……”孙玉楼牵着林少春的手，环视着满洞的走马灯说道，“你看到这些走马灯了吗？这上面都是我心中你的样子，这可是我亲手为你做的！”

“原来你近日忙里忙外，都是在忙这些？”林少春忍不住凝视着孙玉楼，抚摸着他的脸颊。

“可不，我都累坏了，瞧在我这么辛苦的分儿上，你可是应当报答报答我？”孙玉楼一把握住了林少春抚在自己脸上的手，另一只手将她带进了自己的怀中。

“你想要什么？”林少春紧紧依偎在他的怀中。

孙玉楼笑得狡黠，贴在了林少春的耳边，轻声道：“我想要一个儿子。”

一瞬间，红霞飞满了林少春的脸颊，她羞得几乎想要推开他，却被他搂得更紧了，他滚烫的唇落在了她的双唇之上，两具火热的身躯紧紧依偎在一起。山洞内的空气似乎都暧昧了起来。走马灯不停地旋转，两个人的影子与走马灯的灯影交相映辉，在山洞中绘成了一幅情深意长的画。

大爷孙世杰虽然回来了，可是吴月红心中依然没有完全释怀，两个人明明互相牵挂，却又不肯相互靠近。

孙玉楼新得了雅州的蒙顶石花，这是当春的新茶，他请了孙世杰到他的院子里品茶。两兄弟坐在老桂花树下，林少春让小翠端着几样小果碟送到了石桌上。

“这是新做的茶点，请大爷尝尝。”林少春坐在孙玉楼身边，伸出纤纤玉手拨开一粒蜜饯，塞进了孙玉楼的嘴中。

“这新做的蜜饯真不错，大哥哥你也来尝尝……”孙玉楼虽是冲着大哥问话，脸却冲着林少春笑着。

“谢谢弟妹，好好好……”孙世杰望着孙玉楼小两口甜蜜的样子，如鲠在喉，一副欲言又止的模样。

“大哥哥，你我兄弟什么话不好说，何必欲言又止呢？”孙玉楼看出了孙世杰的犹豫。

“四弟，你也知道我同你大嫂子不睦。先前是我糊涂，受人蒙蔽，如今我已知错了，想同你大嫂子和好，可是一直苦于找不到合适的机会。我的脾气你是知道的，不会那些甜言蜜语哄人，因此想向你们二位请教，如何能让你们大嫂子原谅我……”孙世杰放下了手中的茶杯，叹了一口气。

“精诚所至，金石为开，大哥哥若有诚意，自会想到法子讨大嫂子欢心的。”林少春同情地看着孙世杰，心中有些安慰，现在大嫂吴月红已经走进了大哥的心中。

孙世杰轻轻地摇了摇头：“话是不错，可我与她性情迥异，我崇文她尚武，我喜欢的东西她不喜欢，她喜欢的东西，我也未必中意。”

孙玉楼嘴里吃着蜜饯，听完忍不住笑了。

“玉哥儿，你快告诉我，你是用什么法子让弟妹对你倾心相许的？”望着孙玉楼的笑容，孙世杰有些心急。

孙玉楼神秘地眨了眨眼睛：“大相国寺中许愿树。”

孙世杰一愣：“许愿树？”

孙玉楼凑过了身子，对着孙世杰耳语道：“明日，太太要到大相国寺祈福，你可以将想与大嫂和好的心愿写在许愿牌上，待到大嫂看到，自然就都明白了。”

孙世杰双眼一亮：“玉哥儿说得很对，我这就去准备，先走一步了。”

孙世杰说罢匆匆离去。

早春的风拂过林少春的脸庞，孙玉楼痴迷地看着林少春。

林少春问孙玉楼：“你出的这个主意可行？”

“那你想一个更好的法子。”孙玉楼歪过身子，靠在了林少春的身上，调笑道。

林少春伸手推了孙玉楼一把：“你们爷们儿花马吊嘴的，总爱弄这些玩意儿！既然你主意都出了，就让大爷试试吧！”林少春正欲起身走开，被孙玉楼一把拉进了怀里。孙玉楼俯下头，道：“这不就是你喜欢的吗？”

孙玉楼深情地看着林少春：“少春，如今咱们修成正果了，可是想当初多不容易，你这会子还记得吗？我那时候为你茶不思饭不想，你若不理我，我的天都快塌了。你只瞧见我在你面前永不言败，却没瞧见我夜夜为你辗转反侧。我像个病入膏肓的人，你就是我续命的良方，你知道这种感觉吗？”

一番话讲到了林少春的心里，她握住了孙玉楼的手，温柔地看着孙玉楼：“我知道，没有人比我更知道。”

正当林少春陶醉的时候，却瞧见孙玉楼忍不住地靠在她的肩膀上笑了起来：“你瞧，你不是也爱听这些掏心窝子的话吗？为什么到了大嫂子这里就不管用了？”

“你竟敢戏弄我！”林少春顿时反应过来，气得拳头捶上了孙玉楼，却被孙玉楼一把温柔地搂进了怀中。孙玉楼坐直身子，一本正经地发誓道：“我发誓，我说的句句属实。”

林少春瞪着孙玉楼，挣扎出双手，继续打着他。一时间，两人笑闹成一团。

第二日是三月初一，沈氏带着一家老小来到大相国寺祈福。

孙世杰率先进了殿内，抬眼间，却见一女子迎面而过。那人白皙的面孔隐着一股子艳丽，正是桃夭。孙世杰一怔，桃夭连忙垂下头，慌慌张张地跑了出去，躲进了内室。

“哥儿？哥儿？你想什么呢，想得这样出神？”沈氏在孙世杰的身后唤道，孙世杰才回过神来。

孙世杰神色暗淡，连忙应道：“没事，没事。”

“菩萨座前别三心二意的。玉楼媳妇，把我准备的贡品拿来。”沈氏嘱咐道。

林少春应了一声，让小翠和银锁端上来水果、谷物、幢幡，沈氏将水果和点心摆在了神佛面前，将幢幡挂好，一家人开始整齐地拜佛行礼。

孙世杰心中惦记着桃夭，向桃夭离开的方向张望。

林少春觉得奇怪，她看出了孙世杰心不在焉：“大爷，你在看什么？”

“没什么，没什么。”孙世杰回过神，连忙燃了手中的香。

林少春思索着刚刚那个女人。她并未瞧清楚，心中却生了疑。

众人拜完，孙玉楼领着大家走到了前院的许愿树下：“太太，这就是寺内有名的神树，心里有什么念想都写下来，然后再抛到树顶上，只要心诚，一切愿望皆能实现。”

“真这么灵验吗？”沈氏抬头观望着这棵许愿树。

“哎呀，太太试试不就知道了吗？四爷说的准没错，要是愿望没能实现，我就尽管找四爷的麻烦。”许凤翘笑了一声，说道。

孙玉楼望了一眼许凤翘，调侃道：“只要三嫂子别要什么金山银山，佛祖定会保佑的。”

“去，越来越贫嘴了。”许凤翘横了一眼孙玉楼。

“好了好了，这就是个盼头，管他能不能实现呢，咱们快写吧。”梅姨娘笑着打圆场，众人纷纷走到了许愿树下的桌旁，开始写下自己的愿望。

林少春走近了吴月红，发现她皱着眉，提笔迟迟不能落下：“想好写什么了吗？”

“我就不会写几个字，要是让我写下来还真是难为我了，不如你帮我写吧。”

“好，你的愿望是什么？”林少春接过吴月红手中的笔，笑着问道，却瞧见吴月红双颊一红，一双杏眼羞涩地看了看孙世杰。

“好，我知道你的愿望了。”林少春会心一笑，开始在纸上写了起来。

孙玉楼拿着纸和笔走到了正在出神的孙世杰面前：“大哥哥，快写啊！”

孙世杰接过纸和笔，思忖着，又开始走神。

孙玉楼看着孙世杰忧愁的样子有些奇怪，着急地拿起笔：“这会儿就别犹豫了，你有什么愿望告诉我，我来帮你写。”

孙世杰默默不语，孙玉楼着急地将孙世杰拉到了一旁：“大哥哥，你到底怎么了？”

孙世杰吞吞吐吐：“我……我……”

孙玉楼望着孙世杰一副犹犹豫豫的样子，有些着急：“算了，我自己看着写吧。”孙玉楼立刻提笔在纸上写完，将纸塞进了孙世杰的手里，“写好了，大哥要许愿了！”孙玉楼说着用手肘碰了碰孙世杰。

孙世杰无奈，只好将写下愿望的许愿牌扔向了树梢，却未料那块写着孙世杰愿望的牌子恰巧掉落到了吴月红的面前。

孙玉楼连忙看了一眼林少春。

林少春立刻将许愿牌捡了起来：“哎呀，掉下来的愿望可不作数了。”

吴月红心中一急：“啊，那怎么办？”

林少春宛尔一笑：“咱们瞧瞧大哥哥的愿望是什么吧，就算佛祖不帮忙，还有我们呢，我们替大哥哥完成心愿。”

林少春将纸递给了吴月红：“既是大哥的愿望，就由大嫂子打开看吧。”

吴月红接过纸打开一看，皱了皱眉头，许凤翘连忙凑了过来：“大嫂子，上头写的什么呀？莫不是想加官晋爵，平步青云？”

吴月红看了又看，磕磕巴巴地说道：“在什么什么什么……鸟，比……什么什么什么……在鸟比？世杰是想比鸟飞得高吗？欸，这里还有我的名字，月红……”吴月红突然一脸顿悟的模样，“难道相公是希望我比鸟飞得还快？虽然我武功高强，可我飞……还是飞不起来的。”

众人正笑作一团，孙世杰假借肚子痛去到大相国寺的后院，结果赶巧儿就瞧见了正在井边打水的桃夭和颂莲。

“姑娘您慢些，坐下休息会儿吧。”

桃夭继续打水：“不了，今儿干不完，得拖到明儿，明儿还有明儿的活计，这么积攒下去，一辈子都干不完。”正说着，绳子勒破了桃夭的手，桃夭痛得“嘶”的一声。

颂莲连忙来到桃夭身边：“姑娘快坐下，您的手都破了，总得上些金疮药吧。”说着拉着桃夭坐在井边休息，正准备拿出药瓶，一个年轻的和尚走了过来，双手合十：“二位女施主，你们无家可归，流落到此，住持慈悲为怀才收留的你们。如今你们干活儿偷懒就罢了，香客进香的时候还赖着不走，是有意让全天下的人都知道大相国寺收留女眷吗？这么下去，难免损了我佛门清誉，既然你们的伤已经养好了，就尽快搬走吧。”

桃夭可怜兮兮地说道：“谢谢小师父，我们不敢了，下回一定在没人的时候再走动，请小师父通融两天，一找到住处我们即刻搬走。”

和尚叹了一口气，点点头，转身离去。

颂莲扶着桃夭坐下，掏出药瓶给桃夭的手上药：“这些和尚也太厉害了，既是慈悲，就不该让咱们每日干这些苦活累活！”

桃夭笑了笑，摸了摸肚子，柔声劝道：“好了，人家愿意收留咱们，已经是咱们的造化了。”

颂莲嘴一噘：“我就是心疼姑娘，我刚才好像看到孙大爷了，就在大殿上。”

桃夭脸色骤变，立刻严厉地看着颂莲：“不许你再提他，他终归和咱们不是一路人，早前因我受了那些苦还不够吗！我宁愿做个恶人，让他彻底死了心，他能回孙府继续过他的好日子，我就安心了。”

颂莲故意大声叫道：“姑娘这又是何苦，您肚子里怀的可是他的孩子呀！”

躲在角落里的孙世杰身子一颤，难以置信地望着桃夭。

桃夭缓缓站起身，眼圈红了：“这孩子是我一个人的，生死都不与他相干，你少说两句吧！”桃夭缓缓走到井边，坐了下来，冲着颂莲说道，“才刚大殿上，世杰好像看见咱们了，你快去收拾收拾，趁早离开这里。”

颂莲应了一声，不情愿地起身回屋收拾东西去了。

桃夭一个人孤独地坐在井边，那张苍白的脸令孙世杰心若刀割，可一想起桃夭先前的种种举动，心中迟疑。当看到她的肚子，孙世杰还是缓缓走了出来，眼望着桃夭，一字一句道：“你还想去哪儿？”

吴月红手拿许愿牌，嘴巴里念着“在天愿作比翼鸟，在地愿为连理枝”，蹦蹦跳跳地来到后院找孙世杰，林少春走在一旁，看着吴月红高兴的样子，忍不住笑了出来：“大嫂子，你慢一点。”

吴月红跳着跳着突然停了下来，猛地跑到林少春身旁，伸手挽住了她，笑道：“少春你真好，自从我用了你教我的法子，大爷就回心转意了，我如今可没什么烦心的事了。”

林少春与吴月红说着来到了后院：“我知道大嫂子高兴，可你让我陪你来这儿干什么？”

“大爷肚子疼，都这么久了，我当然得来看看他呀。我还要跟他一起做比翼鸟，要跟他做连理枝。”吴月红笑着做了一个鬼脸，刚一抬头，便如同见鬼一样，整个人怔住了，双拳猛地握紧了。林少春顺着吴月红的目光看过去，却见孙世杰和颂莲扶着桃夭走出来。

林少春惊讶地看着一脸楚楚可怜的桃夭。

孙世杰看到吴月红，三两步走到了她跟前，沉声道：“月红，对不起，桃夭怀了我的孩子。”

那个瞬间，吴月红只觉晴朗的天猛地全黑了。她像是被定住了一般，嘴里喃喃道：“比翼鸟……连理枝……”

孙世杰叹了口气，扶着桃夭与吴月红擦肩而过，向着前院走去。

林少春一把扶住了吴月红，心中觉得奇怪，这桃夭明明被陈伯远带走了，怎么会在这里？她心头正疑惑着，却见桃夭回头，冲着她笑了笑。林少春心头一冷，只觉桃夭的笑容像是一条毒蛇爬向了自己。

众人回了府，桃夭一事已经令孙府炸开了锅。整个正厅之中一片肃静，孙世杰、桃夭和颂莲跪在地上，林少春、孙玉楼等人坐在一旁，都一言不发，孙逊黑着脸坐在主位。

“老爷，桃夭有了身孕，我没有经过老爷允许私自将她带回来，实在是没有法子。她怀着哥儿的孩子，居无定所，大人倒没什么要紧，只是苦了孩子。老爷，这毕竟是我们孙家的骨肉啊，还请老爷定夺。”沈氏皱着脸，心中也没有了主意，眼巴巴地望着孙逊。

孙逊沉着脸看着桃夭，开口的话令桃夭心中一震：“是孙家的孩子吗？”

桃夭咬了咬牙，在地上磕了一个头：“千真万确。”

孙逊冷眼瞅着桃夭，思忖了一会儿，冷冽的语气中皆是警告：“好，你可以暂且留下，待孩子落地后滴血认亲，若孩子不是我们孙家的，你就永远不能出现在京城，听清楚了吗？”

桃夭垂着头轻声应道：“回大人，桃夭听清楚了。”

孙逊不耐烦地摆了摆手：“你下去吧。丁管家，你带着下人将望月楼打扫出来，安排一间客房让她住下，等生下了孩子，认了亲，再给名分。”

丁荣寿应了一声。

“谢大人。”桃夭慌忙给孙逊磕了一个头。

孙逊环视了一下众人，站起身，看向沈氏缓缓说道：“朝中事多，剩下的交给太太处置吧。”孙逊说罢，转身走进了内室。

沈氏眼望着孙逊离开，桃夭之事让她颇为头疼，忍不住扶着自己的额头，摆了摆手：“你们瞧瞧，老爷如今忙成什么样儿了，你们为人子女的不说分忧，整日只知道添乱。”沈氏说着目光落在了桃夭的身上，望了一眼她的肚子，缓缓道，“缺什么只管和丁管家说，闹了半天，我也乏了，下去吧。你们都散了吧。”

众人应着，走出了正厅。

刚走到院子中，吴月红大声吼道：“孙世杰，你不是说要跟我做比翼鸟、连理枝的吗？现在三只鸟怎么比翼？”

孙世杰看着吴月红，面露愧色，无言以对。

桃夭故意靠在了孙世杰身上，柔声道：“奶奶，您和大爷还是比翼鸟、连理枝，桃夭不过是外人，您就当我是只猫儿狗儿，我往后尽心伺候您和大爷，不会妨碍你们的。”

吴月红瞪着红了的眼，厉声道："不妨碍？不妨碍肚子都大了？妨碍起来还不得做大奶奶呀？我打死你！"吴月红越看桃夭那副狐媚的样子越气，说着就要起身举拳头向桃夭打去。

林少春和孙玉楼赶忙起身一把拉住了吴月红。

孙世杰挡在了桃夭的身前："吴月红，我刚刚对你有些改观，你为何突然这样不可理喻？"

"我不可理喻？她抢了我的相公，我打她怎么了？"吴月红强忍着眼泪，叫道。

"大嫂子。"林少春用手拽着吴月红。

孙玉楼也拉住了孙世杰，劝道："大哥，你先带着桃夭回去吧。"

孙世杰点点头，看向吴月红："等你冷静些再说话吧。"孙世杰说完，带着桃夭和颂莲离开了院子。

吴月红颤抖着，被林少春紧紧地抓着手。她失神地望着林少春："怎么办？少春，我该怎么办？"

林少春凝神盯着孙世杰等人离去的背影，拍了拍吴月红的手，心头觉得很不安，她安慰着吴月红，和孙玉楼对视了一眼，夫妻二人心有灵犀，都觉得其中肯定有猫腻。

林少春拍着吴月红的手，轻轻安慰道："大嫂子少安毋躁，我这就打发人去找陈伯远，问明到底发生了什么事儿，咱们再行商议好不好？"

吴月红双眼血红，愤然道："不行，我这会儿心都碎了，还怎么少安毋躁！我要去打她，打到她跪地求饶为止，我要让她怕我，让她怕到逃跑，让她这辈子再也不敢回来。"

林少春连忙阻止道："大嫂子别糊涂了，你若是打了她，可正中她的下怀了。届时她在大哥哥跟前一哭二闹，你百口莫辩，岂不惹大哥哥越发误会你？"

吴月红快哭了出来："那怎么办啊，打又不行，赶又赶不走，你都束手无策了，难道就让那狐狸精住下了吗？"

林少春转念想了想，看向孙玉楼："爷，我不便抛头露面，只有托你去找陈伯远。找见他，问清楚桃夭这几个月来到底经历了什么，可是真如她说的那样，躲起来养胎了。"

孙玉楼点了点头。在二人的劝说下，吴月红终于平息了下来。才回到了自己的院子，天已经黑了，两个人都觉得筋疲力尽。

孙玉楼扶着林少春坐了下来，又顺势给她捏起了肩膀："真是一波未平一波又起，本以为能让大哥哥大嫂子和好，没想到这个桃夭又回来了。"孙玉楼叹着气缓缓道，"娘子，谢谢你。"

"怎么了，谢我干什么？"林少春闭着眼说道。

"你早前嫁进我们家，我就知道少不得让你劳心劳力，这么看来，可不全应了吗？这家里人多事儿多，你为了我平衡内外，我瞧在眼里，觉得对不住你。你说我上辈子究竟做了多少好事，才让我这辈子娶到你。"孙玉楼抹蜜的话令林少春睁开了双眼，她转身握住孙玉楼的手，静静地看着他，笑道："你只管哄我高兴吗？能不能办些实事？"

孙玉楼立刻答道："好好好，我即刻着人去查，让娘子一刻也不得闲，夫妻同心其利断金，行了吧？"

林少春靠在孙玉楼的身上："这还差不多，哎，别停下，接着捏。"

"是，娘子。"

春光浮金，如水的月光洒在了屋子中，映衬着二人温柔的面庞。

第二日，桃夭求见林少春。

二人将丫鬟下人打发下去，也没什么掖着藏着的，打开天窗说亮话。

林少春盯着坐在自己面前的桃夭，望着她白皙的脸庞："你今儿来我这里，有何贵干啊？"

桃夭欠了欠身子，笑了笑："妹妹这话多见外，你我又不是仇人，这么剑拔弩张做什么？咱们虽交情不深，好歹师出同门，你既叫我一声师姐，也该有对待师姐的礼数才好。"

林少春抠着手指，冷笑着："你心怀鬼胎，别人不知道，我心里一清二楚。这会儿横竖找上门来了，何不一气儿说了，反倒痛快。"

桃夭行走江湖，最不差脸皮厚，她悠闲地拿起桌上的糕点吃了起来："师妹，你真是误会我了，我早同你说过，我和大爷是真心相爱，你又何必咄咄逼人呢？不过你对我虽不留情面，我却不怪你，反倒要感谢你，多谢你没有赶尽杀绝，让我还有机会反败为胜。如今大爷对我满心亏欠，反而越爱我了。你利用陈伯远的诡计呀，早就被我看穿了。"

林少春轻轻一笑:“若是你对大爷忠贞不渝，没有外心，那陈伯远也起不到作用。陈伯远呢？他人在哪里？”

桃夭故作疑惑，风骚的模样令人恨不得掐死她:“这我就不知道了，他拿着我的卖身契，逼我做皮肉生意，我若不从便对我拳脚相向。我是趁他吃醉酒，毁了卖身契才逃出来的，就算告到官府那儿去，也奈何不了我，至于他人在哪儿，和我有什么相干？”

林少春冷哼了一声:“你说谎的本事，还真是比你唱戏的本事好上千倍万倍。”

桃夭放下了手中的糕点，用帕子擦了擦自己的嘴角:“师妹过奖了，我今儿来找你，只是想奉劝你，别总凭自己的感觉办事。在你眼中我十恶不赦，但我自进了孙府，从未做过任何害人的事，这点你无可辩驳吧？再者我要问你一句，大爷和大奶奶是在我出现后才不和的吗？他们原就水火不容，即便没有我，大爷也必定要纳妾的。”

林少春嗤笑一声，望向桃夭:“大爷和大奶奶的感情好与不好容不得你去造次，你爱上陈伯远的钱离开大爷是事实，就算你现在肚子里怀着孩子，你以为大爷的心还在你的身上吗？”

桃夭的脸瞬间变了颜色，她猛地站起身，冷冷地瞪着林少春:“我才进府，日子且长着呢，我到底是好还是坏，你早晚会知道的。既然你不乐意见我，那我就先告辞了。”桃夭起身往门口走去，没走几步又回头看了看林少春，细长的眼像长了毒针一般刺向了林少春，“少春，我要提醒你，多管闲事须适可而止，闲事管得宽了，好心也会办坏事。我眼下要养胎，暂且不和你计较，但你要是得寸进尺，我桃夭也不是吃素的。横竖我肚子里怀着孙家的长孙，你若执意要斗，我只有奉陪到底了。”桃夭说完便走出了房门。

林少春坐着思忖，直到日暮黄昏。

孙玉楼走进门，一眼便看见了自己的小娇妻眉头紧锁地坐在桌子前，满腹心事。他将官帽挂在了衣架上，悄悄走近林少春，猛地一把抱住了她。

林少春突然回过神，吓了一跳:“你回来了。”

“想什么呢，这么出神？”

林少春挣脱出孙玉楼的怀抱:“有些事我想不通，你让我静一静。”

孙玉楼太了解林少春的性子了，他坐在了她的身边，故意拖着长音笑道:“为夫不辱使命，那个陈伯远的消息我打听清楚了。”

林少春双眼一亮，整个人仿佛回春了，她一把抓住了孙玉楼的胳膊，问道：“什么消息？”

孙玉楼给自己倒了杯茶，喝了一口缓缓说道：“那个叫陈伯远的已经被发配边疆了，我快马派人去追踪下落，却得到消息说陈伯远在发配途中失足落水淹死了，现在活不见人死不见尸。”

林少春垂眸思索着：“这事一点也不简单，能够被发配边疆，必和朝廷有关。”

孙玉楼点了点头：“我就知道这事儿和朝廷官员有关，陈伯远并未触犯律法，竟草草判了个流放，可不是奇事？只是眼下尚且查不出来，桃夭究竟是受了谁的指派。”

“老爷最近在朝堂上有没有和他不对头的人？”林少春突然问道。

“梁京冠。”孙玉楼沉吟了一下，继续说道，“前些日子，因为上古郡洪涝冲垮了磐石桥，致使往来交易受阻，粮食无法运抵京城，导致京城内粮价飙高，父亲认为应该令户部监管物价，拨款疏通河道，重新修建磐石桥；而梁京冠则诬陷户部拨出款项，有人从中获利，欺上瞒下。他们二人为此在朝堂上争得面红耳赤。后来皇上让父亲和梁京冠献计解决国库亏空的困难，解决朝廷危难，如今他们二人可谓是水火不容，朝廷中都在观望父亲和梁京冠谁能高出一筹。”

林少春抬头望着孙玉楼：“你听过一句话吗？叫做贼心虚，”林少春站起身望了一眼窗外的月亮，轻轻道，“是贼总会露出马脚的。”

林少春遣人监视了桃夭和颂莲，发现颂莲对每日来采买果子的果农格外热情，新鲜果子来了，桃夭让颂莲将果农带进屋内，挑选果子。这一天，颂莲领着果农妇女们从屋内走了出来。

荣寿家的正等在门口。

颂莲笑呵呵地说道：“你们的果子都不错，桃姨娘特别喜欢，往后要是还有上佳的，一定送到咱们府里来。”

果农们殷勤地点头：“好，一定给孙府送来。”说着跟着荣寿家的往院外走去了。

常嬷嬷带着女工们远远地站在回廊上观望：“你们一人盯一个，看看这些卖瓜果的里头有没有往官员府上去的，若是有，即刻回来禀报。”女工们应了一声，各自跟去了。

半日的工夫，常嬷嬷便来向林少春禀告:“姑娘，撒出去的人有消息了，卖果子的里头有一个进了贾府。”

林少春抬起头，脱口而出了一个人的名字:“贾逢源？”

常嬷嬷点头:“是啊，就是那个贾逢源。”

林少春沉思了一下:“这么一来就好办了，我可以让映雪留意一下，看看这里面有什么阴谋。只是她如今不宜露面，我又不好贸然拜访……”

林少春思索着，忽然看到了房中的一把古琴，双眼一亮，对常嬷嬷说道:“嬷嬷，你去给我找一个风筝过来。”

林少春在风筝上亲笔用宫商角徵羽音符写下《报恩》中的第一句——家中有难，还望相助。令人将风筝飞到贾逢源的院子中。

不到三天，林少春便接到了苏映雪的消息。苏映雪逃走后便投奔了贾逢源，贾逢源另置宅院，对她监管很严，苏映雪假装肚子痛请来了稳婆，花重金请稳婆给林少春送来了消息。

林少春坐于炕桌旁，垂首望着桌上的手书。苏映雪的手书写得清楚，桃夭是贾逢源安插在孙逊身边的一颗棋子，桃夭竟偷了孙逊的国库策略献给了贾逢源。

林少春看罢，销毁了手书，看了一眼稳婆。对方是一个三十岁左右、长相端正的妇人:“辛苦妈妈了，小翠。”

一旁的小翠连忙从口袋中拿出银子给了稳婆。

稳婆连忙跪谢:“谢四奶奶，谢四奶奶。”

林少春伸手扶起了稳婆:“下去吧，照顾好让你传话的夫人。”

稳婆应了一声，退下了。

林少春思忖这贾逢源本是老爷十分信任的人，如今却和梁京冠掺和在一起。想着想着，林少春抬起头问道:“老爷上朝了吗？”未等小翠回答，她站起身，脸色沉重:“快去瞧瞧。”说着，林少春携小翠风风火火地往孙逊书房走去，路上竟和梅姨娘撞在一起。小翠和琳儿立刻扶住林少春和梅姨娘。

林少春心中着急，见了梅姨娘站稳，连忙问道:“对不住了姨娘，老爷呢，老爷上朝了吗？”

梅姨娘摸了摸自己的肩膀，说道:“四奶奶这是干什么呀？老爷这会儿早在朝堂上了，你这个时候来找老爷什么事啊？”

“这可糟了……”林少春脸色微变，心中暗道不好，如今孙逊和梁京冠为了国库亏空一事分庭抗礼，孙逊的国库策略被桃夭偷去，那梁京冠必然要为难孙逊，林少春想着抬头冲梅姨娘说道：“姨娘，对不住了，我现在去花厅等老爷下朝。”说着便带着小翠急匆匆地直奔花厅，留下梅姨娘一脸错愕地站在花园中。

孙逊和孙玉楼下朝一到家，林少春就被孙玉楼拽到了一旁，他悄声与她耳语道：“今日朝堂之上，父亲的国库策略竟然被梁太师偷去了，他仗着自己年龄大，先讲了国库策略，又说了四项治理国库亏空的策略，其一，裁去朝中老迈无用的官员，这些官员多与宗室联姻，于社稷毫无寸功，每年却要耗费百万俸禄，实可不必；其二，整顿宫中奢靡之风，用度满足日常开销即可，切不能肆意浪费；其三，宫中废弃的瓷器、被褥、衣物等用品不可销毁，运往民间仍可盈利；其四，各项杂税还需调高，此举虽是下策，但立竿见影，可在短期之内令国库充盈。而这四项策略正是父亲写好的策略，怎么就成了梁太师的？”孙玉楼说着不由得皱紧了眉头，声音压得更低了，“父亲在朝堂上落了下风，什么也没有说，一路上也不说话。可见家里出了内鬼，肯定有人偷了父亲的国库策略。”

林少春拉起孙玉楼直奔正厅，却见孙逊坐在正厅之中，身上依旧是绯色团绣仙鹤官服，玉带环身，手指敲着桌子默默无语，一张看不出喜怒的脸略显疲惫。

沈氏担忧地望着孙逊：“老爷这是怎么了，你倒是说句话呀？”

林少春立于孙玉楼身旁，朗声道：“老爷，媳妇儿有事回禀。”

孙逊抬起老眼，看了一眼林少春，低沉道：“什么事情都等到全家到齐了再说。”

林少春应了一声，她也想等桃夭到了一起来算账。想到此，她拉着孙玉楼坐在了一旁，孙玉楼疑惑地望着自己的媳妇，不知道她要做什么。

梅姨娘、孙小仙、吴月红、孙世杰、桃夭、许凤翘、孙金阁被召唤来到正厅，进门给老爷和沈氏行了礼，纷纷落座。

孙逊看了一眼林少春，神色阴沉：“玉楼媳妇，你有什么事情就说吧！”

林少春站起身，明亮的双眼看着桃夭，令桃夭不由得瑟缩了一下。林少春缓缓开口：“日防夜防家贼难防，老爷八成想不明白，为什么您充盈国库的计策，会从别人嘴里说出来吧？”

“哦？你知道内情？”孙逊点了点头。

林少春猛地指向了桃夭：“内情就是她！”桃夭看了一眼林少春，立刻低下了头。

沈氏一怔，眉心渐渐拧了起来。这阵子桃夭进了府，谦恭温顺，百般讨好众人，用尽心思，亲自梳妆，得到众人的赞叹；打听到所有人的家乡，学做各地的小吃，亲手做给众人吃；陪着众妇人打牌，做尽大家喜欢的事情。这些日子沈氏看桃夭都是越来越顺眼，更何况她还怀着世杰的孩子，心中不由得偏袒，于是冲着林少春问道：“你可有什么证据？”

孙玉楼担心地站在了她的身后，却未料到林少春心中早已想好了对策：“这阵子我一直留意桃夭，发现她总是偷偷溜进老爷的书房。老爷近来正为充盈国库之事出谋划策，桃夭的举动难免让我怀疑，她有窃取机密的嫌疑。因此我在老爷的文房用纸上洒了金粉，只要动过这些纸张的人，都会在纸上留下手印，是不是你，一对比就知道了。”她看了一眼身后的小翠，小翠拿出了一张有指纹的纸张。

桃夭站了起来，立在厅内一动不动，一双上挑的眼望着林少春。

沈氏瞪着桃夭：“桃夭，你还有什么可说的？”

桃夭抚了抚肚子，脸上的表情很诡异，她缓缓道：“我没什么可说的，我确实动过那张纸，但有一点要请教四奶奶。”桃夭一双勾魂的眼直勾勾看向了林少春，“既然你早就有了证据，为什么偏要等到老爷散朝回来才揭发我？”

听到桃夭承认了自己的罪行，林少春心中舒了一口气，她笑了笑：“我确实一心要揭发你，但我其实并没有你窃密的证据，刚才不过是诈你说出实情罢了，谁知你果然不打自招，真是天网恢恢，疏而不漏。”

一时间，众人震惊地望着桃夭，仿佛她就是阎王殿走出的夜叉，十恶不赦。

梅姨娘心中袒护孙家：“来人，还不把这个吃里爬外的女人抓起来！”

孙世杰犹豫了一下，如今他对桃夭的感情很复杂，这些日子，他与吴月红在济善堂相知相守，共同教那些流民读书和武功，他心中对吴月红佩服，进而说不出地欢喜；而桃夭，因为那个孩子，他狠不下心。想到这，他站起身，望着黑着脸一言不发的孙逊：“父亲，桃夭怀着我的孩子……”

吴月红的手指甲都抠破了手心：“都这个时候了，你还在替她说话？”

许凤翘在一旁连忙说道：“那就把她关起来，等孩子生下来再做处置。”

孙玉楼上前扶住了林少春，护在了林少春的身后：“父亲，不论是谁触犯了律例，都应该按律例行事，万不可宽容。”

桃夭立于大厅之中，像一只落难的小兽，无助又美丽。

“够了！”孙逊用力一拍桌子，盯着孤立无援的桃夭，缓缓说道，“都住口，都不要再说了，桃夭并未对不起我孙家。”

孙逊的话令所有人都闭上了嘴巴，大厅静得听得到心跳的声音。

桃夭的嘴角缓缓绽开，似乎虚弱而无力，用那楚楚动人的声音轻轻道："谢老爷明察。"

林少春心头一紧，顿时明白自己着了桃夭的道。她微颤的手突然被人握住，她转过头发现孙玉楼一直站在她身后，冲她微微一笑，轻轻摇了摇头，扶着她坐下来。

"桃夭，你坐下吧……"孙逊一开口无比低沉，"前几日，桃夭便来找我向我禀告，贾逢源给了她很多银子，让她偷我的公文，若是桃夭不答应，贾逢源便要将她在妓院卖艺的事情揭发出来……"桃夭坐了下来，一双红了的眼望着孙逊。

孙逊环视了一圈众人震惊的脸，继续说道："桃夭虽出身贫寒，却懂得知恩图报，她没有出卖我，是我让她把我改了的文书交给了贾逢源。"

"原来如此。"沈氏恍然道。

孙世杰望向了桃夭："这件事你怎么不告诉我？"

桃夭柔声道："老爷吩咐了，不能告诉任何人。"

吴月红看着孙世杰和桃夭，一双眼几乎冒了火，握紧了双拳。

林少春若有所思地看着桃夭，却瞧见桃夭转头对她一笑，那笑容充满了挑衅。

孙金阁挠了挠脑袋："可是父亲……既然国库策略做了更改，梁京冠怎么还受到了皇上的封赏？如今这国库策略正要大张旗鼓地施行呢。"

孙逊冷笑了一声，肃穆的双眼泛出一道冷光，桃夭只觉浑身打了一个冷战：那孙逊老儿就是最恐怖的深渊，心中庆幸幸好自己懂得良禽择木而栖，没有选择贾逢源。她暗下决心，就算肚子里这个孩子的父亲不是孙世杰，她也一定要死死抓住这根救命稻草，给自己争一个锦绣前程。

"那个老匹夫一肚子八股文章，论计策远不是我的对手。且让他得意两日，他自觉一切天衣无缝，殊不知大祸正在前头等着他呢。"孙逊缓缓站起身，脸色渐渐柔和了，摆了摆手，"都散了吧，我也累了！"

林少春望着高大的孙逊，心中感慨那千般算计的手段就像一道巨大的黑幕，任梁太师有多么聪明，也不是孙逊的对手。

果然，孙逊布了一个局。

朝廷实施了梁京冠提出的政策，效果却空前糟糕。

皇上负手站在奉天殿内，脸色阴沉到了极点。一众老臣匍匐在地号啕大哭：“皇上，老臣为皇上鞠躬尽瘁，您不可弃了老臣呀！”

胡公公领着孙逊和梁京冠急匆匆地走进殿内。

皇帝转身看着孙逊和梁京冠，满脸愤懑，一双眼仿佛燃着怒火：“梁京冠，都是你干的好事！”

梁京冠一愣，吓得立刻跪下：“皇上息怒……臣不知所犯何罪？”

皇帝手抬起，气得竟有些颤抖：“你们听听，听听！一个个都将朕说成了忘恩负义之人。你提出的四条策略条条诛心，你究竟是何用意？”

梁京冠慌忙道：“老……老臣不明白。”

“你还不明白？你要朕将世袭的官员裁撤，可他们都是有功之臣，朕如今在他们口中成了忘恩负义之辈。再说说你提出的节流，宫中人人饱腹衣暖足矣，可到了他国使臣口中又成了什么？说我朝人人青鞋布袜，瓦器蚌盘，全无书中所说的气派！朕的脸都被你丢尽了。”皇上瞪着梁京冠，气得浑身发抖，“还有，你说可将宫中闲置物品拿出去盈利，这不就是告诉老百姓国库闹亏空了吗？这会子外头人心惶惶，说朝廷捉襟见肘，朕的日子过不下去了。再说征税，更是荒唐，苛捐杂税早已令百姓不堪重负，如今举国上下，农户商户俱在闹事，要向朕讨要说法，这可是在戳朕的脊梁骨呀！”

梁京冠又惊又怕，不停地磕头：“老臣该死，老臣该死，老臣该死。”

“你是该死！现在该如何挽救这样的局面？”

梁京冠抬眼狠狠地瞪了一眼立在一旁的孙逊，孙逊对梁京冠笑了笑。

“臣有本启奏。”孙逊向前一步说道。

“你能说出什么来？国库策略你都一字未发，能有什么见解？”皇上皱了皱眉。

“回皇上，国库策略上，臣与梁大人见解相同，但又有所不同。”

皇帝看了一眼孙逊：“哦？孙大人请讲。”

“老臣们自然不能随意裁撤，但他们高官厚禄鱼肉百姓已成通病，只要抓住他们的错处，不等皇上开口，他们为保名声自会隐退，所以裁撤世袭官员一事可行。宫中节流，外邦使节来时大可慷慨，但日常饮食不可铺张，臣有一制蜡的故交，做出的东西惟妙惟肖，可令其制作各色蜡制菜品，以备不时之需。至于宫中旧物，可以赈济灾荒之名售卖，皇上体天格物，百姓愿做好事，何来人人自危一说？也断断传不出什么闲言碎语来。”

皇帝听罢孙逊的话，觉得颇有道理，微微点了点头：“孙阁老颇有见地，那税赋又作何解呢？”

“皇上可下旨税赋随收入而定，贫苦百姓大可免税，富户收入越多，征的税便越多，反之收入越少，征的税便越少，如此百姓不会怨声载道，富户亦无话可说，征税一事便可迎刃而解。”

孙逊的话让皇上皱起的脸慢慢舒展了，最后竟然露出了笑容：“好！好！好！此事就全权交与孙大人负责。”

孙逊却面露难色：“臣领命，然此次任务庞杂，臣孤身一人恐怕……”

皇上思索片刻，了然地笑了笑：“那朕就特许孙世杰官复原职，命他助你一臂之力。”

“谢皇上隆恩，臣父子定赴汤蹈火，不负皇上所望！”

皇帝看向了跪在地上的梁京冠，冷哼一声：“梁太师果真是老了，办事欠妥，险些激起民愤。朕念在你往日辅佐的分上不予惩处，回家好好反省去吧。”

梁京冠连忙给皇帝磕头：“谢皇上恩典，谢皇上恩典，臣告退。”

“老臣告退。”孙逊与梁京冠一同退出了奉天殿。

奉天殿外传来了老臣们的号哭声：“皇上……皇上……您不可不要老臣啊！”

孙逊和梁京冠并肩走在狭长的长廊中，梁京冠阴沉着一张脸。

“梁大人费尽心机，难不成只会纸上谈兵吗？”孙逊望着长廊尽头跪着的老臣，讥笑道。

“都是你害我！”梁京冠咬牙切齿道。

孙逊语气轻松：“哦？我到底哪里害了梁大人？前几日家中失窃，莫非是梁大人暗中捣鬼？梁大人要是有冤屈，咱们可请皇上定夺。”

梁京冠愤怒的情绪渐渐稳定了下来，他深知身边的孙逊不是个好惹的主：“是老夫失言了，老夫技不如人，还是孙大人道高一丈，告辞！”

梁京冠正要走，孙逊一把拉住了梁京冠：“怎么能告辞呢？”

二人说着走到了长廊的尽头，孙逊拉着梁京冠转向了正在哭号的老臣们：“各位大人，正是梁大人向皇上献计开源节流的，这本是为朝廷好，大家可千万不要怪梁大人！”

“你……”梁京冠气得差点吐血。

老臣们纷纷起身，怒视着梁京冠。

“什么？原来是你？”

“你害得我们全都被罢了官，你这天杀的老匹夫！”

……

老臣们纷纷扑上来打梁京冠，转瞬间，随着梁京冠的大叫声，他被老臣们团团围住，打掉了官帽，撕破了官服，狼狈到了极点。

孙逊看着梁京冠笑了，转身离去。

这一局，他孙逊又赢了。

因为协助老爷，桃夭在孙家立下了大功。恰逢林少春生病了，沈氏便吩咐桃夭代替林少春来掌管家务。

还没有安生一天，桃夭便又生了是非。

林少春正在自己院子中看书，小翠慌慌张张地冲了进来：“不好了，奶奶……”

“怎么了？”林少春一把扶住了小翠，“发生了什么事情？”

“府里人都在说大奶奶将桃夭姑娘推下了阁楼，害得她孩子没了，大奶奶和大爷吵了起来，大奶奶气得出府了。”

小翠的话让林少春皱起了眉头，她放下书：“我们去找大奶奶！”

林少春和小翠出了孙府，在长街的路口找到了吴月红。吴月红双眼红肿，茫然地走在长街中，侍剑紧紧跟在她的身后。

“大嫂，”林少春快步拦住了吴月红，“大嫂，大庭广众的，那么多双眼睛瞧着呢，别叫人笑话。”

“我真的很累，我要离开孙家。”吴月红几乎哽咽了起来。

林少春盯着吴月红哭得红肿的双眼，点了点头：“那你就走吧，离开对你来说是好事。”

吴月红猛地一怔：“啊，你还真要我走啊？我只是发发脾气，你也不劝慰劝慰我。”

林少春摇了摇头：“其实你走了，比留在孙家要好。”

吴月红心头更堵了：“可是我不想走……”

“你必须得走。”林少春一把握住了她的手，坚定的眼神望着吴月红。那一瞬间，吴月红似乎看到了一道光芒，希望的光芒。她声音有些发颤：“为什么，少春？你是不是有计策了？”

林少春轻轻一笑，握紧了吴月红的手：“没有，不过你走了，桃夭才会露出狐狸尾。让敌人放松警惕最好的方法，就是让她觉得自己已经赢了。”

吴月红想了想，狐疑地看着林少春，露出了好奇的神情。

林少春拍了拍吴月红的手：“你相信我，接下来就看我的吧，大嫂子只管放心。”

那一刻，吴月红觉得林少春的身上似乎有一种魔力，她笼罩在春日的光辉中，圣洁得像是救苦救难的观世音菩萨。

林少春这些日子在家养病，孙玉楼怕她闷，趁着休假，便带着林少春出来散心。马车停在了西街中的宝心斋门口，这宝心斋经常有许多龙游商人出没，店中多了去的稀奇宝贝。

“怎么突然带我来这里？”林少春抬头望见了宝心斋的招牌，笑着问孙玉楼。

孙玉楼牵着她的手进了宝心斋：“贵太妃薨了，姐姐将办理贵太妃丧仪之事交给了我，过些日子我要主持贵太妃的丧仪，怕这阵子冷落了你，所以先带你来买些心爱的物件，以弥补心中的亏欠……”

林少春心中甜蜜蜜的，笑着说道：“算你有良心。”

二人刚走进宝心斋，一位四十开外的蓝袍男子迎了上来，圆脸，细长的眼，里里外外透着精明：“二位客官，里面请，新到的首饰刚刚运来，你们好好挑挑，一定有可心的。”

“拿最好的出来，要是不好，我家奶奶可看不上。”孙玉楼俊俏的脸上带着笑意，冲老板说道，转头又甜蜜地望向林少春。

“花这个钱干吗？我们随便看看逛逛就好了，你公事忙，难道我还当真借此和你闹不成？”林少春想要劝说孙玉楼，怎料孙玉楼一拍胸脯：“娶妻娶来干嘛？就是要宠的，你遇到了可心的物件，我买给你，我高兴。快，挑一挑。”

“是是是……”老板十分聪明地迎合道，“一看大人和夫人就是伉俪情深，寻常物件是入不了夫人的眼，夫人一定要选一件可心的物件才好。”老板想了想，从柜子中拿出了一根格外别致的蝴蝶白玉簪子，簪子晶莹剔透，是罕见的玉料，雕工更是一等一的精美，“夫人，你看这个如何？”

林少春抬起头，眼前一亮，伸手接过了白玉簪子。恍惚竟觉得这物件活了，带着些许温度。

孙玉楼望见林少春手中的白玉簪子，一下子愣住了。

“奶奶真是好眼光，这样的物件，世上就此一件，看过的没有说不好的。只是价格有点贵，要上万两，但是值得啊……”

林少春放下了簪子，摇了摇头：“太贵了，还是算了。”林少春欲走，却见孙玉楼一动不动，有点奇怪，她拽了拽孙玉楼的衣袖：“怎么啦？”

孙玉楼突然转身往外走去，林少春顿了顿，便飞快地跟了上去，随着孙玉楼一同上了马车。

马车缓缓向前驰去。

孙玉楼一言不发，似乎在沉思着，林少春伸手去握他的手：“怎么啦？不舒服吗？”

孙玉楼抬起头，皱紧了双眉：“才刚那根簪子是贵太妃生前的心爱之物，她跟我姐姐素来交好，我进宫看姐姐的时候见她戴过。”

林少春心中一震：“会不会是相似之物？”

孙玉楼摇了摇头：“这是贡品，能做到这么精细，世上只此一件。通常亡者用惯的东西都是随葬入殓的，这会儿怎么跑到市面上来了？”

林少春担忧地望着孙玉楼：“难道宫中有人监守自盗？糟糕，如今你负责贵太妃的丧仪，千万要仔细才好，万一出了纰漏……”

孙玉楼一把搂住了林少春的肩，轻声安慰她：“你放心，我会多留个心眼儿的。谁敢在我眼皮底下玩花样，我就叫他领教领教我的厉害。”林少春望着孙玉楼明亮而坚定的双眼，点了点头。

回到孙府，孙玉楼即刻坐在案桌前，翻看官员档案，一直看到了天沉了下来。

林少春端着糯米汤圆走到了孙玉楼的身边：“还在看朝廷官员的档案？”

孙玉楼并没有抬头：“不看不成啊，知己知彼，才能百战不殆，能从皇家棺柩里盗东西的肯定不是普通人。”

林少春想了想，定睛看着孙玉楼：“这件事情只怕很难办。”

孙玉楼莞尔一笑，端起了糯米汤圆：“你不是已经知道我的谋划了吗？你放心，这件事，我一定会办妥的。”

林少春缓缓道：“那是当然，我相信你！”

“娘子的手艺就是好……”孙玉楼的话还未说完，突然感到眼前一阵眩晕，昏了过去。

一时间，四爷病了的消息传遍了孙府。

孙逊和沈氏焦急地坐在花厅中：“玉哥儿怎么这个时候得病了呢，大夫怎么说的，何时能好？”

林少春叹了一口气：“大夫也说不清这是个什么病症，我瞧他满身虚汗，压根儿下不了床。”

孙逊眉头紧锁：“贵太妃该张罗停灵了，总不能等他病愈了再去主持吧！”

林少春沉吟着：“娘娘把差事交给家里，自是信任家里的人，换个人主持也是一样的，要不就托付给大爷吧，请老爷定夺。”

孙世杰愣了愣：“我……我哪里主持过丧仪？”

孙逊着急地点点头：“都这个时候了，还推托什么？由你顶替老四，就这么定了。”

孙世杰为难地点了点头。

果然，从没主持过丧仪的孙世杰这一次出了大事。

三月十九，皇陵中，孙世杰主持丧仪的过程中，棺材竟然发生了爆炸，棺柩四分五裂，尸体倒在一边，里面的金银财宝等陪葬物品不翼而飞。皇上大怒，将孙世杰交给了刑部，由梁京冠审理此案。第三日，梁京冠在翰林院内室搜出了贵太妃地宫的陪葬品，皇上将孙世杰押入都察院监。所有人都清楚，孙世杰一入都察院监，定是凶多吉少，孙家岌岌可危。就在这个当头，孙玉楼不怕死地向皇上请命，其兄长孙世杰遭人诬陷，七日之内他必查出真相，否则愿与兄长一同论罪。皇上金口玉言，以七日为限期，七日后若不能破案，开刀问斩。

所有人都盯着孙玉楼，直到第六天，还是没有任何进展。孙家上下人人愁云满面。

天还未亮，空气凝着薄雾。梅姨娘背着包袱，偷摸四处观察，轻手轻脚地打开了后院的门。东街当铺的宋掌柜从门缝中钻了出来，梅姨娘将包袱塞到了宋掌柜的手中：“宋掌柜，这是我所有的首饰，您看看，咱们上次可商量好的。”宋掌柜点点头，打开包袱，一一验了宝物，随后从怀里掏出一张银票递给了梅姨娘：“夫人您收下，以后常来往。”

梅姨娘接过银票看了看四周，转身离开了。

宋掌柜刚要从门口离开，却被突然出现的颂莲拦住了:“宋掌柜，我们姑娘有请。”说着将宋掌柜偷偷带到了桃夭的院子。

远处墙边阴暗处，孙玉楼看着这些人在眼皮子底下的勾当，不由得冷笑了一声。

林少春抓紧了他:“都什么时辰了你还有心思看戏法？今儿可是最后一天了，老爷太太这会儿都急得不知怎么办了！”

孙玉楼一把握住她微寒的小手，心疼地揣进自己的衣袖中，一双弯弯的眉眼戏谑地瞪着林少春:“你现在着急了，当初你设计你相公的时候怎么想的？那姜太医的红鳞粉你全给我倒进了那碗汤圆中，你也不怕你相公有点好歹？”

“那姜太医再三保证没有任何问题的。”林少春瞪了一眼孙玉楼，“如果不给你用点药，怎么瞒得过众人？主持丧仪的事情怎么能让给大爷？”

孙玉楼望着林少春明亮的眼，猛地一把抓住了她的小腰，暧昧地贴向了她的脸颊:“我知道，你想验一验人心，看看大哥哥从云端跌入泥沼，桃夭还会不会留下来与他共患难，”他耳鬓厮磨的话带了一点威胁和撒娇，“可是，你也不该乱给你相公用药啊，万一……万一我生不出儿子……”

林少春羞得用力推开了他，含情说道:“今儿个就是第六天了，你说点正经的，究竟查清楚没有？”

“你这只小狐狸……”孙玉楼再次牵起林少春的手向着自己院子走去，“走吧，一石三鸟之计绝对天衣无缝，我们先去抓第一只鸟！”

二人相视一笑，向着孙府深处走去。

十里秦淮生春梦，六朝烟雨一朝空。

桃夭焦急地立于河边，颂莲背着包袱急匆匆地跑了过来。

“怎么样了？可有人尾随？”桃夭接过颂莲的包袱，向着颂莲身后望了一眼。

“放心吧姑娘，已经全都折变成了银票，孙府这会儿都乱成一锅粥了，不会有人注意咱们的！”颂莲扶着桃夭向着停靠在岸边的客船走去，正准备上船时，船夫猛然揭开了帽子，露出小翠笑呵呵的脸。

桃夭惊得整个人都失了魂，孙玉楼、林少春扶着孙逊和沈氏从船篷内缓缓走了出来。

“桃夭，你这是要去哪儿呀？”孙玉楼冷笑着说道。桃夭脸色骤变，和颂莲对视了一眼，转身正欲逃跑，突然从林中拥出了一队官兵围住了桃夭和颂莲。

桃夭强作镇定:“老爷太太误会了，我只不过想去大相国寺为大爷祈福……”

林少春笑了笑:“都到这个份儿上了，你还要撒谎？”林少春说着拍拍手，船舱中一位四十岁左右的男子走了出来，正是东街当铺的宋掌柜。

“宋掌柜，此人可是向你售卖孙府财物之人？”孙逊阴沉着脸，冷冷地问道。

宋掌柜上前观察了一番桃夭和颂莲，连忙应道:“正是，这位桃夭姑娘先来谈好价钱，再由她的丫鬟将货物运送出府！”

“桃夭你还有什么可说的？”林少春怒视着桃夭。

桃夭高高昂起头，一副撕破脸的泼皮样:“你别高兴得太早，我与孙家无媒无聘，只能算是从孙家那个是非之地逃出来，你们能拿我怎么样？”

林少春望着桃夭没脸没皮的样子:“你偷窃孙府财物，还想全身而退不成？你装得再好，终究敌不过一个贪字，我知道钱只要过你的手，你是没有理由不拿的。”

“原来装病把管家的差事让给我是设计好的！”

“当然。”

林少春淡淡的表情更让桃夭抓狂，她看向孙逊和沈氏:“老爷太太，我知道我不该在孙家危难的时候卷款私逃，但是我也是没法子呀，试问哪有人危难之中不求自保的？我是有样学样，照着梅姨娘的手段行事，要是有罪，她岂不该和我同罪？”

孙逊和沈氏对视了一眼，同时皱起了眉头。林少春向前一步，盯着桃夭摇了摇头，笑道:“不，姨娘没有罪，反而有功。你以为我将管家权给了你，我就不管了吗？所有的账本都在我那里，你在孙家私藏搜刮了多少财物，每一笔都清清楚楚。从你私藏财物的那一刻起，我就知道你对大爷根本没有真心，但凡孙家有难，你必将带着财产离开孙家……”林少春的声音清晰明丽，听在桃夭的耳中却像是利剑刺在身上，“梅姨娘是故意和我演了一场戏给你看，是做给你看的，不承想，你果然上钩了。”

桃夭冷哼了一声，既然翻了脸，她便撕破脸皮:“你真是太厉害了！可是老爷太太，我毕竟是给孙家怀过孙子的人，你们这么狠心对我，要是传了出去，对孙家的名声也不好吧？”

“外头怀的种，就别强栽在大爷头上了吧！”孙玉楼上前揽住了林少春的肩，冷眼望着桃夭。

桃夭震惊:“你血口喷人。”

“你不提孩子，还能给自己留几分脸面，若提孩子，咱们便来好好论一论。孩子虽在你肚子里，怀胎的时间却对不上。我找见了原先为你请脉的郎中，你的孩子分明是与大爷分开一个月后才怀上的，因你害怕生下后露出破绽，这才匆忙施计令自己滑胎，妄图以此诬陷大奶奶，我说的可对？”

林少春的话令桃夭一下子泄了气，她软了身子，喃喃道:“果真百密一疏，当初若是除掉那个郎中，你也拿不住我的把柄。”

“你的心可真狠，为了钱财，什么都敢利用。要不是这次大爷遭难，只怕还没法子逼你现原形。不过你聪明一世，怎么没想到大爷主持贵太妃丧仪，是我们有心让与大爷的？”林少春笑着摇了摇头，心中对桃夭再也没有师门之情。

“真没想到，你为了揭穿我，连你大哥哥的性命都不顾了，你这么做，孙家还会接受你吗？”桃夭说着看向孙逊和沈氏。孙逊夫妇心中明白这个桃夭的确是没救了，心肠歹毒到了极点，到了这一步也不忘挑拨离间。

孙玉楼一笑，替林少春接下了这句话:“我们敢打这个结，就能解这个扣，这个就不劳桃夭姑娘操心了。”

桃夭狗急跳墙，忽然大笑了起来:“哈哈哈，好一个林少春，真是半点活路也不给人留。不过我也不是吃素的，孙家如今没有钱，你要是肯放了我，我可以把一半钱还给你们；你要是执意跟我过不去，我把钱撕了，扔水里，大家都没好处。”

林少春叹了一口气，故作怜惜望着桃夭:“说你糊涂，你还真糊涂。既然我防着你，又岂会落一个子儿在你手里？”桃夭脸色大变，立刻打开包袱将银票拿出，却发现所有银票正面是银票，反面却是白纸，“你可能还不知道，我最擅长的就是画银票了。”

桃夭一下子脸色苍白，整个身子止不住颤抖，瘫软在地上，官兵们一拥而上，将桃夭擒住。沈氏看着桃夭摇了摇头，想当初自己差一点着了她的道。孙逊心中担心孙世杰，看向林少春和孙玉楼:“你们两口子真有把握救世杰？”

孙玉楼搂住了林少春，一双明亮的眼望着孙逊:“父亲，那梁京冠可与您不对付多年，”孙玉楼说着，俊美的脸上闪过杀机，“这一次，您就放心吧，马上第二只鸟和第三只鸟就要落网了。”

清晨的阳光洒在白玉石须弥座上，周围的雕石栏杆上泛起了金色的光芒。整座乾清门肃穆威严，门前三出三阶，中为御路石，两侧的铜鎏金狮子瞪着大眼观望着清明世界。乾清门中，皇上坐于龙椅之上，文武百官立于殿下。

孙玉楼上前跪拜："皇上，臣可证明孙世杰无罪，而是遭人陷害。"

"拿出证据来。"

孙玉楼不卑不亢，朗声道："臣领命督办太妃大丧事宜，地宫本是臣负责修建，孙世杰从头至尾并未参与。臣染病前发现外头有人贩卖贵太妃的随葬之物，就忧心有人会动手脚，因此预先在随葬物品上撒了曼陀罗粉。曼陀罗粉能令皮肤发红，伴有皮疹，只要皇上查验孙世杰及其他经办官员，便能证明孙世杰是否有罪。"

皇上有些惊讶地望着孙玉楼，没有想到孙家这个最小的公子竟然有如此手段："把孙世杰押上来！"

时间不大，孙世杰被侍卫押送到金殿内，跪在了大殿之上，数位官员也被押了进来。姜太医跟随侍卫走进殿内。

皇帝沉吟了一下，说道："脱。"侍卫扒开了孙世杰和几位官员的衣服，但见孙世杰的皮肤正常，其他几位官员胸膛发红，手掌、手臂溃烂。姜太医上前细细为几个人查看身体，看完后恭恭敬敬答道："禀皇上，这些人确实中了曼陀罗粉的毒，臣行医几十年，绝不会看错的。"

孙玉楼连忙上前一步："皇上明鉴，几位大人必是在偷运葬品的过程中中了这曼陀罗粉的毒，恳请皇上还孙世杰清白。"

"皇上，臣冤枉，臣等被关押在阴寒的牢狱里多日，这才染了湿毒，求皇上圣裁！"

"是呀，皇上，宫禁如此森严，我们哪有这个能力在众目睽睽下偷盗随葬物品？"那些手臂溃烂的官员知是中计，纷纷趴在地上大叫道。孙玉楼冷眼看了那些人一眼，突然从怀中拿出一颗夜明珠，当着皇上的面，手中的夜明珠突然消失了，众人疑惑之际，就见那颗夜明珠又出现在他的怀里。

"孙大人，这是何意？"皇上不解地看着孙玉楼。

孙玉楼跪拜一步解释道："臣这两日翻看了所有涉案官员的人事卷宗，他们几个原本在宫内南府当差，最擅变戏法。之前贵太妃下葬时，他们就盗过随葬物品。这次太妃入殓，他们又依样画葫芦，只是没想到会出这样的状况，为怕牵连，只好嫁祸给孙大人了。"

皇帝一听，猛地握紧了手，脸色微沉：“岂有此理，都拖下去，斩立决！”随着官员们的惨叫声，侍卫们将官员们拖了下去。皇上盯着大殿中这个睿智的年轻人，不由感慨道：“玉楼，朕看此事都在你掌握之中，你为何不早点说出来，也好让你大哥少受些皮肉之苦？”

孙玉楼微微一笑：“回皇上，臣是不得不按捺，以求抓出幕后真凶……”他说着，将目光看向了梁京冠。梁京冠浑身一凉，只觉这个年轻人清澈的眸光像刺透人心的刀，“梁太师，你贪赃枉法，设计构陷同僚，你就是整宗事件背后的主谋。”

“皇上，这小子浑说！”梁京冠脸色骤变，大声喝道。

孙玉楼冷哼了一声：“梁太师，我尊称你一句，是因为你与我父亲是同年，也是我的长辈。可你德不配位，为了一己私欲将我大哥哥陷害入狱，更想以此除去我父亲。你的种种恶行令人发指，午夜梦回，你可会良心不安？虽然那几个官员都被你收买了，但你应当明白，他们能投靠你，便也能出卖你。”

梁京冠顿时语塞，身子禁不住地战栗：“皇上，皇上，老臣不曾收买，想是老臣年事已高，办案时难免糊涂，可老臣并未有意陷害呀！”

皇帝望着这位心怀鬼胎的老臣，闭上了双眼，叹了一口气：“梁大人，你做出如此荒唐的事，还在狡辩？既然你也说自己年事已高，那朕今日就罢免你的官位，回家安度晚年去吧！”

梁京冠震惊了。他满脸悲哀，直直地望着皇上，忍住心中的悲怆，突然上前大礼跪拜在地，长长地哀号道：“皇上！”

皇上站起身，不再看梁京冠，甩了一下衣袖，走出了乾清门，留下了一群心思各异的臣子。

众人散去，空旷的大殿上，梁京冠一直匍匐在地上，以头叩地，身子止不住地颤抖着，老泪滚落到青砖地上。孙逊缓缓走到了梁京冠的身边，望了梁京冠许久，长长地舒了一口气，叹道：“这一切都是你咎由自取。”

孙世杰平安回到孙府，即刻便将吴月红接了回来。孙家一家人团团圆圆地吃了一顿饭，孙玉楼才和林少春回到自己的院子。

林少春心中暖洋洋的，正在铺床，孙玉楼走进了内房，温柔地上前搂住了林少春，将头轻轻放在了林少春的脖颈处：“唉，终于回来睡觉了，真舒服。”

林少春任他搂着，埋怨道:“亏你想得出来，把地宫闹出了这么大的动静。”

孙玉楼笑着一把搂过林少春，坐在了床上:“要是不闹一闹，那些随葬物品不久便会流向民间了。”

林少春转过身子，跪在床上，伸手环住了孙玉楼的脖颈:“唉，真是苍天有眼。其实这些恶人永远不明白，每一把捅他们的刀都是他们自己递上去的。桃夭要是经得起考验，那些官员要是不盗窃，梁京冠要是不趁火打劫诬陷咱们，哪有今日？”

孙玉楼盯着自己的娇妻，不由得心旌荡漾:“有道理。”

“如今雨过天晴了，大哥哥和大嫂子往后就能夫妻恩爱，白头到老了。”林少春笑得娇艳如花，缓缓靠在了孙玉楼的胸口，轻轻道，“你没瞧出来吗，其实大哥哥早就对大嫂子动情了。大嫂子那么好的性子，大哥哥有什么道理不珍爱她。”

孙玉楼伸手抱紧了怀中柔软的身躯，出神地看着林少春:“是呀，谁能不珍爱好姑娘呢？”

林少春不好意思地推开了孙玉楼，转过身开始整理被褥。

孙玉楼坐在林少春身后调笑道:“我只是感慨，娶了位有勇有谋的夫人多辛苦，不只要装病，还得帮她对付坏人，还得忍受长夜寂寞。”

“我知道这阵子委屈了你，你放心，我会好好补偿你的。”林少春轻轻整理着枕头，缓缓说道。突然间，腰间爬上了一双滚烫的手，她吓得一回头，孙玉楼明亮的眼近在咫尺，他开口，声音嘶哑:“怎么补偿？”

林少春只觉从脚到头都燃了起来，呢喃道:“你想怎么补偿？”

孙玉楼火热的唇缓缓落在了她的脸上:“生个儿子。”

春阴垂野草青青，时有幽花一树明。

林少春手执油纸伞，矗立在百戏班门前，心头无限感慨。她收起了油纸伞，缓缓进了百戏班，踏上熟悉的楼梯，一眼望见了廊下，柳三绝倚窗而立，痴痴地望着窗外的连绵细雨。

林少春走近了柳三绝，将手中的外袍披在了柳三绝的身上，缓缓开口:“师父。”

柳三绝转身，淡淡笑道:“你来了。”

林少春心中有一丝难过:“师父对不起，我和师姐闹成这样，师父心里定不好受。”

“桃夭本不该是这样的命运，最后落得如此下场，怨她自己，与旁人无关。”柳三绝拍了拍林少春的肩膀安慰道，“你家老爷……和太太都还好吧？”

林少春垂眸：“家里都好。”

柳三绝叹了一口气：“那就好，否则便愧对他们了。”

林少春心中一怔，她抬起头，静静望着师父那副绝尘脱俗的容颜，总是有一种错觉，似乎师父与孙家有着不解的渊源，忍不住问道：“师父同老爷太太是旧相识吧？”

柳三绝自嘲地笑了笑：“怎么又说这话？我是瞧着桃夭出自我门下，进孙府犯下这样的大错，教不严师之惰，我也有责任。”

“师父领进门，修行在个人，与师父无关，请师父不必自责。”林少春上前扶住了柳三绝，与她向着琴房走去。

“孙阁老没有将她下狱流放，是孙家的仁慈，不知道她将来何去何从。”柳三绝想起桃夭小的时候，心中始终不忍。

林少春迟疑了一下，还是说道：“我今日遇见她了，她在桥廊下卖唱，似乎又回到了原点，看起来她似乎又物色好了下家。”

柳三绝叹了口气，摇了摇头：“她始终没有明白，野心越大，想要的越多，人便越不快乐。这天下人，便是皇帝，也与平头百姓一样，有他的烦闷愁苦。她孜孜不倦追求的是什么？得到再多，每日也不过三餐一宿，还能如何？”

林少春一笑：“可惜世人并不都像师父这样通透。”

柳三绝苦笑，垂下了头：“这份通透是拿多少教训换来的，你不知道罢了。”再抬起头，柳三绝凝视着窗外的雨帘，有些出神，似乎自己回到了那年的阳春三月。林少春凝望着师父出神的面庞，隐约觉得师父身上似乎藏了太多的故事。

林少春回到孙府，小翠向她禀告，说今日里有个小厮来给她传信，说姚家小姐请她过府一叙。林少春拆开了信笺，发现是姚滴珠的信。她连忙换了外袍，向外奔去。

这个姚滴珠过年的时候在孙家大闹一场就消失了，这几个月来也没有任何音讯，林少春心中担忧万分，终于得到了姚滴珠的消息。

姚府清静，曲水亭台之中，姚滴珠在回望亭中等着林少春。

林少春跨过曲桥，来到回望亭，细细观望着坐在亭子中的姚滴珠。那张脸娇美依旧，可是姚滴珠身上的气质似乎完全变了，变得更成熟，尤其高髻居顶，再也不似未出阁的姑娘。

“少春，你来了。”姚滴珠拉着林少春坐了下来，为她沏茶，上了最新的茶点。

“我一接到你的信笺，立刻就赶过来了，”林少春盯着姚滴珠，终于没有忍住心中的疑惑，心头的话还是问了出来，“滴珠，这几个月来，你到底去了哪里？”

林少春的话音未落，姚滴珠端着茶壶的手颤了一下，茶水洒落在桌子上。姚滴珠缓缓放下茶壶，掏出帕子轻轻擦去了桌子上的水渍，许久才抬起头，一双眼在阳光下美得惊人，姚滴珠突然绽开了一个灿烂的笑容，脱口而出的话令林少春大吃一惊。

“少春，我去了暮城，找到了孙俊豪。”

第十一章

一庭浓艳遮风雨

『百戏班的柳三绝。』林少春心中诧异，隐隐间觉得孙逊和师父似乎认识。

孙逊立在晨光中，什么话也没有说，陷入了沉思。

如果时光倒流，那一年，柳三绝十八岁，楚楚动人地走进了他的生命……

姚滴珠望着林少春，摩挲着手中的杯盏，轻轻道:“少春，有些人，会与你一生牵绊；有些人，会与你一生想念。而孙俊豪于我而言，就是那个人……”她缓缓地讲述着她与孙俊豪的故事。一时间，林少春只觉得荡人心魂。他们的经历竟如那话本中的传奇故事——

姚滴珠不甘心孙俊豪的退婚，这种丢面子的事可不是她姚滴珠能忍下来的，于是她一路追寻孙俊豪而去。可是她并未见过孙俊豪，前往暮城的途中，她在破庙中遇见了孙俊豪。

第一次，一群黑衣人因为一根玉兰花簪子包围了她，那簪子是路上无意遇到的一位姑娘送给她的，却给她带来了杀身之祸。孙俊豪像是一个从天而降的天神，杀掉了所有的黑衣人，护她周全。孙俊豪生起了篝火，掰开了簪子，里面是一封密信，一封告诉强盗野狼藏身之所的密信，可惜被雨水打湿，模糊了字迹。孙俊豪为姚滴珠烤干了衣服，想要护送她回京城。可是她执拗地要跟去暮城，结果在路上竟再次被强盗抓了。

这一次，又是孙俊豪在她最危急之际从天而降，用肩膀为她挡了一刀，再次救了她，并与野狼厮杀，一举毁了强盗窝。那一刻，姚滴珠突然想到，师父曼娘子曾经告诉过她，那个值得女子托付的好男人，你一眼就能瞧出来。好男儿志在四方，他应当有雄鹰一般高远的志气，有山石一般坚硬的风骨。他知道人间疾苦，不拿人命当草芥；他择一事忠一生，会为这件事披肝沥胆，不顾一切。

那一刻，姚滴珠就认定了孙俊豪，他就是师父所说的那个男子。

后来，她染了风寒，发起了高烧。孙俊豪将她带回了暮城，暮城最年长的神医百草救了她，并收她为徒。她留在了暮城，孙俊豪想方设法找人护送她回京城，都被她拒绝了。后来，她在百草的口中得知了孙俊豪执意留在暮城的缘由。当初暮城一战，几乎所有人都战死了，只有孙俊豪一人生还，是百草的徒弟曲灵儿在尸海中救了孙俊豪。孙俊豪一直无法释怀，后来曲灵儿用她的善良和美好陪伴着他，为他唱歌，为他吹曲子，两人相依相伴。只是后来强盗野狼危害暮城，在一次厮杀中，曲灵儿没能躲过那场灾难，死在了野狼的刀下。从此，孙俊豪再次拾起了军刀，从未离开过暮城。

听了孙俊豪的过往，姚滴珠更加坚定了留在暮城的决心。

孙俊豪在女人的事情上怕了。他一直认为，沾染上他的女人都没有好下场，曲灵儿死在了野狼刀下，苏映雪等了他三年，也香消玉殒。如今野狼时刻会攻打暮城，城中处处暗藏杀机，他不能祸害了姚滴珠。可是姚滴珠的一颗心已经沦陷在他的身上。为了赶走姚滴珠，他故意留宿妓院。姚滴珠气坏了，为了与孙俊豪斗气，她故意打扮风骚，穿着露骨，风情万种地穿梭在他的兵将之中。姚滴珠本就漂亮，如此艳丽绝伦的打扮，让整座大营的将士都为之疯狂了。正当姚滴珠和孙俊豪斗法之际，传来了野狼复活并在城外杀人的消息。

姚滴珠一直记得，她与二爷孙俊豪来到城外，中了野狼的埋伏，孙俊豪将她护在怀中，像是地狱里的修罗，与那些恶鬼交战。那一刻，姚滴珠才明白二爷孙俊豪一直生活在水深火热之中。他的项上人头很值钱，他害怕拖累她，更害怕因为他给她带来伤害，所以他能做的就是远离她，可是在一次又一次的矛盾与碰撞中，他的心早就沦陷了。

或许是第一次在篝火前，她像一只游荡人间的小狮子，闪闪发亮的眼睛带着愤怒告诉他:“我来找孙俊豪，我要和他讨债！”或许是她高烧时倒在他的怀中，喃喃说着:“我不走，我要去暮城！”

……

可是后来在暮城发生了一件稀奇古怪的事情。谁也没有想到，闷葫芦一般的二爷孙俊豪将对姚滴珠的爱写在了一封又一封的信笺之中，投在了护城河边的老榆树洞中。

结果张大爷家要盖新房子，把护城河边的老榆树砍掉了，让全城百姓都看到了二爷孙俊豪写的情书。姚滴珠这才明白原来一向石头嘴巴的孙俊豪竟然给自己写了那么多情书。

那一天，暮城万里无云。

孙俊豪倚着城墙远眺，姚滴珠微笑地看着孙俊豪，一步一步走向他。

孙俊豪望着走近自己的姚滴珠，一时手足无措:“对不起，是我孟浪了。”

姚滴珠笑眯眯地望着孙俊豪:“可若是没有这番孟浪，我怎么知道你心中所想呢？你是英雄，心怀家国天下，这暮城是你誓死要守卫的地方。既然你不能离开，我便同你一起留下，横竖不管你在哪里，我就在哪里。”

孙俊豪定定地看着姚滴珠，一时无语。

“你也别怕连累我，只能同富贵，不能共患难，我要是愿意将就这样的亲事，京里多少结不得，万里迢迢追到暮城来做什么？我知道你日日在刀尖上行走，我向你保证，若有一天你死了，我不会活成行尸走肉，我会活得更好。但只要你还有一口气，我便生生世世不和你分离。我不愿意到老了还在懊悔与这段感情失之交臂。孙俊豪，你既然进了我心里，这辈子就要对我负责，你听明白没有？”姚滴珠说着，缓缓伸出了手，定睛瞅着孙俊豪，“你有壮志凌云，我也能海纳百川，我姚滴珠配得上你，那么现在，你可愿意同我在一起？”

孙俊豪伸手握住了姚滴珠的手，虽有一丝颤抖，却又满心喜悦地将姚滴珠抱在了怀里，低沉的声音在无尽的天空下诉说着最坚定的誓言：

“天地为证，日月为鉴。”

在暮城的那些日子，对于姚滴珠而言是幸福而刺激的。

姚滴珠决定与孙俊豪携手，共同对付野狼。他们二人为野狼布了一个局，姚滴珠假装还原了玉簪中的地图，放出风声。孙俊豪假意进攻野狼，野狼着了道，以为暮城无人把守，冲进暮城，中了孙俊豪的埋伏，死在了孙俊豪的剑下。

第二日，姚滴珠在屋外的草垛中救出一个浑身是血，叫作谷野的少年。少年告诉她，他被野狼抓上了山，逼他入伙，这一次趁着野狼遭了伏击，才逃了出来。姚滴珠看他年纪小，将他当作亲弟弟一样对待，细心照料，结果谷野却对她生了其他情分。姚滴珠怎么想也没有想到，她救下的少年才是真正的“野狼”。

她对谷野好，让谷野感受到了从未感受过的真心。她与谷野一起面对狼群，将谷野护在身后，二人共同面临了许多生死险境。即便到最后，当谷野将她引进埋伏圈，想要用她威胁孙俊豪的时候，姚滴珠依旧不相信这个少年会伤害她。

的确，谷野第一次被一个人的真心打动了。姚滴珠怎么也没有想到谷野不仅是野狼，更是贾逢源的亲弟弟！为了对付孙逊，对付孙俊豪，贾逢源与谷野联手，想要杀了孙俊豪，可最终，精心布局数年的计划，被姚滴珠的一颗真心打败了。

为了救姚滴珠，谷野为她献上了自己的头颅和剿灭盗贼的功勋。

后来，姚滴珠与孙俊豪在暮城举行了简单的婚礼。栎阳盗贼猖獗，知府大人举荐孙俊豪去剿灭盗贼，姚滴珠为了不让他分心，便收拾了衣物，先行一步回到了京城。

这一番惊心动魄听在林少春的耳中，犹如四月惊雷，她难以置信地望着姚滴珠：“没想到你还有这样的奇遇。”

“这缘分真是上天注定的。”姚滴珠笑着说。

“真没想到，兜兜转转，咱们还是一家人。”

姚滴珠沉吟了一会儿：“那要看他还会不会回来了，我答应过他，倘或他死了，我就另嫁他人，绝不让他放心不下。”

林少春关切地问道：“二爷可有消息？”

姚滴珠欣喜地点点头：“昨儿收到了他的一封信。”

林少春望着姚滴珠一副甜蜜的模样，不觉打趣道：“你不怕这件事被你父亲母亲知道吗？”

姚滴珠一下子笑开了：“知道了也没什么，不过我离家这一遭儿，真吓着他们了。早前他们还管我，如今事事都顺着我，再也不会私拆我的信件了。”

林少春了然地点点头：“细想想，父母当真是掏出心肝来对儿女的。你比我强多了，还有爹娘为你操心，我的爹娘早就不在了。”

“你别难过，好歹嫁了个可心的人，如今也有自己的家了。这阵子你要是有空，就多来陪我说说话吧！你别瞧我平时呼朋引伴，其实没有一个真朋友。你愿意来，我就不觉得日子难挨了。”姚滴珠为林少春倒了一杯茶，两个人端起茶杯，一起碰了碰。

“我们以茶代酒，敬这个世间！”林少春笑了笑。

茶杯轻碰，清脆的声音似乎能穿越好远好远，传到遥远的边陲……

“我今儿个去看姚滴珠了。”林少春躺在床上，翻来覆去地睡不着，终于忍不住开口道。

“她回来了？”孙玉楼为林少春盖了盖被子，转过身子，一双眼直勾勾地望着林少春，“她回来了就好，省得姚家那老两口整日担忧。”孙玉楼说着说着，手缓缓滑过林少春的脸，声音有一丝意犹未尽的嘶哑，“你不要管旁人了，这些日子可辛苦我们四奶奶了，来，四爷今儿好生犒劳犒劳你……”说着说着，孙玉楼贴近了林少春，林少春害羞地往被子里躲去。

“老夫老妻了，你躲什么呀？”孙玉楼一把搂住林少春，笑嘻嘻地望着她。

四目相对，柔情无限，突然间，整座孙府传来一声震耳欲聋的轰炸声。

林少春吓得身子一颤，孙玉楼慌忙起身。

“好像是三爷院子中的声音……”两个人穿好衣服，带着小翠直奔三爷的院子。

夜幕中，满天的星辰都被满院子的人打扰了。三爷孙金阁的院子中灯火通明，孙府所有人都冲了过来，许凤翘从房间内大哭着跑到了院子中：“不活了，不活了！”她一抬眼，望见匆忙赶来的孙逊和沈氏老两口，整个人扑了过去，大哭着叫道，“老爷，太太，三爷不知在屋里倒腾什么，把个好好的物件给拆了，不知怎么就给炸了！这日子没法过了……”

孙金阁脸被熏得乌漆麻黑，脏兮兮地站在门口，可怜兮兮地道：“爹，我是想看看那架座钟……”

孙逊望着孙金阁的鬼样子，气得浑身发抖：“孙金阁……”他抬起手，狠狠指着孙金阁痛骂道，“你文不成，武不就，整日玩物丧志，不干一点正经事，还不肯给我安生过日子，你就是个废物，我养你这样的混账干什么？”

孙金阁吓得转身就往外面跑。

林少春立刻给孙玉楼使了一个眼色，孙玉楼会意，连忙上前安抚道：“爹，你别生气，我去看看。”说着便跟着孙金阁跑出了孙府。

暮色深沉，长街上星星点点的灯光落在孙金阁的眼中，却照不亮他的心底。他步履沉重，在街上漫无目的地游荡。

“三哥！三哥！”孙玉楼追了上来，拦住了孙金阁。

“你来干什么？”孙金阁望着眼前的四弟，突然觉得自己与他有天壤之别：孙玉楼不只人才俊朗，而且能力、内室都是一等一地出挑。人与人之间的差距真的很大，他自嘲地说道：“有我这样的哥哥，你一定觉得很丢人吧！”

孙玉楼上前用衣袖擦干净了孙金阁的脸，安慰道：“你浑说什么呢？哪有人嫌弃至亲手足的！不过你能不能告诉我，为什么要执着于那架座钟？”

孙金阁抬起头，望着长长的街，突然觉得那么黑，就如同此刻自己的内心：“我这人既不崇文，也不尚武，就喜欢摆弄些奇巧的玩意儿，所以全家上下都觉得我是个废物！”

孙玉楼拍了拍孙金阁的肩，鼓气道：“父亲是一时生气，话说重了些，你别往心里去。你自己的想法，何不好好和家里说明了，大家都会明白你的。”

孙金阁垂下了头：“可他们没人愿意听我说。”

“我听三哥说啊。”孙玉楼拉着孙金阁在一旁没有打烊的馄饨小摊前坐了下来，孙玉楼招呼老板上了两碗馄饨，“你说给我听。”

孙金阁一愣，盯着孙玉楼明亮的眸子，心中一热，嘴角绽开了一丝笑意，从怀里掏出一本线装的《天工开物》:“你看，这是前朝宋先生的心血，里面记录了好些老祖宗留下的手艺，像机械、兵器、火药等。里面活塞式鼓风技术比西洋人先进了许多，这些若没有人传承，那咱们的东西永远比不上西洋玩意儿。我能修理任何怀表，所以就想把那架座钟给拆了。我倒要看一看，西洋人究竟是怎么把这些东西造出来的。”

孙玉楼心中一震。他怎么也想不到，原来生活得浑浑噩噩的三哥竟然藏了一颗七窍玲珑心，不禁感叹:“没想到三哥哥竟有这样远大的志向。这是好事啊，我定要和父亲母亲说明了，这样大家都知道你在做什么，哪里还会有人怨怪你？”

孙金阁没有回应，而是将书放回了怀里，埋下头吃了一口馄饨，便望向了黑暗长街中那些星星点点的灯光。这个世界于他是如此孤独，他喜欢的，他追求的，没有人懂得，更无人欣赏。

孙玉楼望着三哥孤独悲凉的模样，更觉得自己应该为他做些什么。

夜半时分，暮色深沉，孙玉楼回到了自己的院子，林少春正坐在床上看书等他。

孙玉楼一进门，林少春放下手中的书下了床，给孙玉楼沏了一杯茶递过去:“怎么样了？”

孙玉楼净了手和脸，接过林少春手中的茶，喝了一口，“劝回去了，但就是不知道三嫂会不会罚他。”他挨着林少春上了床，腻歪地靠在她的肩上，“早前咱们都不了解三哥哥，今儿晚上我和他恳谈了一番，才发现三哥是个很有意思很有想法的人。回头我就去找父亲，把三哥哥的想法告诉他……”

“不行，”林少春盯着孙玉楼，“你这样贸然去，老爷只会以为你在给三哥哥开脱。家里人对三哥哥的误解根深蒂固，到底要见了真章，才能相信他的话。”孙玉楼一把搂住了林少春:“我们奶奶无所不能，比菩萨还管用呢，这回你要把三哥的事放在心上。”

林少春推搡了一把孙玉楼，娇嗔道:“我可不是菩萨，成不成得看机缘，你给我戴高帽子也没用。”

“横竖你一定有办法，这件事就交给你了。”孙玉楼翻身压在了林少春的身上，密密的吻落在了林少春的脸上，开口的声音酥到了林少春的骨子中，“好了，现在我们继续……”

四月初八，浴佛节的日子。

贵妃孙有贞邀请了孙府妇人到宫中聚宴。

无逸殿中，孙有贞仪态万方，她挨着沈氏，笑着询问道：“咱们家月红呢？怎么没有见到？”

听到孙有贞的问话，沈氏欠了欠身子，笑道：“这阵子世杰和月红感情越来越好，月红便有了身子。本来一家子都要进宫的，可她身子重，来不得，托我给娘娘带个好儿！”

孙有贞双眼一亮，满脸欣喜，“她怀的是咱们孙家的长孙，千万马虎不得，让她仔细休养就是了！”孙有贞侧着身子，望了一眼戏台，对沈氏悄声说道，“这次很难得，请到的是江南名盛的沈香班，那个玉沈香将《西厢记》演得精彩极了。”

许凤翘和林少春坐在了一边，许凤翘压低声音对林少春道：“宫里规矩严，后宫嫔妃要会亲，那可不是件易事。只有咱们娘娘，说记挂娘家人了，皇上立时就恩准咱们进来，可见咱们娘娘圣眷不衰，照旧是宫里独一份儿。”

林少春附耳听着，点了点头。

此时，一粉装少女款款而来，珍珠霞帔下是一张娇艳如花的脸，正是当今皇上最疼爱的胞妹，长公主昭合。昭合公主道：“贵妃娘娘可真是的，有戏看竟不叫上我。”

孙有贞连忙将昭合长公主拉到身边坐下：“我原想打发人去请长公主的，可又忌讳今儿是家宴，怕长公主不自在，到底没敢叨扰你。”

昭合长公主假装嗔怪道：“娘娘还不知道我？我最爱热闹，只要有戏看，哪有什么不自在的，况且今儿来的又不是外人。”

孙有贞拉住了昭合长公主的手，给她介绍了在座的孙家诸位。当孙有贞介绍林少春的时候，昭合长公主的双眼落在了林少春的身上，她上下打量了一眼：“你就是林少春？”

“是，恭请长公主万福金安。”林少春连忙恭敬地行礼。

“久仰大名，咱们同坐。”昭合长公主冲林少春招了招手，让林少春起身跟着她坐在了孙有贞的一旁。许凤翘疑惑地看着林少春，独自坐在孙有贞的另一旁。

台上正演着《猴戏》，锣鼓声叮叮当当淹没了人们的说话声。昭合长公主斜着身子冲林少春耳语道:“第一次进宫看戏？”

“是。”

“不好看吧？”

林少春心中一怔:“当然好看。”

昭合长公主冷哼了一声，并不正眼看林少春:“再怎么好看也没有你们两口子的戏好……”

一句话，林少春即刻便明白了。

前些日子在郊外狩猎，孙玉楼凑巧救下了即将落马的长公主昭合，美女爱英雄，也不管英雄是否心有所属，昭合长公主仗着皇上的疼爱，执意要嫁给孙玉楼。孙玉楼瞒着林少春，在昭合长公主面前故意丑态百出，猥琐风流，惹得昭合长公主厌恶极了孙玉楼。可是后来，昭合长公主知道自己被戏弄了。

林少春想了想，还是说道:“请长公主见谅。我们夫妻恩爱，实在不想横生枝节，再说这也是为长公主着想。”

昭合长公主微皱眉头:“哦？此话怎讲？”

林少春轻轻道:“外子若是贪图富贵抛弃糟糠妻，那么长公主看见的无耻嘴脸便不是演戏，而是真的。女子择婿，当择个爱重自己的。若外子娶了长公主而不爱长公主，岂不耽误长公主一生吗？”

昭合长公主笑着冷哼了一声:“说得好听，我这人气量狭小得很，谁要是让我不高兴，我就叫她笑不出来。”

昭合长公主说着拿出了一块西洋怀表，她横竖看林少春不顺眼，想要借此刁难林少春:“你瞧这表，是皇上在我生辰那天送给我的……”昭合长公主说着一松手，怀表摔在了地上。林少春心中一惊，听到了怀表裂开的声音。

“哎呀，糟了！”随着昭合长公主的惊叫声，皇上正好驾到。所有人起身给皇上行礼，皇上摆了摆手，正要走向孙有贞，却被昭合长公主一把拦住，昭合长公主气恼地说道:“皇兄，你一定要为我做主！这个林少春，说要借我的怀表瞧瞧，结果竟给我摔坏了。”林少春一听，心中即刻懂了昭合长公主是借机寻事，想要治她的罪。

皇上皱了皱眉，昭合长公主继续说道:“胆敢损坏御赐之物，罪该万死！”沈氏和许凤翘都吓得脸色苍白。皇上走向林少春，林少春立刻跪在了皇帝的面前。

“林少春，你好大的胆子！”

林少春看了一眼昭合长公主，垂下头，心中已然想好了对策。如今箭在弦上，该是孙金阁露脸的时候了：“启禀皇上，是妾失手摔坏了长公主的怀表，妾有办法补救。”

皇帝一愣：“哦？什么办法？”

林少春抬起头，不惊不惧，缓缓开口：“这块怀表，家里三哥哥能修好，且会修得一模一样奉还长公主。”林少春话音一落，沈氏和许凤翘吓得手都颤了起来。

“好，那你让孙家老三必须还给昭合一块一模一样的怀表！”

林少春郑重地点了点头。

这个初夏总是令人心惊胆战。

林少春大胆冒险地将孙金阁推上了朝廷，谁也未料到，那个总是一事无成的孙家老三竟然将昭合长公主的怀表复原得一般无二，赢得了皇上的称赞。皇上爱惜人才，亲命孙金阁为军器局所正，官正七品。

孙府正厅，笑声不绝于耳。

“真是因祸得福。皇帝命金阁做军器局所正，我们孙家父子如今皆为朝廷所用，可说是光宗耀祖了。”孙逊一向肃穆，此刻也禁不住哈哈大笑。

沈氏双手合十，一脸喜气：“多亏了少春，金阁才有今日，还不快谢谢少春。”

入了朝的孙金阁，此刻仿佛脱胎换骨了一般，他理了理衣冠，连忙起身给林少春行礼：“多谢四弟妹。”

林少春连忙起身回礼：“不敢当，这都是三爷自己的功劳。要说谢，应当我谢三爷才是，你可救了我一条性命呢。”

许凤翘一脸得意：“没承想，以前竟冤枉我们爷了，老说他一个人不知在捣鼓什么，谁料他不哼不哈的，自己谋了个前程！这下可好了，我许凤翘也尝尝当官太太的滋味儿，往后可算能挺直腰杆子做人了。”

吴月红挺着身子坐在那里，笑得一脸灿烂：“恭喜恭喜呀！”

“三弟不鸣则已，一鸣惊人，真是出乎我的预料。怪不得他平日里总喜欢修补那些西洋玩意儿，如今看来是内有乾坤，深藏不露啊！”孙世杰在一旁搀扶着吴月红，也紧跟着称赞道。

孙玉楼故意刁难林少春：“你怎么知道三哥哥能修呢？万一修不好，那可如何是好？”

林少春故意夸张地长长叹了一口气：“我又不是神仙，哪能算得出三爷能不能修好。早前你不是跟我说过吗，那位长公主是个戏里戏外分不清的人，倘或三爷修不好，我就给长公主演一出戏，还怕不能脱身吗？”

孙玉楼不由向着林少春靠了靠：“哦？什么戏？”

林少春冲着大家笑道：“打发人往大街小巷散布消息，就说孙府四奶奶因为没有修好长公主的怀表，打算以死谢罪了。长公主爱看戏，当然希望自己是戏里的英雄，哪能眼睁睁看着无辜的人因她枉死，到时候自会向皇上澄清的。”

孙玉楼恍然大悟，哈哈大笑起来：“原来你打的是这个主意，还是你高明啊！”

许凤翘不由得真心佩服，望着林少春由衷称赞道：“要说计谋，咱们四奶奶可算女中诸葛。前儿在宫里看戏把我吓得半死，如今否极泰来，倒惦记那出戏唱了什么了。要不这样吧，今儿咱们府里也唱个堂会，大家庆祝庆祝，可好？”

大家异口同声地说道：“好！”

纷纷红紫已成尘，布谷声中夏令新。一时间，整个大厅弥漫着欢乐的气氛，和着初夏栀子花的香气，在孙府中舒展开来。团团圆圆的一家人谁也不会想到，这个夏天于孙家来说，竟是天崩地裂。

曙色微明。

清凉新鲜的空气令林少春心情大好，她端着一碗参麦汤，在后花园中遇见了正在早修的孙逊。

“老爷！”林少春给孙逊行礼，继续往前走去。

“少春啊！”孙逊忽然叫住林少春。

“谢谢你……”孙逊走到了林少春的面前，眼中满是慈祥的笑容，“这个家幸亏有你，要不是你，这几个孩子不会这么争气！”

“媳妇嫁进孙家，就是孙家的人，自然尽心竭力为这个家谋划。”林少春缓缓道。

孙逊点点头：“好，如今几个孩子都已出人头地，我也没什么遗憾的了，去吧。”

林少春应了一声，向前院走去。转身的时候，她身上常年携带的一颗东鲛珠忽然滚落了下来。珠子白色半透明，似乎有着年岁，正巧滚落在孙逊的脚边。

“这是什么？”孙逊疑惑地捡起了这颗珠子。

“这是东鲛珠。”

这个名字让孙逊心头一震。他的双眼沉了下来：“你怎么知道这个叫东鲛珠？这可不是书里记载的名字。”

“日落沉鲛珠，月升荐合璧。”林少春从孙逊手中接过东鲛珠，轻轻一笑，“我师父说这世间难得团圆事，鲛珠正是世间艰难的印证，这珠子是我师父送我的，名字也是她告诉我的。”

“日落沉鲛珠，月升荐合璧……”孙逊反复念叨着这句诗，似乎回到了那年春天的感召寺，寺院中桃花盛开，少女清纯动人，绚烂了他的双眼，清波般的声音数十年如一日地浮现在他的耳边：

“不过是一张白纸，还以为有什么锦绣文章呢。”

……

“你师父是谁？”孙逊的目光直直地瞪着林少春手中的东鲛珠，有些失神地问道。

“百戏班的柳三绝。”林少春心中诧异，隐隐间觉得孙逊和师父似乎认识。

孙逊立在晨光中，什么话也没有说，陷入了沉思。

时光倒流，那一年，柳三绝十八岁，楚楚动人地走进了他的生命……

“美目盼兮，巧笑倩兮，知音何已矣，鱼儿嬉戏，泛起涟漪，浣纱衣，今夕何夕，在此佳期，月下巧相遇，蝴蝶双飞。白首不离，我是你，寒蝉凄凄，诉说别离，恩爱俱往矣，笑着哭泣，盼着再聚，哪容易，最怕你会，三餐不继，瘦了金缕衣，活在梦里，痛在心里，只为你，这一别千万里，生与死长相忆，待来年秋风起，我与你泛舟远去。”

百戏班的招牌在霭霭的暮色中透着金光，孙逊立于戏台之下，目不转睛地盯着台子上的熟悉身影。三十年过去了，可是这个身影依旧如昔，在台上婉转地唱着《浣纱记》。柳三绝无意间望见了坐在台下一角的孙逊，整个人一怔，随即继续唱戏，直至落幕。

百戏班内的桌上散落着宾客吃剩下的瓜果和零食。大堂内人影晃动，光线阴暗，孙逊缓缓走到台下：“你过得好吗？”

柳三绝从台上缓缓走了下来，淡淡地笑了：“没有什么好不好，人生不过一场梦罢了，只要想明白了，日子怎么都过得去。”

孙逊的目光依旧痴迷，他记得从第一次见到她到后来的相知相守，他一直都爱着她：“可有什么我帮得上忙的地方？”

柳三绝看了一眼孙逊，他似乎和记忆中不一样了，以前那个可以为她做任何事情的孙逊在沈清瑶出现的那一刻就已经消失了，如今三十年的光阴，对于她而言，他已然陌生。

“三十年前我不需要你帮我，现在依旧不需要。”

孙逊垂下了头，心头依旧如三十年前的那个午后，痛得犹如刀割。他负了柳三绝，因为沈清瑶是太常寺卿沈令英的女儿。柳三绝执拗倔强地宁愿放弃，也不能接受与人一起嫁给他。他一直记得那年的那个午后，他高中二甲十四名，沈清瑶身穿大红喜服逃婚来找他，要履行他们从小定下的亲，逼着他与柳三绝做个决断。她红着眼，身子止不住地颤抖，可是背脊却直直地挺着，一字一句，清晰有力：

“我若答应你，对我和她都不公平。你娶她，是为利用她，她的一辈子都要在煎熬里度过。我呢，我的脾气你也知道，眼里不揉沙，纵然你爱的是我，我也没法子和别人共侍一夫。届时我和她难免会闹得天翻地覆，与其如此，倒不如好聚好散，往日种种就当是一场梦，都忘了吧……”

都忘了吧！

都忘了吧！

多少次午夜梦回，他都因她口中的这句话惊醒，这是他一生的梦魇。

如今再次相见，孙逊抬起头，忍不住说道：“你还是这样倔强的性子，为什么就不能放下过去，看一看自己的真心呢？”

柳三绝轻声问道：“你知道我心里想什么？”

孙逊有一丝迫切：“若你不想，就该扔了那颗东鲛珠，而不是赠给你的爱徒。”孙逊说着从怀里掏出了自己的那颗东鲛珠，“我的心与你一样，这么多年了，这颗珠子一直都在，从未离身。”

柳三绝的眼泪涌出了眼眶，她垂下头，望着孙逊手中的珠子。那原本是一对珠子，是孙逊亲手做的，是他送给她的定情之物。她吐了一口气，缓缓说道：“这不是很好吗，把你我之间的回忆放在心底。人活于世，要经历那么多的沉浮，不让它受名利野心的浸淫，到死的那一刻，它还是干净的。”

孙逊点点头，手指似乎握不住那颗珠子，止不住地颤抖：“你说得对……”说着，孙逊望向了一旁，眼眶中涌起了水汽，“既然你还是不需要我，我也不勉强你，但你能不能答应我一个请求？”

“什么？”

“不要离开这里。”孙逊猛地回过头，炙热的目光死死地盯着柳三绝，“我想见你的时候，让我能见到你，我们……我们是相识多年的挚交好友，闲暇时还可以再聚一聚。”

“好。”

一个“好”字让孙逊放松了下来。孙逊点点头，转身向外走去。

“文昭……”柳三绝立于台前，忍不住再次唤起了他的名字。“这些年来，你的事我也略有耳闻，我想劝你一句，若这条路走得太累，何不放下一切，带着妻儿过平淡的日子？盛极则衰，强极则辱，不要等到栋折榱崩才回头，凡事三思而行。你看你，真的老了许多……”

孙逊一怔：“三思什么？”

“居安思危、居高思退、困则思变。”

孙逊点点头，双手握紧了，转身走出了屋子。

柳三绝长长地叹了一口气。

沈氏带着林少春隔天入了宫，觐见贵妃娘娘。

“娘娘可听说了，贾逢源如今又得皇上重用……”沈氏挨着孙有贞坐，担忧地问道。

林少春立马联想到昨日里朝堂上发生的事情。贾逢源一直想方设法地对付孙逊。因为桃夭一事上栽了跟头，贾逢源被皇上调往岭南，怎料上个月他在岭南竟然帮助爪哇国平息了岭南一带的盗匪，爪哇国国主特进京拜谢，令皇上龙颜大悦，将贾逢源升任正五品东阁大学士，特此回京了。

孙有贞眉头一皱：“我听说了。”

沈氏叹了一口气：“这贾逢源同咱们积怨颇深，你父亲担心他东山再起，会对咱们不利。你在皇上身边伺候，要多替你父亲留意他的动向。”

孙有贞拍了拍沈氏的手，安慰道：“母亲，您回去让父亲放心，我圣眷隆重，断不会有人能危及我的地位，皇上亦不会让人加害我们孙家。御前的消息我会仔细留意，一有什么风吹草动，即刻打发人回去报信儿。”

沈氏点点头：“好，贾逢源此人不容小觑，他这次回朝来势汹汹，也不知葫芦里究竟卖的什么药。你素来性子刚烈，这个当口千万要广结善缘，危难时刻不图有人相助，只要没人落井下石，就是最大的福气。”

孙有贞缓缓绽开一个笑容，安慰道：“母亲放心，我同各宫嫔妃面儿上都过得去，就算有谁想加害我，我也能应付。”

沈氏握住了孙有贞的手：“那就好……我先前见你和昭合长公主交好，怎么这几次进宫都没见公主来找你？”

“她呀……”孙有贞说着，笑着望了一眼林少春，“还是小孩子脾气，和少春之间生了嫌隙，连我也怪罪上了。我正想着找个时间，让少春和昭合和解，有我在这里，孙家尽管放心。”

林少春连忙拜谢：“全凭娘娘做主，谢娘娘为少春着想。”

林少春说着，抬头望向孙有贞，见孙有贞雍容华贵，笑得格外灿烂。可不知怎的，林少春总觉得那笑容背后，有什么东西在渐渐崩塌。

“盖踵其事而增华，变其本而加厉……”

这一日，林少春坐在后花园的湖边翻书，看到南朝梁武帝的长子萧统编撰的这本诗集，感觉意义深远，正看得痴迷，忽然，身后一只纤纤玉手将书猛地夺走。

“看什么呢？”

林少春回头一看，原来是姚滴珠，笑道：“我在看《昭明文选》，你怎么来了？”

姚滴珠坐在了林少春身旁：“屋里闷得慌，来找你说说话，去你房里没人，就知道你在这儿。”

“你来得正好，我正想问你呢，听说二爷那里的匪寇也剿灭了，那二爷是不是该回来了？”

姚滴珠眉头微微皱起：“我收到了他的信，信上说强盗虽被剿灭，只怕还有流寇，所以暂且不回来，还得继续待命。”

“那应当快了，到时候你就可以风光嫁入我们家了。”

姚滴珠嘴一撇，笑道：“取笑我呢？”

“哪有？我是替你高兴。”林少春的话音未落，只见小翠匆匆赶来，跟林少春耳语一番，林少春立时变了脸色。

“怎么了？”姚滴珠关切地问道。

“我的一个好友难产。”

“要不要去请姜太医？”

“她的身份恐怕不行……”林少春望着姚滴珠，摇了摇头，一狠心，拉住了姚滴珠，对她低声说道，“先前过世的二奶奶其实并没有死，她爱上了旁人，并且怀了旁人的孩子。她与二爷本就没有感情可言，我便成全了她，让她假死，如今难产的人就是苏映雪。”

姚滴珠听完，眼珠子都快掉了下来了：“什么？你的胆子也太大了些！”

林少春着急地说道：“人命关天，又不敢暴露身份，这该如何是好……”

姚滴珠既震惊又感动，原来敢惊世骇俗的不止她姚滴珠一人，这林少春也是个人才。她肯将实情告诉她，可见林少春的心中早已将她当作了挚友，她想了想，握住了林少春的手，说道：“我去吧……”

“你？”

姚滴珠眼珠子一瞪：“是啊，我在暮城学了一手好医术，事不宜迟，快走。”

林少春惊喜极了，赶紧让人备车，和姚滴珠直奔贾逢源的府邸。

苏映雪在生死关头，幸好遇见了姚滴珠，这两个有着莫名联系的女人在一个特殊的时刻相遇了。当姚滴珠拼尽全力地为苏映雪接生，生死关头将苏映雪救下来，将孩子包好了笑着放在苏映雪的身边的时候，林少春不禁感慨万千：这世间的真情真是如此奇妙，两个本不该相遇的女人，因缘际会，这是不是命运的安排？

苏映雪看着怀中的孩子，忍不住百感交集。

她爱上了贾逢源，却没有料到贾逢源一直活在仇恨里，她不想自己的儿子继续走这样的路，她拼死也要阻止贾逢源。想到这里，她轻吻了下怀里的孩子，喃喃道：“儿啊，娘知道你来得艰难，想是你父亲作恶太多了，娘希望你这一生都干干净净的。”

站在一旁的林少春和姚滴珠互望了一眼，笑了。

因为昭合长公主一事，孙有贞召林少春入宫，林少春万万没想到，此次入宫竟然摊上了大事。

林少春走进储秀宫时，孙有贞和昭合长公主都在。孙有贞忙唤林少春坐到身边来。

孙有贞望着林少春和昭合长公主，缓缓开口：“俗话说，冤家宜解不宜结，你们都是我亲近的人，见了面大家和和气气多好！今儿就瞧在我的面子上，冰释前嫌了吧，成不成？”

昭合长公主冷哼了一声。

林少春看了一眼昭合，又望向孙有贞，没有说话。

孙有贞见状连忙打圆场：“少春，是玉楼犯错在先，今儿必得向公主认错悔过，公主宽宏大量，自然会原谅你们的。”

林少春起身给昭合长公主行礼：“公主，一切都是我的错，您大人有大量，饶了我这个狡猾的小人吧，往后我做牛做马，报答公主的恩情。”

昭合长公主饶有趣味地看着林少春：“你当真愿意给我做牛做马？”

林少春愣住了，脸色微变，昭合长公主忍不住笑了：“同你开个玩笑罢了，瞧你脸色都变了！既然你认了错，本公主就不跟你计较，原谅你这个卑鄙小人了。”

孙有贞见两人冰释前嫌，笑着将两人的手搭在了一起：“这才对嘛，我喜欢的人就应当和睦相处。”

孙有贞话音未落，胡公公的声音传来。

“皇上驾到！”

孙有贞、林少春、昭合长公主和众宫女连忙行礼。

皇上与潘细娘、李太医、胡公公和一众太监匆匆走了进来，皇上脸色阴沉，素衣怜弱的潘才人难得出现在皇上身边。未等孙有贞开口，皇帝将一个长生牌位扔在了孙有贞的面前，牌位上写着“皇长子盛常之灵位”。

皇上冷冷地说道：“你看这是什么？哼！贵妃，你可知罪？”

孙有贞疑惑地望着皇上：“臣妾也不知这是什么，臣妾从未见过，不知犯了何罪啊？”

皇上一双眼冷厉地瞪着孙有贞，指着身边的李太医和潘才人：“那你可认得他们？”未等孙有贞开口，皇上怒道，“李太医，你把孙贵妃做的好事全都告诉她！”

李太医连忙跪下：“回皇上！三年前，孙贵妃命人送了一万两银子，并一件彩衣给臣，命臣将彩衣给染了瘟疫的孩子穿过，再送与皇长子，所以……所以皇长子才……”

孙有贞震惊地瞪着李太医，连忙跪向了皇帝：“皇上，臣妾冤枉啊！”

皇上脸色冷到了极致:“你曾经告诉过朕，你梦到穿彩衣的孩子将你推下悬崖，你知道吗？这是皇子在向你索命，这是他在报复你啊！”

孙有贞猛烈地摇头:“皇上，臣妾确实曾给皇长子做过一件彩衣，但臣妾从未命李太医去加害皇长子，至于梦到彩衣男童，那……那只不过是一个梦啊！”

皇上冷哼了一声:“梦？只怕是昼无事者夜不梦吧！”此时，潘才人哭了起来:“我的孩子……贵妃娘娘，臣妾与你无冤无仇，你为何要害臣妾的孩子？”

孙有贞眼眶瞬间就红了:“皇上，臣妾冤枉！”

孙有贞尖厉的声音令皇上心头一紧，他似乎看到了越来越庞大的孙家，大到几乎要吞没了他。皇上猛地站了起来，勃然大怒:“冤枉？人证物证俱在，你还有什么好说的？贵妃，谋害皇子可是要灭九族的，你为何如此荒唐？你对得起朕对你的一片赤诚吗？对得起朕对你的好吗？”

孙有贞的眼泪滚落了下来:“真的不是我……”

皇帝闭上了双眼，大喝一声:“来人，将孙贵妃押起来，交廷尉处置！”太监们上前欲擒拿孙有贞。

“且慢！臣妾斗胆，有两句话想请问李太医！”林少春猛地跪在地上。

“大胆……”皇上大吼一声，瞪着林少春，“你还敢提出疑问？事实就在眼前……”

“皇上与贵妃恩爱多年，总不忍心让贵妃含冤吧！若当真证据确凿，那臣妾提出疑问又有何妨？”林少春执着地说道。

皇帝沉吟片刻:“你说吧！”

林少春继续说道:“臣妾只是觉得奇怪，谋害皇子是株连九族的大罪，李太医既然听命于贵妃，那便是同谋，如今竟敢指证贵妃，难道李太医不怕同罪论处吗？”

听到这句话，李太医浑身一颤，吓得以头触地:“医者父母心，臣这些年实在良心不安，这才禀明了皇上。”

林少春淡淡的目光扫过李太医:“不知可否将李太医的妻儿全都召进宫来？”

李太医闻言，身子一下子僵住了。

“为何？”皇上皱了皱眉。

“一个人胆敢冒着株连九族的风险出来指证贵妃娘娘，无非两种可能，要么此人是大圣人，置全族上下性命于不顾；要么此人的家人全都被挟持了，只有叫人拿住了软肋，才能如此听命于人。”

林少春的话令皇上的脸色缓和了，他思索了一下，又望了一眼哭得伤心的孙贵妃，说道："准，带李太医的家人进宫，另将孙家一门圈禁起来，任何人不得走漏风声！"

潘才人吸了一口冷气，垂下了头。孙贵妃眼底的光渐渐淡了下去，原来千般宠爱都换不来信任，她望着高高在上的皇上，心早已痛得没有了知觉。

偌大空荡的宫殿之中，胡公公带着一个怯懦的妇人和一个七八岁左右的男孩走了进来。

"皇上，李太医的妻儿到了。"

坐在正座上的皇帝缓缓睁开眼，只见妇人连忙拉着男孩给皇上行礼，身子止不住地颤抖着，林少春见李太医望向妇人的表情甚是古怪，心中了然。

皇帝缓缓开口问道："李太医，你的家人都在这儿了，你还是要指证孙贵妃吗？"

李太医表情僵硬，直着脖子说道："回皇上，无论家人在不在此，臣说的都是实话，臣还是要指证孙贵妃。"

皇帝看向了林少春："林少春，你还有什么话说？"

"臣妾先向皇上告罪，若有失仪之处，还请皇上见谅。"林少春郑重地行礼，来到了那个男孩的面前。

"这个人是你的父亲吗？"

男孩表情呆滞，未涉世的一双眼眸中透着惊惶，直往妇人身后闪躲。妇人轻声安慰着男孩："不怕不怕，这个姐姐跟你说话呢……"

妇人说着抬头难堪地笑了笑，解释道："这孩子从小就是个哑巴，不会说话，而且鲜少见到他爹，所以有些认生。"

林少春点点头："原来如此。那请问大娘，李太医的身体上有何特征？"

妇人一愣，偷偷地看了一眼李太医。

李太医连忙说道："我们夫妻敦伦都是在吹灯之后，所以并不知道对方身上有何特征。"

林少春笑了笑："这可真是天下奇闻，皇上明鉴，这二人分明不是李太医的家眷。"林少春犀利的目光直视着李太医，"几十年的夫妻，竟不知道丈夫身体上有无疤痕或其他特征，孩子又恰好是个哑巴，这也太凑巧了些。"

李太医脸色骤变："你……"

林少春猛地跪在了皇上脚下，朗声道：“请皇上给臣妾三日时间，臣妾一定会查个水落石出，还贵妃娘娘一个清白。”

潘才人连忙说道：“皇上，一个女流之辈如何查案？依臣妾之见，不如交由刑部审理，同样能查个水落石出。”

林少春盯着面前目光阴沉的皇上：“潘娘娘此言差矣，贵妃娘娘所涉的案子大有不通之处，只怕里头有冤情。若贵妃娘娘是受人诬陷，任何人来查此案都有可能被买通，只有我亲自来，才能真正为贵妃娘娘洗刷冤屈。若我三日之内查不出真相，自愿与贵妃娘娘同罪。”

潘才人还想开口，被昭合长公主打断了，这昭合长公主向来和孙贵妃亲如闺密：“皇兄，少春说得有道理。潘才人你如此咄咄逼人，怕不是包藏祸心，有意陷害贵妃娘娘吧？”

潘才人一听，立刻委屈地跪在了地上：“天地良心，我一心为自己的孩子申冤，怎敢去陷害贵妃娘娘？”

皇上沉思良久，起身说道：“好了，此事便交由林少春查办，先将李太医押入大牢，孙贵妃禁足储秀宫，不得与任何人往来。”

跪在地上的孙贵妃垂着头，眼中满是凄苦，再也没有了以往对当今圣上的柔情。

林少春离开前，还是忍不住问了孙有贞一句话：“娘娘，少春斗胆问您一句，您是否清白？”

孙有贞仿佛在一天之中整个人被抽了魂魄，听到这句话，还是忍不住哽咽道：“我对天发誓，从未做过伤害皇长子的事情。”

“好，我会竭尽全力帮您的。”

林少春说到做到。她先是去狱中单独找李太医问了话，李太医面露苦楚，却一句解释也没有。林少春才离开狱中，李太医便毫无理由地开始绝食，嚷嚷着只要吃红菱糕，宫人们都不明白李太医闹的哪出，林少春却默默地笑了，此刻她更坚信李太医一定是被人威胁了。

吃红菱糕是假，要见做红菱糕的妻子才是真。只有亲眼看见自己的妻儿还活着，他才会去替人卖命。

果不出林少春所料，潘才人带来了一个叫作窈窕的侍女到狱中给李太医送去了红菱糕。林少春跟着出了宫的窈窕想要探个究竟，未想到在宫外长街的偏僻处被人打晕了。

当林少春再次醒来的时候，发现自己在一个阁楼之中，看见的竟是刚刚回京的贾逢源，瞬间，林少春便明白了这一切幕后的主使便是贾逢源。

贾逢源细眼半眯，嘴角扯开了一抹嘲笑，眼中寒光如剑："四奶奶，你可真厉害呀，居然能想法子跟到这里来……你也不要指望着你那能干的四爷救你了，如今整个孙府的人都被圈禁在府中，没人能救得了你了。"

贾逢源身边站着一位穿褐色便服的老者，正是梁京冠，他沉着脸问道："她是谁？"

"她就是孙逊的四媳妇林少春。"贾逢源说着将头转过去，狠狠地瞪着林少春，"不过你马上就要去阴曹地府给孙贵妃申冤了。来人，拖到后院处置了。"

高大的黑衣人应了一声，正欲擒拿林少春，被梁京冠抬手拦住了。

"且慢。"

"世伯？"贾逢源疑惑地望着梁京冠。

梁京冠目不转睛地盯着林少春，半晌才缓缓开口："我问你，户部侍郎林远道是你什么人？"

林少春警惕地瞪着梁京冠，答道："是我父亲。"

梁京冠笑得意味深长："林远道的女儿竟然嫁给了孙逊的儿子，真是可笑，可笑啊！"

"你认识我父亲？"林少春一惊。

"岂止是认识……"梁京冠招了招手，"来人，先把她看押起来。"

"世伯，此人不除，后患无穷。"贾逢源担忧地说道。

"不，听我的，留着她有大用处。"

贾逢源听了梁京冠的话，皱了皱眉，挥挥手让小厮们将林少春关到了贾府中最偏僻的后院偏房。

这是一间没有门和窗户的偏房，林少春在偏房中观察了半天，也找不出逃出去的办法，正着急的时候，突然偏房的门传来了窸窸窣窣的声响，她连忙踱步来到门口："谁？"

"少春，是我！"苏映雪的声音传了过来，不一会儿她便打开了房门，一踏进偏房，她连忙关上了门，一把握住了林少春的手，"我偷听到了他们的话，便给守卫下了蒙汗药，他们一时半会儿都醒不过来，你趁机赶紧逃吧！"

林少春惊喜地望着苏映雪，她怎么也没有想到苏映雪会来救她。林少春点点头，刚往外走了没两步，又停了下来："不行，我不能一个人走，这三日历尽了千辛万苦，不能功亏一篑。"她一把拉住苏映雪，眼中散发着光芒，悄声道，"李太医的妻儿也被困在这里，我必须带他们走。"

"这都什么时候了，"苏映雪着急地拉着林少春往外走，"你先走，我来想办法。"

林少春停下脚步，摇了摇头："不行，我要是走了，他们必定活不成。"

"那怎么办呀？"苏映雪急得眼圈都红了，她跟在贾逢源身边这么久，知道他为了报复孙家，心有多狠。

"我有办法。"林少春急中生智，在苏映雪耳边交代了一番。

苏映雪听罢，担忧地望着林少春，最终点了点头，握紧了林少春的手："少春，我一定会救你！"

"谢谢你，映雪！"

贾府之中，后院的厢房忽然走水。小厮、丫鬟们端着水急忙上前扑火。贾逢源第一时间便将林少春和李太医的妻子窈窕以及儿子从后院的大火中救了出来，将三人关进了同一间客房，才赶着去救火。

客房中，窈窕紧紧地抱着自己的儿子，一张苍白的脸上满是担忧和惊惶。林少春走近窈窕："请问，您是李太医的夫人吗？"

窈窕警惕地看了一看林少春："你是什么人？"

"孙府四奶奶林少春，我可以救你们出去。"

窈窕无奈地笑了笑："怎么可能呢？出不去了！"说完望了眼怀中的孩子。那孩子长得极好，大大的眼睛透着一股伶俐劲儿，虽然惶恐不安，却仍懂事地环抱住自己的母亲，不哭也不闹。窈窕望着幼子更是不忍。

林少春见状不禁感慨道："这是你们唯一的机会了，趁着四下大乱，赶紧逃出去。李太医被迫诬陷贵妃，不管这件事最后成与不成，你们都是死路一条，倒不如抓住这一线生机。不为你自己，也要为孩子想一想……"

窈窕愣了，她垂头看了看怀中的孩子，眼泪涌上了眼眶。男孩懂事地唤着娘，抬起小手给她擦着眼泪。

窈窕猛一抬头，双眼又燃起了希望的火花："怎么出去？"

林少春笑了，立刻脱下外衣，里面是两层丫鬟的衣服，她将其中一层脱下来给窈窕："快换上吧！"窈窕会意，赶忙接过换上了一身丫鬟服饰。林少春从屋里找出了苏映雪给她准备的大木桶，把孩子抱了进去，盖上盖子，然后掏出一根迷香，嘱咐道："出去的时候捂住口鼻。"窈窕紧张地点点头，捂住了自己的鼻子。林少春将迷香从窗户纸悄悄地捅了出去，不一会儿，立于门口的两个小厮便晕倒在地。林少春和窈窕跳出窗户，推着木桶，趁着众人混乱，逃了出去。

当从自己的心腹丫头那里得知林少春和那对母子已经逃走的消息后，苏映雪便明白了自己已无退路。她化上最美的妆容，换上自己最华丽的长裙。那是贾逢源最爱的颜色，朱红点翠，将她衬托得艳丽无比，然后便静静地坐在屋子中等着。

贾逢源一身狼狈地走了进来，看到苏映雪这身打扮，不禁皱了皱眉头，疑惑地打量着她："你怎么坐在这里？穿成这样干什么？"说着转身走到衣架旁，脱下身上的脏衣服。

"逢源。"

贾逢源并不理苏映雪，继续脱着脏衣服。

苏映雪苦笑了一声，缓缓道："遇见你，是我这辈子最快乐的事，能与你做夫妻，能为你生下哥儿，我没有什么遗憾了……"

贾逢源突然停下了手中的动作，心中一动，他转身走到苏映雪的身旁："你究竟在胡言乱语些什么？"

苏映雪抬头，绝美的一双眼带着淡淡的笑意："我将林少春和李太医的家眷都放走了。"

"什么？你竟把他们都放走了？"贾逢源震惊地向前一步，双目几乎燃起了火焰，一把揪住了苏映雪的衣领，"你这疯妇，想害死我不成！"

苏映雪依旧带着笑望着贾逢源，任他疯狂，任他愤怒，任他想要杀了她。

贾逢源咬牙切齿地大叫道："你坏了我的好事，等我回来再收拾你。"说着，他扔下苏映雪，大踏步往门口走去。

苏映雪笑出了声，忽然一口鲜血喷涌而出，溅了满地，缓缓倒在了地上。药效发作得正是时候。

贾逢源还未离开，便被身后的动静惊到。他一回头，望见的却是倒地的苏映雪。她满身是血，分不清衣服的颜色和她吐出的鲜血。他疯了般地冲了过去，一把抱住了苏映雪:“映雪，映雪，你怎么了？”他从未见过这样的苏映雪，他恨孙逊，恨孙家的每一个人，他恨这个世界，可他从未想过牺牲她。是怀里这个叫苏映雪的女人，她不顾一切地奔他而来，给他带来欢喜和希望。此刻她却满身血污地倒在自己怀里，他崩溃地大叫着:“来人，快去传大夫！快去传大夫！”

苏映雪轻轻抚摸着贾逢源的脸，双眼柔情无限:“逢源，我不是个好妻子，我背叛了你，是为不忠；少春几次三番救我，在她危难时刻我袖手旁观，是为不义。既然忠义不能两全，我只好放了她，再向你以死谢罪。”

望着苏映雪越来越苍白的脸颊，贾逢源忍不住浑身颤抖，眼泪滚落下来。他紧紧抱着她，用脸贴着她越发冷却的脸颊，泣不成声:“映雪，不要……不要离开我……”

苏映雪眼眸越来越模糊，这致命的毒药原来这么烈，她染血的手拂过他痛哭的脸颊:“一枝折得，人间天上，没个人堪寄……逢源，还记得吗？这是你第一次见我念给我的词。”苏映雪眼神越来越涣散，“逢源，我阻止不了你，但愿以我的性命，能让你明白。答应我，离开官场，去乡下找我们的儿子，带着他好好过日子，再也别回这是非之地了。”

贾逢源疯狂地摇着头，抱着苏映雪往门外奔去，不住地喊着:“不说这个，我一定会找人治好你的，你要坚持住……”

苏映雪抚在贾逢源脸上的手慢慢垂下，一双眼含着笑轻轻合上了。贾逢源突然停下了脚步，他抱着怀中没有了生息的女人，浑身剧烈地战栗着，一下子，他仿佛觉得世界天崩地裂了。他从来不觉得自己有多爱苏映雪，可是这一刻，他才明白，这些年他从不肯多看其他女人一眼，从来不留恋青楼之地，从来不对男女之事热衷，是因为他的心早已经放在了苏映雪身上。

他跪倒在地，像个孩子大哭了起来。

时光似乎回到那个雪夜，她粉妆玉裹，被他的笛声吸引而来。她冰清般的脸庞轻轻抬起，凝望着他……

一枝折得，人间天上，没个人堪寄。

直到第四天，孙贵妃一案终于有了结果。林少春与皇上约定三日，幸亏昭合长公主说情，才让皇上等到了第四日。林少春带着窈窕和李太医的儿子向皇上禀告了一切，李太医热泪盈眶，终于如实招认了一切。

众人跪在皇上面前，皇上却死死瞪着贾逢源:“大胆！贾逢源，朕如此信任你，你竟然敢在朕的眼皮底下玩这种花样！你还有什么可说的吗？”

“无话可说。”

皇上怒不可遏:“贾逢源发配边疆，永世不得回京！”

贾逢源绝望地跪着，一言不发，任凭侍卫将他拖走。

皇上继续看向了潘才人，潘才人跪在地上瑟瑟发抖。“潘才人利用皇长子病故一事诬陷贵妃，罪无可恕，来人，将潘才人打入冷宫，终生不得探视。”皇上说着又看向了李太医，“至于李太医，念其妻儿受人挟持，饶其一命，即刻逐出宫去！”

潘才人大叫着被侍卫带了出去，李太医领命告退了。

皇上按了按因疲倦而有些发胀的额角:“林少春保护贵妃有功，择日再行赏赐。”

林少春叩谢。

皇上最后望向了跪在地上的孙有贞，转身冲跪在地上的众人大手一挥:“你们都先下去吧！”

所有人领命都退了出去，宫内只留下了皇上和孙有贞。

孙有贞倔强地跪在地上，低眉垂首，并不看皇上一眼。皇上见孙有贞依旧跪着，便伸手去扶。结果孙有贞往后挪了挪，皇上伸出的手停在了半空中。

皇上看着孙有贞，犹豫再三，终究是把手缩了回来:“朕知道，爱妃这是心里责怪朕啊。”

孙有贞心中冰冷一片，再也热不起来:“臣妾不敢责怪皇上，臣妾只是失望，臣妾与皇上十几年的情义，被人三言两语击得粉碎，不管臣妾怎么解释，皇上都不愿意信任臣妾。”

皇上耐着性子解释道:“朕也是一时受人蒙蔽。”

孙有贞冷笑了一声，将脸侧向了一边。

皇上强忍着心头的愤怒，说道:“那爱妃就好生歇息，朕回头再来看你。”

孙有贞猛一抬头，冷冷道:“不必了，臣妾经此一难，已然顿悟，往后吃斋念佛，不能再伺候皇上了。”

皇帝忍无可忍，一把将桌上的花瓶打落在地，颤抖的手指向了孙有贞:“你为何如此倔强？难道你不明白，你们孙家的荣辱都在朕的一念之间吗？朕可以宠着你，也可以冷落你，这后宫有多少女人等着朕宠幸，可不只有你孙有贞一个女人！”

孙有贞的眼神淡然，脖颈挺得直直的:“日后皇上宠幸谁，抬举谁，都与臣妾无关了。我孙氏一门为皇上殚精竭虑，凭的是对江山社稷的一片忠心。皇上重用孙家，是皇上选贤与能，并非臣妾之功。”

皇帝看着孙有贞倔强的神情，气得煞白着一张脸，甩袖离去。

望着愤怒离去的皇上，候在宫门外的林少春一怔。她呆呆地望了一眼储秀宫寂寞的宫门，不觉叹了一口气。

林少春刚迈进孙家大门，便被孙玉楼抱了个满怀。孙逊携沈氏、梅姨娘、孙世杰、吴月红、孙金阁、许凤翘，一行人站在门口迎着林少春。

林少春急忙推开了孙玉楼，手依旧被他紧紧抓着：“老爷，太太，我回来了！”

孙逊一双老眼感慨地望着林少春，不住地点头：“这次孙府被圈禁，所有人都出不去，不过宫中的一切我都听说了，咱们孙家化险为夷，多亏了你！”

沈氏激动地抢过林少春的手：“好孩子，好孩子，你可是我们孙家的救命恩人啊！”

吴月红大笑着：“我早就说过少春是咱们家的福星，有她在，就没有过不去的坎儿。”孙世杰笑着点点头，摸了摸月红的肚子，并没有言语。

林少春望着一大家子殷切的目光，心中温暖，“太太说的哪里话？我也是孙家人，这么做是应该的！”她温柔的目光落在了孙玉楼的身上，“我说皇上怎么会允得我第四日，原来是你冒着抗旨的风险找到了昭合长公主，替我说情。”孙玉楼笑着望着林少春，轻轻握了握她的手。

林少春转身笑盈盈地对大家说：“我与皇上约定三日为限，要不是玉楼替我拖延到第四日，只怕要功亏一篑，所以玉楼才是最大的功臣。”大家看着孙玉楼和林少春小两口恩爱的模样，心中无限感动。

孙逊大笑道：“这次能逃过一劫真是万幸。丁管家。”

“是，老爷！”丁管家大声应道，声音中满是喜气。

“去设宴，咱们一家子好好庆祝庆祝！”

林少春立于暖阳之下，凝视着喜气洋洋的一家人，又望着紧紧握着自己手的孙玉楼，此刻，余晖落在了他的脸上，给他的笑也镀上了一层幸福的光晕。

第十二章 若是我在天涯等你

柳三绝说着拍了拍林少春的肩膀，鼓励道：

『去吧，凡事不自己争取，天上是不会掉馅饼下来的。』

林少春回味着师父的话，她站起身，

又看了一眼孙逊的墓碑，只想要做一件事情：

找到孙玉楼。

YU LOU CHUN

吴月红的肚子眼见着一日比一日大了，临盆将近，少不了心烦气躁。这日，林少春正扶着吴月红在花园内散步，吴月红突然停下脚步，大喊了一声："呀！"

林少春紧张了地回过头，关切道："怎么了？"

吴月红憨憨地笑了："孩子在踢我。"林少春松了一口气，也跟着笑了起来。

正在此时，小翠急忙跑到林少春跟前，将手中的信交给了林少春："四奶奶，门子上送了封信进来，是给您的。"林少春接过信缓缓打开，却见上写：常嬷嬷在我手上，若不想让她死，就来西山亭一见。

林少春双眉紧皱。

吴月红关切地问道："怎么了？出什么事情了吗？"

林少春连忙合上了信，对着吴月红笑了笑："没什么，常嬷嬷在家里出了点儿事，我得回去一趟。"说罢，便带着小翠匆匆离开。

日暮下，西山亭。

梁京冠一身便衣，背身而立。

林少春匆匆赶来，发现整座西山空无一人。写信的人正是梁京冠，而梁京冠并未挟持常嬷嬷。

林少春谨慎地盯着梁京冠："你找我来到底为了什么？"

梁京冠立于亭子中，眼望着远处的西山，日暮下荒凉如他的人生，不觉心中悲哀："你大约听过我的名号，我梁京冠本是当朝太师，如今不过一介罪臣罢了。"说着他的目光落在了林少春的身上，望着林少春清丽如风的面容，越发觉得和林远道的容颜有几分相似。他不觉难过地摇了摇头，"贾逢源为报父仇奋不顾身，结果竟落得发配的下场，可悲！可叹！林少春，你想不想听一个故事？关于我和林远道、贾甄的故事。"

"我父亲？"林少春吃惊地瞪着梁京冠。

梁京冠眼望着落日，缓缓道："那个时候的我们都很年轻，三人是同科进士，义结金兰，都对未来满怀赤忱，希望有朝一日，能够改变官场险恶的风气。”梁京冠陷入了深深的回忆之中，“永嘉十二年，孙逊在朝中只手遮天，贪赃枉法，我们想要弹劾他，可是弹劾他的折子全在孙逊掌握之中，根本就到不了御前。贾甄不断弹劾孙逊，后来因为孙逊栽赃嫁祸，在朝堂上触柱而亡。而你父亲为了扳倒孙逊，假意投诚。孙逊表面上信任你的父亲，可是内心却处处提防。那年往山西运送军粮，是孙逊给他下的一个圈套。他假意说山西指挥使想要结交他，命你父亲游说山西指挥使，到时候联手，便可贪得军饷大半。你父亲想要抓住这个机会告发孙逊，其实山西指挥使萧鸿飞早就是孙逊的人了，他们不过下了这个套来考验你父亲，结果你父亲果然入了孙逊的圈套。那年，他们诬陷你父亲贪污军粮，后来，你父亲被杖毙，你们全家也被流放。你可知当时，为何常嬷嬷一句话，就将你与她女儿换了吗？”

听到父亲的过往，林少春心中难过。可是对于梁京冠，她仍不信任。

梁京冠盯着林少春：“是因为有我从中斡旋。可惜我再去找你们时，你们已经不知所踪了。”

林少春眼眶微红，冷冷地望着梁京冠：“你没有见过我，怎么还能认出我来？”

梁京冠苦笑了一声：“我如何没见过你？我与你父亲交好，我们两家早就定下了亲事。可惜我的儿子死得早，这件事就没有再提过了。”

林少春直直地盯着梁京冠，那清澈的眸光让梁京冠心头发颤。久久地，林少春缓缓开口：“不，你说的话我一个字都不相信。”

梁京冠震惊地瞪着林少春：“自从你父亲死后，我也不再轻易相信任何人了。原以为逢源能扳倒孙逊，没想到他一败涂地。我一个罪臣，再也无法同孙逊斗了，今儿把事情始末都告诉你，不过是不想让你认贼作父，让你看清你的公爹到底是个什么样的人！”

林少春清波般的眸子凝聚着狂风骤浪，死死地望着梁京冠。她强压着心头的巨浪，整个世界于她而言或许已经颠覆了。

梁京冠一怔：“你还不信我？”

林少春整理了下情绪才缓缓开口：“不管我信不信你，你都不是一个好人。”

梁京冠愣住了。林少春盯着梁京冠，继续道：“要报仇也好，要拨乱反正也好，都应该走正道，像你们这样丧心病狂，不择手段，跟你们口中的孙逊有何区别？假如人人受了冤屈都像你们这样，律法何在？公道何在？难道你们的亲人是人命，别人的就不是吗？”

梁京冠悲哀地望着林少春:“我们也是没办法……”

“没办法从来就不是作恶的借口。”林少春摇了摇头，转身往回走去，走了几步又回过身，望着梁京冠，“我会用正当的手法来查明此事，我会向你证明什么是真正的正义，这样才不枉我父亲牺牲一场。”

梁京冠衰老的神情凝住了。他盯着林少春清澈无波的眸子，久久才吐了一口气:“你说得对，我们被仇恨蒙蔽了双眼，逐渐忘了初衷。我如今一文不名，没什么用处了，不过若你有需要，十字里的绸缎庄有我的心腹，你可以去找他。”说完，梁京冠转身，颤悠悠地向着山下走去……

林少春望着他佝偻的背脊，心一下子被莫名的悲哀与愤怒两种情绪冲击着。

她想要真相。

天幕之下灰色一片，裂开了缝隙，雷声轰轰不断，刺眼的闪电照着孙府连绵的院子，仿佛这雄伟鼎立的府邸顷刻间便会塌陷。

孙玉楼拿着伞和欢郎刚走到前院，迎面便望见了神色恍惚的林少春一个人立在院子里。

“天快下雨了，刚打算给你送伞呢。”孙玉楼连忙上前，温暖的手握住了林少春的手，将她拉到了身边，关切地望着她，“少春，你怎么了？手怎么这么凉啊？”

林少春一抬眼，望着孙玉楼，那熟悉的眉眼在闪电中突然间有一丝陌生和恐怖，她喃喃道:“玉楼，要是有一天我对不起你，你会恨我吗？”

“胡说些什么呢？”孙玉楼伸手将她搂进了怀中，向着自己的院子走去，“你怎么会对不起我呢？不会的。”

林少春靠在孙玉楼温暖的怀中，闭上了双眼，任由他带着走进了自己的院子。

世事难料，她一心想要的真相如同这突如其来的闪电，会不会吃了她？吃了孙玉楼？吃了整座孙家？覆水不可收，行云难重寻，她知道一旦自己着了魔去寻那真相，便一去不回了。她贪婪地窝在孙玉楼的怀中，冰冷的指尖紧紧地拽着孙玉楼的衣襟，随着他的步伐走着。清明的雨帘落了下来，她知道，她拗不过自己。

她想要的，终究是真相。

若真如梁京冠所说，孙逊贪了那么多银子，到底放在哪里了呢？家里除了朝廷的俸禄和庄子上的收租钱，再无其他，那些银子定是藏在了别处！孙逊一定会找一个信得过的人去看守。细数孙家，能和孙逊走得最近，最得孙逊信任的莫过于丁荣寿。林少春想要从丁荣寿身上下手，便要从他的老婆入手。

“这个家里数你手最巧，我想打些好看的穗子，头一个就想到找你帮忙！”这日，林少春寻了个借口，和荣寿家的坐在一起编起了穗子。

荣寿家的现在对林少春心中是万分佩服，尤其自己的女儿小翠跟在林少春身边，更是耳濡目染，她心中甚是开心，看着林少春来找她，格外热情：“哎呀我的奶奶，什么帮忙不帮忙的，您想要穗子，直接吩咐就是了。”

林少春接过荣寿家的手中的一个蝴蝶穗子，认真地编着，突然抬起脸直勾勾地看着荣寿家的脸：“你的肉皮儿养得真好，倒像三十来岁年纪，看来丁管家对你很体贴。”

荣寿家的见状，摸了摸自己的脸，笑了起来：“四奶奶真会打趣，半截子入土的人了，哪来的好皮囊。不过要说我男人，对我实在没话说。我生来命贱，嫁了这么个爷们儿，也算福气吧。”

林少春笑着说道：“恩爱夫妻讲究长相厮守，想必丁管家日日都要陪着你。”

荣寿家的嘴一撇：“那倒不是，我们多少年夫妻了，还说什么陪不陪的。他有他的差事，跟着老爷出门办事，整日不着家，我也不管他，由他去吧。”

林少春心中一沉，故作惊讶道：“真的？”

荣寿家的答道：“是呀，怎么了？”

林少春故意沉思了会儿，揪着荣寿家的心，长长地叹了一口气：“这种事你还是不知道的好。”

荣寿家的自是着急得不行，连忙盯着林少春：“哎哟，四奶奶，您这不是成心叫我难受吗？有什么您只管说，我又不是外人，您还对我藏着掖着？”

林少春明亮的眸子似乎藏着莫大的秘密：“唉，我要是说了，倒闹得挑拨离间似的，算了，还是不说了吧……”

荣寿家的急得一把抓住了林少春：“咱们这是闲聊，四奶奶说过，我也不放在心上，听过就忘啦！”

林少春想了想，凑到了荣寿家的耳边，轻声道：“我还小的时候，府里有个妈妈，常不见自己男人回来，本以为是忙于给老爷办事，后来呀……”

“后来怎么了？”

“后来妈妈上了心，悄没声儿地盯了男人的梢，才知道人家早在外头养了一个！”

荣寿家的猛地站了起来：“那还得了？”

林少春仰头继续添了把火：“是呀，这原不是好话，所以你问我，我也不想告诉你，没的听了自己生气。”

荣寿家的脸已经变了颜色，生气得将穗子扔在了篮子里：“这个死鬼，他要是敢在外头养小的，我非扒了他的皮不可！”

林少春捂着嘴笑了：“哎呀，你糊涂呀，真要扒了他的皮，他越性儿休了你再娶，岂不正合了人家的意？”

荣寿家的眼珠子都红了：“那怎么办呀？四奶奶，您得帮帮我呀！”

林少春想了想，沉吟了一下：“你也别听风就是雨，人家男人养小的，未见得丁管家也如此。不过这种事儿，到底咱们女人吃亏，自己多长个心眼儿，也好自己防备。我那时候小，也是听人议论，说这位妈妈做了件衣裳，夹层里头装上白面，男人临出门的时候在衣裳一角剪个口子，她就顺着白面的踪迹找到了外室的住处。那些做小的，本就不是好人家姑娘，趁着男人不在，悄悄发卖了就是，她男人知道了也不敢言语，到底还是安生回来过日子了。”

荣寿家的激动地看着林少春：“多谢四奶奶，我知道该怎么做了。”荣寿家的说着，风风火火地走了。林少春凝视着荣寿家的离去的背影，若有所思地笑了。

果然，荣寿家的按照林少春提到的，在丁荣寿身上放了白面。寻着白面的踪迹，林少春找到了在东郊的一处庄子。原来孙逊真的藏了一处院落。林少春花钱雇了一群百姓冲到了庄子中，搜了一通，竟然什么也没有搜到。

林少春横下了一颗心，在师父那里学到的绝活，如今倒用上了。

她假扮成孙逊，去东郊的庄子见了丁荣寿，将丁荣寿带到了十字里的绸缎庄，那绸缎庄是梁京冠的耳目，按照梁京冠的吩咐，一切听从林少春的命令。

林少春戴着遮纱的斗笠掀起了门帘。

丁荣寿并未发觉异端，恭恭敬敬地立在林少春的面前：“今儿不知哪里来的一帮刁民，闯进屋子搜查了个遍，不过老爷放心，他们并未看出端倪。”丁荣寿说着想要上前替老爷取斗笠，被林少春避开了。

丁荣寿愣了愣。林少春咳了一声，说道：“我得了病，大夫说见不得风也见不得光，为免意外，我们还是这么说话吧！”

“是！”丁荣寿退回来，恭恭敬敬地答道。

林少春坐了下来，沉着问道：“你说来闹事的都是些什么人？

丁荣寿皱了皱眉：“像是来找人的，找错了地方。”

林少春声音高了一些：“找错了地方？看来这里不安全了，东西一定要好好保管，断不能被人发现。这样吧，想个法子，把那些金银全都挪走。”

丁荣寿一怔，缓缓开口：“老爷，部分金银砌在墙里，剩下的打造成了桌椅器皿，外头都有一层木头裹着的，根本不会被人发现。若是将那些金银搬走，敲敲打打反倒惹人起疑。”

看来，这孙逊果真有个小金库。

林少春点点头，强压住自己内心的震惊：“那就好，你把账本给我拿来，若是发生什么意外，也好提前想办法处置。”

林少春的话令丁荣寿一怔，他死死地瞪着林少春：“你不是老爷。你到底是谁？”说着，丁荣寿上前伸手就要去摘林少春的斗笠……林少春迅速后退一步，堪堪避开了，怒骂道：“混账，你在说什么胡话？”

丁荣寿谨慎地瞪着林少春，喝道：“老爷从不过问账本的事，还有，这些金银的安排老爷全知道，你为什么还要引我再说一回？你到底是谁？”

林少春故意气愤地拍案而起：“我知道你谨慎，但出了这样的事，总要想法子解决，难道我要坐以待毙吗？”林少春说着在桌子上画出了孙府的院子，将画递给了丁荣寿，“现在你可认得我了？”

丁荣寿端着画看了看，愣住了：“这是孙府的后院……”再抬头时又变得恭恭敬敬，“此事非同小可，请老爷恕罪，小的什么都不会说的。”

林少春心中长长舒了一口气，恨恨道：“顽劣之徒，你自己在这里好好想想吧！”说罢，林少春将丁荣寿留在了绸缎庄，并差人将他看管了起来，拂袖转身离开了庄子。

丁荣寿看似平顺的眼中透着一股子精明，他望着林少春的背影，嘴角扯了扯。

丁荣寿刚刚失踪一天，暮色微暗，林少春便在孙府的花园中刚巧遇见了自斟自饮的孙逊。林少春心中一怔。她明白孙逊是一个太过精明的人，丁荣寿被她扣押在绸缎庄，莫非孙逊已经怀疑到她的头上了？

“少春，我有话同你说。”孙逊的确在等她，将她叫到了院子中的角亭，“你坐吧！”见林少春迟疑，又解释道，“不过想找个人说说话罢了！”

林少春心里打着鼓，面上却故作无事，微微一笑坐了下来。

角亭外，是落幕的夕阳，那一抹余晖变得格外珍稀。孙逊仰起头，淡淡地笑了：“其实我这辈子，仕途并不顺畅，人生的不如意无人能够分担，就算跟夫人说了，她也听不懂。我知道你是个聪明人，今儿就同你说说，我这几十年是怎么过来的。”

林少春静静地坐着，那一抹余晖映在她的脸上，突然有些惊心动魄。

“初入官场，我也有远大的志向，想做一个清正廉明的好官，但人生在世，常有身不由己的时候。记得初入官场，那时候我只是个七品小官。江州河大水频发，原因是河道疏通不畅，粮食运不到灾区，百姓们饥寒交迫，我拟好了救灾的对策，希望疏通河道，却被上头的官员扣下，不能呈给皇上。可笑的是不久皇上准予疏通河道，原因竟是南安郡王要成亲，嫁妆运不过来，必须疏通河道！多可笑，我为国为民的良策，竟然还不如南安郡王大婚要紧，从那一刻起，我便明白要实现抱负，须得先手握大权，因此得到皇上青睐便是当务之急。可要取悦一人，并非易事，我只好去逢迎胡公公，从皇上身边亲近的人身上下手……”孙逊的话令林少春心中一怔，看来他一定是知道丁荣寿被她扣押了。

林少春索性放开了，直直地盯着孙逊：“这么说来，老爷为百姓社稷做了不少好事啊。”

孙逊真心觉得面前这个姑娘太过聪明，既欣慰又恐惧。若她不是孙家人，他不必害怕。可如今她已入了孙家，他心中常觉得恐惧，对他来说，她就是一个烫手山芋：“我知道你心里不这么想，或许还在骂我，但我要告诉你，耳听为虚，若不是你亲眼得见的，都不要去相信。我为官几十载，倘或说我从未从中渔利，未免太虚伪了。我控制科考，也收受贿赂，但最后举荐给朝廷的，个个都有真才实学。我为了执掌大权，也排除异己，这些道貌岸然、心怀鬼胎的人，留下又有什么用处？”

林少春的笑容带着一股子冷意，她直勾勾的目光毫不惧怕地直视着孙逊。

“我知道你不相信，这样吧，我带你去一个地方。”

第二日，孙逊带着林少春到了西郊外塔子河边，波光粼粼的河水映着数十个壮丁，他们正忙碌地在搭建拱桥。为首的壮丁眼尖地瞧见了从马车上走下来的孙逊和林少春，连忙跑了过来："老爷，您来了……"

壮丁们纷纷放下手中的工具，殷切地望着孙逊，齐声叫着"老爷好"。孙逊立于河堤之上，不断地点头和大家问候。

林少春跟在孙逊身后："老爷，您带我来这里做什么？"

孙逊遥望着河道，林少春凝视着孙逊所指示的方向："你可知这是什么？这是朝廷修建的水库，拨银不到一百万两，却妄图修建一个上好的水库。若仅凭这点子钱，两个月前就该停工了，但如今在我的监管之下，不日便将竣工，你可知这些银子是从哪儿来的？"孙逊转过头静静地望着林少春，林少春心中涌出了一股奇怪的感觉。

孙逊笑了："没有我的支持，这个水库最后只能不了了之。谁不愿意当清官？可清官遇见这样的难事，除了束手无策，还能如何？"此时，一旁走来两位扛着锄头、手拿馒头的老壮丁，其中一位头发花白的壮丁说道："孙大人，今儿好不容易见着您，小的是专程来向您道谢的。咱们家如今能喝上干净的水了，全是孙大人对咱们百姓的好处。庄稼人没什么好东西，只有这些米面聊表心意，请大人一定收下。"老壮丁说着将手中的馒头递给孙逊。

孙逊刚想推辞，另一位笑着说道："孙大人，您就不要嫌弃老小儿啊！小的也要好好谢谢您，当年我们一家人逃难到此，幸亏遇见了大人，小的全家才得以活到今儿。要是这世上多几位像大人这样的好官，那全天下的百姓就全有救了。"

孙逊笑着解释道："多亏有你们，才让我孙某人有用武之地啊。这些粮食留给你们自己吃，只要大家心里有我孙某人，我孙逊就没有白来世上走一遭。"

孙逊说着看向了正在干活的壮丁们，高声问道："大家都吃饱喝足了吗？"

壮丁们纷纷看向了孙逊，齐声大笑着答道："饱了！饱了！营里的饭菜比自家娘们儿做的都好吃。"

孙逊望着河堤上一片祥和的情景，转头看向了林少春："少春，你办一个济善堂，每月能救济多少人？"

林少春望着阳光洒在河堤上，壮丁们脸上洋溢着笑容，心中不觉感触："百余人……"

孙逊捋了捋胡须，扬了扬脖颈，笑了："我这可是千千万万个济善堂啊。看一个人的好坏，不要只浮于表面，我在用自己的方式去做一个好官，外人或许不理解，但我希望你作为我的家人能知我懂我。”

林少春凝视着孙逊，半晌才开口：“那我父亲呢？”

孙逊一愣。半晌，他垂下头，撸起了袖子，拿过一旁的锄头跟着壮丁们一起干起了活。他不知道怎么去解释，只是低低地说着：“我不知别人和你说过什么，但你父亲的死与我毫无瓜葛。我拿不出证据来自证清白，不过日久见人心，早晚有一日你会明白的。”说罢转身离开了。

林少春站在河堤上，望着孙逊的背影。那一瞬间，他佝偻着背脊，似乎苍老了许多。

绸缎庄徐老板扣押丁荣寿已三天了。丁荣寿十分狡猾，什么都没有交代，林少春只得让徐老板放了丁荣寿。得知消息的梁京冠心急地将林少春唤到了自己的书房。

“你好糊涂啊！怎么能在如此紧要关头放了他？”梁京冠气得脸色都变了。

林少春立于案桌前，冷静地解释道：“孙逊说他与我父亲的死无关，我也目睹他为国为民，深受百姓爱戴。我在想，可是我误会了他，抑或是我过于消沉了，万事不该往坏处想。”

“你……”梁京冠气得浑身颤抖，他激动地看着林少春，“少春啊少春，你这是中了他的诡计了呀！这老狐狸奸诈得很，他面上稳住你，私下未必没有行动，倘或查到了绸缎庄，你当如何应付？”

林少春郑重地分析道：“大人放心，绸缎庄里的人全都撤离了，就算孙逊要查也没有任何的证据。”

“孙逊要是像你想的那样简单就好了。”梁京冠冷哼了一声，无奈地坐了下来，悲哀地叹了口气，“你抓丁荣寿的时候，孙逊没什么动作，因为他知道你心软，不会拿人怎么样。眼下你把丁荣寿放了，他无所顾忌，接下去会想出多少狠毒的手段来，只有天知道。”

正在此时，绸缎庄徐老板匆匆跑了进来：“大人，孙逊的那片庄子起火了！”

梁京冠猛地站了起来：“什么？”

林少春也一愣：“起火了？”

梁京冠转身望着林少春说道：“看来孙逊已经着手转移赃银了。少春，你先回去，我早在庄子周围布下了天罗地网。”说着吩咐徐老板一起去抓人。

林少春凝望着梁京冠匆忙离去的背影，心头突然有一丝慌乱，只觉得整件事情有些不对，却又说不清哪里出了问题。她怎么都没有料到，梁太师这一去，却是一脚踏进了鬼门关。

林少春回到了孙府，一直心神不宁。她知道，在这场对决中，无论是谁取得了胜算，都会波及孙玉楼。林少春想着这些事情，开始收拾一些重要的首饰和衣裳，当看到孙玉楼回来后，她迎了过去："玉楼，这几日天气很好，我想你告个假，陪我去城外散散心，这些天我在家里闷坏了。"

孙玉楼一把握住了林少春的手："这阵子我忙得紧，哪里抽得出空来！要不这样，等我替父亲查明了梁京冠贪墨一案，再陪你出去逛，好不好？"

梁京冠的名字从孙玉楼的嘴中讲出来，林少春浑身一颤，当即便明白，梁京冠一定出事了。

"什么？梁京冠？"林少春直直地望着孙玉楼。

孙玉楼搂住了林少春的肩，总觉得这阵子她心事重重，便安慰道："是呀，梁京冠以妾室张瓶儿的名义在城外西郊买了座宅子，昨日失火，烧得墙皮里头露出了金砖，他正好在现场，被朝廷当场抓了个现行，原还想查查他有没有同党，可没想到今日朝堂上，他竟当堂自尽了。"

林少春难以置信地望着孙玉楼，浑身一颤，只喃喃着："自尽了……自尽了……"一股仿佛从冰窖中升起的寒气直至林少春的心底。她想错了，她把孙逊想得太简单了。他纵有千般所谓正义的理由，有一点他是不会变的：他不能容忍有人与他作对，绝对不能容忍。

林少春越想越害怕，孙逊绝对不会放过她，因为她了解真相。想到这里，她忽然想起了什么似的，疯了般往林府赶。不明所以的孙玉楼赶紧跟了过去。

果然，常嬷嬷等人都失踪了。

林少春立在院子中瑟瑟发抖，孙玉楼心疼地一把抱住了她："少春，你怎么啦？"

林少春拉住了孙玉楼的袖子，抬起头，眼中是无尽惶恐。林少春深吸了一口气，讲出的话竟然发颤："玉楼，如今，只有你能救他们了。"

"怎么了，少春？到底发生了什么事？"孙玉楼莫名地心慌起来。林少春平复了下内心的慌乱，将事情的前因后果讲给了孙玉楼。顷刻间，孙玉楼只觉自己的世界地覆天翻，望着眼前伤心欲绝的少春，孙玉楼只觉得自己必须做些什么。

孙逊怎么也想不到，自己英明一世，到头来会栽在自己儿子手中。

孙玉楼为了林少春，竟然迷昏了孙逊，用孙逊要挟丁荣寿放了常嬷嬷、小鸦和王均。

孙逊醒来的时候，发现自己在河边的小船上。林少春立在船板上望着他："玉楼已经接回了常嬷嬷等人，你可以走了。"

孙逊站起身，看着林少春，面容慈祥而和蔼，可是眼底却射出冷冽的寒光："少春啊，你还记得你与玉楼成婚前，在马车上对我说的话吗？你说你会恪守三从四德，可是你做到了吗？做父亲的，希望你和玉楼能平安顺遂过完一生，可你偏要往我心上扎刀子，如今挑唆着玉楼陷害我，你以为这件事情就这么过去了吗？"

林少春毫不退缩，望着孙逊："你一直在骗我，无论你怎么遮掩，贪赃枉法的事情是你做的，这一点你永远无法掩盖！"

孙逊的眼底暗了，林少春等人是断然留不得了，他转身大踏步向着岸边走去。

林少春立在船板之上，突然大声喊道："你害了那么多人，老爷的良心可是肉做的？我只问你，我父亲是不是你害死的？"

孙逊的脚步一顿，身子在风中微微颤了一下。他并没有回头，只淡淡地说了一句："你如何想便是如何吧！"早秋的风拂过了林少春的长发，她眼圈红着，死死地瞪着孙逊的背影，听着他在风中朗声诵道：

"老当益壮，宁移白首之心？穷且益坚，不坠青云之志。"

林少春知道自己再也回不了孙家了。

锦林客栈中，林少春和常嬷嬷、小鸦、王均一起用餐，只是这些日子的事情让林少春心烦意乱，没有任何胃口。

常嬷嬷絮絮叨叨的，像往常一样："姑娘苦命，原以为找到了个好归宿，没承想亲家老爷竟是仇人。如今姑娘可怎么办呢，分明和四爷夫妻恩爱，却又要经受这样的磨难。横竖不管将来如何，姑娘一定要答应我，好好照顾自己，千万不能让别人再伤害到你。"林少春正为孙逊的事烦躁着，没由得对常嬷嬷的话左耳进右耳出，只是她怎么也没有想到，这竟是常嬷嬷和她说的最后一句话。

常嬷嬷正说着，突然间喉头一紧，一口鲜血吐了出来，随着小鸦的尖叫声，小鸦和王均全部口吐鲜血，倒在了地上。这突如其来的变故令林少春一时反应不过来，等她回过神来，只觉得整个世界都成了血红色。她抱着倒在她怀中的常嬷嬷，浑身战栗着，从未如此惊慌失措。

正是这顿平常的午餐，要了常嬷嬷、小鸦和王均三个人的性命。

而她因为没有胃口，侥幸逃过了一劫。

林少春眼望着七窍流血、倒地不起的三个人，整个人如坠深渊。终于，她忍不住发出了一声犹如受伤野兽般的悲鸣，声音穿透了整座锦林客栈。

孙府中，孙玉楼立在孙逊的面前，毫不退缩，孙逊看着站得笔直的孙玉楼，骂道:“你个不肖子孙，居然联合林少春来骗我！”

孙玉楼冷冷地瞪着孙逊:“父亲自己做了什么，自己心里应该很清楚。”

孙逊心痛地瞪着自己最疼爱的小儿子:“我做了什么？我做的都是关乎社稷的大事。你身为朝廷命官，难道不懂吗？”

孙玉楼执拗地盯着自己的父亲，这么多年，他一直是高高在上的，是他心中最亮的光芒，可短短几日，他的世界、他的信仰全都崩塌了。孙逊不会明白孙玉楼此刻的绝望与崩溃。

“我是不懂，我只知道你害了别人的性命，触犯了朝廷的律例！”

孙逊心头一痛，他揪着自己的心口，狠狠道:“是，我做尽了天下的坏事，你来抓我吧，你把我送进大牢，你把整个孙家弄垮，你给孙家每个人治罪……”

“父亲……”孙玉楼忍无可忍地叫道，眼泪从眼眶中流了下来，他几乎站立不稳，只好扶着一旁的案几。

“你还知道叫我父亲？我告诉你，我的眼线无处不在，很快便会将林少春等人一网打尽。他们以为使这些雕虫小技就能逃脱，痴心妄想！”孙逊冷冷地瞪着孙玉楼。

孙玉楼悲恸地说道:“父亲就算把他们抓回来也没用，少春手里有你贪赃枉法的证据。”

孙逊一怔。

“少春把账本的信息撕了下来。只要他们平安，父亲便会平安。”

孙逊心中一震，久久地叹了一口气：“晚了，不论你去还是不去，他们都活不成了。”

孙玉楼惊恐地看着孙逊，孙逊那双古井般的眸子中透出了一股子潮湿的死气。

孙玉楼这头悲痛欲绝之际，谁承想另一边，逃过一劫的林少春竟偷偷找到南安县主，托南安县主见到了当今圣上，携手当今圣上给孙逊下了一个圈套。

林少春身穿宫女的衣服，和南安县主偷偷溜进宫中。在御花园的假山旁，她们遇见了皇上身边最有权势的胡公公，他端着奏折从远处的假山旁经过，南安县主故意扯着嗓子对林少春说：“你让长公主把孙逊的罪证放在皇上的奏折里，这样行得通吗？”

林少春小心道：“皇上狩猎去了，眼下不知归期，宫里也少不了孙逊的眼线，倘或被人发现，我会死无葬身之地的。只有神不知鬼不觉地将罪证夹带进去，只要皇上看见，孙逊便无所遁形了。”

胡公公浑身一颤，听到孙逊两个字，心里一惊，即刻便离去了。

南安县主望着胡公公远去的背影，心中隐隐担忧：“少春，这行得通吗？皇上真的允了你吗？”

“圣上是万人之上，最怕受人监视，幸好你找机会让我在狩猎场见到皇上，那天很惊险，我险些被杀头。当我说帮着皇上抓住他身边的眼线，他心中自然愿意，当然允了我。”林少春拍了拍南安县主的手，心中却是惊涛骇浪。若是孙逊倒了，孙家必定倒塌。想到这里，她眼底一暗，心中的悲哀大过于所有的情绪。

果不出林少春所料，胡公公的确受了孙逊的指派去偷皇上的奏折，被皇上抓了个正着。当皇上从胡公公口中问出了孙逊的名字，那一瞬间，大厦将倾。

永嘉皇上的手指微微颤抖，深深地呼了一口气，闭上了双眼，半晌才肯望向胡公公：“他就这么只手遮天吗？”

“奴才该死！”胡公公疯狂地磕着头，脑门上血迹斑斑，却再也换不来皇上的一个正眼。皇上转眼望着跪在地上的林少春，既可怜她又憎恨她：“这就是你想要的结果吗？”

林少春跪在地上，一颗心早已支离破碎，她颤抖着说道：“臣妾得知孙逊罪状后，苦于找不出证据，只好故意撕毁了孙逊的账本。他生性多疑，难免疑心账本落入了我手中，必有一番遮掩。臣妾这回不过是想引蛇出洞，没承想竟有意外收获。”她说着看了一眼胡公公，恭恭敬敬地在地上磕了一个头，“恭喜皇上，天佑我朝，以除后患。”

永寿殿中，沙漏中的沙如常下漏着，无休无止，可那些时光却再也回不去了。

储秀宫内，孙贵妃恭敬地跪在佛像前诵经，并没有察觉到身后的皇帝。

“你父亲出事了，你知道吗？”皇上静静地站在她身后，一开口，心也跟着痛。

孙有贞闭着双眼，并没有回头：“我已在红尘之外，人世间的事情与我不相干了。”

皇上苦笑了一声：“此次可是抄家灭门的大罪，你当真不在乎吗？”皇上将一张张诉状扔在了孙有贞的面前。

孙有贞睁开眼，转过身来看着诉状，轻声问道：“那皇上打算如何处置？”

皇上缓缓开口道：“人生在世，谁不会犯错？你父亲为朕卖命，这些年他贪赃枉法，朕何尝不知道？孙逊送给朕那么多的瓷器玩意儿，以他的俸禄，无论如何都买不起，可朕一直睁一只眼闭一只眼，没有细查，才导致了今日这样的局面。细想起来，你们孙家走到这一步，朕也有错。朕纵容了你，纵容了孙逊，纵容了你们孙家，这都是朕的错。”

孙有贞肩膀微微一动，似是有些动容，却没有转身，只说了句：“皇上能罪己，是国之大幸。”

“朕知道的，远比你们想象的多。为了大家都好过，朕权当看不见，譬如你谋害皇长子一事。”皇上苦笑一声，不知道是笑这个朝堂，还是笑他自己，“当然，你不是利用那件彩衣害死了皇长子，但皇长子得疫病夭折当日，本该紧闭的窗户却是敞开的，朕心里都清楚。”这个国家，这个朝廷发生的每一桩事，他心里都跟明镜似的，可是日子要过下去，他只能选择视而不见。

孙有贞终究瘫软在了地上，眼泪忍不住地滚落下来。她以头杵地，哽咽道：“这些年，我日夜经受良心的拷问，今日皇上说出来，我也解脱了。当年皇长子已经病入膏肓，回天乏术，臣妾确实起了歹心，命人打开了窗户……如今臣妾说这话，皇上未必信，但那时臣妾一心都在您身上，我想把您据为己有，所以我嫉妒，我容不下非我所出的孩子。”孙有贞说着，脸上露出一抹似是无奈又似是解脱的苦笑，“到底是我太贪心了。”

皇帝望着孙有贞，声音沙哑:“是朕把你、把孙逊一步一步变成了现在这副模样，是朕……”皇帝仰头看着宫梁上雕刻的祥云，紧紧地闭上了双目，不让眼泪流下来。

“启禀皇上……”宫人们突然慌慌张张地跑了进来，“孙家出大事了……”

“出了什么事情？”皇上和孙有贞一起问道。

“孙玉楼孙大人疯了，亲手烧了孙阁老的书房，将孙阁老活活烧死在房子中。”

“你确定孙逊被烧死了？”皇上难以置信地问道。

“千真万确，仵作都确认了，尸体虽然烧焦了，但是经过辨认，是孙阁老。”

皇上手中的圣旨一下子掉在了地上，只见上写：奉天承运，皇帝诏曰，罪臣孙逊，贪污国库军银，独揽大权，诬陷朝廷重臣梁京冠、林远道、贾甄三人，不遵朕言，屡犯国法，狂悖猖獗，十恶不赦。念其四子皆为朝廷栋梁，于皇室有劳苦之功，即赦免孙逊家人，特赐孙逊鸩酒一杯，赐令自尽，以示天恩，钦此！

中秋节本是归宁团圆的日子。林少春带了些亲手做的月饼，认真地摆在孙逊的墓碑前。

“你也认为孙逊死了吗？”柳三绝立于孙逊的墓碑前，望着自己心爱的徒弟，慢慢地拿起纸钱，认真地叠着，烧着。

“既然是玉楼亲手烧死了他，那他便一定死了……”纸钱飞舞中，林少春似乎望见了她见到孙玉楼的最后那个夜晚。他立于房中痴痴地望着她，她记得那天晚上，她为他唱了一小段《紫钗记》。

“云鬓松松凌乱，细腰似水轻软，看这莲步款款，疑是天仙落凡。醉里秋波流转，或许姻缘了断，缠绵抚慰心酸，一梦春宵苦短，声声唤，叮嘱千千万，把你看，灯下泪已干，就算闯不过这情关，也要与你琴瑟和弦弹，声声慢，最怕这一段，唱得欢，痛不会太晚，我和你的那些流传，是前世清算，今生牵绊。”

《紫钗记》中的两个主人公虽灞桥伤别，可是最终还是真相大白，连理重谐。而她林少春和孙玉楼隔着一个家族，无数条生命，他们还会有未来吗?

柳三绝蹲了下来，帮着林少春烧着纸钱:“还在想着孙玉楼？”

“怎么忘得掉？”林少春垂下了头。

“不去找他？”

林少春叹了一口气：“他已经决定了，我又何苦让他难过？”

柳三绝站起了身，眼望着孙逊的墓碑，笑了：“这是你们两个人的事，怎么能让他一个人决定？要是我，就找到他，看一看他的心，是真的想离开，还是不敢面对。要是真的想离开，那就忘掉他重新开始，要是不敢面对，那就说服他。人生那么短，等到无法挽回了再后悔，那就来不及了，就像我与孙逊，生生错过了数十年……”柳三绝说着拍了拍林少春的肩膀，鼓励道，“去吧，凡事不自己争取，天上是不会掉馅饼下来的。”

林少春回味着师父的话，她站起身，又看了一眼孙逊的墓碑，只想做一件事情：

找到孙玉楼。

想罢，她告别了师父，转身离去。

柳三绝望着她远去的背影，轻轻地笑了。她蹲下来，细心地拔去坟上的青草。寂静的旷野中，除了风声，便是柳三绝的呢喃：

“如此，你也解脱了。再活过一次，你是不是一直在等着我呢？……”

林少春背着包袱找遍了山川河流、城镇集市。

她甚至曾去过暮城，看见了孙家的所有人，唯独没有孙玉楼。暮城的大院子里，那番其乐融融的景象一直停留在她的脑海中。

院子里有一棵又高又大的老槐树，沈氏和梅姨娘坐在老槐树下一起纳鞋底。

梅姨娘叹道：“太太，昨儿夜里我梦见老爷了。”

沈氏手一顿，轻轻说道：“我也梦见了。”

梅姨娘有些心惊地说道：“你说老爷会不会没有死？”

沈氏放下了手中的鞋底，淡淡地笑了：“咱们就这样想吧，说不定哪日开门，就见老爷站在门槛外呢！”沈氏说着仰头望了一眼一旁的孙世杰和孙子孙霄奕，但见孙霄奕大眼睛骨碌碌地转着，被孙世杰教训道：“关关雎鸠，在河之洲。窈窕淑女，君子好逑。奕儿啊，来，跟着爹念。”

正在这个时候，吴月红端着汤从门外走了进来，大喊着：“鸡汤来了，鸡汤来了！”

孙霄奕突然冲破了父亲的防线，跑到了母亲的身边，打起了拳法，嘴里大喊着："关关雎鸠，哈！在河之洲，嘿！"

孙世杰一愣，气得叫道："这是谁教你的？"

吴月红一听，端着汤转身就往院子外跑，结果与许凤翘碰到了一起。

许凤翘揪着孙金阁的耳朵从院子外走了进来，边走边骂："我们好不容易在暮城开了个修理铺子，指望着你能有出息，你却满肚子花花肠子，看人家是个女孩儿你就不收钱了，还巴巴儿去给人修马车，你胆儿肥了呀！在家的时候怎么没见你帮我干点活？你连劈个柴都劈不好，我要你有什么用！"

孙金阁用力地甩开许凤翘的手："那你去找个有用的去！去跟他过，别跟我过。"

许凤翘惊讶地看着孙金阁，气不打一处来："哎呀你还敢犟嘴了？孙金阁！你从来没有这么对过我，如今好了，我跟着你背井离乡，你就欺负我了。"许凤翘越说越委屈，突然大哭了起来。

许凤翘一掉眼泪，孙金阁就慌了，他连忙抱住了许凤翘："我同你开玩笑呢，娘子，开玩笑呢！"许凤翘瞬间收住了眼泪，一把揽住了孙金阁的腰，笑得像只狡猾的小狐狸。

风轻轻吹过暮城，孙俊豪提笔给姚滴珠写下了一封情意绵绵的家书。

尾声

“世上万般哀苦事，无非死别与生离。就这样，孙玉楼穿过山川河流，踏遍塞北江南，心系一人，漂泊天涯……”

灰暗的白色幕布上，一个茕茕孑立的人影走在山林间，渐行渐远。男子鬓角已生华发，声音也透着沧桑。他婉转地讲完最后一个字，缓缓地舒了口气，终于放下了手中的皮影。

扬州的夜迷离深邃，星星点点的灯火渐渐暗了，夜更深了。

围观的一众百姓都听呆了，不知何时起，长条凳子上竟然坐满了人。或许在男子讲着的时候，慢慢聚了更多的百姓，他们早已陷入了这个故事。故事讲完了，可是大家心中仍有太多疑问，生活也许本身就是个问题，没有人知道未来会怎样，只是今天晚上这个故事的确太精彩了。

一瞬间，周围忽然响起雷鸣般的掌声。这数年的演出都没有这一次震撼人心。百姓们起伏不断的询问声回荡在夜空中，一声高过一声。

“后来呢？林少春找到孙玉楼了吗？”

“孙逊到底死了吗？”

“孙玉楼到底去了哪里？”

……

林少春站在桥头，泪眼婆娑地望着皮影幕布前的男子。人生不相见，动如参与商。这数年的分离，再相见却恍如昨日。孙玉楼在她的生命中从未离开过，他一直都在，无论朝暮。

她开口，声音却已然嘶哑：“后面的故事不用问他，我来讲……”她站起身，一步一步走向他，脚步颤抖，“林少春与孙玉楼一样，踏遍山川河流、塞北江南，终于找到了他。”

“后来呢？”

林少春再也听不见百姓此起彼伏的声音，眼中只有眼前的青衣男子。她一步一步走近了他，轻轻地笑了：

“孙玉楼，你知道吗？我一直在天涯等着你。”

（全书完）

图书在版编目（CIP）数据

玉楼春 / 于正著 . — 北京：北京联合出版公司，2021.12

ISBN 978-7-5596-5042-9

Ⅰ . ①玉… Ⅱ . ①于… Ⅲ . ①长篇小说—中国—当代 Ⅳ . ① I247.5

中国版本图书馆 CIP 数据核字（2021）第 015937 号

玉楼春

作　　者：于　正
出 品 人：赵红仕
策划出品：一未文化
版权统筹：吴凤未
监　　制：魏　童
责任编辑：夏应鹏
执行编辑：张爱宁
封面设计：苏艾设计
内文排版：麦莫瑞

北京联合出版公司出版
（北京市西城区德外大街 83 号楼 9 层　100088）
北京联合天畅文化传播公司发行
天津中印联印务有限公司印刷　新华书店经销
字数 340 千字　710 毫米 ×1000 毫米　1/16　20 印张
2021 年 12 月第 1 版　2021 年 12 月第 1 次印刷
ISBN 978-7-5596-5042-9
定价：59.80 元